溪畔故事

吴建亚　丁娜乃◎主编

九州出版社
JIUZHOUPRESS

图书在版编目（CIP）数据

溪畔故事／吴建亚，丁娜乃主编 . -- 北京：九州
出版社，2023.2

ISBN 978-7-5225-1562-5

Ⅰ.①溪… Ⅱ.①吴…②丁… Ⅲ.①故事—作品集
—中国—当代 Ⅳ.①I247.81

中国版本图书馆 CIP 数据核字（2022）第 231121 号

溪畔故事

作　　者	吴建亚　丁娜乃　主编	
责任编辑	周红斌	
出版发行	九州出版社	
地　　址	北京市西城区阜外大街甲 35 号（100037）	
发行电话	（010）68992190/3/5/6	
网　　址	www.jiuzhoupress.com	
印　　刷	唐山才智印刷有限公司	
开　　本	710 毫米×1000 毫米　16 开	
印　　张	17.5	
字　　数	318 千字	
版　　次	2023 年 10 月第 1 版	
印　　次	2023 年 10 月第 1 次印刷	
书　　号	ISBN 978-7-5225-1562-5	
定　　价	78.00 元	

江苏省教育科学"十三五"规划立项课题课题组
第二批无锡市"四有"好教师团队建设培育单位
团队成员

吴建亚	张海英	邓小星	朱晨铮
徐纯佳	丁娜乃	郑　晔	唐伊琳
顾　燕	王志芳	季　婷	朱玉芳
毛齐林	王　淼	吴文洁	陈　红
洪春燕	贺文熠	潘晓宾	蒯立科
杭江西	邵伟杰	周英芳	邱丽霞
钱　铮	施奕羽	邵玉颖	吴明洁
蔡滢婷	章　静	陆文珺	

本书编写人员

主　　编：吴建亚　丁娜乃

副主编：张海英　邓小星　朱晨铮　徐纯佳

编　　委：郑　晔　顾　燕　王志芳　朱玉芳
　　　　　毛齐林　季　婷　唐伊琳　王　淼
　　　　　吴文洁　潘晓宾　陈　红　洪春燕
　　　　　贺文熠　蒯立科　杭江西　邵伟杰

听一听溪畔好故事

在无锡市有一所百年老校——江溪小学，该校由南宋理学名儒杨龟山先生的后裔创办。中国共产党早期领导人瞿秋白先生于1916年在校任教，为学校烙上了独特的红色文化基因。江溪教育人以秋白先生为榜样，传其"自觉"精神，接力精神火炬，立"自觉"为校训，努力在向光守静的教育生活中自知自行自成长，觉己觉人觉世界。

秋白先生曾说："光明和火焰从地心里钻出来的时候，难免要经过好几次的尝试，试探自己的道路，锻炼自己的力量。"本书的集结也不妨将之视作江溪教育人在教育日常中的尝试、试探以及锻炼，稚嫩却真诚，为着从未忘记的教育理想，也为着成为麦田里的守望者。

翻阅全书，我以为每个故事都藏着一份小小的"自觉"，让人欣喜：欣喜于老师们留心于每一个来到溪畔的儿童，坚定地认为他们中的每一个各不相同，在无数的日常里，从生命的高度来思考教育，将"立德树人"的国之大计融入日常，让儿童有更多的机会回到他们自己，去体验生命的波澜壮阔，最终以自己独特的方式绽放；欣喜于他们意识到了教育日常的流变，并能静下心来发现与感受，在身边的故事中，从散见在课堂上每一个角落的案例中不断地进行反思、加工与梳理，努力找寻日常的理想与理想的日常之接口；欣喜于他们歌唱着共同经历、创造、守望的教育生活的美好……

我以为每个故事都藏着一份坚定的理想，既是小小的总结，也可视作老师们写给未来江溪的一封新家书。他们在故事里试着描绘一处属于江溪教育人的理想学校，经典不拟古，活跃不喧嚣，有善意与理解，善审辨与修复，尊差异与规律，信成长与未来，励创新与开拓……是与之相关的学生、师者幸福生活，深深眷恋的精神家园。

每个时代有每个时代的挑战，每个时代也有每个时代的理想与奇迹。期待，江溪的老师们立足珍贵的普通，甘守四季的日常，继续心怀理想，继续相信理想值得！教育媒体人李斌先生曾经这样描述过他对理想的理解："理想如月，不是用来触摸把玩的，而是让航海者借其光而行。"所以，江溪的老师们，请继续放一轮小小的明月在心底吧，若心存光亮，自可渡江海而天地宽，潇洒书就溪畔新故事。

陆启威

2023 年 1 月

目 录
CONTENTS

第四篇　溪畔·追寻——溪畔初心终如一

第一篇 **01**

| 溪畔·仰贤——溪畔文化蕴自觉 |

她是年逾百年的学园，
她是永远年轻的乐园，
她是个有故事的校园，
她名叫——江溪小学。

江溪小学的故事

吴建亚

江溪小学始建于 1906 年，初名"私立江陂初等小学堂"，期间共经历了 18 次校名演变，于 2017 年正式更名为无锡市新吴区江溪小学。至今，学校已有 117 年的办学历史。

图 1　江溪校园　贺文熠绘

1916 年，中国共产党早期革命家瞿秋白来校任教。瞿秋白到无锡当教员的历史，最早见诸他写的《饿乡纪程》。经无锡尤伟、周汉成两同志多处调查查明，秋白任教的小学，原先是南宋理学名儒杨龟山（道南先生）后裔在南祠堂内的家塾"道南书塾"（又称杨氏书塾），地址在江溪桥东堍。它创办于清光绪三十二年（1906 年）。因江溪桥又称江陂桥，学校初名"私立江陂初等小学堂"，又因办学经费由杨氏义塾负担，当地人简称它为"杨氏小学"。

民国四年（1915 年），教育部命令全国小学均改称"国民学校"，它又改称"江陂国民学校"或"杨氏国民学校"。秋白至杨氏国民学校当教员，是经过多人辗转相托，雇了船，由秦耐铭陪同到校任职，当时学校的校长是许若杞先生。

秋白任教时，学校设有国文、乡土、算术、书法、图画、唱歌、缀法（写作）等好几门课程，考试卷以"佳哉可也"四字分等级，每天上下午各上三节课。秋白在无锡江陂小学只任教一个学期，即 1916 年 2 月至 7 月，放暑假后便辞职他去。尽管仅任教半年但感受到的社会内容却是极其丰富的，以致他在以后的回忆文章中，多处满怀深情地记叙着这段经历。先生的到来，给学校带来了先进的办学理念。

中华人民共和国成立前，学校共有 6 位校长任职；中华人民共和国成立后，至今共有 15 位校长任职，现任校长是吴建亚女士。民国时期，学校规模不大，设施也很简陋，只有 4 个班级，34 名学生，5 名教职员工。中华人民共和国成立后的三十多年里，学校的面貌发生了很大的变化，先后翻建了前大楼和后大楼，新建了科学、电脑、美术等专用教室。教育管理日趋规范，走向教育现代化。改革开放以后，学校得到了迅速发展，学校先后改造、扩建了两幢教学大楼，完善了操场、教室等一批校舍设施。与此同时，学校大力加强教师队伍建设，提升教师的学历水平，进行教师业务培训。改革开放大潮中，时任无锡市委副书记陈璧显同志来母校视察，参加建校 90 周年庆祝活动。跨入新世纪后，江溪小学在各级领导的关怀下，以全新面貌融入新吴区、无锡市教育改革的洪流之中，瞿秋白图书馆、博雅楼、弘毅楼、文沁楼、励志楼、致远楼等建筑，矗立于校园内。在社会主义发展的进程中，学校在教育科研、特色发展等方面均获取了丰硕的成果。学校先后获评全国优秀少先队集体、全国"家校共育"示范校、全国文明校园培育单位、全国双有先进集体、全国信息技术创新应用示范学校、全国青少年计算机科技创新实践教育示范基地、全国足球特色学校、江苏省文明校园、江苏省科学教育特色学校、江苏省绿色学校、江苏省平安学校、江苏省健康促进金奖学校、无锡市素质教育实验基地、无锡市陶行知研究会实验学校等诸多荣誉。

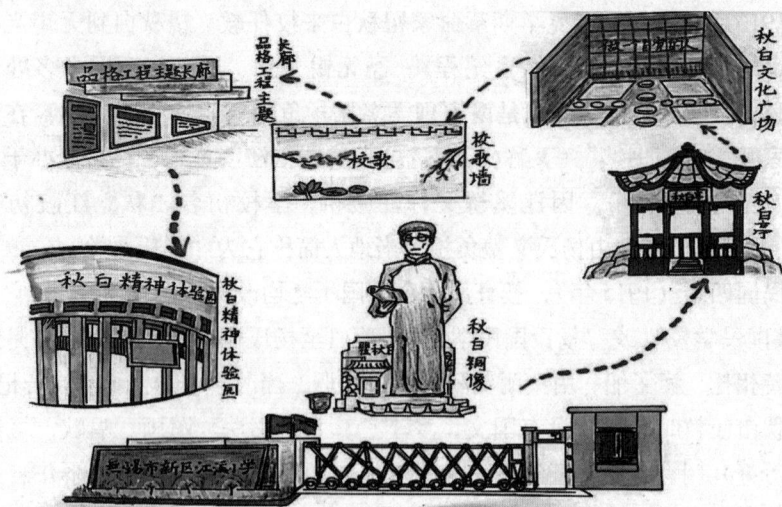

图 2　校园地图　王志宸绘

你好，秋白！

贺文熠

在江溪小学，有一座屹立不倒的丰碑，有一个经久不衰的名字，有一种永不褪色的精神力量。他从不缺席我们的每一次路过、每一个仪式、每一段成长和每一份感动。他就是中国共产党早期的领导者之一，伟大的马克思主义者，卓越的无产阶级革命家、理论家、宣传家，中国革命文学事业的重要奠基人之一——瞿秋白。

你好，秋白！"我是江南第一燕，为衔春色上云梢。"是您一生的光辉写照，不羡鲲鹏，不慕雄鹰，只做春燕，志向远大，奋斗不息，用青春和热血使冷风凄雨的中华大地回春再造，百世流芳华！

你好，秋白！虽然1916年您只在学校匆匆任教半载，但是却给我们留下了独特的红色基因和宝贵的精神财富，于是我们都成了在英雄的旗帜下成长的孩子。

习总书记指出："中华民族历经坎坷从站起来富起来到强起来，是一个不断创造奇迹的过程，要让后代牢记中华民族的苦难历程，红色基因要传承，不忘初心，继续前行。"他多次强调，要把红色资源利用好，要把红色传统发扬好，要把红色基因传承好。

觅秋白足迹，扬秋白精神，走秋白之路。在江溪小学这片红色热土上，我身边的每一个平凡的党员，每一个普通的老师，都用自己的教育初心书写着一个个当代"秋白"的故事。

自觉，向上，执着，创新，这是秋白孜孜不倦追求中国光明之路的革命品质，也成为了江小全体师生不忘初心、继续前行的精神力量。

你好，秋白！"瞿秋白英雄中队"的旗帜闪耀着您的光辉，理想信念和革命精神代代相传。

你好，秋白！新时代的"江南燕"形象深入人心，骄燕衔春，争当"六好江南燕"在江溪校园里蔚然成风。

你好，秋白！我们立志要让每一位步入江小的学子，都能在您的感召下扣好人生的第一粒"扣子"。

走得再远，也不能忘记为什么出发；成就再辉煌，也不能忘记曾经的奋斗和牺牲。习总书记说过："历史是最好的教科书。对我们共产党人来说，中国革命历史是最好的营养剂。多重温这些伟大历史，心中就会增加很多正能量。"

光阴若电，岁月如流，时光改变了我们的模样，流水带走了光阴的故事，但都不会磨灭我们青春的激情，不会动摇我们教育的初心！

我们践行习总书记的话，要做学生锤炼品格的引路人，做学生学习知识的引路人，做学生创新思维的引路人，做学生奉献祖国的引路人。

图3　瞿独伊参观江溪小学　牟瑾萱绘

做一个自觉的人

吴建亚

日子恍若有脚，倏忽行至六月，学校开始着手毕业季系列活动，让我得以有机会在一帧帧灵动的画面、一张张有故事的奖状、一个个关键事件中回顾孩子们在江溪小学的六年：他们在这里学着构建知识体系，学着发现自己并发展自己的个性特长，学着秋白一样做一个自觉的人……

回顾中，我更确信儿童作为人类未来的"不朽暗示"，应当借由我们这些教育人对这个时代责任的理解与肩负而得以凸显！瞻望中，我更期待能看见这个时代切面之下我们这所学校通向未来的路。

窃以为，我们要不断凸显儿童的主体存在。作为生命，儿童来到学校是为了和过去的人们进行生命的联结，是为了与现在的自己进行体验的确认，是为了与将来的社会进行创造的相约，因此，学校的一切活动都应当首先看见儿童生命的存在，对儿童成长节律的遵循与敬畏是我们应然的立场与态度。

为此，学校积极用好中国共产党早期领导人瞿秋白同志曾于1916年在校任教的这一红色人文资源，不断挖掘秋白精神，构建价值体系，创造性地将秋白精神精髓——"自觉"融入学校发展的方方面面，形成自觉文化，以此回应对于童年及儿童的理解这一永恒的命题！

向着"自觉"出发，建设自觉课程。新时代背景下，我们将"自觉"与师生的生命成长联系起来，体系化开发"江南第一燕：儿童生命自觉课程"，特色化践行五育并举的教育方针。以"做一个自觉的人"为育人目标，围绕"人文底蕴、科学精神、学会学习、健康生活、责任担当、实践创新"六大核心素养，开发秋白精神体验园、精彩课堂学习场、健美身心俱乐部、立美文艺百花苑、快乐创意工程院和传统文化研习所六大类课程。通过课程订制的方式，用自觉文化统领德智体美劳和传统文化融合发展，深度推进国家课程校本化研究，为儿童提供别具一格的生命成长体验，引导学生成长为一个理想自觉、道德自觉、学习自觉、生活自觉、社会自觉的人。

向着"自觉"出发，探索自为课堂。课堂实践中，我们期望关注师生自觉生长的意识、行为、习惯，激发师生在课堂中教与学的双主体的生命自觉，打造自觉学习、自觉发展、自觉作为、自觉担当的自为课堂。在"五育融合，全面育人"上下功夫，在"课堂创新，特色育人"上下功夫，在"知行合一，实践育人"上下功夫，在"多方配合，协同育人"上下功夫，进行学科教学、学科育人、综合育人的深度探索，推进教学与教育方式的变革。

向着"自觉"出发，培养秋白式教师。高质量教育体系的构建，呼唤高素质教师队伍的培养。学校以省级课题《瞿秋白精神引领下的教师文化发展研究》为依托，将学校的顶层设计与教师的个体发展进一步融通，成立"秋白式教师成长学院"。以江溪人生命的自我丰富与相互浸润为方式，以美好的教育生活的创造为途径，带领教师们在真实的体验、感悟、互动、反思、追问中，成长为自觉自为的"秋白式教师"。

向着"自觉"出发，培育江南燕少年。学校把传承红色基因与培育时代新人有机结合，通过物型场域的创设、红色课程的开发、红色主题活动的开展和评价方式的完善，打造江苏省中小学生品格提升工程——"江南燕"红色基因的新时代传承行动，让学校真正成为红色基因的感知园、辐射场和传承地，为每一位江小学子的成长提供可靠且充足的精神养料，以自觉文化推动红色基因品格的养成，帮助学生成长为一名拥有高远理想、忠诚不渝、无私奉献和自强不息红色基因品格的"江南燕少年"。

随着时代的发展，儿童成长环境发生了深刻的变化，人才培养面临新挑战。学校需要跟上时代步伐，回应社会对教育的需求，遵循教育教学规律，优化学校育人蓝图，自觉发挥好教育在人的发展中应有的贡献。我愿以秋白先生的诗句"我是江南第一燕，为衔春色上云梢"与大家共勉，做一个自觉的教育人，办一所自为的学校。

致秋白先生的一封信

丁娜乃

敬爱的瞿秋白先生：

您好！

先生，还记得 1916 年，您来校任教，匆匆半载，却在这里留下了深深的足迹：开设了新课程，创新了评价方式——"佳哉可也"……亦在这里留下了长长的人格投影：您信念坚定，您开拓创新，您博学多才，您无私奉献！我常常想，您不就是习近平总书记所倡导的"有理想信念，有道德情操，有扎实学识，有仁爱之心"的四有好教师吗！

先生，您看到了吗？在江溪小学这片热土上，我们传承您的精神，追循您的脚步，我们总想成为和您一样的老师——

她是一名最美军嫂，11 个春秋默默付出；她是一位人民教师，13 年岁月诲人不倦。这是军属的承诺，亦是师爱的坚守！她，是江溪小学一名普通又不普通的英语教师。

他，为班里的孩子定制了一个特别的"冠军杯"。学习优异者争当学习冠军，劳动行家争做劳动冠军，运动能手争当运动冠军……在他眼中，冠军无高下之分，只有姹紫嫣红之别。他，是江溪小学一名平凡又不平凡的班主任。

她，从教三十多年，退休了还依旧坚守岗位，在教育这片广袤的土地上，她辛勤耕耘，默默奉献。她说："未来，仍愿作雪，捧着冰心一片，执着寻梦。"

她，是江溪小学一名华发虽生活力依旧的宝藏老师。

她，是个半大孩子，却在短短的时间内站稳了讲台，成了陪伴孩子们成长的知心大姐姐。她，是江溪小学一名刚入职但大有可为的新老师。

这是 TA 的故事，是我们的故事，也是江溪小学每一个老师的故事。我们传承秋白精神，书写美丽教育故事，惟愿成为"秋白式"教师。

先生，您看到了吗？在江溪小学这片热土上，孩子们寻访您的足迹，赓续您的精神，总想成为和您一样的人。

敬爱的秋白先生，如今强国的接力棒已经传递到我们手中，站在新征程的新起点，我们愿追随您的脚步，赓续您的精神，奋楫笃行，用真心去创领新的百年！待到 2035，盛世如您所愿，我们再来向您汇报！

此致

敬礼！

仰慕您的后辈

2022 年 10 月 1 日

不忘初心，与江小同成长

王家星

我一直认为，我和江溪小学之间的缘分颇深。在我还是孩童的时候，戴着红领巾从江溪小学毕业。十二年后，我又站在学校门口，彼时已经转换了身份，变成了一名人民教师。还记得 2020 年，我怀着紧张又激动的心情，踏入校门。门前的瞿秋白铜像依旧那么高挺庄严，一如以往的模样。来到这里的第一天，我的内心就受到很大的震撼。在全体教师大会上，我见到了一群熟悉的老师，她们有些是我曾经的老师，可能她们已经不记得我，但是对于我而言，她们的模样从小学就刻在我的心里。吴校长虽然和我一样是新来江溪小学的，可是她却很优雅从容。我以为她会是一名不苟言笑的校长，可是看她笑眯眯地看着我们新老师，我的心情也放松了下来。会议开始了，从吴校长开始讲述的学期工作计划，到教导处的教学安排，每一个部门的工作都制定了详细的计划和预期目标，扎扎实实、清清楚楚。我想：这一定是一个严谨务实、目标明确的集体。

在我第一年执教的时候，我的心有些忐忑不安。因为自己是一名新老师，怕做什么都做不好。学校安排给我两名指导教师，一位在班主任工作上给予我帮助，另一个在学科教学上给予我帮助。我一开始想，这两位有经验的老教师，会不会因为自身工作忙碌而忽略我呢？会不会对我很严格呢？在我见到她们后，我提着的一颗心终于放了下来。她们很热情地对我打招呼，并且告诉我有什么不会的都可以问她们。办公室的老师们也主动向我打招呼，并且亲切地询问我的名字，一开始还有些紧张的我，在这轻松的氛围中，逐渐放松下来，融入进这个大家庭中。

当然，作为一名年轻老师，我同样会遇到许多问题。学校无小事，处处有教育。一个简单的道理，看似平凡的话，却意味深长。我的班级中有这样一个学生，他是个男生，脑袋聪明得很，脾气也怪得很。上课时他能积极发言，动脑思考，往往一些难理解的问题，他总最先明白，但他有一些缺点——性格十分古怪，总是不能遵守课堂秩序，批评他时也总是嬉皮笑脸，似乎根本不惧怕老师。为了让他改掉这些毛病，我采取了很多方法，软硬兼施，恩威并用，可还是不奏效。在我拿他没办法的时候，我不得不向办公室老师讨教经验。我本以为老师们最多口头给我几个建议，可她们格外关注这件事，处处帮我出主意，且和蔼可亲地告诉我，年轻老师是有这样的困惑，但是不用怕，这种孩子她们见得多，有经验。于是，在办公室老师的指点下，我先是积极找学生谈心，了解他的家庭情况。了解到他的父母因为工作原因一直不怎么管他，所以很多事他都自己独立去做，缺少管教。了解了这个情况，我又连忙和家长进行沟通，通过打电话和面谈，和家长取得家校沟通。我不再对这个学生严厉批评，而是好言相劝，慢慢感化他。渐渐地，这个孩子脾气越来越好，并且会主动和老师打招呼，上课也开始积极发言，其他科目的老师都觉得十分新奇。为了和学生进行深层次的沟通，获得他们的信任，增进师生情感，我常在课间和学生交谈，谈他们感兴趣的话题，一次次激励那些曾掉队的学生不断进取，尝试着走向成功。我的爱心和耐心打动了孩子们，他们在学习和活动中给了我一次又一次的惊喜。每次感到累的时候，想到和学生们聊天时开心的情景，想到生病时学生的一声声问候，我就觉得累是值得的。我喜欢和学生聊天，了解他们的思想；喜欢和他们共同劳动，享受成功的欢乐；更喜欢和他们一起游戏，放松自己的心情。在我担任班主任期间有欢笑，也有泪水；有成功的喜悦，也有失败的遗憾，但我最大的感受是：历经酸、甜、苦、辣后，收获的却是慰藉与幸福。

春夏秋冬，光阴如梭，不知不觉已经过去了两年，我越发感觉自己生活在一个温暖的大家庭中：一次次的组织活动，留下了大家的欢声笑语；一件件工作的完成，浸透着大家的辛勤汗水；老师和同学们深厚的师生情谊，留下了一个个感人的故事；操场上学生们的欢声笑语在校园处处飘荡……我已经深深融入到这个温暖的大家庭中，感受幸福，收获理想。在校训的指引下，我努力让自己成为一名自觉的秋白式教师。学校在大家的共同努力下日益壮大，而我也逐渐成熟，在讲台上游刃有余。这一切都离不开其他老师的帮助。

美丽的校园，朝气蓬勃，似太阳一般温暖，春风一般和煦，清泉一般甘甜。这里的一草一木，都将见证我的成长。我希望能和我的同事们一起，用我们的青春和智慧，与我们美丽的学校共同成长！

我和我的江小

孙兴美

寒来暑往，秋收冬藏，不知不觉我已经在江小工作了5个年头。在这五年中，我和孩子们一起学习，和同事们一起成长，逐步累积了工作经验，得到了各方面的成长，在江小这片沃土一起书写了动人的点滴故事。

初遇——从"江大"到"江小"

作为一个就读于江南大学的外地学子，在经过了4年汉语言文学本科，3年教育学硕士研究生学习后，在毕业时我决定留在这所历史名城——无锡。既然选择了自己喜爱的教育事业，接下来便是面临学校选择的时刻。

该选择哪所学校呢？"无锡市新吴区江溪小学"嘴里默念着，竟生出了一种莫名的熟悉感。江大——江小，江大——江小，真是一种缘分！不由自主地打开了学校网站：江溪桥边，泊渎河畔；百年江小，在传承中积淀，在创新中超越。"学乐相伴，启智辅德""自觉，向上，执着，创新"，这不正是一个教育人应有的追求吗？于是我毫不犹豫地选择了这所百年老校，从此我成为了江小的一份子。

相伴——从青涩到担当

在进入岗位工作后，我同时担任了高年级的语文老师和班主任，面对学校对我的信任，我感到肩上的担子有千斤重，在思考后，我暗下决心，要把这份担子挑起来。

"腹有诗书气自华"。一个有广博知识的教师才会有道德感召力。为了增长职业智慧，能使自己的教学闪耀着睿智的光彩，我要让读书和学习真正成为自己的一个习惯。作为一名青年教师，我更要积极向同事学习，多走进同年级教师和优秀教师的课堂，多向大家学习。积极参加教研活动和集体备课，就教学感悟反思、学生的思想问题及解决方法等与同组教师交流学习。

我深知班主任权利虽小，却担负着很大责任，尤其在培养学生的集体荣誉感方面非常重要。因此在班级管理上，我注意培养他们的集体荣誉感和主人翁的责任感，这样他们才会不断进取，产生积极向上的强烈愿望，心往一处想，劲往一处使，形成一股合力，从而使班集体更具凝聚力和竞争力。在平时的班级管理中，我总是跟学生讲："你代表的不仅仅是你自己，你的每一点进步也是家长、学校的荣耀，而你不文明的举止同样也会让你的家长、学校、班级蒙羞。""作为五年级的同学，我们就是这所学校的大哥哥大姐姐，我们要从各个方面为小弟弟、妹妹树立榜样。"在这种环境影响下"珍惜荣誉，谨言慎行"成为班级孩子的自觉行为，班级凝聚力也不断增强。

每当听到孩子们对我说"老师好"时，我的心里便会涌起一股油然而生的幸福；每当看到孩子们有点滴进步时，我内心的自豪便不由自主地浮现。

相扶——从责任到成长

在站稳讲台、稳定班级后，我更加关注每位孩子的成长。一位教育家说过："没有爱的教育就不是教育。"爱，是教育的前提，洒满爱的教育，能产生情感的共鸣，能开花结果。作为小学班主任，不但要有责任心，还要有爱。我一直坚信"星星再小，也会发光"，对孩子倾注师爱，这也无疑成为我管理班级的教育理念。

江小这片沃土也时刻滋养着我，他以"百年江小，励志树人"为办学理念，以"自觉自为，乐学乐创"为育人目标，从环境文化、管理文化、课程文化和精神文化入手，努力营造积极进取、自觉生长的校园文化，这深深影响着我，指引着我。

我牢牢抓住以学生发展为本的教育理念，注重培养学生具有良好的思想品德，以真情、真心、真诚的教育影响学生，在实际生活学习中时刻关心他们，使学生在关爱和教育中提高了自我要求。在这个温馨的大家庭里，每个人都不断发掘自己的潜能，分别在无锡市百灵鸟艺术展，全国、无锡市征文比赛，校园文化艺术节、体育节、读书节中获奖，整个班级在各方面取得了不错成绩：在学校"六个好"评比中多次获得流动红旗，在校级各类比赛中斩获团体一等奖。

在牢记自身育人使命同时，我不断进取，取得了一定的成长。我积极参加各项培训和教研活动，观摩多节的优质课，学习先进的教育理论。功夫不负有心人，我所撰写的多篇论文在江苏省蓝天杯、无锡市教育学会、教育科学研究院等组织的论文评比中获一、二等奖；获江溪小学优秀班主任、最美辅导员等称号；在学校班主任基本功大赛、教学技能大赛中获特等奖；在各类学生指导比赛中获优秀指导教师称号。

"十年树木，百年树人"，教师工作是一件既平凡又繁琐，既朴实又伟大的工作。它辛苦又充满着乐趣，自从和江小结下不解之缘，担当这份责任以来，我忙碌着、紧张着，同时也充实着、快乐着。今后我将更加努力地工作，继续书写我和江小不尽的缘分！

我与江溪有个故事

张楠楠

人生的路是充满奇幻的，下一个路口一定有未知的惊喜等着，这就是美妙的人生奇遇记。

虽然我经历了7年的师范生活的熏陶，但是真正成为一名人民教师的时候，我还是觉得不可思议。

"前方左转，到达目的地，您的导航到此结束，祝您生活愉快！"

从我踏进这所学校的门那一刻起，我的身份从此镀上一层异样的光辉，江溪小学，我来啦！

首先见到的，是第七办公室的老师们，温文尔雅的前辈们对我十分照顾，也消除了一丝我初入职场的不适应。基本熟悉之后，我便开始了工作。一切显得那么自然。

接下来遇见的，是四年级一班的孩子们，他们热情而朝气蓬勃，乐观而勇敢，一如曾经的我们。也许是他们真挚的目光，我没有想象中的那么紧张，也许是有着同样的真心，我与他们渐渐成了无话不说的知心朋友。

慢慢地，我融入到了这个暖心的大家庭当中，成为了不可缺少的一员。

生活中总有许许多多的事情发生，开心的不开心的，遇事则有情绪。

像任何一个平凡的人一样，我也会有不开心的时候。今天遇到了一些小事情，我的心情有些低落，依照惯例，我来到班级，打开数学课本，"上课！"随着这一声口令，开始了数学的课堂。讲课结束，布置了课堂作业，学生都在安静地完成作业，偶会有尺子掉落的声音，铅笔碰撞桌子的声音，学生的小声交流，这些都没有引起我的注意。

我按照惯例坐在前面批改作业，几位学生很迅速地完成，跑到旁边来等着批改，几个人上来，又几个人下去。批到排队的最后一位，他没有给我任何的本子，而是站在我旁边。我疑惑地望向他，是刘同学啊。

"老师，我想问你个问题，你今天为什么心情不好？"他的目光好像是直射进了我的心灵，我顿时震了一下。

"怎么啦？"我压低了声音。

"我早上和你打招呼的时候，你回我的语气很低落。"可爱的脸庞上透露着满脸的关心。

我微微笑着回答道："是张老师的疏忽，肯定当时在想事情，没注意到。你快去做作业吧。"

也许只是简单的一问，却舒缓了我有些不舒服的情绪，这是我第一次感受到师生之间爱的能量球的存在。

之后的上课，我更加有激情，像是被注入了某种神奇的能量。

这虽然只是一句简单的慰问，却成为了我的心情转折点，短短的话语，大大的能量。是他的能量，也是孩子们的能量。

也许生活有不如意的时候，他们就像是我冬日里的一缕暖阳，让我在寒冷的空气中，感受到生活的爱意。

故事很短，爱却是永恒的，就像我的小故事，几百个字，却诉不尽我的爱意。只愿他们平安喜乐，如愿顺遂。

时间从来不等人们反应，就已经到了离别的季节。我陪他们走过了小学生涯的最后一段，来到毕业季，我们心怀感恩，心有牵绊。因为这次猝不及防的疫情，我们没有进行最后的毕业典礼，这会是他们人生路上的一件憾事，也是我的。

祝福的话语还没有好好地与他们叙述，细心的叮咛还没有让他们记住，我们便就此别过。希望他们今后都顺风顺水，展翅高飞。时代少年，未来可期。

秋白精神耀我心

尤 丹

2013 年秋，我来到江溪小学任教。高大的教学楼、整洁的教室、宽阔的操场、美丽的绿化……于我而言，一切都是崭新的。九年时光一晃而过，江溪小学瞿秋白校园文化的建设和发展日益蓬勃，瞿秋白精神——自觉、向上、执着、创新，对我产生了深远的影响。在瞿秋白精神的引领下，我在三尺讲台挥洒汗水，传播知识，为祖国孕育花朵，无怨无悔。

自觉篇

"自觉"是江溪小学的校训。作为一名党员教师，我始终坚定拥护中国共产党的领导，积极参加政治理论学习，并及时总结、反思。用党的先进理论武装头脑，忠于党的教育事业，以高度的责任感和事业心将全部的热情投入到工作之中。"没有共产党就没有新中国。"这是我教导学生时经常挂在嘴边的一句话。当学生对我胸前佩戴的党徽产生好奇时，我总会耐心地向他们介绍党，讲述共产党人可歌可泣的故事；每晚收看《新闻联播》后，隔天我会和学生进行交流，分享祖国繁荣昌盛的喜悦；为了让学生"从小学先锋，长大做先锋"，我还定期组织学生到校外红色基地参观访学……我就是这样，一步一个脚印，带领学生了解历史、展望未来，力求培养有理想、有道德、有文化、有纪律的社会主义事业的建设者和接班人。

向上篇

要给学生一杯水，教师要先有一潭活水。平时，我十分注重专业知识研究，经常阅读专业书籍，不断增强业务能力，提高业务水平。教学中，我注重创设教学情境，营造宽松的学习氛围，提倡体验式教学，让学生调动各种感官，在活动中愉快、轻松地学习。截至目前，我已获得"无锡市新吴区语文教学新秀"称号，在省级教育期刊公开发表 5 篇论文，另有多篇论文获省、市、区各类教育教学优秀论文评比一、二、三等奖。此外，我还参与了学校校本教材《江南第一燕：儿童生命自觉》的编写，是学校课题研究组的重要成员之一。

多才多艺的我在市、区级辅导员风采大赛、曲艺比赛、演讲比赛、说课大赛等活动中分别获得特等奖和一、二、三等奖。我也善于寻找学生的闪光点，鼓励他们拓展兴趣，积极参加校内外的各项活动锻炼才能。

执着篇

"爱人者，人恒爱之。"我喜欢怀着一颗童心、一颗宽容之心走到学生们中间，与他们一起同蚂蚁做游戏，一起聆听鱼儿的窃窃私语，一起感受花儿开放的喜悦……面对学生的无知，予以指导和点拨；面对学生的缺点，予以理解和包容；面对学生的错误，予以引导和帮助，用相知相容代替对立与反抗，以童心呵护童心，以童心维护童心。

杨同学曾是我班里一个性格孤僻的女孩，经常独来独往。一个大雨倾盆的早上，杨同学踏着铃声匆忙走进教室，脸色苍白，还捂着肚子。了解到她不小心把早饭钱弄丢了，还没吃早饭后，我从保温盒里取出一个尚有余温的菜包子递给她，其实这也是我唯一的早饭。一个包子，拉近了师生间的距离，杨同学感受到了师爱的温暖，有了良好的情绪，渐渐愿意与人交往了，学习积极性都提高了许多，后来还担任了班级宣传委员，成为了我的得力助手。

我就是这样执着，想学生之所想，急学生之所急，尽全力帮助有困难的学生，在爱的教育中培养学生爱的情感，同时用爱的情感帮助他们塑造人格，更好地成长。

创新篇

从教以来，我曾两次带领学生登上中央电视台的舞台参加创意节目表演，4次获得区级自护情景剧大赛一、二等奖。荣誉的背后是重重困难，我都一一克服了。

一次央视表演，需要学生把所有的衣服先穿在身上，通过一系列肢体动作模拟各种动物的形态，每换一种动物就要快速脱掉身上的一件道具服装，并且在演一种动物的时候，另一种动物的部位不能露出来。角度不对，就会露出破绽；力度不够，表现力就较差。我对学生们的每一个动作细节都精益求精。经过半个月的排练，原本马步蹲不下的蹲得特别标准，原本动作有气无力的做得特别有力……另外就是道具服装的制作问题，买来布料、针线、丙烯后，我发动三十几名家长和老师利用节假日一针一线地缝制、加固道具，最终学生们才能顺利登台演出。

我始终坚信，每一个学生都需要一个舞台展示自己，在活动中磨炼自己，在磨炼后乘上自信之舟，驶向成功的彼岸。

爱生活，醉读书，喜锻炼。对学生亦师亦友，对同事亦兄亦妹，对家人亦柔亦刚。我愿意带着正能量继续在教育岗位上默默耕耘，帮助更多"江南燕"振翅高飞！

倘若时光有颜色

段艳青

来到江溪小学，总有一种精神鼓舞着我，总有一种温暖包围着我，总有一束光指引着我。这里，有给我大力支持的前辈老师；这里，有给我无私关怀的学校领导；这里，更有我施展才华的舞台……

2016，我与江溪初识，2017，我正式入职江溪。回首这几年的匆匆时光，很多记忆的碎片时常在我脑海中浮现，或忙碌，或欣喜，或失望，或振奋的难忘经历，都让我深刻体会到了做教师的艰辛与独有的快乐。回顾自己走过的这段路，没有轰轰烈烈的壮举，也没有值得称颂的作为，生活的平凡赋予我平淡的经历，而平淡中的种种感动激励了我、培养了我，使我不断成长。假如时光有颜色，我想借用三种色调来形容我的成长过程。

时光记忆之白色

倘若时光有颜色，刚入职的时光一定是白色的。初入江溪，看到的是庄严的秋白铜像，内心笃定这是一所有文化内涵的学校。往深处走，连廊的紫藤萝充满生气，文化长廊里的活动照片丰富多彩，各式的学生画作栩栩如生，操场上三两结伴、闲庭信步的孩童富有朝气……

此时的我最担心的是对一切的未知，但内心充满紧张的同时也心怀期待。我期待和同事有更多的交流，我期待踏上讲台，面对一群求知若渴的学生，更期待每一次的教研活动。每一次听课，我一定准时参加；每一次讲座，我一定仔细倾听；每一次活动，我一定认真反思。幸运的是，学校给我安排了两位指导教师，黄老师每周听一次我的课，教导主任王老师每两周听一次我的课，这也是我成长最快的一个阶段。最让我印象深刻的是王教导一丝不苟的教研态度，她每一次听完我的课后，都会细致地和我讲解存在的问题，并告诉我解决的方案，督促我改进后再上一次。正是王教导这样严谨治学的态度影响了我，那个学期，我仔细钻研教材，每次尝试不同课文类型，不管是识字课，还是阅读课，亦或是语文园地，我都认真钻研，每次能以公开课的标准严格要求自己。我也在这种周而复始的备课、磨课、上课中慢慢找寻到了一些上课的感觉。这些日常的教学活动，帮助我站稳课堂，我也追随着前辈们的脚步不断前行。

职业初期的我，想法很简单，愿望很纯粹。我坚信，好教育就是师生在每一节课堂里生长拔节。

时光记忆之红色

倘若时光有颜色，工作几年后的时光是红色的。红色是热情，是成长，是修炼。

江溪小学是百年老校，有文化底蕴，同样也充满朝气，行走其间的教师亦是如此。王教导曾告诉我，教学，需要把别人的经验内化成自己的做法，把别人的优秀课堂转化成具有自己风格的课堂。2018年，我有幸参加了新吴区第五届"新素养　新课堂"小学语文青年教师优质课评比活动，那是我第一次参加大型比赛，内心的紧张不言而喻。虽然积累了一些课堂经验，但第一次校外借班上课对我还是压力不小。于是，一场漫长的磨课开始：确立执教课题，解读文本内容，从点到面、从单课到整单元、从整单元到整本书……梳理教学内容的前后关联，学习优秀教学设计，解读新课程理念……准备过程中，我时刻记着：学会甄别和利用教学资源，整合转化成适合自己的，不能让既定的教学模式限制教学思路。通过语文团队一次次探讨研磨，我也在一次次试讲、思考中完成了一次课堂蜕变，终于圆满完成了此次比赛，获得了一等奖。

磨课的过程是长长的煎熬，而成功的瞬间是喜悦无比的。教师的进步，就在一次次艰难的磨课中；教师的成长，就在一次次生命的觉悟中。

时光记忆之绿色

倘若时光有颜色，工作多年后的时光是绿色的。绿色是平和，是宽容，更是坦然。

虽说日常的备课、上课，教学研讨与各类活动忙得不可开交，但与孩子们相处带来的快乐也是溢于言表的，真可谓累并快乐着！当老师的幸福就是，你在滋养别人的时候也滋养了自己，一寸日光一寸芳华里，不仅有孩子的成长，也有自己的成长。回首忙忙碌碌的每一天，都因彼此的成长而深觉职业的幸福。孩子们的天真无邪每日感染着我，我觉得教育孩子完全可以用温柔的语言来表达。所谓温和而坚定，话语本身是温暖、温和的，但教育的立场与原则是坚定的，是有力量的。当明白了这些道理，面对日常教育教学，何不用温柔的语言和孩子交流，用温柔的语言提出高标准和严要求呢？

现在的我任教高年级，比起刚工作时，身上多了些许从容和淡定，课堂上的我会用最简单的话语说出最明确的指令；用表情和肢体同学生互动交流；课后的我和学生交流上课心得、课后所得和生活趣事……我把温柔尽可能多地加入到教育教学中，心平气和地用温柔感化学生，让学生褪去一层一层厚重的外壳，露出那一颗晶莹剔透的童心！

教育是一场修行，现在的我褪去了一些稚嫩，坚信教育是慢的艺术，是温柔的坚持，我将以滴水穿石的恒心、牵着蜗牛散步的耐心、秉持学生成长的责任心，在学生心灵深处默默耕耘。

乐观和爱是生活的解药，迎着阳光，心守暖阳，逐光成长。不管何时，不论何地，愿我们每个教育人都能不弛于空想，不骛于虚声，一步一个脚印，寻梦而行，一路追光！

遇　见

尤一诺

初次见你，是一个阳光明媚的午后。我怀着懵懂，踏入校园。印象最深的便是门口那一座高大的瞿秋白铜像。彼时的我尚不知秋白与学校的渊源，满是好奇，很快便被满树的樱花吸引。微风吹起，粉色的樱花在阳光的照耀下，旋转着，翩然落在干净宽敞的中央大道上，施施然落在秋白像手执的书本上，也轻轻落进我的心里……此时安静的江小有种别样的魔力，吸引着我。

开学后的每一天都能见到你，有时带着可爱的孩子们围着秋白像玩耍，有时带着他们去宽大的秋白广场参观，他们最爱缠着我讲秋白的故事，有时带着孩子们去小巧精致的凉亭坐坐，他们就会不自觉地吟诵着："我是江南第一燕，为衔春色上云梢。"当然，他们最喜欢的地方可能还是秋白图书馆，教室后面他们写下想看完秋白图书馆里所有的书的小愿望。作为新老师，慢慢地，在给孩子们讲许许多多精彩的秋白的故事后，在每天聆听着秋白式教师们的谆谆教诲下，在不断翻阅着学校珍藏的秋白作品后，学校那座高大的秋白铜像于我而言，不再陌生，他渐渐地走进了我的心里。

我见过凌晨四点的江小校园，当太阳渐渐升起时，朝霞为秋白铜像铺上金色的光辉，神圣又庄严；我见过晚上九点的江小校园，当我拖着疲惫身躯准备回家时，秋白铜像隐在朦胧的月色里，柔美温柔，仿佛在向我说晚安；我也见过大雪纷飞时的江小校园，白色的积雪落在秋白像宽厚的肩膀上，落在打开的书本扉页上，但我竟一点也不觉得冷，相反，内心出奇得热烈，一种向上的力量喷薄而出，让我联想到寒冬怒放的傲骨梅花……

于是，对着高大的秋白铜像，我好想跟你说说话。

我知道，先生你出生于书香门第，天资聪颖，饱读诗书，13岁更是写下了脍炙人口的《咏菊》。直至辛亥革命后，你才家道中落，一家人被迫搬到城西庙宗祠居住，靠典当、借债度日。15岁的你又因为交不起学费，被迫辍学，而那时你的母亲又服毒自尽。饱尝人世辛酸的你不得不扛起肩上的担子，寄居在亲友的家中，来到江溪小学教书谋生。这些经历和鲁迅先生多像啊，古来圣贤者大抵如此，历经人世的磨难方能破茧成蝶。尽管你早早地尝尽了人间磨难，但你却并没有消极，碌碌度日，相反，对当前的家国形势看得无比清晰，那时你一定想做的是"教天地人事，育生命自觉。"当时大量的西方思想涌入中国，在民众还在信奉"仁义礼教"时，你早早地就明白，启民之自觉才是当时最重要的任务。你也知道社会动荡不安，国家岌岌可危，覆巢之下，安有完卵，所以你绝不可能在此安心教书，心系天下的你很快就继续学习转而投身于革命运动。只因为"我是江南第一燕"，我要敢为人先！启生命之自觉后，卓然独立，做当世有大格局的大先生！

先生，我好敬佩你，"为衔春色上云梢"，你的后半生也印证了此诗。在学习了许多先进理论后，你毅然在莫斯科加入中国共产党，回国后又担任《新青年》等刊物主编，并发表了大量政论文章，继续启民之自觉，同时也为党的思想理论建设做出了巨大的贡献。只是后来受到"左"倾错误迫害，你失去领导职务。身患肺结核的你不顾病体，奔赴上海，以笔为刀，与鲁迅先生一起投身文艺创作，用文学唤醒民众，拯救危亡的民族。再后来，你被国民党军逮捕了，敌人了解你的身份，他们用尽办法威逼利诱想劝你投降，可你怎么会呢？每一次，你都严辞拒绝，即使对方开出再优厚的报酬，你都置之不理，毅然决然地走向刑场，从容就义。

我不知你当时是如何奔赴刑场的，但我想就像这校园一角的雪中梅花，傲然独立地绽放于枝头，不去炫耀那一副好颜色，在百花竞谢，畏怕严寒的时候，你迎难而上，小小的花朵毫不畏惧地绽放！多么美的颜色啊，大雪纷飞的白色中，耀眼夺目的红！那耀眼夺目的红，就是中国红！那是一抹不屈的颜色。不要人夸颜色好，只留清气满乾坤。就算零落成泥碾作尘，先生的一身正气永永远远地停留在了人间。芳香四溢，清气满校园。

后来的我们，无论是可爱的小江南燕们，还是亲切的秋白式教师们，校园里的一砖一瓦，校园里的每一个人，无人不知你、懂你、爱你、敬你！

就连我，一个平凡普通的小小教书匠亦被你感染着、鼓舞着。精神的传递，让我与相隔千里万里、在遥远的时空里的你，紧紧地联系着，一个灵魂与另一个灵魂碰撞着。因为你，亲爱的秋白先生，我与江小有了紧密的、不解的缘分。仿佛你隔着时空在呼唤着，期待着我一步一个脚印地慢慢成长，努力成为一名优秀的秋白式好教师。

先生，晚安了！让我在梦里变成一朵小小的花吧！就在您的脚下仰望着您，每日聆听着您的教诲！

第二篇 **02**

| 溪畔·成长——溪畔光阴觅成长 |

这所年逾百年的学园，

有一群永远年轻的孩子，

他们是这个学园的主人，

他们拥有一个共同的名字——江南燕。

只要你愿意听，

我想将他们的故事一讲再讲。

像一棵树一样自觉成长

唐伊琳

要做一棵树，站成永恒，没有悲伤的姿势。一半在土里安详，一半在风里飞扬；一半洒落阴凉，一半沐浴阳光。非常沉默非常骄傲，从不依靠从不寻找。

——三毛

我在初中时初读这句话，便觉认同感十足，写到如果有来生，要站成永恒，成为骄傲挺拔的一棵树。来到江溪小学之后，"自觉"的校训让这棵骄傲的树在我的心里有了更加具体的样子。它能迎接风雨，不怕挫折；它能向下扎根，向阳生长；它能自觉成长、枝繁叶茂……我希望这棵骄傲的树也能在孩子们心中生长出来，于是便同江南燕们有了这些初尝试……

"自觉"初探讨

成为自觉的人需要深入的探讨，我在中队召开了自觉主题班会——《关于自觉的探讨》一起讨论了什么是自觉？我们如何做到自觉？

江南燕们从自觉的词源入手，通过查找资料发现自觉最早源于《孔子家语·致思》中的一句话："吾有三失，晚不自觉。"意思是指自己感觉到，自己意识到，指自己有所认识而觉悟。因此，江南燕们自身对于自觉的感悟非常重要。接着，江南燕们一同观看了《广州首份居家学习报告——近六成小学生不自觉》的报道，共同探讨自觉对于学习与生活的重要性以及诸多好处。

为了明确怎么做才能体现自觉，江南燕们以小组为单位共同讨论——"如果你是一个自觉的孩子，你一天的生活应该是怎样的？"江南燕们讨论得热火朝天，分别从不同情景讨论了自觉的细节。在上课前，迅速安静做好准备工作是自觉；在上课时，积极举手，认真专心，在适当的时候做笔记是自觉；在课后，文明休息，积极拓展课外阅读是自觉；在放学后，合理安排好自己的课余生活是自觉……自觉在江南燕们方方面面的生活之中，不再是挂在墙上的标语与书法了，变得真实可感。

图4　自觉成长树，树苗中队　　　　图5　树苗中队标识，三（11）中队

　　最后全班同学共同创建了自觉成长树，期待着从现在开始做自觉生长的人！瞧，每个江南燕的小手印都是一片小叶子，共同创建了三（11）中队这棵小树苗！

"自觉"初体验

　　经过认识和探讨，江南燕们对于"自觉"已经有了一定的认识，但是如何落到实处呢？江南燕们通过辅导员的引导与江南燕们的协同探讨，一起商量出了培养"自觉"习惯的几个对策。

　　建立自觉目标。江南燕们每周都会写下自己一周的自觉目标，贴于教室内的自觉目标栏中。这些自觉目标不同于往常的学习目标，生活中的方方面面皆可提及。例如：常常一下课便去进行课间活动的江南燕写道：在下课后，先做完下节课准备工作再活动。在孩子们的认真执行和江南燕们的相互监督下，有些同学的小毛病自觉地改正了，成为了更优秀的自己。

　　创建自觉文化。优良的班级文化氛围有利于自觉的养成，班级里设立了自觉习惯栏，自觉读书角，科普小知识、作品展示栏的板块，江南燕们在课间休息的时候，从环境中收获了知识，在探讨中收获了友谊，相互督促着成为自觉生长的人。看，江南燕们将我们班级里的每一面墙都布置得会说话了！

　　定期自觉评价。有了目标自然也少不了评价，好的评价使江南燕们及时修正目标，朝着更好的方向发展。每天清晨，江南燕们进入到教室前首先要做的便是对于过去的一整天进行自觉性评价，评价这一天是否自觉。在此过程中，每一位家长都是江南燕的积极督促者，在家的自觉表现，也将纳入考核之中。每周中队会根据每天的自觉评价，评选出"每周最自觉"的江南燕，也许他在成绩上不是最优秀的，但一定是课前准备最充分，上课最专心，各个方面最自觉的。

实施自主管理。江南燕们经过一学期的自觉培养，已经基本实现了自主管理。这一点也得到了其他任课老师的表扬，在课前或课间无人看管时整个班级依旧有序。

"自觉"初感悟

在这一学期我与江南燕们关于自觉的实践与探究中，我们思索着，感悟着，改变着。

自觉是生命的内在感悟。它很难用一句话或一段话来描述与概括。当我看到江南燕们用自己的方式规划着自己的课余生活时，我知道他们感受到了自觉的好处，渐渐地自觉成为一种习惯的思维方式，江南燕们明白了自己要对自己负责。

自觉是同伴之间的督促。在整个活动中，辅导员仅仅作为引领者引导他们。自觉不是教出来的，教出来的自觉不是真的自觉。"上施下效"总有些从外而来并非从内而发的感受。因此，同伴间的作用就尤其重要。当江南燕标兵用时间表开始规划自己的课余时间时，其他江南燕也非常自然地开始规划自己的课余时间。

自觉的养成，家校共育是关键。家庭与学校者两个江南燕们最经常身处的环境，他们所表现出的状态可能截然不同。本活动很好地将家庭与学校通过时间线的连贯与统一打通了。家长们会通过与老师的沟通反馈在家的自觉表现，而学生也能在第二天来学校得到及时的教育与问题的解决。

自觉这个词从课堂延伸到课后，从学校流淌到家庭，从外在环境浸润到江南燕们心间，期待他们能借着自觉这一精神食粮长成参天大树！

感恩遇见

周英芳

2018年9月1日，是开学第一天，也是"江南燕"啦啦操队得知要去参加比赛的日子！区第三届中小学生啦啦操赛定于 9 月 26 日！时间紧，任务重！怎么办？回望过去，感恩遇见的一切。

感恩遇见了通达的家长

接到比赛任务，我当天就组织"江南燕"啦啦操队的队员们开始集训。孩子们在训练过程中积极配合，令我欣慰。

一天、两天……问题很快就出现了：其一，队员集中在四、五、六三个年级，她们的学习任务和放学时间不同，导致队员们零零散散前来训练；其二，家长接送孩子的时间不固定：有的家长孩子一放学就来接，有的家长放学后过段时间才能来接，还有的由补习班的老师来接……时间没法保障，第一周的训练成效令人担忧。

怎么办？我跟孩子们商量能不能把训练时间安排在放学后，从四点半开始，训练一个小时？面对我的提议，孩子们也有顾虑："老师，五点半我妈妈下班接我不方便""周老师，我放学后去补习班怎么办？"……

听着她们的问题，我想既然是家长接送的问题还是要跟家长沟通才行。当即我要了每一位孩子家长的电话号码，与他们互加微信。通过微信解释、交流之后，绝大部分家长表示支持，还有个别家长确实存在接送困难，但也表示尽量克服。

感恩遇见了勤奋的江南燕

此次啦啦操赛要求展示小学生花球啦啦操校园示范套路，且必须有 24 名队员参赛。花球啦啦操有 32 个手位动作，每个手位都有动作方向、用力顺序、动作路线等几个方面的要求。一两个队员动作规范容易，三五个队员动作一致也不难，但要求 24 名队员整齐划一，并不简单。

为求动作的规范性，啦啦操队员们每个动作无数遍重复……经过漫长而枯燥的动作训练，孩子们的动作规范了许多。

紧接着就是比赛队形的排练。花球啦啦操在队形变化、空间变化和节奏变化三个方面的要求比较高。同样一个动作，有的同学可能先做，有的同学可能后做，有的同学在上手位做，有的同学则需要在下手位做，而且在保证节奏空间变化的同时，还要"眼观六路，耳听八方"，时刻保持队形的整齐。

反复听音乐、练动作、走队形，一遍又一遍，一天又一天，队员们用坚强的毅力和不懈的努力，表达着对比赛的执着与渴望！

感恩遇见了自信的江南燕

9 月 26 日，比赛日。出发！一路上，孩子们有说有笑，可是在迈进体育馆的那一刻突然安静了。那一刻的安静让我意识到，孩子们紧张了。

赛前试场地，孩子们居然忘记了训练中烂熟于心的队形变化。这下，我更加确定孩子们的确紧张了。"我们今天是来参加比赛的，而比赛的时候最不需要的就是紧张，它只能降低你的比赛状态。你们缩手缩脚也要上场，昂首挺胸也要上场，那为什么要选择害怕呢？要知道你们今天可是全场最漂亮的！"一番话下来，孩子们笑了。

比赛开始，队员们自信满满地上场了。她们面带微笑，昂首挺胸，真美！

感恩遇见了美妙的比赛

对"江南燕"啦啦操队的队员们来说，一次集训就是一次磨练，一次比赛就是一份成长。

通过这次比赛，啦啦操队员们知道了只要肯努力，运气总不会差；只要肯付出，结果总归会好的。

愿孩子们能把自觉奋斗、永不言弃的啦啦操精神带到今后的学习、生活中去，像啦啦操一样永远积极向上，永远充满激情，永远充满活力！

雏燕战队，展翅高飞

孙天炜

在江溪小学任教的 18 年时光里，我曾带过一批聪明伶俐，活泼可爱的阳光少年。他们既是老师们眼中的"精英"，也曾是我眼中的"菜鸟"，到底是怎么回事呢？且听我慢慢道来。

在 2011 年下半年，我接手了当时的四年级 1 班。这是个大家公认的"好班"——成绩好，男生帅气，女生漂亮，科技运动美术等方面人才济济。要说带这样的班级，是每个老师都乐于接受的，但我当时却保留了一些想法。的确，在四年级、五年级这两年的时光里，这个班级各方面在年级里始终都是遥遥领先。同时，也印证了我当时的一些忧虑：学生一路走来太顺利，缺少些挫折的磨炼，遇到些许失败就情绪大变，难以接受；部分学生自我感觉太好，主观想法领先于老师的指引，变得开始自说自话起来，可经常会因为这样而做错事；有时，若少了班主任在身旁，整个班级就会变得"群龙无首"，遇到问题就束手无策。马上就要六年级了，学生即将进入青春期初期，他们的行为、思想等各方面若不加以正确的引领，就容易走歪路，性格各方面也会发生不好的变化。如何来帮助学生改正这种娇气、依赖的习惯，成了我当时重点思考要解决的问题。

学校当时开展的"江南燕"文化给了我灵感。班上这些娇气的孩子就如同嗷嗷待哺的小燕子一样，我必须让他们学会独立，养成自力更生的好习惯。因此我设计了一套班徽，分别是菜鸟章、雏燕章和精英章。菜鸟，也许有人觉得这是一个不好的称谓，是种侮辱，但在我看来，菜鸟更是一种励志，寓意"笨鸟先飞"。试问，哪个新手不是"菜鸟"呢？菜鸟不可耻，自己不努力展翅高飞，坐以待毙，最后成为别人盘中餐的才是悲剧。成年人在社会上的竞争就是最好的说明。而如今的小学生也将面临这样的问题，如果不好好努力，不从行为习惯、学习能力、为人处事等各方面严格要求自己的话，那么这样的学生注定"发育不良"，而且这也必将影响到他们将来的发展。为了改变这一现状，2013年11月5日，六（1）班"菜鸟中队"应运组建起来了，学生们佩戴上了这枚特殊的"菜鸟徽章"，唱起了"我是一只小菜鸟，咿呀咿呀哟"的小曲。他们当时可能是觉得好玩，却不知道这是对他们内外磨炼的开始。我相信经过这秋冬两季的磨练，这些"菜鸟"终将在明年春暖花开之日成为超越自己，成为独当一面的精英。我坚信，只要用心，肯吃苦，这一刻必将会来到！

刚开始时，学生们戴着菜鸟章走在校园里，还有点稀奇，觉得蛮好玩的。可没过多久，问题就出现了：有学生觉得佩戴菜鸟章有点丢人，很不好意思，不想戴，甚至学生的家长也来与我沟通，觉得有点打击学生；有学生认为自己各方面很优秀，已经不是"菜鸟"了，不该佩戴菜鸟章。渐渐地，学生"忘记"佩戴菜鸟章的次数增多，有的学生甚至直接表示戴菜鸟章就不出教室门。

为此，我特地利用班队课时间和学生们讲明了菜鸟章的设计意图，并例举了古今中外一些名人励精图治、发愤图强的鲜活例子，如勾践卧薪尝胆，瞿秋白励志求学等。同时也让学生来讲述了一些名人虚心求学的故事，以此来告诉学生要学会戒骄戒躁。诚然1班在年级里目前处于领先，但仅限于在这个学校里。如果过于骄傲自满，无异于井底之蛙，坐井观天。要知道山外有山，人外有人。我展示了一些市级艺术节展示的优秀绘画作品给学生欣赏，同时也把前不久刚结束的区、市级运动会里各项巅峰成绩数据呈现给了学生，主要是让他们明白天外有天，人外有人。好在孩子们的心性还是比较纯良的。看完之后激发起了他们的斗志，纷纷向我表示会努力超越现在的自己，朝着新目标努力前进。我也很高兴自己激励他们的目的达到了，于是趁热打铁，拿出了事先准备好的雏燕章和精英章并做了说明：雏燕章，设计图案来源于江溪小学的校徽，能佩戴此徽章者就说明已经达到了基本要求，成为了一只合格的"江南燕"；精英章，英同鹰，能佩戴此徽章的同学必将是出类拔萃的优秀学生，如同雄鹰一般，展翅高飞。

同学们听完介绍，纷纷表示想要这两枚徽章。我于是颁布了班徽晋级条例，告诉他们如何凭借自己的努力来争取雏燕章和精英章：除了坚持每天的学习任务要认真完成外，班级事务、体育锻炼、学校各项活动的参与更是一样都不能少，有同学轮流做值日班长进行记录。看到学生吃饭挑三拣四，体育运动方面部分学生更是一再偷懒，我决定亲自抓好这两块内容。中午吃饭时，我亲自把关，对于剩饭剩菜严重的拍照提醒家长并适当进行扣分处理，同时自己做好表率，告诉学生均衡膳食的重要性；每天大课间结束或下午两节课后的体育锻炼时间，我都亲自带队，和学生一起坚持跑2~3圈，并在确保安全的前提下，允许他们最后一圈进行冲刺——高年级学生学习压力大，适当放松下减压也是有益于他们的身心健康。起初，学生跑跑很有劲头，但后来随着天气变冷，加上一些学生身体素质较弱等原因，部分学生可以动作变慢，由跑变走。看到这一情况，我于是上前一个个鼓励督促，并表示，无论如何都会等他们坚持跑完指定圈数，我会等，其他同学们都会等，这使得一些有惰性、跑不动的学生没辙了，只能咬牙跑完，虽然跑完后累得不行，他们一个个喘着粗气，但你看我，我看你，又忍不住地大笑了起来。就这样，一天又一天，我陪着学生们一起跑步，每天我都会在空间日志里记录当天发生的一切，学生能上网的都能看到自己的点滴努力。

正是有了老师的监督，同学们的共同努力，我们从2013年的秋天坚持跑到了2014年的春天，学生们的心性也得到了磨炼。在这期间，同学们各自努力在不同的领域提升了自己。前后陆陆续续拿掉了菜鸟章换成了雏燕章，部分同学更是凭借自己的出色发挥取得了可喜的成绩，被老师授予了精英章，其他同学看到了也不再是嫉妒，而是更加激发他们的进取之心。他们在进步的同时，心态也在发生着变化，人变得谦虚独立了，也不会因为班主任不在而不知所措，常常在老师不在教室的时候，能安静地自觉学习。形成了一种学校倡导的"自知自行自成长"的学风。一分耕耘，一分收获，我们班一如既往地冲在年级前列，斩获各项荣誉，受到学校领导、老师和家长们的一致好评。在一次班队课上，我曾提议是否把"菜鸟中队"改成"雏燕中队"，同学们纷纷表示，不用改，这样挺好。我笑了笑，点头表示认同。不过在临近毕业前夕，在申报无锡市魅力中队的时候，我还是把"菜鸟中队"改成了"雏燕战队"，因为孩子们今天已经成为了一批优秀的"江南燕"，他们的羽翼逐渐丰满，心性也日渐成熟，明日的他们必将乘着春色展翅高飞，飞向未来。

活动中的孩子最自信

尤 丹

校内舞台：积土而为山

"这次由三（9）中队代表三年级组进行校级主题队活动展示。"刚接到这个任务时，我十分担心：我们班学生能行吗？

5月16日，无锡市中小学生品格提升工程推进活动·江溪小学三年级"自信雏燕振翅飞"队活动课展示在学校小礼堂落下帷幕。滑稽的相声、整齐的快板、动听的歌声，赢得了场下观众热烈的掌声。作为此次队活动展示的辅导员，看着他们大方的言谈、精彩的表演……我激动得热泪盈眶。

我们班的学生平时讲话特别小声，看起来很不自信。我就琢磨着把"自信"作为此次队活动的主题。学生非常珍惜这次机会，积极参与排练，不夸张地说，他们利用所有的碎片时间在练习：上厕所的路上练，吃午饭的路上练，连晚上睡觉前都要练上几遍，甚至有家长说孩子在睡梦中都在念台词。涔名和柏翔同学主动报名表演相声《王自强与王自信》。他们平时口齿不算清晰，柏翔的肢体协调性更是不佳。起初，他们含糊不清的台词、生硬的动作一度让我萌发了换人的想法，但转念一想，他们正需要一个契机改变自己。于是，我把他们留下来单独辅导，台词一句一句地抠，动作一个一个地教。功夫不负有心人，正式表演时，他们如相声中原本不自信的"王自信"一样体验了自信之乐，收获了自信之美。

队活动中，学生们将自己的优点书写于"自信之燕"之上，自信之燕带着他们的自信展翅飞向蓝天。

街道舞台：更上一层楼

一次，江溪街道在睦邻中心举办文艺晚会，校领导找到我说："尤老师，你们班级的学生蹦蹦跳跳很有活力，这次就由你们去睦邻中心表演舞蹈操吧!"虽然我在平时的体育活动课上带学生学了《青苹果乐园》《樱花之舞》《爱》《感恩的心》等舞蹈操，但不代表能直接上台表演呀!

担心再多也没用，还是赶紧选人排练起来。经过几轮筛选，我确定了表演学生。他们尽管已经熟悉舞蹈操的动作，但在排练的时候还是毫不马虎，每一个细节都练习得很认真。值得一提的是，这些学生除了完成学习任务，排练期间有的要进行羽毛球训练，有的要参加书法集训，还有的要准备画画比赛，但没有一人叫苦喊累，只待登上舞台的时刻。

正式演出终于来临，舞台的灯光映照着学生自信的脸庞，我知道他们已经准备好了! 音乐响起，他们也随之舞动：动作整齐有力、笑容灿烂甜美……朝气蓬勃的他们给在场的观众留下深刻的印象。

他们走出学校，用完美的演出点亮了街道的舞台。那一刻，掌声属于他们!

区级舞台：海阔凭鱼跃

新吴区要举行中小学生自护情景剧大赛啦! 接到任务，我立即找到拍档——许贝莉、俞懿纯老师商量此事。头脑风暴之下，我们结合当下层出不穷的电信诈骗精心编写出了剧本——《天降IPAD》，开始了"导演"生涯。

小演员们特别敬业，周五拿到剧本，一个周末就把台词背熟了。通过"说戏"，小演员们对角色的把控越来越准确。最自然的戏是最好的戏。一诺和徐蕾出演的是主人公彤彤的爸爸、妈妈，本色出演效果不佳。于是，他们留心观察父母的言行并勤练，最终，他们演绎的彤爸彤妈赢得了掌声。朱敏出演的"彤彤"是本色出演，落落大方，收放有度，把主人公细腻的心理变化展现得淋漓尽致。黄姜演的是管家狗狗"乐乐"。据说，黄姜每天都要和自家的小狗玩上半小时，认真观察小狗的动作细节，怪不得舞台上的他那么机灵活泼呢!

经过一个半月的刻苦练习，他们自信地站上新吴区梅花剧场舞台，赢得了评委老师的一致好评，获得了新吴区情景剧大赛小学组一等奖。

一分耕耘，一分收获，未来属于他们!

央视舞台：厚积而薄发

当北京中央电视台少儿频道《看我72变》栏目组向江溪小学发来邀请，领导让我全权负责这个活动时，我深知这是难得的机会，更是巨大的挑战。

策划方案前，我观看了几期《看我72变》，了解到这个节目需要创意表演，便向学生征集创意。秋游时，马周看到同学在草地上用肢体模仿动物的形态，向我提议何不来个动物变装秀呢？哎哟，不错哟！回到学校，我和朱影珍老师探讨了两天，又与梅凡导演积极沟通，最终确定了《动物舞蹈大赛》的方案。

创意很丰满，现实很骨感。首当其冲的是道具服装的制作问题——特殊道具无法直接采购！其次就是表演过程如何自然流畅——为了不露破绽，"黑衣人"以及表演动物的学生做动作特别"难受"。

创意很丰满，团队很给力。美术组的王珏、施易、郭婷、贺文熠等老师以及 FUN 生活社团朱影珍、李萍等老师设计并制作出大象、螃蟹、鸵鸟、狗熊的服装。江小的家长志愿者们更是舍弃休息时间，到校和老师一针一线地缝制、加固道具。道具问题解决啦！

创意很丰满，孩子更给力。他们每天都要训练到五点半，腰酸背痛，忍了！筋疲力尽，受了！整个表演过程越来越自然流畅。

去央视录制节目，学生亦丝毫不怯场。学生们站立于央视舞台，亦是站立于成长舞台，令人感动。

活动中的孩子最自信，策划活动的老师最活力，支持活动的老师与家长最给力。因为他们，江小的校园充满魅力！

03

第三篇

| 溪畔·日常——溪畔岁月多芳华 |

这所年逾百年的校园，

有一群心里有爱的老师，

他们的故事美好纯粹，

他们的故事拥有同一个主人公——孩子们。

要是你愿意听，

我想请你在他们的故事里同行一程。

第一章 牵起孩子，与世界共前进

面对活泼泼的生命，总觉责任在肩。当忆及一件件暖意流淌的小事，一次次敞开心扉的对话，一个个令人感动的瞬间……总庆幸：真好，我是老师！

孩子，让我牵着你们的手同行

胡 琏

小学班级管理工作千头万绪，作为一名班主任，对于班主任而言应该是学校中全面负责一个班级学生的思想、学习、健康和生活等工作的教师，是一个班级的组织者、领导者和教育者，是一个班级中全体任课教师教学、教育工作的协调者，也是家校和谐沟通的桥梁。一名优秀的组织管理者，在他的组织协调下，建立完善的班级规章制度、和谐的师生关系、团结健康向上的集体氛围，是班主任的首要职责，让学生的"服"变成自己的"福"。

2014年9月，我接手了一年级4班。这是一群活泼可爱的6、7岁的孩子，这也是一群80后父母的宝贝。想着即将面对一张张可爱又淘气的小面孔，一群年轻而又有个性的爸爸妈妈们，我既感到责任的重大，同时又不免有些忐忑。于是，接手新班级的第一件事情就是想着在开学前给每位孩子打一个电话，这样既能了解学生、家长以及家庭情况，同时也可以消除彼此内心忐忑，增加家长的信任。

在拿到学生名单那一刻起，我就开始了我的班主任工作——给每个孩子打一个电话。通过电话中与家长的交流，了解了每个孩子、父母的性格，家庭状况，学习环境，在家的表现，身体状况，兴趣爱好；了解到了家长殷切的希望、要求以及教育理念等等，并一一做好了详细的记载，为今后的教育工作奠定了基础。在电话中，我还不厌其烦地一一指导和嘱咐爸爸妈妈们如何为孩子准备适合实用的开学装备……电话结束时，一句"宝贝，胡老师好喜欢你呀! 26 号，我们就可以在江溪小学见面啦! 老师等着你哦!"顿时拉近了我和孩子们之间的距离。一通气氛融洽、家长乐意接受的电话，对一个即将踏入新环境的孩子和一群在孩子身后各种牵挂的爷爷奶奶、爸爸妈妈们来说，那是一份关怀，一份安心，一份信任……同时，也为家长积极主动地参与到今后班级的教育教学管理中，更有效地和学校携手共进奠定了良好的基础。

一年级的足迹：给孩子们一个温馨的家

班级教室是学生学校生活重要的地方，为了迎接这些可爱的孩子们，考虑到让他们尽快能从幼儿园适应小学生活，在班级的布置上，我也花了一番心思。结合我们学校"江南燕"理念，"快乐江南燕，温馨我的家"这一主题有感而生，我决心帮我的孩子们布置一个温馨童趣的"燕子之家"。

首先要让每个孩子都能找到"家"。能在校园中独自准确找到自己的教室，这是每位老师开学初的最大愿望，但这也是孩子和家长最担忧的地方。小学的校园比幼儿园大很多，各种教学楼的模样也都差不多，当时我们的教室又被分配在一年级教学楼的二楼。为了解决这一难题，在学校指示标志的基础上，我从教学楼的一楼楼梯口的扶手开始到我们教室门口都缠满了金银丝带，并挂上了一只只写着"一（4）班"的小燕子作为指示。在教室的大门上贴着几只大大的可爱的燕子，并写着"到家了，一（4）班的宝贝们!"这一小小的举措，作用却出奇好，不仅解决了我、孩子和家长的担忧，而且也赢得了家长的好感，为今后的家长积极配合班级工作打下了基础。

黑板上的欢迎辞是教室里给孩子的第一印象。我用艺术字写上"欢迎你，孩子们!"，再用简笔画勾勒出欢天喜地去上学的学生的笑脸，用一个个鲜艳的气球和朵朵鲜花作了装饰，还精选一支轻快而温馨的曲子，制作了关于校园每一个角落、专用教室的精美的 PPT，在班级中滚动播放，让孩子们能在轻松美好的音乐和图片中开启新的小学旅程。教室的黑板报和窗户上结合孩子的喜好和我们班"快乐江南燕，温馨我的家"这一主题也做了精心的布置，创作了一些小惊喜，整个教室充满了童趣，让孩子们一走进教室就恋上我们这个"燕子之家"。

温馨的"燕子之家"建设好之后，就是为每个孩子制作名片了，这个名片能让我以最快的速度认识每个孩子，同时也解决了其他术科老师上课时必须拿着花名册的一大苦恼。仍然是以燕子为主题，在裁剪好一只只可爱的卡通燕子之后，在燕子名片的正面，我亲手写上了每个孩子的姓名，名片的反面写着我的称呼，电话以及一句祝福语。这个燕子名片的制作上，我留给孩子和家长极大的创作空间。报道那天，我在教室门口微笑着迎接我的孩子们，从家长的手中郑重地接过那一双双小手，轻抚着每个孩子的脑袋，他们那稚嫩天真的笑脸深深地吸引了我。看着孩子们欢快地根据燕子名片找到自己的位置，看着家长脸上那满意和放心的神情，我知道我又一次抓住了他们的心。

我嘱咐孩子们，回家后要和爸爸妈妈们一起把自己的小燕子打扮得漂漂亮亮的，要让小燕子记住父母的电话，还要让自己的小燕子结实点，不能让他轻易受伤，并叮嘱孩子们开学时，一定要把它带来哦！这是我布置给孩子们的第一项家庭作业。可爱的孩子们和家长给了我无限的惊喜：没有一个孩子忘记带上自己的燕子名片卡。一张张燕子名片各具特色，虽然并不完美，但却能感受到那一份份的认真，一份份的自豪，一份份的满足以及家长对老师的支持和配合。这一天，42 位孩子都被评为"最美小燕子"。为了让孩子们能珍惜爱护这一个劳动成果，养成一个良好的习惯，在两个月后，我们还进行了"最佳守护员"的评比，一个个的好习惯就这样悄无声息地形成了。

"燕子之家"的外形已然塑好，接着开始布置内部环境，着力提升教室和学生的内涵。只有想不到，没有做不到，老师、学生、家长一起，寻找素材，共同构建孩子们心目中理想的"燕子之家"。教室后面的书包柜上是我们班的植物园，上面摆放着从家里带来的各种绿色植物；每个孩子的书包柜上贴着自己旅游的照片或者全家福；图书角是家长为孩子准备的各类绘本读物；教室两边的墙上是孩子和家长共同创作的书画作品；卫生角是孩子带来的肥皂、餐巾纸、卫生纸……经过两个礼拜的努力，教室里焕然一新，生机勃勃。

"国有国法，家有家规"，我们这个"燕子之家"当然也得有家规。魏书生老师说："教育就是帮助人养成良好的习惯。"我想班主任不仅是全班学生的组织者、领导者和教育者，还应该转变为学生的服务者，树立为学生服务的理念，切实当好学生人生道路上的引路人。一个班 42 个孩子，每个孩子性格特点不同，兴趣爱好不同，家庭教育也不同，如何让这些孩子在人生的道路上有个良好的开端呢？我想：空头说教是没有用的，重要的是根据孩子的年龄特点，通过生动活泼的教育形式，热心地引导。一年级的孩子，他们不知道为什么学习，为谁学习，也不知道怎么学习，我就根据他们喜欢听故事的特点，经常讲些小数学家、小文学家等名人的故事给他们听，用这些生动的故事把他们吸引到学习上来，孩子们一听入了迷，我再引导他们想一想，说一说，听了故事，你心里是怎样想的？把你们的想法说给大家听听，看谁想得好，说得好。小故事的吸引力起到了作用，孩子们幼小的心灵受到了熏陶和启迪。

在孩子们有了美好的学习愿望以后，我就根据他们争强好胜的心理，开展形式多样的活动。利用班级的墙面当阵地。在墙上我贴上了"我能行""我真棒"等激励语激励孩子学习，培养他们的竞争意识。拼音竞赛，写字比赛等轮番举办，每次竞赛之前，我都发表热情洋溢的讲话，如，写字比赛之前我说："同学们，这节写字课，我们进行写字比赛，要求字写得横平、竖直，笔画清楚，端正有力，写得最漂亮，写得最认真的，我们就评他为小书法家。老师就会把写得好的张贴上墙，加小星星。"学生的学习兴趣自然就调动起来一些了。但是也有那么几天，好几个孩子向我告状："谁撞到了我，谁拿了我的铅笔，谁踩到我的脚了……"为了一些鸡毛蒜皮的小事总是向我告状。于是，我就在墙上又贴上了几个红红的大字"请、您好、谢谢、对不起、再见。"让他们能天天的看到这几个字，平时我也做到以身作则，孩子帮我捡粉笔我会说"谢谢！"，我碰到了别人我会说"对不起"，学生和我"再见！"，我会说"再见！"渐渐地向我告状的少了，说文明用语的多了。

二三年级的成长：燕儿翩翩飞

"我是江南第一燕，为衔春色上云霄"。"争做春燕"的"江南燕"精神是我们江溪小学的校魂，是每个"江小人"不断前进的动力。

经历了一年的洗礼，小燕子们的羽翼已经初长成了。在"江南燕"精神的鼓励下，为了提高孩子们对"江南燕"精神内涵的理解，我一改以往以班主任为主导，孩子们在老师的协助下学习、生活的被动模式。依赖被动的管理模式不管是对于班级的长远管理还是对于学生的长远发展来说都是弊大于利的。班级是孩子们学习生活的乐园，他们理所当然应该成为这个乐园的主人。学校提倡的"小岗位体验活动"，如果我将它落实到班级的管理中，"放手"让他们自己去管理不是件很好的事吗？这样，一方面我能有更多学习、思考的空间，另一方面可以让孩子们体验到班级管理中的酸甜苦辣，培养孩子的集体意识、责任意识与团结协作、分析解决问题的能力！两全其美，何乐而不为呢？结合班级的现状，我实行了"课前一分钟养成"制度、设置"值日班长负责制""纪律监督员""卫生监督员""护眼小卫士""图书小理事""仪表监督员""通风员""节电员"等岗位，并从细节上手把手地耐心指导他们怎样达到要求。每个周五，结合孩子的行为表现和"六好江南燕"的标准，进行一次总结评比，评选出"环保小燕子""读书小燕子""科技小燕子""安全小燕子""礼仪小燕子""运动小燕子""最美江南燕"等。每个孩子都认真评选一周以来各方面进步，或者为班级贡献的同学，给自己帮助最多的同学为"最美江南燕"，并为这些孩子颁发各类江南燕徽章。更可喜的是，孩子们和家长们的积极性都很高，家长们发挥各自的才能，和孩子们一起积极参与到我们班级的江南燕徽章的设计和制作中。一周后，一枚枚孩子们亲手制作的栩栩如生的江南燕徽章诞生了。孩子们佩戴着这些徽章别提有多高兴了，良好行为习惯也在不知不觉中养成。而且这个活动还延续到了一些孩子的家里，家长也借鉴这个方法，督促孩子在家自觉完成作业，协助家长做家务……各种习惯也在家校的共同努力下不知不觉得以养成。

这一系列活动在孩子们心灵中种下了一粒粒健康向上的种子，提高了他们的思想素养，使他们逐步养成自觉、勤劳、孝亲、文明等良好品格。一份耕耘，一分收获，在学校"六一"各中队综合德智体等各方面评比中，我们班在全校54个班级中，脱颖而出，被评为"瞿秋白英雄中队"。回顾班级两三年来所经历的课程与活动，学生、老师、家长及班级都在一起成长，每个孩子都获得了成长的肯定和鼓励。

四年级的收获：吾家有燕初长成，正是振翅高飞时

生活处处有学问。学习不仅是在课堂和书本中，在生活里，在各种活动中皆是学问。集体活动正是班主任对学生实施全面教育的一种有效途径。一个集体之所以能有强大的凝聚力，正是因为集体活动为每个人带来了极大的心理满足和施展才能的机会，使学生在班级充实的生活中为未来的社会生活奠定基础。

2018 年 9 月是孩子们进入江小的第四个年头，他们也将迎来人生一个重大的日子——十岁生日。十岁是漫漫人生中的一个里程碑，它意味着孩子们即将告别幼稚的童年，开始迈入憧憬无边的少年时代。为了让孩子们记住这个具有纪念意义的生日，让孩子们学会感恩、懂得分享，理解父母的养育之恩、师长的教诲之恩，学校决定举行了一场别开生面的庆祝活动——十岁成长礼。

活动前夕，孩子们以班级为单位，在校园一角种下了属于班级成长树，并在树上小心地系上了承载心愿的卡片。成长仪式的节目以班级为单位，人人参演、人人展示自我的精彩，展示成长的意义。那两个月里，我再一次见证了孩子们的成长，他们自发有序地组织起来，编剧本，排练，一次又一次地修改……为了不影响白天的学习，甚至放学后留下来练习到天黑。孩子们的辛苦换来的是成功的喜悦，我们班的两个节目均成功入选，这是孩子们长大的见证，

他们更懂事了，也更有责任感了。活动中，更大的惊喜是孩子们突然通过视频看到了自己小时候的模样，看到了爸爸妈妈的发自肺腑的祝福，调皮的神情不见了，泪水在脸颊滑落。家长们都表示，孩子们在集体中度过这样一个精心安排的十岁生日，能让他们牢记这个特殊的成长时刻，让他们在生活中学会了感恩，学会了憧憬未来。

这次活动，孩子们懂得了交往，懂得了分享，懂得了感恩……教育无痕，润物无声。在真实的活动中教会孩子学习知识，掌握本领，是我们老师不懈的追求。这次集体生日，给每个孩子的童年添上浓墨重彩的一笔，感恩、温馨、美好一定会成为孩子们心中的永恒。

孩子的成长需要家庭、学校的共同努力，而班主任则需要持久耐心的管理与创造力，才能让一个班级在潜移默化中走向成功的彼岸。

坚持到永远

王 虹

《鹳》是皮克斯《飞屋环游记》加映短片。鹳是西方传说中的送子鸟，是鹳将在云朵创造的"孩子"送入千家万户，可是其中的一朵云，总是会创造出一系列的"危险宝宝"，有咬人的鳄鱼、凶猛的野猪等，虽然每次运送的任务越来越艰难，每次任务归来，鹳会伤痕累累，可是他自始至终地坚守着，即使过程中有退缩，有怀疑。

孩子们笑着看完了这仅有 5 分钟的动画片，如同往常一样，我们在影片中汲取一个英文单词并学习。

孩子议论的是——相伴。无论云朵创造怎样的孩子，鹳总是陪伴在那朵云的左右。

有孩子说是——责任。因为鹳的任务就是运送孩子。

我说都有道理，相伴（company），责任（responsibility），今天学习一个流行词汇——hold，即坚持。

每当这朵与众不同的云，固执地创造出啼笑皆非的"危险宝宝"时，鹳总能 hold 住整个场面，跌跌撞撞，却甘之如饴，在送子路上坚守着。学习中我们也要学会 hold 住，坚守着。静下心来，想到自己的教育工作，不禁想起李镇西的一篇文章《教育，是一种悲壮的坚守》。我们很多时候不得不在良知与现实之间进行艰难的抉择。几前接手的一个班，犹如那朵云递给我许多学困生。我忙碌了一阵后，看着和别人还有差距，沮丧的同时，深感教育是个复杂的过程，孩子因为家庭环境、自身智力、学习习惯的差异所导致学习情况参差不齐。既然孩子是花朵，花开有季，为何非得要孩子每个月、每段时间，都呈现华美呢？学习成绩没达到标准，但用心学了也是一种成功吧！

小鹿，其中的一员，转学过来前因为没有学过英语，到了学校后成绩在班上倒数。因为环境反差巨大，身子里的倔强的另一个她表现出来的是置之不理。第一天当她站在我的面前，我一开始还是能心平气和地和她谈话，询问她的一些情况，比如说为什么英语成绩零起点、为什么不耐心学习；我还告诉她，如果长此以往，英语的低分会影响其他学科的平衡。说真的，那天她的举动让办公室里的老师们对她也没有什么好的印象，因为她在办公室里太随便，摇头晃脑地走来走去，似乎没有把任何一个老师放在眼里。最后经过一下午的思考，她决定无论如何要从零开始，面对现实，一个个字母开始学起来。

接下来依然没有什么好的效果，她依旧我行我素，课堂上依旧不听课。要么自己一个人静静地，什么也不做；要么就跟周围的同学在窃窃私语，影响老上课进度。我对她的态度也就越来越差了，看到她满不在乎的样子，我难免生气地训她。有时她还故作撒娇地说道："老师，我也知道你为我好，你训我的话，对于我来说，打击也不是很大。我改不过来，你说你的，我做我的。"当放弃的念头闪现时，班内的一个同学的纸条给了我很大的触动："老师，对于小鹿，我也知道你很头疼。你想改变她却又无能为力，我们也不愿意有这样的同学，不但自己不学习，还影响别人。可是老师啊，我希望对你的学生，再多一点的谅解，多一点的关心，多一点精神上心灵上的鼓励。"看着学生的纸条，我为自己感到庆幸，因为班级还有这样的学生。是的，我应该接受她的一切，就尽我最大的努力来改变她吧。接下来比的是谁坚持得最久，这是用行动诠释"坚持就是胜利"！

"如果一个孩子生活在鼓励中，他就学会了自信；如果一个孩子生活在认可之中，他就学会了自爱。"多一点信任，多几份理解，少一些责难，少一点怨恨，多几份关爱。有人说，教师对学生的爱，甚至可以影响学生对整个人生的态度。而对小鹿来说，更需要得到老师"雪中送炭"式的关爱。

从那以后，我对她实行了冷处理，我觉得这个方法也许对她有效。我每天用便笺纸和她交流，有空就对她说一两句鼓励的话。要求她首先要做到不迟到，早上按时来上学；把她自己的感受写在便签纸上，后来在纸上写上当天的学习知识难点，好让她提前熟悉理解背诵。

低起点的目标，学生乐意接受，也能较好地完成。那段时间我犹如那只鹬，她一而再、再而三的错误会令我产生小小的揪心、深深的无奈。她也如同那朵云，为自己的过失有了那么一点点愧疚。慢慢地她和其他孩子们都在一点一点地改变，小鹿开始重新找回来了自信。她开始和同学老师交流，对英语学习也感兴趣了。主动来预习新课，背单词课文。英语零起点的她，把新课用中文注音，鹦鹉学舌般地全都背诵下来，并让我听后纠正发音。为了这一刻，我们彼此坚守了一个多学期。

教育难道不是一种等待，一种彼此的坚守吗？他人笔下瞬时化腐朽为神奇的案例从没发生在我的学生身上，我的学生中没有那种顿悟后立刻彻头彻尾改变的，时常会那么不可爱一下。两年下来，小鹿和一些孩子竟习惯了我的陪伴，他们开始习惯 hold 住自己时，向班主任告状，Miss Wang 不像以前关心他们时，我的心顿时有了满满的成就感。

教育是一件特别值得用心经营的事情，也许她不能即刻给你带来财富和荣耀，但在坚守过程中铺陈开来的画面里，一定会出现一点小小的自足感，也正是它的存在，足以让人享用一生。

十年树木百年树人，我想教育不是一朝一夕、急功近利的过程，就如《鹬》呈现的一样，教育孩子需要师者的一路相伴、引导与坚守。数学课上统计时，喜欢英语的学生最多，此时告诫自己要继续努力啊！还有一个不会字母的，还有一个刚转来的，还有几个偶尔会拖拉作业的，一个一个……嗯，自己犹如影片末尾那只羽毛零落的鹬，自始至终地坚守着，即使过程中有退缩，有怀疑。

你感觉很生气，对吗？

张海英

周三是我值勤的日子。上午第三节课预备铃响后，我照例去教学楼转转，看看各班眼操及课前准备情况。

转到中年级教学楼的二层，就听到楼下传来嘈杂的吵闹声，"我不，我就不！"一个男孩倔强的话语一句盖过一句。我快步来到事发地——三（1）班教室门口，只见班主任王老师站在门口，气得满脸通红，男生小杨（化名）站在教室中间，激动地挥舞着手臂，不停地叫喊："我不，我就不！"他的周围有几张课桌被推到在地，书本文具散落一地。其他学生都站在走廊上，有窃窃私语的，有探头张望的。

王老师见到我，情绪也很激动："张校长，这孩子简直要翻天了，太不像话了！"我示意她先停一停，了解到下一节是音乐课后，请王老师带其他孩子先去音乐教室上课，情绪平复后再回来。

王老师带着其他孩子离开后，我慢慢走到小杨面前站定，含笑注视他。小杨倔强地别过脸，不肯看我。

我知道说教、批评对这个孩子早已不起作用，必须换种方法，于是决定用正面管教法，一步一步引导他平复情绪，恢复理智。

第一步：认同孩子的感受。

我伸出手，扶着小杨的肩膀，蹲下身子问他："你感觉很生气，对吗？"

"对，我很生气！"小杨大声地冲我说。

"发生了让你这么生气的事情，老师感到很难过，希望我能帮到你，能告诉我发生了什么事情吗？"

小杨看了看我，又想了想，告诉了我事情的原委：上堂课是语文课，他听着听着就拿出了水彩笔在语文书上画画，王老师发现了就直接没收了他的水彩笔，并严厉批评他为什么不能像其他同学那样好好上课。他就发脾气推倒了自己的课桌，又带倒了周围的两张桌子。王老师很生气，坚持让他扶起来，他也很生气，就是不扶。

很显然，我问的两个问题起到了作用，因为这样的语言会让孩子感受到我对他的理解以及我想帮他的意愿，让他意识到我很关心他发生了什么事情，所以孩子的情绪很快就好转，愿意敞开心扉告诉我究竟发生了什么事情。如果我一开口就问："你为什么要发脾气？"孩子第一反应就是我在指责他，情绪可能会更对抗，就很难展开良好的对话。

第二步：发现孩子的需求。

在认真倾听了孩子描述的事情经过后，我再次陈述这件事，接纳孩子的情绪并试着发现他的需求："老师没收了你的笔，批评你的时候拿你和其他同学比较，让你很愤怒，对吗？"小杨点点头。

见他点头认可，我肯定了心中对孩子情感需求的猜测，于是又说："你希望王老师能好好地提醒你，不要拿你和同学比较，对吗？"

小杨低头想了一会，说："是的，不过我上课画画不对，发脾气把桌子推倒就更不好了。"

此时，孩子感觉他的情感需求得到了满足，情绪完全平复下来了，马上也意识到自己的问题：上课画画不对，发脾气推倒课桌更不对。

于是，我开玩笑地说："嗯，你发脾气的样子还有可能会把同学们吓到哦！"见他有点不好意思，我又说，"那我们先让教室变整洁吧！"话还没说完，小杨已经过去扶起了第一张课桌，紧接着第二张、第三张，捡起了掉落在地上的文具书本。最后，我和他一起排整齐教室里所有的课桌，并捡起了地上的纸屑。

至此，这件事基本处理完毕，但我还有最后一步必须走。

第三步：引导孩子的行为。

看着焕然一新的教室，我冲小杨竖起来了大拇指，问他："今天这件事学到了什么？"

他不好意思地挠了挠头："上课要认真听讲，不能随便发脾气吓到小朋友。"

"对，这就叫勇于承认错误；你还能把教室整理好，这就叫勇于承担责任。"

我向已回到教室外面等候的王老师招招手，示意她进来。王老师刚进教室，小杨就走上去："王老师，对不起，以后上课我不画画了，也不发脾气推课桌了！"

王老师一愣，随即反应过来："老师今天也太过严厉了，希望你说到做到，期待你今后的表现！"

这一步，我肯定他"勇于承认错误，勇于承担责任"，是巧妙地为孩子设定了一个行为边界，并且让他参与到了行为边界设定的过程中，无形中提高了他的自律性，所以当王老师走进教室的时候，小杨非常主动地找王老师道歉。

回办公室的路上，王老师笑着对我说："张校长，你真有办法！我带他三年了，这孩子脾气越来越大，做错事情从不承认，三年来还是第一次向我道歉呢！"

这是我在外校挂职交流期间跟进的一个学生案例。这件事之后，我就师生如何有效沟通、如何对学生进行正面管教等问题，多次和孩子的任课老师、家长进行共商交流。在家校共同的努力下，小杨虽然在学习成绩上起色不大，但在情绪控制、与同学相处等方面都有了很大的改善。

与学生展开有效沟通，进行正面管教需要坚持一个原则：和善而坚定。我们要选择用爱的语言取代指责、说教、否定、随意评价或比较等暴力语言，要善于倾听或观察，接纳孩子的情感，发现孩子的需要，并引导孩子的行为。长此以往，我们的教育境界会逐步提升。

做一个有爱的情绪"消防员"

许贝莉

"许老师，我刚才不小心踩到了千千，都道过歉了他还推我！""许老师，千千上数学课时一直在开小差，老师让他好好听课，他瞪老师，还把书扔地上。后面半节课他一直在生气，也不听课。我下课时多看了他几眼，他就说我肯定想嘲笑他，冲过来想要打我，幸好被红红拦住了。"……这些，都是同学们对转学过来的千千同学的日常"告状"内容，从学习状态到行为规范，好像处处都显得和这个原本和谐的班集体格格不入，而每次这类"冲突"发生时，如果千千当时"反击"回去了，那他的气就消了；一旦没有及时发泄掉怒气，他便会双眼怒视，双拳紧攥，浑身颤抖。这个时候，假如谁去讲上几句公道话，那肯定会被他大叫着怼回去。当然，感觉吃了亏的他定会在事后某天去"报复"回来。

千千这孩子是由老家的爷爷奶奶带大的，因妈妈在其二年级暑假时发现他脾气和习惯都很差，注意力也严重不集中（后经医院确诊为"中度多动症儿童"），所以才把孩子接来无锡。纵然是由亲生父母抚养，但其家庭环境却并不乐观。父母文化程度都较低，爸爸脾气火爆，与妈妈相处也是三句不到就"炸毛"，所以根本没能力、也没耐心管孩子。妈妈属于息事宁人型，平时不仅对爸爸乱发脾气相当忍让，在教育孩子方面也是能忍则忍，实在忍不了就打，缺乏有说服力的沟通教育。这些家庭因素也是千千在转来后问题非但不见好转，反而愈发严重的主要原因。

作为班主任，为了帮助他，我也想了不少方法，但一开始收效不佳。例如，我与家长联系，讲明家庭教育对孩子的影响，但发现他妈妈在电话里总是显得十分配合，说会尽力管教，可除了打骂，教育方式依然捉襟见肘。我也尝试运用集体力量感化千千，可无论千千坐到哪一组，当天和附近同学必有矛盾，最严重的时候半天发生了四起冲突。和他讲道理更是有种"鸡同鸭讲"之感，就拿他因某些小事心情不好而拿同学借他的笔撒气这件事来说，我劝告他别迁怒于别人的东西，他给出的理由是："同桌答应借我一天，还没到时间还，我想怎么摔就怎么摔，哪里错了？"假如我说："坏了得赔。"他就说："我干嘛赔？他同意借给我的。"假如我表示要让全班同学评评理，他就回答："你是老师，大家当然不敢说你是错的。"如果老师再和他讲道理，那么他捏拳颤抖、嘁泪仇视的一幕必定会上演。

鉴于他表现出的一系列问题，以及初战告败，我意识到问题的棘手。于是，在征得家长同意后，我把高个子的千千换到第一排，并安排了个新同桌航航。航航除了脾气不火爆外，也是班里一个比较自私、没人缘的孩子。两位家长表示可以这么尝试着坐，希望孩子们在日常相处中，透过彼此发现自身的问题。千千妈甚至乐观地期望有一天两个孩子能"化敌为友"，实现"双赢"。家长的支持，为我的德育工作提供了重要的保障。之后，我便尝试为千千"量身定制"方案来改变他。

一、冷处理，平静下来再解决

人在暴怒的时候，往往听不进别人的任何话。这一点在千千身上体现得尤为明显。因而，一旦他有异常迹象，我会暂时性忽略他，继续上课或处理别的事务，等他气头过了再找他来解决问题。

二、明事理，行为规范指方向

我从千千和同学的一些冲突中发现他是个规则意识很强的孩子。一旦他觉得这样做是对的，而别人违反了，他就会以此为据，寸步不让，但千千心里缺乏正确的规则，导致很多时候意识不到自己的蛮不讲理，反而会因为觉得别人是在针对他，这无疑会让他的怒火更盛。基于此，我便充分利用教室墙上的《小学生行为规范》为他树立正确的观念。这一招十分受用，规范的权威性使他不再辩驳，反而会静下来做些思考。

三、AB 剧，重现矛盾教相处

所谓 AB 剧，就是情节发展到关键点的时候，设置两个方向，分别为 A 和 B，根据不同的选择继续发展。千千在与人相处时，往往会不自觉地激化矛盾，事后虽偶有表态，面露悔意，但到下一次又会忍不住爆发。所以，与其事后对同学说"对不起"，不如采用这种当事人双方再次参与的情景剧方式，更能做出一种引导，既给了千千一个反思自己问题的机会，又教会千千用另一种方式妥善解决问题。尤其是在控制情绪方面，他受益匪浅。

四、助把力，家庭沟通更顺畅

千千的妈妈教育孩子时有心无力的。有一回，我曾亲见千千妈一股脑地说教，而千千一副"见怪不怪"的敷衍样。这样的教育实难让孩子心起波澜。故一方面我会在孩子在校与人发生冲突后手把手地教她如何与孩子有效沟通，另一方面，我也会教千千端正态度，去做回应。

五、多鼓励，服务班级融集体

由于千千的"横行霸道"，他在班级里可谓是人人避之而不及。孤单了一段时间后，我找千千来聊下，感受到他内心还是渴望融入集体的，于是，我便和千千有了一个约定：他每天为班级做一件好事，用贡献换取同学们的改观。从扫地、整理讲台，到发作业本……他的主动性和积极性被唤醒了，而我适时的鼓励和表扬也让他体会到了快乐。逐渐地，同学们也慢慢愿意和他说说话，聊聊天。

六、常 PK，争先创优我能行

千千和航航自从做了同桌，发生矛盾的频率可想而知，尤其是刚开始的时候，鸡飞狗跳是家常便饭。他们也多次私下告知我，受不了对方的斤斤计较。值此教育契机，我一方面摆明立场，让他们认清我不会换座位的现实；另一方面做好安抚，指点相处之道。逐渐地，两个孩子有点死心了，也渐渐发觉整天吵架很无趣，如果忍不住骂了对方，动手推了对方，还要各种赔礼道歉，甚至，为了同一件事重复地演 AB 剧也怪不好意思的。于是，在有些事上，两个孩子逐渐没那么计较了，秉持着"井水不犯河水"的原则，两人的"太平"日子越来越多。我乘胜追击，让两人 PK 谁与人相处更大度，沟通更令人佩服，并给予适当奖励。这使得两个人之间的火药味淡了不少，倒似乎滋生出些许同学情谊来。

迄今为止，我已经当了千千一年的情绪"消防员"，他的改变还是比较显著的。现在，他大部分时间的情绪都是比较稳定的，如果同学不小心踩到他，只要及时道个歉，他就不会暴怒；心情不好的时候，迁怒别人的次数也大大降低；在劳动方面，他也经常会主动为班级出力……虽然俗话说"江山易改，本性难移"，不过孩子正处于人生观、世界观形成的阶段，还是有着较强的可塑性。看着他单纯灿烂的笑容，我心中便涌起阵阵暖意与希望。是的，他就像冒尖的竹笋，虽一时没有百花的绚烂，可是待它吸收足够的雨露阳光便定能厚积薄发，拔节而长。

美的慢箭

丁娜乃

　　开学第一周，前任班主任提醒我需要特别关注小龙的话语犹在耳，小龙同学就来了一个令人印象深刻的亮相——

　　"老师，小龙又跟人打架了！""老师，小龙又欺负咱班小杰啦！"……我一边随学生的指点朝出事地点跑，一边叹息：唉，这个小龙果然"名不虚传"。

　　为了显示班主任的"威仪"，为了"杀鸡儆猴"，我一到出事地点就指着小龙厉声道："你，跟我上办公室！"小龙扭着脖子，摆出一副"去就去，没什么了不起"的神情，径直就走在了我前头。"哟，这小子脾气还挺大！"我对他有了第一个属于自己的评价。让我隐隐不安的是，我在围观孩子的脸上看到了丝丝"为民除害"的快感并听到了"活该"的声音。

　　到了办公室，小龙仍旧歪着头，一见我坐下便咕哝："我就知道，不管是不是我的错，你们都会归到我头上……"他虽然很小声，但我却听得很清楚，这不由使我心惊：这孩子怎么会有这样的想法？"原来，满不在乎是这小子的保护色，其实内心很脆弱，需要别人的理解、支持和肯定呢！"这时，我对他有了第二个评价。

　　望着小龙满不在乎中透着焦虑的脸，我板着的脸霎时就柔和了。我站起身拉住小龙的手，笑着说："来，自我介绍一下：我是你的新班主任，以后将和你朝夕相处，希望你能多多关照。"小龙愣愣地看着我，半晌才反应过来："我是小龙。"我继续问道："能跟我讲讲刚刚发生的事情吗？"小龙仍有些抵触，小声地据"理"力争："我只不过跟他开个玩笑，是他先动的手。"我微笑着打断小龙的话："我想听你心平气和地叙述事情的经过，至于责任问题我们一会儿再分析讨论。"小龙小有疑惑地看着我，说："老师，你怎么不批评我呀？"我再一次重申我的观点："我想知道事情的经过，要不要批评得看你是不是犯了错。"小龙霎时就红了眼眶，哽咽着叙说了事情的经过。原来，小杰觉得自己都已经是四年级了却长得跟二年级小朋友一般高，有些难过。小龙听见后就凑上去说，到了春天我给你浇点水，你就能长高啦。一听这话，小杰顿觉受了侮辱就动起了手。说完经过，小龙就小心翼翼地看着我，等待我的"发落"。我看着小龙稚嫩可爱的脸庞，心想：陶先生不是曾说过"在我的教育里，小孩和青年是最大，比什么伟人还大。"陶行知就是这样尊重学生的，我为什么一定要以恶意去揣度孩子的想法呢？心理学家罗杰斯不也说"理解人是极其可贵的，也是极其必要的。"想到此，我笑眯眯地说："其实，你也是个马小跳！你一定是好意，因为大树、鲜花、小草这些美丽的生命在春天有了水的浇灌都能长高，你一定想让小杰和它们一样，对不对？"这时，小龙破涕为笑，打开了话匣子："老师，你怎么知道我一开始的想法？我只是想跟他开一个善意的玩笑。"从他的话语中，我知道了他是一个或许有些淘气但极为天真的孩子，我也知道了他因为被老师特别"关注"而遭同学的排挤，久而久之，不但遭人否定还自认为就是一个爱惹祸的"坏孩子"，也就越发爱惹事了，颇有些"破罐子破摔"的意味。

此时此刻，面对小龙的"心结"，运用理情疗法是再恰当不过，我必须首先学会全方位接纳小龙，包括他的缺点与错误。于是，我说："小龙，老师认为你今天的失误在于用不恰当的方式表达了你的善意，让小杰产生了误会，你应该向他说明并向他道歉。还有，下次记得不要太冲动，动手了，谁受伤了，老师都会心疼，你也一样。另外，老师要告诉你，你其实是个善良的好孩子。好了，今天的事情关于你的部分已经解决，道完歉请你把小杰请来，他不对的地方我跟他再沟通。"此时，我分明看见小龙的眼眶又开始泛红，但我想，一定和之前哽咽有所不同。

经过这件事，老师和学生都成长了。小龙见到老师总是笑眯眯的，师生间的距离就这样被拉近了，小龙还学会了控制情绪；笔者则学会了在师生交往中的对话要以儿童的视野吸取儿童切身的生活体验，要允许学生出错，允许学生改正，允许学生保留自己的意见，让师生关系洋溢生命的色彩与活力。

有心理学家曾做了这样的调查：人最根本持久的内心动力，是人所追求的自我价值。我们每个人在生命中都渴望赏识和信任，孩子们更是如此。我觉得确如陶先生所说"教育需要爱，也要培养爱。没有爱的教育是死亡的教育，不能培养爱的教育是失败的教育。"班集体建设需要良好的尊重孩子的环境以及机智的教育智慧。

针对上次小龙的"玩笑事件"，我开展了一次班队活动——"我要夸夸你"。活动之初，我带头夸了小龙。孩子们在惊讶之余，开始回想和小龙相处的点滴，说出了小龙许多优点：热情、善良、口算能力强等。小龙得到了同学的肯定，激动地站起来夸起了其他同学……就这样，每个孩子都在别人眼里口中看到了一个不赖的自己。

如今，我虽仍能看见"小龙"和"小龙们"摩拳擦掌，但欣喜的是随即能看到的是"一笑泯恩仇"；我虽仍能听见"呀，小龙，你怎么又把我文具盒弄到地上去了?"但欣慰是还会有下面的对话"对不起,我不是故意的。""哦,那下次要小心。"孩子们似乎懂得了如何发挥个人的才能,懂得了相互尊重,并融入了班级这个大集体之中。于是我又再想起了心理学家罗杰斯对人的本性的阐述:每个人都是有价值的,每个人总体上都是积极的,都是有自我实现的倾向,都有成长的潜能,每个人都可以改变自己。

"每一个学生都是一幅生动的画卷,每个学生都是一朵等待绽放的花儿。"我们的孩子犹如万花丛中的一个个花骨朵儿,每一朵都是希望,只要我们细心浇灌,花儿就一定能竞相开放。教师一个灿烂的微笑,一个赏识的眼神,一句热情的话语都能缩短师生间的距离,使学生的基本素质和个性品质得到全面和谐、充分的发展,师生达到共识、共享,实现共同发展,从而建设一个富有活力、民主、和谐的班集体。

当和孩子同欢笑、共流泪、齐成长,当努力做学生心灵的引路人,你一定会被尼采所说的美的慢箭射中。

道是无情却有情

杭江西

这是一个真实而又耐人寻味的故事。

"老师,不好了!不好了!小祖和小爽在教室里打起来了!"班长苏明鑫上气不接下气地一路跑来,向我报告道。我顾不得问班主任在哪儿,快速向六(2)班跑去。当时正是临近毕业考试的五月份,不知怎么的,孩子们的情绪总是烦躁不安,有经验的老师们常常形容这一现象为"小猪即将出圈了"。

踏进教室,两只好斗的"公鸡"已被同学们拉开。一个脸上挂了彩,留下深深的五个手指印,另一个耷拉着脑袋,耳朵背后也碎了,只是血印较浅。两个人看到我来了,眼里都含着眼泪,似乎都有无尽的委屈要诉说。说真的,在跑来的路上我可谓"怒发冲冠",气不打一处来,可看到眼前这一幕,"火温"不禁下降。毕竟我担任他们的语文教学已经三年了,与孩子们建立了深厚的感情。他们的一举手、一投足、一眼神,我是那么熟悉,那么了解。正当我决定心平气和地问明情况时,班主任来了,我不便多插手,便理智地交给年轻的班主任处理了。

两天后,年轻的班主任心事重重地来找我。我见她脸色凝重,便问:"怎么啦?"她说:"自小祖和小爽打架后,小爽的父母不依不饶,一定要小祖的父母赔偿医药费120元。而小祖的父母认为自己的孩子也被抓伤了,不应该承担医药费。这样双方僵持着,我真不知道怎么办?"我提醒她:"你可以做做两个孩子的思想工作。""做了,没用。小爽是本地学生,是家里的宝贝,不能吃一点亏。这次被小祖打得较重,自认亏大了。他的爸爸还到教室里来'警告'小祖。而小祖虽说是外地学生,自尊心却很强,认为小爽的爸爸蛮不讲理,越让我赔我偏不赔。"

难道真没辙了?望着班主任那无助的眼神,我不禁心想:既然矛盾双方都不肯让步,那么不妨采用"以退为进、以守为攻"的策略。于是,一条妙计涌上我的心头。

我赶紧拿起手机,拨通了小祖父亲的电话:"是小祖的爸爸吗?我是杭老师。有一件事情要告诉你:现在小爽的爸爸经我们的努力劝说,决定不要你们赔偿医药费了。""噢,其实我儿子也不对。""小爽的爸爸说了,当时他的火气太大,不应冲到教室去训斥你儿子。""杭老师,我们也有不对的地方。打伤了别人应该负责。这样吧,明天我让我儿子把医药费带来。""那好吧。"

果真第二天一早,小祖把医药费拿来了。当小爽伸出手想要接过钱时,我便不失时机地对小爽说:"你真的忍心拿下这钱吗?小祖虽然打伤了你,但你也打伤了他呀。你们是同窗六年的学友呀!还记得老师在辅导你们写毕业留言时说的话吗?——同学情是世间最纯洁、最美好的感情,大家要彼此珍惜。也许你们现在还小,体会不深,但将来长大踏上社会后,你会深深地感受到这份情是多么珍贵,可谓黄金难买啊!"小爽听后,诚恳地说:"杭老师,我不要他赔了。因为同学情比金钱更重要。"

多么懂事、可爱的孩子啊!小祖感动得流下了眼泪。两人拥抱在一起,成了最好的朋友!

傍晚放学前,我对小爽说:"你父母的思想问题交给你去处理,老师相信你一定会处理好的。"他笑眯眯地答应了。第二天,小爽高兴地告诉我:"我爸爸妈妈不要小祖赔医药费了。"

这可真是"东边出虹西边雨,道是无情却有情"啊!

是呀,班主任的任务是繁重的,责任也是重大的。他们不仅是学校和家长之间的桥梁,更是家长与家长、家长与学生、学生与学生之间的"润滑剂""调和油"。在处理棘手问题时,必须拥有教育智慧和教育艺术,具体问题必须具体分析,必要时"以退为进、以守为攻",也是一种大智慧!孩子的心灵是纯洁的、美好的,只要我们抓住教育契机,适时引导,那么一切皆能"水到渠成"。

班里的"孙悟空"

陈 璐

　　教育是一门艺术，班级如同苗圃，班主任就是苗圃的守护者，但苗圃里少不了"杂草"，有些班主任觉得苗圃里出现了"杂草"，就得铲除、修剪，殊不知"杂草"也应该拥有"春天"，也需要享受"阳光"。我一直相信这样一句话：给孩子一个微笑，他会给你一个明媚的春天。它时刻提醒我，要爱学生，因为只有在爱的雨露下成长起来的孩子才是健康的。

　　蔡同学是我们这个班集体中最突出的一位，他就像一个孙猴子：聪明，脑子活，反应非常快，但是也非常调皮。从一年级开始我就带他的语文课，同时还是班主任，随着时间的推移，我发现，他虽然上课发言积极，思维敏捷，但他的行为习惯却常令我担忧：争强好胜，对自己过度自信，常常在课上抢话插话，课下还时常惹事生非。每当与伙伴发生口角时，他总是据理力争，从不肯吃亏、服软，宽容在他的眼中是懦弱的表现；每当他违反了班规、校规，我找他谈话时，他还总是满脸不服气，所谓"歪理十八条"，他是条条有理，我总觉得他"不听话"，每次都会严厉地批评他，可得来的结果却是他越来越"逆反"了。

　　课上讲话更多了，课下起口角冲突的时候也更多了，为此我头疼不已，实在不知道该怎么"降服"他，在我眼里他就像那只"大闹天宫"的皮猴子，而我却做不了"如来佛"伸出五指山压住他。眼看着他的"气焰"越来越"嚣张"，我不服输的劲儿也上来了，我想，我非把你"制服"不可。《西游记》里，能降伏孙猴子的人也不在少数，于是我转念想到了曾经指点孙悟空的菩提老祖，为什么非得做如来佛想着镇压他呢，我是他的老师，我该教他本领啊，再顽皮的孙悟空面对菩提祖师也是恭恭敬敬。或许我该拿出点本领来，让他真正信服我。于是，我开始静静地观察他的一言一行，看到他那天真无邪充满稚气的脸，一种身为教师的一种关爱之情油然而生，不由得想起了于漪老师的一句话"热爱学生是老师的天职，是做好教育工作的基础"。这也让我暗暗下定决心，学学菩提老祖，私下用爱"点化"，用本领"驯化"。

　　那天下午其他同学都上体育课去了，恰好他得了感冒留在教室里，教室里只剩下我和蔡同学。我亲切地询问："为什么总不接受老师对你的批评，总爱跟我对着干呢?""你为什么总是指责我呢?"蔡同学还是以他一贯的强硬作风回答我。

　　听了他的话,我回忆起以前对他的态度,一下子感到,我平时对他的指责太多,或许伤了他的自尊心。有位教育家曾说过:"教育成功的秘密在于尊重学生。"的确,我以往对他的教育方法过于简单粗暴。我停了一会,对他说:"老师以前对你的态度有时是不好,只看到你的不足,常当着大家的面批评你,老师向你道歉。"听了我的话,他的脸忽然涨得通红,有点激动地说:"至少我学习好,不是个坏孩子。""那好,咱们就来个约定,今后我们互相尊重,你犯错我不在同学面前说,咱们私下解决,可你也要做到在同学面前不顶撞我。"蔡同学一声不吭,但我依然能够从他的眼中看到"不信任"三个字。真是个个性极强的孩子。回到办公室,我在想:只有做到态度和蔼,关心孩子,做学生的良师益友,学生才能亲其师、信其道而学其理。我看到他号召力强,班里的孩子都围着他转,我就让他当了我们班的体育委员。他非常热爱自己的工作,自从他当了体育委员后班里的纪律有了明显的好转,并且能及时地处理一些同学们发生的冲突;他上课发言积极,口头表达水平强,于是每堂课我都不忘让他发言,并给予鼓励,当他得到了他十分渴望得到的小红旗时,我看到他满脸笑容,十分自豪的样子,我也感到欣慰。平时,我跟他谈谈家常,交流想法。时间久了,我发现他做事更认真了。看到他的点滴进步,我由衷地感到高兴。

　　一天下课,孩子们在教室里玩闹着,办公室里静静的。

　　"有人打起来了!"几个孩子着急的话语打破了这个阵平静。我急忙跑出去,两个孩子虽然眼中还有泪,可怒气明显已消了很多,都安静地坐在草坪上。最让我吃惊的是,蔡同学气喘吁吁地坐在他俩中间,看到这个幕让我很失望,难道又是他在挑唆他俩?真是江山易改,本性难移。"他俩已经没事了,老师,一点小事。"蔡同学这么说,半天,我才回过神来:原来,他看到两名同学在为一点小事吵架,毫不犹豫地上去进行一番劝说,并帮他俩想了个解决办法。不知怎的,我注视了他很久很久,内心感到非常开心。教师节的那天早上,当我来到教室门口时,发现蔡同学正等在门口,他高兴地向我问好,然后,悄悄地递给我一张贺卡,压低了嗓门说:"这是我亲手做的,送给您,老师。"我看了看他,那目光充满真诚,感谢之情发自内心。我端详着这凝聚着爱心的贺卡,心中荡漾起一股暖流。

　　蔡同学是我众多学生中一个平凡又不普通的"调皮孩子",我曾为他付出了很多心血,也曾经严厉地批评过他多次,但其实下一秒我就后悔了,回家后更是懊悔再懊悔,懊悔自己不给学生留余地,懊悔自己是在有口无心,懊悔自己太着急、太口不择言。正是他让我明白，孩子的心灵是那样纯洁、美丽，如水晶；孩子的心灵是那样脆弱而易碎，如玻璃。我们做老师既要欣赏他们水晶般的心灵，更要保护着他们玻璃一样易碎的自尊。在与孩子一次次磨合的过程中，我慢慢学习着宽容，学习着理解。学生对我们教师的要求并不高，只要我们真诚一点，平等一点，多一些赏识，他们就会心满意足，"言听计从"。在以后的日子里我会努力地蹲下身子与学生对话，相信这样，学生也会更敬重我，信赖我。

宽待他（她）慢慢长大

李巍巍

对于二年级的孩子，一方面，他们不再像刚进入小学的一年级孩子一样茫然无措，拘谨好奇。他们已经有了一年的在校学习经验，一定程度上熟悉了学校的生活学习方式，养成了基本的习惯。另一方面，由于生活与学习经验的匮乏，难免在校园里发生不妥的行为方式与不良的思想情绪。但是正是他们的"无知"，使他们充满了无数的可能性。我始终坚信，只要适当的引导，他们定能自觉改正不良习惯，培养良好的品格与积极向上的精神。

"老师，我的彩纸不见了"

"丢东西"似乎是每一个班级都会出现的事件，我们班级自然不能免俗。周一的早晨，小王同学就来报告说："老师，我上美术课的彩纸不见了。"脑海中的第一反应是好窝火，三令五申地提醒孩子注意保护好自己的财物，甚至让他们在自己的物品上做好标记。也无数遍地教育他们不要去拿别人的东西，结果还是出现丢东西的事情。带着这种情绪，走进教室。语气严厉地质问道："谁拿了小王同学的彩纸，现在举手送回去还来得及。"面都突如其来的诘问，教室里面鸦雀无声。我在班级开始像柯南一样，由这个同学的周边查起，一直查到第一节课，结果可想而知，自然一无所获。时间紧迫，只有先安抚丢东西的同学，再趁机告知同学们要放好自己的东西。

"孩子们，对不起"

事情难道要不了了之？我越想越觉得这件事情的处理不够妥当。有没有其他更好的办法呢？思考一天，决定改变一下策略。如果我不把他们当作孩子，而是看成大人，来一场成人间的对话，结果会怎么样呢？因此，周二的晨会课上，我先进行了自我检讨，"孩子们，老师要向你们道歉，我昨天情绪太激动。也许你不是故意去拿同学的东西，也许你只是因为好看，因为好奇，想看一看，还没有来得及还回去，被老师昨天吓到，不敢拿出来了。"顿了顿，我继续说道："古人云'不问自取是为盗'，老师不想用'偷'这个字眼形容你们，但是如果哪一天，被同学知道是谁拿的，若干年后，同学聚会时，你希望别人见你第一面，先在心里说一句'你曾经偷过谁的东西'吗？试想一下，你们自己带的东西，家长都给你们买不起吗？你们要因为一时的好奇，给别人留下不好的印象吗？同学们，东西可以重新买，但是名声丢了是捡不回来的。"说到这，一个小朋友低下了头，但是并没有承认是自己拿的。可能是因为害怕，或是因为难堪。于是我接着说道："老师相信这位小朋友现在肯定想还回去，就是有点不好意思，你可以下课后偷偷地放在我办公桌上，也可以放学后还给小王同学。"

临近放学，拿东西的孩子果然自觉地将彩纸送了回去。然而，不巧的是，放回去的过程不小心被小李同学看到，他跑到我面前打起了小报告。"你真是个仗义直言的男子汉，但是知错能改——""善莫大焉！"我还没有说完，小家伙居然接了过去。"是的，我们要给他一个知错能改的机会哦，我们一起来保守这个秘密，好吗？"也许与老师之间有个共同的秘密本就是一件自豪的事情，小家伙郑重地点点头。更为神奇的是，自此之后，班上再也没有出现丢东西事件。也许，潜移默化中，他们意识到事情的是非对错。

"老师，谢谢您"

回顾这件事情，如果按照第一种方式草草解决，也许会带来以下危害：其一，可能会给班级的孩子一个假象是——我拿了别人的东西，反正老师也查不到，无所谓。然而正如陶行知先生所言"千教万教，教人求真；千学万学，学做真人"，这种是非不分的处事观本就是教育者的失职。其二，在当时的情况下，拿东西的小朋友可能会因为害怕，也可能会因为难为情而不敢还回去，这样我们就给孩子一个机会，一个改正的机会。孩子最可贵的就在于他们本身就具有较强的可塑性，所以要以发展的观点来看待这些孩子，也就需要我们给他们指明正确的发展方向。

事情到此圆满结束，令人想不到的是这个学期末我收到了一张纸片，纸片被认真地叠成爱心的模样，上面写着"老师，谢谢您，保护了我。"看到这张纸条，感慨万千，也许在我们普遍的认知里，二年级的学生还是个什么也不懂的孩子。是的，如果说人生是场马拉松，二年级也许刚在起跑线上，但是，我们却不能说他们是无知的，他们已然明白了是非对错，也许在成长的过程中，难免出现错误，我们要懂得给他们一个机会，等一等他们认清是非，回到正轨。

请待他（她）慢慢长大

"丢东西"这种小事也许会出现在我们任何的一个班级，也许是我们每一个老师尤其是班主任老师会遇到的问题。正是这些习以为常的事情，使我更加体会到作为教师的特殊性：我们面对的是有自主思想的个体，不是一台台冰冷的机器，他们不会按照我们设定的程序进行学习。他们有自己的想法，自己的喜好。毕竟"生活即教育"，我们不能将教育局限于"教授知识"，在日常的行为中蕴含着丰富的教育资源，作为老师应善于利用这些资源。作为小学老师，我们面对的是社会经验与认知水平有限的孩子，他们对于是非曲直、对对错错的辨别能力相对较弱，但这也是他们可贵的地方，因为他们有着很强的可塑性。只要我们及时、有效地提醒、引导他们树立正确的观念，给他们提供一个改正的机会，他们定会给我们一个善意的回馈。

"老师，请给我一个机会"

郑　晔

"果实的事业是尊贵的，花的事业是甜美的，叶的事业则是谦逊的。"为人师者，正在做着最平凡的事业。在从事班主任工作期间，我常常思考，我们可以选择爱人，选择职业，却不可以选择学生。世界上没有两片完全相同的树叶，可每一片树叶都有属于自己的美。我们该怎样去呵护孩子们幼小的心灵，让他们沐浴着爱的阳光茁壮成长，这是每个班主任不断追求的美好境界，当看到孩子在你的影响下改正缺点，变得越来越优秀，心中一定会充满了幸福感与成就感。

小张同学是一个存在感不强的男孩，中等个子，皮肤有点黑，说话口齿不算太清晰，刚接手这个班的时候并没有给我留下很深的印象。有一天，一个学生跑过来跟我告状，说小张同学上课一直在后面用笔戳他，我就批评了小张同学，让他不要恶作剧，他讪讪地表示以后不会了，于是这件事就此作罢。后来小张同学几次因为写作业速度慢而留堂，让我对他留下了"调皮、作业拖拉"的印象，但也就仅止于此，并没有太放在心上。

说起我和小张同学的首次正面"交锋"，是在一个周三的下午。社团课结束后，有学生告诉我，班里两个同学在社团课开始前打架，还有其他同学凑热闹。发生打架事件，那是肯定要处理的。于是我立刻叫来了"当事人"和"目击者"，让他们说说事情发生的经过，原来是两个学生开玩笑，后来就打到一起去了，旁边几个学生不仅没劝阻还加入其中。我对打架的学生进行了教育批评，告知他们打架的危害，其他同学也不应该加入其中，而是要及时劝阻。很快，他们便承认了错误，并主动向同学们保证不会再犯，只有一位学生，即便有同学亲眼看见，也坚决不承认自己加入了"战斗"，他就是小张同学。犯了错误不承认，如果被其他同学效仿，那班级就会变得很难管理，这个问题一定要解决，所以我决定放学将他留下来进行谈话。

谈话进行得很不顺利。无论我怎么苦口婆心地说，小张同学都说自己没有加入其中，后来即使他改口说有参与其中，也不认为自己做错了。我有些生气了，态度变得强硬，告诉他打闹就是错误的行为，犯了错误就要承认。他表现出非常抗拒的样子，一度要收拾书包离开教室，我说问题还没有解决不可以走，他情绪有些失控，冲着我说："我喜欢原来的华老师，我不喜欢你！"听到这句话，我当时的心情很复杂：意外、惊讶、难过、愤怒，但是我很快调整好情绪，冷静下来，我想：此时如果"硬碰硬"，恐怕解决不了问题。于是我对小张同学说："听了你的话，我觉得有些难过，从来没有学生说过不喜欢我，想知道你为什么不喜欢老师？"他的表情显得很惊讶，可能我的表现跟他预想的"狂风暴雨"不一样，犹豫了片刻，他回答道："因为你让我当众承认错误，我不想当着大家的面认错，同学们肯定会笑话我。"我肯定了他的坦诚，并且同意不让他当众认错，但是需要用写的方式来代替，只要改正错误就好，小张同学很爽快地答应了。长达一个半小时的谈话结束了，问题也得到了解决，这件事让我知道了，作为班主任要和学生平等地对话，了解他们内心的真正想法，这样才能更好地帮助学生纠正错误。

后来有一天我布置了一篇题为"认识自己"的作文，小张同学在作文里写到了上次的打架事件，还为自己那天言语之间对老师的顶撞道歉，文章的最后他说："以前的我调皮、喜欢恶作剧，犯了错误还不承认，让老师操碎了心，现在我决心改正这些缺点，希望老师可以给我一个机会。"我看了深受触动，写下评语"老师相信你能做到的，加油！"这篇作文仿佛变成了我们师生之间的一个约定，而小张同学也在用自己的努力兑现承诺。他真的变得不一样了：上课的时候聚精会神地听，时不时举手回答问题；作业本上的字越来越工整，经常被当作范本展示；完成作业的速度越来越快，放学从来不需要留堂；习作能力提高，经常可以读到他的妙语佳句……他的存在感越来越强了，给老师留下了好的印象，我为他这样的转变感到欣喜。果然付出都是有回报的，他在期末考试取得了非常优异的成绩，我又一次不吝赞美之词夸奖了他，并鼓励他继续努力，那时，我看到了他眼中有坚定的光。

新学期开始了，小张同学跑到我的办公室，毛遂自荐想做语文课代表，他说："我想成为您的小助手，老师，请给我一个机会。"我非常高兴看到他如此积极，告诉他只要通过了"试用期"，就可以给他这个机会，试用期的要求就是要继续保持对学习的热情，认真听讲，端正书写，高质量完成作业，他一一点头答应，满脸兴奋地离开了。后来的学习生活里，他的劲头更足了，还培养了一个"拿手绝活"——指导同学修改作文，他在同学们心中的存在感越来越强了，他离合格的课代表的标准也越来越近了。我相信他可以胜任，所以我愿意给他一个机会，让他成为更优秀的自己。

平凡的班主任工作，可谓酸甜苦辣样样滋味皆在其中。只要班主任能够以爱心、细心、耐心去面对工作、面对学生，用爱心去感化他们，学生一定会感受得到。每个学生都渴望老师的爱，尤其是那些看起来默默无闻的学生，就更需要老师的关注，只有让学生处处感受到你的关心与呵护，才能打开他们的心扉，倾听他们的心声，正确引导、点拨，发现闪光点加以鼓励，慢慢指引他们走向成功的彼岸。

不忘初心，只为桃李

蔡震秀

我的反思，从去年的两件小事说起。暑假里的一天，我接到了一个电话，是毕业多年的学生打来的，他说现在在读研，参加全国设计大赛获得了一等奖，拿到了特别的荣誉很开心，告诉我，希望和我分享她的快乐。她问我是不是还住在原来的地方，给我买了条围巾，要给我送来。这位学生是我来无锡的第一届学生，毕业将近十几年了。这种时刻，做老师的自豪感和幸福感油然而生，觉得做老师挺好的，很有存在感。

然而，这样美好的感觉不到三个月，被另一件小事击碎了。2021年9月，我和孩子们一样，带着欣喜和希望走进了五年级。记得两个月后的一天，我像往常一样，满面春风地从办公室走向教室。一路上，我的孩子们突然变了脸似的一个个都怕我似的，有的看到我突然低着头快速走，有的把头往旁边一扭装作没看见，还有的在教室门口远远看到我会突然转身往教室走……当时，我的心有点儿寒，着实被泼了一盆冷水。这个班级，我带了五年，期间出现了许多状况，我依然选择和他们在一起。孩子们清楚我爱他们，我也相信他们同样也爱我。想起曾经，从办公室到教室，从教室到办公室，短短二十几米，曾经是我觉得最美妙的距离。一路迎来的是孩子们满脸堆笑的呼喊，有的还会朝我挤眉弄眼，不时做个鬼脸。工作几十年，不曾有过石破天惊，也没有精彩绝伦，每天平平凡凡地热爱着我的工作和我的孩子们。他们在我眼里，永远是那么可爱，哪怕他们犯了小小的错误，在我眼里都是有趣的故事。

今天，他们，我的孩子们这是怎么了？我心头一紧，不由反思起来。前者，读研的学生成熟了，长大了，懂得了感恩。然而，后者呢？记得这些孩子们一向在我面前活泼可爱，喜欢和我开玩笑，整天笑嘻嘻，也懂得尊敬老师。想来想去，孩子的变化一定因我而起。

那天，夜深人静了，我在床上辗转反侧，想起开学这几个月的种种，似乎找到问题的根源了。开学不久，五年级的学习难度突然提高，作业量也突然加大了很多，扑面而来的困难，好多孩子一下子适应不了，包括我这个有着几十年教龄的老师也有点不适应，再加上班里活跃的孩子比较多，我似乎失去了耐心，没有去理解孩子们，曾经的温柔、笃定、爱笑的"蔡老师"慢慢消失了。我会因为同学上课的坐姿而沉不住气，会因为默写错误多而多了一分苛责，有时还会因为孩子们放下喜欢的课外书调皮捣蛋了而沉不住气……记得五年前，他们刚走进校园时，课间一位小女孩摔跤了，我很心疼，跑过去抱起她，帮她擦眼泪，想办法逗她笑。还记得三年级那会儿，和孩子们一起在教室分享他们的手工作品，每每我的办公桌前也会悄悄多了一个个可爱的泥塑作品。他们依然是一群天真的孩童，而现在的我怎么如此急躁，忘记了自己的初心？是的，最近几年，尤其是近两年，步入中年后身体素质的下降，家庭琐碎事务的增多，社会对教师这一职业的高要求，带了全校出了名的"活跃"班，五年前的激情满满似乎已经荡然无存，到五年后的今天已经有了些许的疲劳感，对学生的关心的方式有时候变成了说教和批评，这才是学生态度不同的最大原因吧，也是我今后工作中要着重改进的地方。办法总比困难多，找到了原因，就是胜利。接下来的日子，我开始调整自己的心态和工作方法。无论在学习中还是生活中，我不再仅仅沉醉于忙碌的教学中，而是更多地走近学生，参与他们开展的活动，为他们树立身边的榜样，和他们畅谈心中的偶像。在这样的接触中，我发现自己也更多地了解了他们的想法，也越来越多地发现他们的优点。于是，有了下面的故事。

一次，我正在课堂上讲解课文，班里大多数同学都在聚精会神地听讲。突然从教室的后面传来了一阵悦耳的歌声，那是一首时下正流行的抖音神曲《少年》。那声音很大，全班同学都听到了，于是教室里一阵骚乱。我只好停下讲解，静静观望着那位同学。这时，他似乎注意到了我，从自我陶醉中醒来，有些不好意思，更有些不知所措。我看出了他的局促不安，笑着对他说："你的嗓音很好听。其实我也特别喜欢这首歌儿。咱们今天下午抽一个时间，唱给大家听，好不好？"班级里一片掌声。而那个孩子，突然坐正了姿势，羞涩地看着我。下午，我兑现了诺言，张同学尽情展示了自己的歌喉。从那以后，他就爱上了语文课，课堂上有了他踊跃发言的身影，每次的课堂观测他也进了班级的表扬名单。

我们班的马同学，人很聪明，但好动，没有一节课能认真听完，永远有各种各样的小动作，软硬兼施也丝毫不见有效果。这个学期，平时的学习量增加了，他玩得更嗨了。起初我对他没少过横眉怒目，但一次他写的漫画老师的习作，幽默风趣的表达打动人心，我把他这篇习作当成范文朗读，并给予很高评价，又认真指导他修改，鼓励他给《七彩语文》投稿。没想到，这个曾经人见人惧的孩子，一下子就提高了对语文学习的热情，这次期末成绩都让我觉得出乎意料得好。真的，只要用心对待孩子，他们都会越来越好。

期末放学那天，我在校园里走着。突然，曾经见到我会低头的蒋同学从身边窜出来，递上了一幅自己亲手制作的美丽的画，看着画面中的冰墩墩、雪融融，我心里一阵欣喜。原来，只要我改变，孩子就可以改变。

屋外，大雪纷飞，天地之间一片洁白晶莹，就如我们的初心，单纯美好。我的心已是温暖如春。是的，在教师这条路上，我愿永远做孩子们温暖的领路人。让我用另一位学生给我的短信来结束今天的这篇反思吧：蔡老师，这么多年过去了，你的变化不大，还是那么年轻，尤其是你的眼睛。我想，岁月不会偏袒任何人，它会公平地在每个人脸上留下岁月的沧桑，但我们可以保持一颗年轻的心态，用温暖的眼神关注爱护自己的学生，让他们健康成长，而我们同样会从学生回馈给我们的爱中，温暖我们的职业之路。不忘初心，只为桃李。

发现亮点，用心引导

陈　红

我是一个人民教师，周围的亲戚朋友都觉得和孩子们打交道应该是非常开心的，可是在工作中遇到的有些学生却让我开心不起来，有时候甚至感到很生气、很烦恼。就拿班里的学生小希来说吧，教了他一年多，我觉得他是我工作以来最让人头疼的一位学生。他对学习不是很感兴趣，上课时要开小差，但最让人受不了的就是老师布置了作业他却不抓紧完成，只有老师在旁边盯着才勉强动笔，即使这样还是做一题停一会，别人做了两、三样作业，他却一样也做不完，看着真是让人着急啊。如果批评了他，他就发起脾气来，经常大声哭喊，有时还暴跳如雷，影响整个课堂纪律，让全班都无法上课。

记得有一次，全班同学进行阶段性练习。一节课下来，所有同学都交了卷，他却连四分之一都没完成。当时，我真是气急了，对他说："你别交了，我给你直接写个不及格就行了。"这下可好，他竟然把卷子揉成一团，整个塞进了嘴里，真是吓了我一大跳。

还有一次，我在讲台上叫了他很多次，让他把作业本交给我，可是他却不理不睬。我对他说："来学校上学，竟然眼中没有老师，不听老师的教导，你爸爸、妈妈是这样教你的吗？今天我要打电话问问他们。"话声才落，小希已经把桌子推出去好一段距离，掀翻在地，然后就坐在地上边哭边跺脚，嘴里还说着一些乱七八糟的话，全班同学都看傻了。

面对这样的小希，我该怎么办呢？

首先，我和家长取得了联系，探究其心理因素。通过了解，我知道小希从小受到长辈们的百般呵护，听惯了好话，习惯了别人让步，养成了"以自我为中心"的心理和唯我独尊、自由散漫的个性。进入小学后，因为行为习惯不好，经常受到批评指责，产生了逆反心理，并形成了心理障碍。他的情绪容易冲动，自控能力差，只要有一件不如意的事就会使他忘记场合，忘记对象大闹一番，以发泄心中的不满。

随后，我从赏识开始，找寻他身上的闪光点。针对作业正确率比较高这一点，和小希进行了对话交流。

我："小希，你在学校里开心吗？"

　　希：“不开心。”

　　我：“你觉得有很多作业要做，感到很累，是吗？”

　　希：“是的。”

　　我：“小朋友进入了小学，都要学知识、做练习，能不能就你一个不做呢？”

　　希：“……不能。”

　　我：“那为什么每次都不快点做作业呢？是不会吗？”

　　希：“……（无语）”

　　我：“其实老师觉得你挺聪明的，虽然做作业速度慢，但基本上都能做对，正确率还是蛮高的，在这一点上很多小朋友都不如你呢。既然你不是不会做，干吗不快点完成作业再去玩呢？何必总是摸摸这个，看看那个呢。不如今天做作业的时候就试着做快点，好吗？”

　　希：“哦。”

　　我：“那好吧，说到要做到，就让老师和全班同学一起来看看你的表现吧。如果今天做作业速度快了，我就把你的进步告诉你的爸爸、妈妈，他们一定会感到很高兴的。”

　　听完这话，小希回到自己的座位上动笔做作业了。刚开始的时候，他果然表现得不错，我立刻在全班同学面前表扬了他，他更认真了。可是，当我批了几本作业本抬头看他时，他又在东看西瞧了。我提醒自己不要生气，要有耐心，假装没看见，故意说：“让我来看一看，小希的表现现在好不好。”听了这句话，小希又低头开始写了。我再一次表扬了他。就这样，我时刻关注着他，虽然花了更多的时间、更多的心思，但小希总算在规定时间内完成了作业，我还将他全都做对的作业给全班同学看，进行了表扬。小希的脸上露出了可爱的笑容。

　　另外，我在面对小希的时候，时刻提醒自己一定要坚持这样的疏导教育，对他避免直接批评，不与他发生正面冲突，注意保护他的自尊心。当他犯错误时，不当着其他人的面点他的名字，而是在与他个别交谈时动之以情，晓之以理，耐心帮助他分清是非，意识到自己的错误，并愿意主动地去改正。就这样，我在他的身上看到了进步。虽然，每次只有一点点，但只要给他积极的心理辅导，在父母和老师的引导下，相信他会一天比一天更好，相信在若干年之后，定能看到一个优秀的小希！

　　在此后的教育教学中，我发现有心理问题的学生，如厌学、逃学、学习焦虑等，不少都是由老师对学生的不恰当言行引发的，有时候老师无意中的一句话、一个鄙视的眼光、一次带有中伤的批评，都会使学生产生不良情绪和不良行为。我不再吝啬对学生的表扬和激励，因为我越来越体会到：期望得到别人的肯定是每个人的天性，更何况是孩子。一句用心的评价就是鼓舞他们奋发向上的强大动力，他们建立了信心，对待各种事物的态度就会越加用心。

我国著名教育家陶行知先生就曾经说过："真的教育是心心相印的活动，唯独从心里发出来，才能打动心灵的深处。"这句话深深地震撼着我，它不仅仅体现了陶行知先生个人所具有的伟大师爱，也是在勉励我们这些"园丁"要"用心有爱"，因为关心和爱护每个学生是教育工作者的天职！只要我们少一份冷漠，多一份温情，学生就会少一点失落，多一点收获。

让我们努力从学生的身上发现亮点，毫不吝啬地用语言、目光、行为等表达出我们发自内心的欣赏。让我们充满爱心地引导他们，帮助他们找回自信的钥匙，重新燃起希望的火花吧！

初相识，再相知，齐奋进

冯梦娟

2019 年 9 月，我们都迎来了彼此人生的新起点：我踏上教师之旅，你们正式成为一名小学生。那时知了叫个不停，炎热的天气让人烦躁不安，可我仍然觉得我们的初次相见是美好的。

你们是我的第一批学生，在见到你们之前，我做了大量的准备工作，翻阅了许多书籍，试图寻找与你们的和谐相处之道。开学报到那天，激动之中夹杂着一丝紧张，我焦急地站在教室门前等待你们的到来，设想了多种和你们打招呼的方式，也演练了几次。你们在家长的陪同下陆续向我走来，可我当时并不能马上叫出你们的名字，虽然你们每个人的名字我都记住了，可是却对不上你们稚嫩的小脸。当我从家长手中接过你们的小手，自以为亲切地向你们介绍自己时，我还是看到了你们因为紧张或者陌生所流露出的不安。教室里，我准备了有趣生动的《鞠萍姐姐讲故事》，一进入教室，你们就安安静静，超出我预想的乖巧使我暗暗松了一口气。第一次见面，紧张的我们都不善言语，只简短地介绍了几句，后来我带你们练习排队、参观校园……你们都表现得非常好，我内心窃喜：这群孩子可真好！

不知不觉，我们已经相处了三年了。这段时间里，我们配合得比较默契。我一直把你们当作朋友，一起做游戏，一起分享美食，一起为班级荣誉而战，你们和我嬉笑打闹惯了，似乎并不那么怕我，可是你们又很听话，我想可能你们和我一样，会因为喜欢而变得乖巧，对吗？去年的教师节，我收到了一份特殊的礼物，是小李同学亲手制作的贺卡。学校里工作繁忙，我没来得及看，就装进了口袋，小李一再强调让我好好看，回到家，读完贺卡我就感动哭了。现将这份珍贵的礼物与你们分享：

冯老师：

您辛苦了！您常常熬夜工作，都是为了我们。以前，我自卑又敏感，是您给我带来了自信和勇气，我会更努力的。祝您每天睡个好觉，不要失眠！

贺卡上的字虽然有些稚嫩，但就是这样短短几行字感动了我，让我觉得自己的一切付出都是值得的。原来老师的付出你们也都看在眼里。老师的黑眼圈让她联想到我的睡眠质量不好。虽然你们只有八九岁，可是已经这么懂事。她说是我带给她自信和勇气，其实我想说，是你们，你们带给了我自信和勇气。和你们一样，我也是刚踏上工作岗位不久，没有什么经验，有时甚至很笨拙，在很多时候不能关注到你们每一个人。每一堂课后，我心里都有些许忐忑，希望你们能在我的课上多学知识，可是效果如何我却不得而知。后来是你们用自己的行动告诉我，原来我可以当好一个老师。操场上，你们挥汗如雨，为班级的荣誉榜添上了一笔又一笔亮丽的色彩。前不久的足球比赛，小杨作为第一次上场的女将，可谓是拼尽了全力，在操场上一次次摔倒又一次次爬起，我和同学们站在场边为你们呐喊助威，看得紧张万分。比赛结束时，你们冲到我旁边，湿透的头发也掩不住你们脸上胜利的喜悦。经过同学提醒，我才注意到小杨的眉毛都摔破了，小杨却挥挥手毫不在意。是你们让我体会到男孩们看足球时的心情，也让我感受到了顽强不屈的体育精神，更让我见识到了你们为了班集体而拼搏的模样！那场比赛，我一个大人竟然激动得一蹦三尺高，嗓子也喊到冒烟，谢谢你们，是你们教会我成长！

陶行知说："真教育是心心相印的活动，唯独从心里发出来，才能打动心灵的深处。"或许你们也像我小时候一样吧，渴望着自己的老师，既是师长，更是朋友，期望与心目中尊敬的老师有朋友式的感情交流。我会为此而不断努力。我始终相信，在教师工作中，我们要用爱心去培育心灵，在播撒爱心的同时，我也收获着一份爱的回报。一个学生就是一个十分丰富、十分复杂的世界，我们要努力走进学生的内心世界，我认为最简单的方式是师生之间心灵的沟通，每个学生的心灵深处都有一根琴弦，要想真正拨动这根心弦，我们就要尊重学生，以平等的方式去倾听学生的心声，这样学生才会把他们的心思告诉我们。通过交流互动，才能加深师生之间的理解和沟通，加深师生之间的友谊，从而减少孩子们叛逆的行为，叛逆的孩子也是希望得到关注的孩子，我相信，只要走近他们的生活，走进他们的心里，我们就能找到解决之法。当我们了解学生的"底细"，工作才能对号入座、对症下药，只有这样，教育才能知己知彼。我们不但要做好教育人、鼓舞人和鞭策人的工作，更要从人文关怀的角度出发，做到尊重人、理解人、关心人和协助人。这是以人为本理念在学校的具体体现。谈心工作，它细腻、实用、有人情味。我在发现学生的问题时，经常找学生耐心谈话，以心交心。我相信，真诚足以动人心。

新学期新开始，希望孩子们可以继续因为喜欢而努力，因为热爱而付出，我也希望自己可以在做一个好老师、好朋友的同时，能继续向优秀教师、优秀榜样的方向而努力！

六一儿童节的"礼物"

翟慧敏

苏霍姆林斯基说："从我手里经过的学生成千上万，奇怪的是，留给我印象最深的并不是无可挑剔的模范生，而是别具特点、与众不同的孩子。"教育的这种反差效应告诉我们，每个学生都有"可塑性"。作为一名班主任，应选取适合学生的教育。春风化雨、润物无声，批评或表扬都要深浅有度，用心寻找突破口，因材施教。也许就是老师不经意的一句话、一个眼神、一个微笑，就能在不经意间与学生建立良好的亲和关系，进行心灵的沟通，获得学生的信任，从而收到意想不到的教育效果。

2021年的六一儿童节发生的一件事就是如此。故事的主人公是我们班的小蒋。小蒋是一个矮矮胖胖、有点不修边幅的小男孩。三年级时从湖南乡下转学来无锡，因而在学习方面非常吃力，平时的他在课堂上经常走神，人缘一般，学习也不自觉，一直会拖欠作业，成绩也在班里处在下游水平，是一位典型的"学困生"。对于他我永远都处于说教的状态中。

儿童节那日，学校正在直播六一表演活动。我们班因播放不出视频于是和隔壁班一起观看。原本安静的氛围中突然冒出了不和谐的声音，只见坐在走廊中的小蒋和他后面的许同学打了起来。因为在别的班级我也不好直接批评，于是让他们两个人搬好椅子回教室，打算等活动结束再去询问缘由，没想到刚回教室不久，就传来重物倒地的声音和骂人的语句，我走去教室一看，前排的桌椅都倒在地上，书洒落一地，小蒋一个劲地哭，问他为什么哭，他也不理不睬。看着他那不配合的样子，无名之火立即蹿起来，厉声问了一遍："请你告诉我到底为什么哭？"没想到，他竟然开始放声大哭，并且恨恨地说："我不想上学了！"这时，我逐渐意识到事情的严重性，将他一人带到办公室和他谈话。见他的情绪还没有稳定下来，我知道此时和他谈话也是无济于事的。或许让他用哭来宣泄一下自己的情绪也不失为一种办法，于是就让他坐在我的座位旁，拿了一些纸巾给他，任他哭泣。十分钟过去了，他终于停止了抽泣，开始平静下来。我也心平气和地和他聊起来。在谈话中，我慢慢地了解了其中的原委。原来是许同学先挑起事端，故意惹他，还把他的手抓伤了。原来坐在他周围的同学，和班里一些爱惹事的男孩子，平时都喜欢去故意招惹他，比如骂他几句，或是拿走他的文具用品。只是蒋同学从来不愿和我说，而是通过对打对骂的方式回击。看着蒋同学依旧有泪痕的脸庞，我才发现平时我与他的对话永远都是在批评与教育，不知不觉中我们之间已经筑起了一座高墙。

我抛开了这些想法，先找来小许当面批评，并且直接联系了小许的妈妈，还让小蒋自己在电话中说清楚发生的事情，并附上了受伤的照片。在得到道歉之后，我明显感受到小蒋的心情在平复。那天晚上，我又与小蒋妈妈电话沟通，得知他的书包会被班里同学故意踩踏弄脏，或是故意扔掉他的自动铅笔……同学间的这种非善意的玩笑，使得他越发孤立，因此采取了暴力的回击方式。原来在我不曾关注的角落，小蒋正遭受着同学之间的恶意排挤。而随后蒋妈妈的话更令我大吃一惊，她十分感谢我为小蒋出头，并没有因为孩子平时的表现对他另眼相看，而是给了孩子公平的处理，说小蒋回家后也很开心，竟然破天荒地讲了这件事的前因后果。听罢后，我不由得又开始反思：我和小蒋之间一层一层的隔阂是否是这些年来我亲手造成的？

我永远在要求小蒋和其他同学一样，按时完成所有的任务，却未曾考虑过他实际情况，他并不能立刻成为和他人"一样"的学生。从那天过后，我便开始更多关注小蒋的在校生活。他三年级转校来的时候，基础就不扎实，所以语文学习方面比较吃力，拼音与写字方面较为困难，导致他做作业的速度就慢，最后导致有很多作业积压在那里，做也做不完。而机械性地补作业，也让他再也体会不到学习带来的乐趣，有的只是数不尽的烦恼。厌学心理也就随之而来。除此之外，我还发现同学们之所以不愿与他亲近接触还因为他个人卫生习惯不好。书包与课桌永远都是乱糟糟的，有很多杂物垃圾。衣服也不经常换洗，刘海略长遮住了眼睛，所以习惯性地去抓挠头发。这些导致班里同学下意识地会去回避他，所以久而久之，他体会不到友情的快乐，每天都是形单影只。

一来二去，学业的压力加上同学们释放的"恶意"，让蒋同学越来越孤僻沉默，所以对待上学这件事也越来越抗拒。他就像一只敏感的刺猬，面对外界竖起了背上的尖刺，抗拒着一切接近他的人。

我心想既然找到了病症所在，便能对症下药了。一方面，我和任课老师进行交流，对他适当放宽收作业的时间，特别对他加强作业格式方面的指导，避免重做作业的现象再次发生。同时，他在学习上的任何进步，都及时给予肯定和表扬，让他尝到成功的喜悦，重新激发他的学习兴趣。比如，我发现他的记性不错，在教学习作时，他能完整地记住我所讲的文章脉络框架，在我教会他一些难写的字后，他可以很快地完成一篇作文。因此我会让他写完后，去教其他学生，让他当小老师，这样一方面树立了他的自信心，另一方面也强调并暗示了上课要认真听讲。小蒋在数学方面也非常不错，经常能考高分，我就会在晨会课上点名表扬，也会让数学老师讲评时额外夸奖一下他，让小蒋知道老师们一直在关注他的成长。另一方面，我加强与家长的沟通，请家长不要好高骛远，要针对孩子的学习情况，提出切合实际的学习要求。平时加强与孩子的交流，多听听孩子的心里话，表扬他的闪光之处，在一些问题上降低标准，逐步提高。同时希望家长先从小事抓起，比如养成他良好的个人卫生习惯，保持清洁，定期理发，勤换洗衣物，慢慢学会整理自己的物品，不乱扔乱放。这样一来，先从改变自身的形象做起，整个人变得干干净净，同学们就愿意与他靠近了，也不会再表现出嫌弃鄙夷的样子。此外，我要求小蒋周围的同学在课间多与他说说话，并且帮助他完成一些作业，或者是帮助他补全上课笔记，这样让蒋同学感受到了同学们对他的善意与接纳，他也慢慢放下心防，交上了朋友。

在六年级下学期的一模中，小蒋在语文方面取得了他有史以来最好的成绩，他的自豪明明白白地写在了脸上，也许这就是六一儿童节他得到的最大的"礼物"，也是我得到的最大的"礼物"。

这件事让我深刻意识到：面对学生所犯的错误，要把握好批评的艺术与方法，尽可能发现他们身上的闪光点。捕捉学生"闪光点"，对"问题生"来说，他们的心灵深处同样蕴藏着进取奋发的心理需要。班主任不能只是被动地等待"问题生"的"闪光点"的出现，而应主动地抓住或创设条件，诱发他们的自尊心和荣誉感，哪怕只是闪电般的那么一瞬间，也往往是"问题生"转化的最佳时机。

苏霍姆林斯基谈到后进生时说："这些孩子不是畸形儿。他们是人类的无限多样化的花园里最脆弱最娇嫩的花朵。"每个孩子都是可爱的花朵，有的如傲放的月季玫瑰，花香四溢，令我们喜爱；有的却如山谷里的野百合，虽然也开了，白的白，黄的黄，但是不起眼不亮丽；还有的需要等待，等待他开花的那一天，这对于班主任来说，何尝不也是种幸福呢？在老师爱的浇灌下他们犹如野百合般顽强地生长着，我们有理由相信他们一定也能拥有最美、最炫的春天！

换位思考，把成长的主动权交给孩子

丁佳艳

初识——令我不知所措

小尤，一个胖胖的男孩子，脾气非常火爆，看人的眼神也总是充满着敌意。刚接手这个班时，就经常有同学向我来告状：小尤上课不认真听讲，讲话影响到其他同学上课；喜欢在同学的或者是自己的作业本、书和课桌上乱涂乱画；吃不了半点亏，自我意识比较强，动不动就喜欢用拳头解决问题；有时还会顶撞老师，老师说啥他顶啥，有次考试，监考老师说："你们安静下来，我就发试卷。"结果他直接对监考老师说："你发试卷了，我们不就安静下来了吗？"没有一天不惹事，而且愈演愈烈。

契机——让我看到了转折

那是在一节体育课上。"丁老师，小尤和体育老师吵起来啦！"我正在办公室批改作业，小朴前来报告。"什么？他跟体育老师吵架了？"我心里一慌，赶忙放下红笔，急急忙忙往操场走去。

只见小尤面红耳赤、双手握拳、嘴里恶狠狠地嘟嚷着"你赔我圆规！你还我圆规！"体育老师看见我来了，说道："真没见过像他这样的学生！"看见体育老师正在气头上，当着他的面我也不方便处理这件事，于是我笑着说："别生气，我来处理一下。""是要好好管管了。"体育老师说道，随后便继续上课了，我则把小尤带到了办公室。

在走回办公室的这段路上，我没有和他说话，因为当时的小尤情绪比较激动，我想等他平复好情绪再与他沟通。到了办公室，小尤的情绪也平复得差不多了，于是我耐着性子问他："小尤，刚才发生了什么事？你能完整地和我说一说吗？"我鼓励他把事情讲出来。"上体育课的时候，我把圆规放在了裤子口袋里，被体育老师发现了，体育老师让我交出来，我不肯，这是我的私人财产，我为什么要交给他，于是体育老师就来抢，并把圆规扔到了地上，圆规摔坏了。这是我爷爷买给我的，我一定要让他赔，于是就和他吵起来了！""现在事情发生了，你的感受如何？"我比较注重学生的感受，不轻易做出是非判断。"我感觉我很生气，他把我爷爷给我的圆规摔坏了，他要赔我一个！"见他对体育老师还是有敌意，我想让他换位思考，站在体育老师的立场上想想："如果你是体育老师，为什么要收走同学的圆规，圆规有什么危害？"他想了想，在我的引导下他说道："圆规有针尖，可能会戳到人伤到人。""是啊，所以体育老师也是为你好，不希望你伤到自己或者伤到其他同学，才让你把圆规交出来。既然事情发生了，你准备怎么解决？"我启发他自己想办法，主动解决问题。"我要向体育老师道歉，可是他不该摔我圆规，那是我爷爷买给我的，被爷爷知道弄坏了，他要骂我打我的，你能不告诉我爷爷吗？"他小脸一红，弱弱地说道。"人无完人，体育老师也是一时着急，圆规坏了，丁老师可以送你一个，只要你知错就改，懂得尊敬师长，合理处理自己的情绪，凡事三思而后行。丁老师答应你保守秘密，咱们拉钩，但如果有下次，那丁老师可就不帮你了哟。"他脸上露出了腼腆的笑容，嘴里说着："不会，不会有下次了。"下课了，我陪着他去和体育老师道歉……

换位思考——交给孩子主动权

在这次事件中，我宽容了孩子的过错，没有一味地去批评教育孩子，而是让孩子懂得换位思考，把成长的主动权交给孩子，让孩子自己去分析问题，解决问题。也充分相信孩子，替他保守秘密，因为我知道每一个孩子都有一颗向善的、向上的心。事后的几天，小尤变得平和许多。虽然冲突平息了，处理结束了，问题解决了，但作为班主任的我还要进行跟踪反馈，继续关注着小尤以防后续问题，也为了防止这件事对班级其他学生造成影响，我事后开展了关于"尊敬师长"的主题班会，平时也注重学生的养成教育，提高学生修养，养成良好习惯，如，文明礼让、与人为善、反躬自省、三思后行、严于律己、宽以待人等良好品质。

为了让小尤的"暴脾气"熄火，我会定期寻找合适的机会在合适的场地与小尤沟通交流，了解他内心真实的想法，告诉他面对突如其来的问题，理智就是智慧，沉着就是修养，包容就是境界。和他一起共同解决他所出现的问题，并及时记录下来，也让他每周做三件好事来向我反馈，我要真正走进孩子的内心世界。

小尤爱画画，于是每到班级要出黑板报时，我都会让他也参与其中，多提供一些机会，充分发挥他的才能；他责任心比较强，于是我推荐他做小组长，时不时让他帮老师收收作业、发发本子，多分配些职责调动他的积极性；只要他有一些进步、一些改变，我都会给予他激励，促进他做集体的主人。

小尤渐渐地收敛了暴躁的脾气，眼神也柔和了些，与同学的关系也融洽了许多，而且在老师和家长的共同配合下，能全身心地投入到学习当中了。

像小尤这样的学生，其实并不像表面那样坏、那样凶，他的内心深处也有着一颗善良、上进的心，只是因为暴躁的脾气与冲动的性格而常常"犯错误"。对待这样的学生，我们不能看到他的错误就去一味地批评呵斥，而应该真正走进他们的内心世界，以平等的身份和他们交流沟通，去了解他们。泰戈尔说过："不是水的打击，而是水的载歌载舞，才使鹅卵石臻于完美。"有时宽容所引起的道德濡染，会比暴风骤雨似的惩罚来的更深沉、更持久、更有效。看到小尤从暴脾气转变成遇事沉着冷静处理、追求学习进步、做事有责任心的孩子，我的内心被一股暖流充斥着。

春风化雨，润物无声

耿思齐

陶行知先生说："谁不爱学生，谁就不能教育好学生。"作为一名初上讲台的新教师，关心学生就应该像关心自己的小弟弟小妹妹一样，既要关心他们的学习，又要关注他们的习惯，还要教育他们怎样做人。

新学期，我在班里开展了"做最优秀的自己"的活动，给孩子们讲述习惯对人生的影响，让他们知道习惯的重要性。先通过主题活动展开思想教育，教育孩子们要成为好习惯的主人，对坏习惯说"不"。再和孩子们谈约定，做游戏，让他们自觉养成好习惯，学会在日常中观察自己观察别人，时刻提醒自己"取人之长补己之短"，用自我评价单来记录自己的成长。在规定时间内尽自己最大的努力挑战和突破自己，发现更优秀的自己，形成自我管理的好习惯。活动期间，我耐心地阅读每个孩子的评价单，把它当成与孩子们心灵沟通的桥梁，为孩子们留言，为他们的每一次进步喝彩，为他们的每一次退步寻找原因，鼓励他们发扬优点改正不足，耐心引导孩子们奋发向上。通过活动育人，使班级整体形成积极向上的氛围，学生从被管理到自我管理，各方面都取得了很大的进步：学习上积极向上，生活中健康成长，实现自我价值，争做乐学向上的"江南燕"，争创团结友爱的班集体。

"亲其师，信其道。"这是铭记在心里的一句话。我的班级留守儿童较多，他们平时缺少父母的关怀和教育，我关心爱护每一位学生，注重与他们谈心，经常利用课间与他们分享励志故事，讲做人的道理，呵护学生美好的心灵，善于发现每个孩子的闪光点，以"班级是大家庭，老师是家长，每个学生都是自己的弟弟妹妹，是大家庭的一员"原则对学生和自己进行角色定位，像知心姐姐一样关心爱护每一位孩子，严慈相济，因材施教，不放弃任何一个孩子，让每个孩子在班级这个大家庭里都能自我约束，有责任意识，为自己、为班级贡献自己的一份力量，争做最优秀的自己。如：班里有一个叫小刚（化名）的男孩子，从一年级一直是班级里数一数二的"捣蛋鬼"，上课坐不住，脚永远无处安放，没有纪律性，上课瞻前顾后不认真听讲还影响他人，最让人头疼的是这个孩子总爱打人，班里的男生女生几乎都被他欺负过，孩子们都对他避而远之。针对这些情况，我并没有放弃，而是及时和家长沟通，并针对这名特殊的孩子制定了一套教育方案。我发现小刚虽然没有养成良好的行为习惯，但他对学习充满兴趣，因为单亲家庭的原因，缺少家人的关爱，可能只是想用行为来引起别人的重视，得到他人更多的关注。我从给他更多的关注入手，有时给他一块糖一个苹果，有时安排给他一些小任务，如帮忙拿作业等，让他知道老师很喜欢他，很重视他。得到老师的"特殊对待"后，他变得更加自信。于老师又和他谈心，告诉他身为小男子汉应该要做什么，不该做什么。让他知道不欺负弱小、见义勇为、帮助他人等都是男子汉的行为，让他从内心深处明白与同学友好相处的道理。当他有一点改变和进步时我及时在班级表扬他，让班里的孩子慢慢接受他，发现他的闪光点，愿意和他做朋友，慢慢地这个孩子改变了很多。今年他已经上四年级了，跟以前相比就像变了一个人似的，性格开朗、阳光自信，与同学关系融洽，学习成绩也名列前茅。这次在学生成长仪式上，他穿上亲手制作的环保服装在金色大厅的舞台上走秀，有模有样，赢得了大伙儿的满堂喝彩。

奋斗的青春最动人，有梦的人生最美丽。在工作中我将尽情地把自己的爱洒进孩子们的心里，滋润他们的心田。我坚信，每一个孩子都是栋梁之材，每一块"顽石"都能雕琢成一块玲珑剔透的美玉。

爱是尊重

华晓雯

我国教育家陈鹤琴先生说过："习惯养得好，终生受其益，习惯养不好，终生受其累。"班级是学生学习和生活的主阵地，处在教育的最前沿。作为班主任老师，每一天都在与学生打交道，如何能够让学生更快乐地健康成长，是我们思考的问题，更是我们应该为之努力的目标。在我看来，作为一名班主任老师，爱学生是教育的基本要素。爱学生，就要随时随地了解学生的感受，站在学生的角度去考虑问题、分析问题和解决问题。此时，我们不仅仅是老师，更是学生的朋友。班主任对学生的爱是教育的"润滑剂"，是进行教育的必要条件。当班主任全身心地爱护、关心、帮助学生，做学生的贴心人时，师爱就成了一种巨大的教育力量。正因为有了师爱，班主任才能赢得学生的信赖，学生才乐于接受教育，教育才能收到良好的效果，这就是爱的魅力！

"师爱"所包含的内容有很多，我认为，尊重应该是其首要的，也是极其重要的组成部分。陶行知先生说过："唯有平等，才能将'人与人之间的隔阂完全消除，才会发生人格的互相感化。'"教师和学生既是师生，也是合作伙伴，因此，教师应该放下师道尊严，抛弃权威和"金口玉言"，尊重每一位孩子。

我班学生小刘同学活泼好动，性格外向，对一切充满新鲜、好奇。在课堂上经常搞一些小动作，虽然老师经常提醒他，但让他端端正正地坐着听一节课很难。他很容易受到外界事物的干扰，上课时，教室外面发生的事，很快就吸引了他的注意力。对于学校的各项纪律也不以为然，犯错误的现象可真是层出不穷。面对老师的批评教育他能接受，但老是犯错，真是一个令人头疼的孩子。针对小刘的这种情况，我也曾多次与其家长联系沟通，但其家长的态度一直比较敷衍，也不愿多配合老师在家对学生进行教育，之后甚至不再回复我的相关反馈。面对这样的家长，我似乎也有了些情绪，之后再遇到小刘违反各项纪律时，我变得怒不可遏，批评的言语更重了。其实我也察觉到，在被我屡次严厉批评后，小刘在班级内的表现似乎越来越不自信了，与同学们的交流也越来越少了。我曾多次想私下找他好好谈一谈，奈何班级事务一多，就腾不出时间，现在想来其实只要我想腾出时间，总是会有时间留给这个孩子的。

在我还没有思考或计划过到底该如何有效引导小刘认识到自己的问题并切

实做出改变时，发生了一件在我看来不值一提的事情，但令我意外的是这件事却让小刘有了天翻地覆的改变。

一天，上课铃声刚响，我远远地就听见教室里传来吵闹声。怒气冲冲的我走进教室，正准备对孩子们训斥一顿。班长连忙向我报告说："华老师，小刘又在那里讲话，我叫他不要在那儿讲话，他又不听，还说不要我管他！"班长越说越激动，我也越听越气愤，难道小刘又犯老毛病了，我犹豫着，目光严厉地看着小刘，心想：如果真是这样，我可要请家长到学校来一趟。批评教育了这么多次，家长也完全不闻不问，我倒要看看到底是什么样的家长。就在这时，小刘大声地吼道："我没有在那里讲话。"这突如其来的喊声把其他的孩子吓了一跳，我也愣住了：好大的火气啊！只见他眼眶里饱含着泪水，小脸涨得通红，两只眼睛愤怒地瞪着我。我真想声色俱厉地训他几句，灭灭他嚣张的气焰，可这念头在我的脑海里一闪就消失了。唉，这样的事谁会承认呢？看我没有言语，他更加愤怒了，眼睛里仿佛要喷出火来似的，这时小冯怯怯地站起来，低着头说："华老师，刚才我的笔掉了，小刘帮我捡笔，没有讲话，大家以为他又在讲话。"事情真相大白后，同学们松了口气，我也松了口气，我走过去轻轻地摸着小刘的头说："没有讲话，告诉老师就行了，可用不着那么大声地说吧！"小刘微微一怔，脸一下子就红了，情绪也稳定了下来。我接着说："同学们，昨天小刘在阅读课上专心看书，这说明小刘同学懂得关注自己了，这就叫进步，我们把掌声送给他。"真诚的话语打动了所有学生，教室里响起了雷鸣般的掌声，小刘的背也挺得直直的，脸上扬起了自信的笑容。课后我和小刘再谈起这件事时，我说："小刘，真高兴今天这件事是一场误会，如果你真犯了错，老师也会帮助你的。"听了我的话，小刘感动地说："老师，谢谢您，在以后的课堂上，我一定认真听讲，因为您让我在同学们面前自信了起来。"听了他的话我由衷地感动，作为一名老师，虽然我们都努力关爱、尊重每个学生，但是如果一句话不慎，就可能会改变一颗心灵，一段人生。

经过这件事后，小刘同学有了自信，在上课时的注意力也比较集中了，学习的积极性也大大地提高，成绩也提高了不少。他虽还有一些小缺点，不过我想：用爱的魅力去感化他，尊重他，相信这个孩子会越来越让我惊喜的。

从事班主任工作这么多年来，我深深地体会到对待学生时，班主任要用一颗善良宽厚、真挚热诚的心去包容他们，尊重他们，学生在班主任处理问题的过程中才会自我反省、心悦诚服。有时，一个眼神，一句话也会成就一片天空。爱的魅力就是教育的魅力所在！

侦探风波

黄春兰

一天中午，我正在办公室批作业，大队委刘小小和体育委员汪灵灵神秘兮兮地来到我桌旁，环顾了办公室一圈后才压低声音对我说："黄老师，我们想告诉你一个秘密。"我心里猜想着估计班里又出现什么让班委解决不了的事了，才会同时出动这两个班级"大人物"来找我。待我示意她们继续后，她们用更低的声音凑到我耳边说："黄老师，咱们班有小偷，我们怀疑是王同学。"（为了保护孩子隐私，文中就用"王同学"代替这孩子的名字。）接着她们把怀疑的理由和事情的大致经过和我讲了一遍：班里好几个同学新买的自动铅不见了，大队委刘小小刚好看见王同学一个人在教室的时候偷偷翻其中一个失主的课桌。

我意识到这件事情很棘手，必须好好处理，但决不能武断，当务之急是越少孩子胡乱猜测越好。于是，我对这两个孩子说："既然是秘密，那老师希望暂时就咱们三个知道。我们一起当回侦探，但是只能秘密进行，绝不能打草惊蛇，知道吗？"她俩点点头，就轻声商量着走出了办公室。

我回想着王同学平时的表现。她从光明小学转来一年，家里条件不太好，有时候大冬天也只穿一件拉链坏了的棉袄，因为仅有的一件毛衣洗了没干。文具用品数量不多也很简单。这样看来她似乎有作案理由。这一学期由于刚动过心脏手术，所以大课间活动、体育课等时间她都会一个人留在教室，似乎又有作案时间。但我同时又想到她虽然学习成绩不理想，但是她认真好学，不懂就问，平时文静乖巧，跟同学相处得很不错，品性不坏，似乎不像是会偷东西的孩子。

第二天晨会课上课铃一响，我就走进教室，等全班安静了一分钟我才严肃的说道："黄老师得知，咱们班最近出现多起丢东西事件。"说完，我悄悄观察每个同学的反应，特地留心了王同学的表情。我利用了整节晨会课强调不要带贵重物品进教室，不小心带了要妥善保管；离开教室必须关闭门窗，以防外贼。同时，我还跟全班同学讨论了如果拿了不属于自己的东西来用会不会用得安心的问题。我发现整节晨会课王同学低着头一言不发，手还紧紧地揪着衣袖。

下午的班会课我以"诚信"为主题，讲了一些关于"诚实"的名言及故事，分析了偷东西、说谎等坏习惯的危害，还和学生一起再次学习了《小学生日常行为规范》。最后，我让全班同学准备一张小纸条折起来交给我，在纸条上写上这一学期自己后悔做过的一件事或者说过的一句谎话，自愿写上自己的姓名，不写亦可。课后，我仔细阅读了每张纸条，其中有一张不记名的纸条上写着："黄老师，对不起，庄同学的自动铅是我拿的，我以后不会了。"跟孩子们相处了这么久，我一眼就看出这张纸条的主人是谁，但我不想把王同学定位成"小偷"而大加责罚。孩子的本性是善良的，他们还是成长中的人，其道德评价和道德意志力还处在较低水平。再加上她已经主动承认了错误，用惩罚可能适得其反。

第三天晨会课上我表扬了全班同学的诚实，并提议要为全班同学找个私人物品看管员，在大课间等时间防止外贼入侵。这时候，一些不知情的同学马上提议由王同学担任最合适了。这个提议正合我意，除了两个"侦探"班委，其他同学全票通过了这个提议。王同学十分惊讶，之后便欣喜地接受了这个任务。

两个"侦探"一开始私下找我，反对这个决定，但慢慢地，她们佩服起了这个决定。因为从此之后，班里也没再出现丢东西现象，王同学也比以前更认真，更积极了。

诚实，是我们做人的最起码的准则，也是小学生必须从小养成的好习惯。能够让学生勇于承认错误并积极改正错误，作为一名班主任，这是职责所在。

世界上没有十全十美的人，每个人都会犯错误、说错话或者做错事，错误是不可避免的。有错不可怕，可怕的是不敢承认错误，甚至一错再错。有的学生做错了事不敢承认，或者直接撒谎，很大程度上是因为怕被老师责罚，怕被家长打骂，不敢说实话。

王同学从犯了错误不吭声到主动承认错误，再到积极改正错误，整个过程我并没有进行责骂，而是借此机会，做好全班学生的思想工作，一举两得。因为我知道，承认错误比犯下错误需要更大的勇气，有错不要紧只要改了就行。如果我鲁莽地批评王同学，恨铁不成钢，势必对她幼小的心灵造成伤害，后果不堪设想。我们班学生犯错后，我总是鼓励他们说出真相，培养他们有承认错误的勇气，鼓励他们拿出改正错误的决心，并且以后不再犯同样的错误。

通过这件事，我感觉到作为教师，特别是班主任，如果付出得多，回报也一定多，所以更应比别的教师多一点时间去全面关注每一个学生，更深入地去关心他们。做到爱护、尊重、信任每一个学生，不抱成见，处理问题时搞清楚事情的经过，并注意学生的神情、动作和言语。培养学生承认错误的勇气，鼓励学生大胆承认错误，并改正错误。必要时和家长及其他老师联系，取得他们的积极配合，从而真正使学生心悦诚服地接受教育，改正缺点，做一个真正诚实的学生，使他们认识到诚实是人的一种良好的道德品质。

让我们在工作中多一份耐心，少一点指责；多一点调查，少一点武断。走近学生，真正成为学生的贴心人。

与孩子同行

周小雯

时间总是在不经意间从身边悄悄流过，有着困惑、有激动、有伤心、有愤怒、有无奈、更有迷茫……幸运的是，老师和学生，大人和孩子，我们相互给予，相互成长。在迎来送去的学生中，我始终和鲜活的童年在一起。那些曾深深触动我的教育片段，带给我惊喜和开心。

（一）

一直以来，我认为开展教学工作首先要做的就是管住学生。要想管住学生，就必须得严厉，不然的话，学生不怕你，以后你的工作就开展不下去了。可上周的一次课堂上，我正在兴致勃勃地讲课，课堂气氛活跃，我也暗自高兴。我请一位同学回答我的问题时，我发现他旁边的小刘同学正低着头，瞧他的神态，思想早飞到九霄云外。顿时，我的内心深处涌起一丝不满，决定借此机会"杀鸡儆猴"。于是，我放慢讲话速度，慢慢走到他的身边，全班同学都明显感觉到我的变化，教室里的气氛一下子凝固起来了。小刘也感觉到了这种变化，看到我就站在自己的身边，脸一下子涨得通红。我请他重复一下问题，他听到我叫他，连忙抬起头环顾四周，然后扭扭身子，慢吞吞地站了起来，低头看了看书，又抬头看了看我，课堂上出现了短暂的沉默。很明显，他开小差了，不知道我讲到哪题了。我暗自思索：是让他坐下去了事呢？还是继续？我耐住性子说："请你把题目读一遍。"我原以为教学即将继续顺利进行，可谁知他脸涨得通红，牙齿咬住嘴唇低下了头沉默不语，周围也响起了窃窃私语声。我暗自提醒自己：耐心！"那你刚才在干什么？"我拼命压住心底的怒火，"你能把题目读一遍吗？"我的声音变得严厉了。"快说呀！"旁边的同学也觉察到了不对劲，开始悄悄提醒他，可他抬了一下头，看了看我，又低下了头。最终，我以"坐下吧，下课自己好好想想！"结束了这段"对峙"。下课后，我想如果在发现他"开小差"时，对他进行提醒，等他听讲后，再请他起来回答问题，也许效果要好些。总之教育孩子不是一朝一夕的事，需要我不断探索教育教学方法，使教学工作日趋完善。

（二）

掌声与喝彩是孩子创造力的催化剂。孩子在进行创造性活动时，家长、老师欣赏的眼光、赞赏的话语、满意的点头、会意的微笑、热烈的掌声，都会给予他们快乐、信心，使其更加努力。因此，掌声与喝彩是打开孩子创造能力的钥匙。

记得四年级的成长仪式上，班里有一位平时总是默不出声，而且成绩是偏下的学生，他的表现出乎意料，落落大方地表演了单口相声节目。我当时就表扬了他，并鼓起掌来，同学们的掌声也跟着响起来。热烈的掌声在教室里回荡，赞赏的目光一次次地投向表演的同学，这会产生什么样的效果呢？这在以后的几天中有了答案：他变得爱讲话了，先是与同学交流，偶尔也怯生生地走到我跟前，问我不会做的题，作业也漂亮了。更有意思的是只要是语文课一下课，他就跑到我跟前想方设法地和我说话，听到他稚嫩的话语，我感觉真有趣，也让我感觉到了那份童心。作为老师，要多给学生掌声与喝彩，少责难与批评，使学生勇于尝试，勇于探索，在失败和挫折面前不气馁。

（三）

在这个故事发生之前，我在课堂教学中，总喜欢不厌其烦地一一指出及纠正学生所犯的各类错误。几乎每一个学生，我都为他们纠正过错误，有时候心里一焦急，还免不了批评几句。一段时间后，我开始觉得课堂上哪里不对劲，气氛越来越沉闷。回想着课堂上死一般的沉寂，我感到十分焦急和失望。特别是看到有的学生麻木的表情，任你怎么启发，他就是不动，真是又气又急，恨铁不成钢。我试图尽快改变这种状况，但总找不到感觉。

有一天，刚上完课，我走出教室，班上一位同学从后面追上来，开心地对我说："老师，我发现您今天心情挺好，从上课一直面带微笑到下课。老师，您笑得真好看！同学们都说，您每节课都这样该多好！"我一听，不由得停下脚步，问她："难道我平时上课不笑吗？"她歪着脑袋，慢慢地说："老师，您要是不生气，我就给您说。"我摸摸她的头，说："你尽管实话实说，老师不怪你。我也感觉最近有些不大对劲，请你帮老师指点迷津，我会诚心接受你的意见的。"她马上说："我们发现您上课经常板着脸，看着您严肃的表情，同学们都大气不敢出，偶尔起来回答问题，您还不太满意，所以我们不敢发表自己的看法。"听完她说的话，我一回想：难怪这节课学生发言非常积极，气氛活跃……

哦，原来老师的情绪会感染学生的情绪！我找到感觉了！我要感谢我的学生，是他们让我在迷茫中找到问题的根源。那么长的时间，我竟然很少带着微笑和他们一起上课，再加上我过分"周到"的纠错，挫伤了他们学习的积极性和自信心。我僵硬的面孔、苍白的语言，怎么能提起学生学习的兴趣？教室是冰凉的，书本是生硬的，教师是无情的，这样的课堂，学生怎能被吸引？怎能不走神！学生人小，却用心地观察着老师的情绪变化，看来，老师的脸的确是一张晴雨表啊，会影响着学生学习的心情。

从那以后，我常常微笑着、耐心地听完学生回答，而且及时制止其他同学的嘲笑，保护他们的自尊心和学习语文的积极性。我不再吝啬对学生的表扬和激励，因为我越来越体会到：希望得到别人的肯定是每个人的天性，更何况是孩子。一句积极的评价就是鼓舞孩子奋发向上的强大动力，孩子建立了信心，对待各种事物的态度就会越加积极。现在，从学生们渴望上我的课的期望中，从课堂发言的积极热烈和回答问题的争先恐后的活跃气氛中，我得到了满意的答案。每节课下来，我总不忍心立即离开教室。因为我总是被孩子们的一句"老师，等一等！"给拽住脚步。有趣的是，经常被重重包围的我，反而乐滋滋地享受着师生之间的这种其乐融融的时光。

与孩子们在一起发生的点点滴滴，是我成为老师后最大的财富，也将会鼓舞我在这条并不好走的道路上继续走下去，并且走好每一步。

以师之德，育生之心

蒯立科

陶行知先生说过："教师的职务是'千教万教，教人求真'；学生的职务是'千学万学，学做真人'。"小学阶段是启蒙阶段，是学生成长过程中最重要的一个时期，德育教育在这样的环境下便是教学生树诚，树真，树人。在这样一条艰巨的德育教育道路上，教师无不是那关键的纽带。教师的职务是用自己的榜样教育学生，做学生的榜样这是对教育工作者的一种赞美，但这却更是一种要求。陶先生要求要学生做的事，教职员躬亲共做；要学生学的知识，教职员躬亲共学；要学生守的规则，教职员躬亲共守。"学高为师，身正为范"，教师在学生面前所做的一切显得尤为重要，一件小事，一个小动作，更有甚者是一句话都可能在学生的成长道路上起到很大的影响。懵懂的他们对这个世界充满了好奇，在他们的心里有好多的"为什么"，好多的"怎么办"，好多的"可以吗"，与此同时他们也在用自己的眼睛来解答这些问题，来了解世界，而作为榜样的我们所做的都在他们的这一双双雪亮的眼睛里。

体育课不比其他学科，课堂中的突发事件随时随地随处都可能发生，于是体育老师就成为了最大的"后勤保障员"。可以说每一位体育老师都练就了一双悟空般"火眼金睛"和一对天神般"顺风耳"吧。依稀记得是六年级的一节体育课，原计划决定练习跳绳和篮球训练，要求布置完毕后我就让学生自由分散练习跳绳，心想着都在认真地练习，课堂上应该也不会出现事故。突然，一名学生急匆匆从跑过来指着操场边一个若无其事的男生对我说："老师，他一次也不跳，还故意用绳捣乱，我们都跳不了。"言语中透露出委屈又气愤。"又是这个调皮蛋！"我死死地盯着他。"他还甩了我一绳呢，我的手臂都红了！"又有女学生向我告状，都快要哭了。我严肃地走向那个孩子的时候，却看到他愈发一副事不关己的样子，我内心真想好好批评他一顿！但我转念一想：这个调皮蛋怎么一直不听话？就先去听听他怎么说吧。学习陶先生说的让他来教我如何去教他，于是我走到他身边，抚摸着他的头，压住了心中的怒火，温和地对他说："是这个绳不听话吗？怎么会一直甩出去？"他疑惑地看着我，心想老师怎么不按常规出牌。"我不喜欢跳绳，我跳不好，他们还嘲笑我！"说话间斜眼盯着那些嘲笑他的同学，说完转身过去，背对着我。我愣了一下，问："你不喜欢跳绳？那你喜欢什么呢？""我想打篮球，我觉得很帅！"他的音量提高了许多，兴奋了起来。"打篮球？行啊。"我看着他。"我要和他们打！"他自信地说道。他是想要耍威风，免得又一次被人嘲笑。我说"好！一会儿我给你个机会！但你需要用行动告诉我你准备好了，要知道跳绳我们必须学会，考试是要过关的，来，老师和你一起跳。"他满口答应，并且参与到了跳绳的练习中。在之后篮球练习的过程中我特意加了一场 PK 赛，出乎意料地是这孩子篮球打得确实比其他学生好，惹得观看的同学也连连发出赞叹。下课时，他喜滋滋地跑到我身边，开心地和我分享他的喜悦，与一开始对我置之不理的样子判若两人。他知道了自己所犯的错误，并且保证以后要好好上课，认真练习。后来这个同学成了班上体育课上表现最好的一个孩子，同时成为了我体育课上的一个小助手，我为之欣慰。孩子是最单纯不过的，但我们的心他们能感受到，正所谓以师之爱，润生之心。

再看低年级的小朋友往往关注的是老师在做什么，特别是一年级的小朋友，有时说的话他可能还听不懂。每次上体育课的时候从班级带他们到操场的过程中，一遇到地面有垃圾的时候，我都会主动弯腰把垃圾捡起来放到垃圾桶里去，刚开始他们还感到很诧异，竟然认为我是个"捡垃圾的"哩。后来他们逐渐明白了，原来老师是在用行动告诉自己"保护环境，人人有责"。慢慢地，一旦路上出现了垃圾，都会有学生争先恐后地去争着捡起来去扔进垃圾箱，然后回过头"骄傲"看着我，每次我都对他们点头微笑示意，是表扬，亦是鼓励。有一次在校外我都看见小朋友能够捡起身边的垃圾，扔进垃圾桶。体育课的魅力在于实践，在这样的课中教师要贯穿德育教育，就需要多做，用自身的行动带领学生去做，让学生多去体会，明白以师之德，可育己之德。

"以师之德，育生之心；以师之爱，润生之心。"德育工作往往被人认定是德育老师或是班主任的工作，其实这是每一个老师教学的首要任务。看着每个孩子的笑脸，无不是一朵朵含苞待放的花骨朵，他们都应该盛放，他们需要阳光，需要沃土，需要养料，教师的光辉可以照耀他们，教师的情怀可以呵护他们，教师的抚育可以滋养他们。应以德之名，以爱之名，育德，育心。

淘气包逆袭记

李 铃

苏霍姆林斯基说："从我手里经过的学生成千上万，奇怪的是，留给我印象最深的并不是无可挑剔的模范生，而是别具特点，与众不同的孩子。"教育的这种反差效应告诉我们，每个学生都是不一样的"哈姆雷特"。

作为一名班主任，不能选取适合教育的学生，应选取适合学生的教育。我想所谓的"因材施教"，或许就是抓取到适合个体的"哈姆雷特"式的教育措施来促使其成长。

有时，也许就是老师不经意的一句话、一个温柔的眼神、一个甜甜的微笑、一个温暖的拥抱，就能触动孩子那根心弦，获得他们的信任，愿意真正静下来听，沉下来思考。

从教这么多年，我也遇到了各种各样调皮捣蛋的熊孩子，但比起现在班上的淘气包，那真是小巫见大巫。他是年级有名，在小区里都声名鹊起的人物——响当当的"老焦"，这名号是他在别人作业上自己亲封的。自此，"老焦"的名字便如雷贯耳，连我有时也拿这名号调侃他，他只是得意地有些不自在。

老焦无论是上课还是下课都能成为老师们的"眼中钉"，同学们眼中的"惹事精"。语数英课上开小差那是家常便饭，体育课上跑步一直练习他的绝招"擒拿手"，美术课上随时拿美工刀"练功"，科学课上做实验恨不得把实验室给掀了，音乐课上公鸭嗓子一直乱入，搞得任课老师下课后都忍不住跟我一顿吐槽。我是又气又好笑，赶忙把他请来，摆事实讲道理，你说你的，他玩他的。你说完了，他还一脸茫然地看着你，看着他那无辜的小眼神，呆萌呆萌的圆脑袋，真是恨铁不成钢啊。

最可气的他不仅在本班惹是生非，还总是跃跃欲试想要挑衅其他班的小伙伴。有一次，总算是逮到天时地利人和了，隔壁班有个和他一起上晚托班的小伙伴，课间经过我们班门口去上厕所，他抓住时机，跟人勾勾手指，说是打招呼，结果把人眼镜框给弄散架了，万幸的是眼睛没受伤。这下老焦好像有点慌了，他熟悉流程，知道请家长是必须的了，不仅要赔礼道歉，还要赔偿经济损失，回家免不了一顿拳打脚踢。于是，赶紧想方设法抵赖，抵死不认，哪怕物证人证俱在，都坚持"我没有碰他，是他自己摔的"，这是他一贯的伎俩。后来经过一遍遍的事件重组、情景还原，他败下阵来，终于承认是他推的，但还是一再强调不是故意的。接下来，我赶紧联系双方家长，解释原由，赔礼道歉，赔偿损失，最终取得谅解，一顿操作下来费时费力，终于偃旗息鼓。

在他的行为簿上，还有一件惊天动地的大事，也是他人生转折的大事件。某天课间休息时，老焦和他为数不多的小伙伴一起在教室后面的走廊空地玩游戏，当天语文课上刚讲过中国航天事业发展史，他们几个就"学以致用"地玩起了"火箭发射"的游戏：由一个人抱着另一个人当"火箭"，老焦充当"助推器"，让"火箭"发射出去，结果用力过猛，"火箭"直接撞到了墙壁，"扑通"一声坠落到了凡间，"火箭头"的后脑勺立马肿起一个土豆大的青紫青紫的包，这可吓坏了所有人，大家都知道是"头等大事"啊。顿时，教室里尖叫的尖叫，惨叫的惨叫，老焦一下子脸刷白，这次他也知道闯下弥天大祸了，没有着急狡辩，愣在那似乎还有点不敢相信，这么高大上的游戏怎么一下子成"流血事件"了？见状，我立马带受伤的孩子去了医务室，校医检查后立马让联系家长去医院检查，毕竟脑袋上的伤不容马虎，刻不容缓。等家长带孩子送去医院后，我开始了解事情的来龙去脉，几个目击者你一言我一语地给我串联起整个事件，而在一旁的老焦竟一反常态一言不发，最后我问他是这样吗？他还是不做声，但眼神带着恐惧和愧疚，我知道这次他真的是害怕了。事情了解清楚后，我还是尽快联系上了老焦的家长，让他妈妈来一趟学校。老焦站在我身旁，手足无措的样子让我突然母性大发，他其实也只是个孩子呀！孩子哪能不犯错呀？想到这我不禁伸手摸了摸他的洋葱头。让人意想不到的是，他居然抽泣了起来，嘴里不停地嘟囔着："我不是故意的，我不是故意的，对不起！对不起！"此情此景，我没有再说什么，只是将他抱了抱，我知道他是真的认识到了自己的错误。不一会，医院传来了好消息，受伤的孩子并没有大碍，回家后只要继续观察即可，我们大家都松了口气。最终，双方家长的通情达理让这件意外事件的处理变得简单了许多。

经此一事，老焦似乎脱胎换骨了：课上不见他调皮捣蛋了，课间不见他追逐打闹了，操场上也不见他耀武扬威了。老师们惊奇了，同学们刮目相看了，家长笑逐颜开了。就这样，岁月静好，坚持到了期末，他顺利地打响了"翻身仗"。期末上台领奖品时，他笑得那么甜，那么自信，那么阳光。我想，或许正是我那一瞬的抚摸，一个迟来的拥抱，才换回了一个知错就改的孩子啊！

后来，我尝试切换角色，常常站在一个母亲的角度去理解孩子、关爱孩子。犯错误时，不再是简单枯燥的说教，摸一摸脑袋，刮一刮鼻子，说一说笑话，拉一拉手指，互相抱一抱，努力去做好孩子们学校里的母亲，不仅教好书，更要育好人！

学生"告状"行为的积极干预和引导

林朝霞

喜欢告状是大多数低年级学生的天性，他们已经初步具有判断是非的能力。但是他们此时的判断能力还带有这个年龄段所特有的幼稚性。有的学生受了委屈，想要及时得到老师的安慰，有的学生眼睛里总是注意别人的缺点，而忽略自己的不足。还有的学生总是想引起老师和同学们的注意，喜欢用这种方式表现自己。

那么如何正确干预和引导小学生告状行为呢？我们首先要弄清学生告状的原因。

1. 与他们的认知水平有关。低年级的小朋友对一个事物的认识水平是很低的，带有明显的直观性、具体性和肤浅性。他们对一个事物的评价还有很大的情绪性。当某个小朋友或某一件事"触犯"了他的个人情绪，受了委屈，他就只有诉诸老师，求助老师。这样，"告状"就多起来了。而从另一个角度看，这也正是孩子对老师的一种信任。那么我们教师就应该对那些确实受了委屈而又没有能力"反抗"的学生进行必要的帮助。

2. 与他们的道德评价能力有关。低年级学生对于好坏的评价能力还有所欠缺，为了判断谁好谁坏、谁是谁非，他们也只有求助于班主任，请班主任给予判断。因为班主任在他们心目中是最公正的"法官"。如有的孩子看到别人在做的事情，自己也很想去做，但又怕不"合法"，就以"告状"来探虚实：如果老师允许，他会立即去做；若老师反对，他会立刻去阻止别人。这样，"告状"的也就多起来了。

3. 与他们喜欢表现有关。小学生年龄小，思想简单，心里有什么就说什么，想如何行动就如何行动，特别是低年级的学生。还有孩子特别想引起老师的注意，尤其是希望得到老师的表扬而来告状的。这类学生往往表现欲很强，但常常被老师忽视。例如老师上课很少叫他回答问题，分配任务时，时常没有他的份等，因而他就借一些小事来告状以引起老师的注意。这样一来，他们之间就矛盾多，纠纷多，"告状"的也就多起来了。由此可见，小学生"告状"多是小事，但我们也不能轻视敷衍，应该认真对待。

不管我们怎么看待并受理孩子的告状，都应该了解在孩子告状的背后，在他们小小的心灵里，自有他们的想法和理由。我们应该：

1. 耐心倾听，谨慎对待。

在倾听"告状"时要认真，不要打断或者斥责孩子，也不要偏听偏信，先要弄清事实真相；如果孩子一时说不清楚，可用提问的方式引导孩子回想一下发生的事情，同时可以适当地安慰孩子。

例如：午间打扫快结束时，小张同学气呼呼地来找我告状，同桌王某某欺负她，把一块脏抹布扔到她的脸上。

恰好王某某洗完手回来了，我连忙问王同学扔抹布的原因。小王同学说："我擦完地见到地上还有一块抹布，以为是小张的，就捡起来想扔到小张桌上，不巧，小张正好一抬头，抹布就飞到人脸上了。"小王同学以为自己属于好心干了坏事，一脸无辜。

我就让他听听小张的感受，小张说："小王，这块抹布不是我的，你不应该把抹布乱扔，脏兮兮的抹布让人很难受。脏抹布扔到我脸上时我很生气，请你下次不要扔抹布。"

听到小张的感受，小王终于意识到自己的错误，连忙道歉，两位学生言归于好。

2. 换位思考，心胸宽广。

当孩子之间发生矛盾时，无论是哪一方，老师们都应该教会孩子换位思考，并借此机会教会孩子解决问题的技巧。可以问问告状的孩子："你觉得该怎么解决这个问题呢？"养成他们独立解决问题的习惯。

例如：下课时，小杜同学来找我说最近她的好朋友小李同学几次向她索要铅笔，可是这铅笔是爸爸从英国给她带回来的礼物，小杜同学十分心爱，舍不得送人，可小李同学要挟小杜，不给铅笔就不做朋友了。小杜舍不得铅笔又不想失去朋友，左右为难。我问小杜准备怎么办？小杜说这些铅笔是爸爸的心意，不能送出，但她可以改送别的礼物给小李。

我找来小李，让小李听听小杜的想法，再请他想一想假如小杜或他的其他好朋友这样对待他，他心里会怎么样？小李意识到自己的不对，连声道歉，两位好朋友握手言和。

3. 了解事实，理性处理。

在了解事实后，应根据具体的情况采用不同的处理方式。若是有理的"告状"，一定要及时给予肯定，让他们养成正确的是非判断力；若是其他类型告状，则耐心与孩子沟通，帮助他们建立正确的为人处世的原则。

若学生来告状，我们教师首先要了解事情的真相，进行实地调查取证，切不可草草了事，听听其他同学的说法，再根据事情的大小做出恰当的处理。对爱"告状"的学生，要摸清他们的心理动机，对出于班级的责任感的告状，我们要支持鼓励，但要引导他们不要事事都依靠老师；对出于自我表现的，要为他们创造更好的表现机会。

特殊的幸福

刘 真

回首从教来六年的光阴，汗水挥洒在三尺讲台上，心血堆积在飘飞的粉屑里，但更多的是收获于感动。收获的是当教师节来临的时候，学生亲手涂鸦的贺卡和充满浓香的鲜花以及以前教过的学生的祝福和问候；感动的是孩子的进步和对我的理解与认同。与同学们在一起的点点滴滴铺就了我的又一条生命旅程，那就是充满爱的心灵之旅！

我工作的第二年，接任了2017级2班的班主任工作。开学第一天，当我走进这个班，我看到的是 45 双眼睛，那是一双双充满个性、张扬、淘气的眼睛，看见他们我就告诉自己要把全部的爱无私地给予他们。我要让我所有的学生眼中都充满自信、充满宽容，让我所有的学生都充满对未来的追求和渴望，要让学生知道，老师要用全部的爱做他们的太阳！在寒冷时给他们以温暖，在黑暗时给他们以光明！

高尔基说过："谁不爱孩子，孩子就不爱他，只有爱孩子的人，才能教育孩子"。我一步一个脚印，以我真挚无私深沉的爱无微不至地温暖着我的学生。正是这份真诚，我教的孩子能快乐成长，我的教师生涯也充满阳光和快乐。

学生身体不舒服了，我就给他们悉心的照顾、关心。我班里的男生王峻凯身体很差，常常头疼，小时候还得过哮喘，所以我得给他更多的温暖，每当他不舒服时，我会递水送药，家长来了之后感谢地说，刘老师，辛苦你了，把孩子交给你，我们做家长的放心。听了家长的话，即使是寒冬腊月，我的心里也暖暖的，当老师的得到家长的认可不就是我们的一种幸福吗？

生活中许多微小中藏有博大，短暂中孕育永恒，而教育这种职业，老师的一个眼神，一个抚摩，一个微笑，都是伟大的爱的力量。

没有爱就没有教育。作为班主任的我身上最重的两个字就是：责任。华柯鸣，一个瘦弱的黑黑的小男孩，开学第一天，我就发现了他的与众不同，他淘气至极，完全不懂什么是纪律，上课玩玩具，大声喧哗。当老师批评他的时候，他会委屈地握紧拳头，然后全身发抖，最终爆发，大喊大叫。我试探着慢慢和他交流，问他为什么不和其他小朋友一样听老师的话，他的答复竟然是"你滚，我不喜欢你。"我继续耐心地问他喜欢哪个老师，他说都不喜欢，不喜欢所有的老师。这使我很惊讶，继续和他谈心，最后他告诉我他喜欢一个培训班的老师，理由是无论犯什么错误老师都不管他。

我第一次碰到这样的情况，于是深入和家长交流，了解孩子平时在家里的表现和兴趣爱好，华柯鸣妈妈和我沟通后，竟然无助地流下泪水，因为孩子在家犯错之后也是理直气壮，无法管教。从孩子妈妈的泪水中我看到了一个母亲对儿子深深的爱和无助的自责，也更加深刻认识到教育的重要性。于是我进一步观察孩子表现，加强和家长沟通，深入去挖掘孩子的内心世界。一段时间之后，我发现他动手能力强并乐于表现自己，于是我分派给他一些清扫卫生的工作，并让他参加了学校科技节的比赛，他取得了很好的成绩并开始积极地参与学校活动和课堂互动。一个学期下来，他有了明显的变化：遵守纪律、团结同学、积极参加活动，并且在那一学期的数学期末考试中取得了 100 分。更令我欣慰的是，他主动地将自己的橡皮和奥特曼卡片作为礼物送给我。他的母亲来到学校，笑着对我说："谢谢你，刘老师，你比我更懂我的孩子啊！"

宋允乐是个让人一见就非常难忘的小家伙：中等个头，嘴巴翘翘的，小单眼皮里装的是满眼的倔强与叛逆。每天闯祸最多，而且无论你怎样说服他，他也不会说一句"我错了"。他对待任何一个老师的态度都是高昂起脖子，用不信任的眼光看你，对我也是一样。他的这种态度真的把我气得不得了，有时我想：这哪里是个孩子？分明是块顽石。每当科任老师对我说宋允乐太难管的时候，我只能苦笑，因为我对他真的是软硬皆施了，真的是无能为力了。就在我不知所措时，我惊异地发现了他的闪光点：他很聪明，爱搞小发明，也很爱劳动，爱打抱不平。从此，我每天都用爱的目光去迎视他的漠然。渐渐地，他的漠然淡了，也许他感受到了老师不嫌弃他，有时也很喜欢他，甚至对他比对别人还好。直到有一天，他又犯错了，我轻轻地摸着他的头心平气和地对他说："宋允乐，你又犯错了，老师知道你不是成心的，只是有时管不住自己，是吗？只要你能知错就改，老师是不会嫌弃你的。"此时，他不说话，把头低下了，眼角也湿润了，但是他的倔强使他努力不让眼泪流出来。过了好一会儿，他轻轻地说："老师，我错了！"就在这个时刻，我的眼泪却流了出来。一年多了，我终于等到了这句话，是多么不容易呀！从此以后，他能够认错了，虽然经常是改了犯，犯了再改，但是我很知足，因为他终于可以诚恳地听我的劝告了。"这世上有最后一排的座位，但不会有永远坐在最后一排的人"，在老师面前，每个学生都是平等的，没有上下贵贱之分。我相信我所给他的每一份叮咛，每一份鼓励都将使他向正确的人生目标前进。

记得有一次孩子们去上体育课，我在教室里批改完作业后觉得很困，就趴在桌子上休息，上完信息课后有几个孩子先回来了，他们走到教室门口看到我睡着了就小心翼翼地走进来，这时一个孩子小声地说："老师太累了睡着了。"另一个孩子说："我去教室门口，叫他们小点声。"同学们还离着教室老远我就听到一个声音在说："你们轻点，老师在教室睡着了。"孩子们一下就安静了下来，轻轻地走进教室，其实我并没有睡着，在那一刻我好感动，我努力地使自己的眼泪不流出来，我在心里说："孩子们，谢谢你们。"当我教师节收到他们的一张张贺卡时，我心里有一种说不出的快乐。孙俊浩把我的刘写成了柳树的"柳"，黄钰丹送了一个漂亮的发夹给我，她这样写道："我的老师有一头乌黑的长发，大大的眼睛，把发夹送给您，希望您更加美丽。"学生的许多卡片都是用树叶、小草、沙子、小石头拼成的，一张张都那么独一无二，都那么弥足珍贵。

网络上流传着一段发人深省的话："当你看到孩子成绩时，无论好坏，请想想：每个孩子都是一颗花的种子，只不过花期不同。有的花，一开始就灿烂绽放；有的花，需要漫长等待。不要看着别人怒放了，自己的那颗还没动静就着急，相信是花都有花期。"细心地呵护自己的花，慢慢地看着他长大，陪着他沐浴阳光风雨，这何尝不是一种幸福？

你不是最弱小的

陆 烨

在班上，成绩好的学生是老师的宠儿，是同学们羡慕的对象，是家长的骄傲。于是，他们顺理成章地成了班里的"权威人士"，他们的一举一动影响着班里的风气，但要想一个班成为一个优秀的班集体，对于那些在班集体中处于弱势地位的那一类人却不容忽视。

我班有一名杜同学，他是班里弱势群体中的一员，性格比较内向，不善交流，问十句没一句回复。上课从不发言，贪玩惰性重，成绩时好时差，波动大。

通过了解情况，我明白了他成绩差是因为上课老走神，不能集中注意力听老师讲课，因此让他回答问题总是一问三不知；不理人，是因为老师严厉而采取的保护自己的应急措施；不参与班级的管理是因为被集体所冷落。找到这些症结之后，我寻找解决问题的切入口。在课堂上，我把他的座位调到了第一排，目的是能够随时"关爱"他，并特意提一些简单的问题让他回答，目的是激起他学习的兴趣。起初他不肯开口，我说："答错了没关系，老师不会批评你，我相信你一定能行。"经过几次的鼓励，他终于开口了，但声音很小，我都几乎听不见。通过慢慢地引导，一周后，他回答问题的声音渐渐大了。于是，我经常在课堂上表扬他，激发他学习的兴趣，增强他的自信。课后，我经常让他当我的小助手，帮我拿教具、抱本子……又有意无意地找他聊天，慢慢地，他乐于上我的课了。与此同时，我把他的点滴进步用喜报的形式发送给他的家长（一周发一次）。几周后，他渐渐开朗了，笑容也写在了脸上，其他同学也能正视他的存在，也慢慢地在向他"靠拢"了，成绩也有明显的进步。

三年级上学期开学初，发生了一件事，让班上的同学对他刮目相看。第一次的语文默写他得了满分，且书写工整，要知道他以前每次默写都是很不理想的。我在他的默写本上画了个笑脸，并在全班同学面前大大表扬一番。放学时，我问他："开心吗？""嗯。"我微笑着摸着他的头，鼓励他："加油！你下次一定会更棒的，是不是？""嗯。"他害羞地点点头。如今的他在语文学习上能积极动脑，作业及时，且正确率大大提高。

　　美国心理学家詹姆斯说过："人生中最深切的禀质乃是被人赏识的渴望。"被他人赏识，被别人赞美、关爱是一种希望，更是一种幸福，更何况他们以前是被"爱"遗忘的角落。赞美似一种肥料，它能给学生以营养，使自信的体验常青；赞美似一块五彩石，所有的学生都能在它的色彩里找到属于自己的位置；赞美似一把金钥匙，有了它，就能开启成功教育的宝藏。当我看到班上的"主流群体"和"弱势群体"都在积极向上、健康成长时，作为一个教育工作者，我很欣慰。

每一粒种子都值得期待

陈　傲

　　自任教以来，我在讲台上已磕磕绊绊地走过了两年，这两年时间虽然短暂但收获颇丰。这期间，我收获到了领导的关心，同事的帮助，个人的成长。回顾自己走过的教学之路，欢乐与辛酸同行，收获与遗憾同在。

　　今年感悟最深的是：对学生，我学会了共情。所谓共情就是将心比心，从学生的角度和情感来思考问题。学生是学习的主体，没有学生的参与，教学工作便无法有效进行。在日常的教学工作中，把孩子们当作一个独立的个体来对待。尊重孩子，尊重每一个鲜活的生命，尊重孩子的个体的差异性，尊重孩子发展的规律，尊重孩子的情感需要。

　　教育并不只是教书，还在乎育人。尊重学生的主观能动性，和学生建立起平等和谐的关系，搭建有效沟通的桥梁，走进他们的心灵世界。在和学生不断地沟通融入中，了解到学生们的喜好，知道并了解学生间流行的事物，学生们也愿意和老师分享他们自己的兴趣爱好。给予学生爱和信任，加强与学生的沟通，形成和谐融洽的师生情感，学生才能"亲其师，信其道"，进而"乐其道，学其道"。将孩子们的需求放在第一位，时刻关注他们。学会从学生的角度和情感来思考问题、解决问题。

　　耶鲁大学校长理查德·莱文曾说："真正的教育是自由的精神、公民的责任、远大的志向，是批判性的独立思考、时时刻刻的自我知觉、终身学习的基础、获得幸福的能力。"对于教育者来说，教育到底意味着什么，是一个需要付出大量时间去思考去实践的问题。

小王是个过分安静的孩子，不见他调皮捣蛋，也感受不到他的课堂参与感，往往讲过很多次的题他还是会做错。某天他交上来的作业里又犯了一堆低级错误，偏偏我找他询问缘由时他又缄口不言，这让我暗地里有些恼火。

于是我稍微加重语气质问道："都是再三强调的知识点，为什么还记不住？"他沉默半晌嗫嚅着说："因为我笨，大家都这么说。"

这是我意想不到的答案。

他说这句话的时候神色平静，语气里没有那种破罐子破摔的愤懑，而是带着某种坦然，似乎在说一个既定的事实。就好像他交给我的那份作业就是一份合格的"笨孩子的作业"，他做到这样就足够了。这种不合时宜的认命感让我有些哑火。

诚然小王比同龄的孩子多了几分迟钝，但我还是无法接受他自称"笨孩子"时平静的神色。我完全可以让他回去把今天错的知识点多罚抄几遍，我也相信他会照做。我也可以跟他大谈特谈人类发展的个别差异性来激励他，可这样一个孩子又能理解多少呢。

在我的沉默中，气氛一时有些凝滞，我放下他的作业本，指了指窗台上的盆栽，问他道："猜猜那是什么花？"盆栽还未抽芽破土，只有光秃秃的泥，他自然说不上来是什么花。

"老师也不知道那是什么花，在它自己开花之前，我们俩谁说了都不算。"我把他的作业本轻轻塞给他，"你笨不笨，同样别人说了也不算。"

我最终没有惩罚他，但我很高兴看到他的错题都得到了订正，认真的一笔一划都像极了正欲破土的幼苗。时日尚短，不见其增，但精神是向上的。

正如大教育家陶行知先生所言："你的教鞭下有瓦特，你的冷眼里有牛顿，你的讥笑中有爱迪生。你别忙着把他们赶跑。你可不要等到坐火车、点电灯、学微积分，才认识他们是你当年的小学生。"

人的先天遗传、生长环境、后天教育等因素的不同，造成了每个人的发展优势、发展速度与高度的千差万别。这世上有天生早慧也有大器晚成，一时的先后决定不了长远的人生，不能被别人的言辞挫伤了主观能动性。流水不争先，争的是滔滔不绝。我很愿意做那个帮小王重拾信心认知自我的人。

"教育是农业而不是工业。"在执教之前，这句话只是流于纸面的一句空话。而当我真正站上讲台的时候，我对这句话有了更深层的理解。讲台下一张张稚嫩的脸唤起了我初为园丁的自觉，他们不是工厂里千篇一律的制式零件，而是园圃里个性迥异的幼苗。

我不敢断言他们今后是会长成参天的大树，还是能开出绮丽的花朵，又或者只是作为一丛简单的灌木，装点一角世界，但在此时的我眼里，还在成长的他们都有着无穷的潜力和无数种可能性。他们理应不囿于旁人的评价与界定，理应生机勃勃。

在花开之前，每一粒种子都值得被期待。

孩子，请为自己鼓掌

沈轶婷

每个人来到这个世上，都想取得辉煌的成就，都希望自己所做的一切能够得到别人的认可和掌声，但实际上并不是每个人都能神采飞扬地站在灯火闪烁的舞台上，大多数人只能在自己平凡的岗位上做着平凡的事，不被人注意，不被人重视。面对此情此景，人们往往感叹自己的渺小与平庸，其实这又何必呢？只要你真真实实地生活，活出真真正正的自我，即使别人不为你喝彩，你也能为自己鼓掌。

当我读到这段话时，脑海中不禁想起了她——一个我六年前教过的学生，一位有智商残疾证明的学生。我第一次认识她是在开学报到时。

那天我们六（1）班的全体学生都兴高采烈地来开学报到了，我看着他们个个开心的样子内心也很激动，突然我留意到第一大组的第一张座位是空的，就问："请问这张座位有人坐吗？""当然有。"一位瘦小的男生回答到。我又追问："那今天怎么还没来呢？""老师，估计她已经到了，就是她不认识自己的教室。""是的，老师，她脑子有点问题的，她自己不会上来。""她每天都要老师去领上来的。"大家七嘴八舌地说。我听了顿时有点迷糊，怎么六年级的学生连自己的教室都不认识呢？这到底是怎么一回事啊？后来我派一位学生把她接上来一看，发现她长着小小的个子，又黑又小，脑袋特别小，眼神有点呆。当我第一眼看到她时，心里有点酸，为什么同在一个班，他们的差距会如此大呢？虽然我不是她的母亲，但是内心有一种特别的爱油然而生，好想去保护她，引领她，开导她。

开学第一天，中午吃饭时大家都快步去食堂品尝美味佳肴。当我盛好饭回到班级时，有学生跑来告诉我："老师，不好啦。""什么事？你慢慢说。"我安慰她说。"卞同学在楼梯那边哭呢。"她急急忙忙说。"为什么呢？"我有点疑惑地问。"她打不到饭，她就不肯吃饭跑到楼梯那里哭了。"她解释道。我听了心里有点难受，心想虽然她智力上是有点残疾，成绩是不如其他学生，为什么她的生活自理能力也是如此得差劲？后来我派了一位学生协助她一起打饭，陪她吃饭，帮助她引领她。

于是我开始慢慢观察她、注意她，留意她的一举一动，观察她的每个细节，我想在其中找到解决问题的突破口，找到可以培养她独立能力的信息。我慢慢地发现她虽然智商低，但情商不低，她会找到属于自己的乐趣，看见有趣的事物她也会毫不掩饰地喜形于色。有一次，同学们都去上室外课了，她没去，一个人站在教室的走廊里望着天空发呆，感觉在想什么事情，突然她抿嘴一笑，似乎想到什么开心事了。我问她："你在想什么呢？怎么这么开心？"她没回答，但她对我笑了，真诚地笑了。虽然我不知道她在想什么，但我也替她高兴，因为她快乐，我也快乐。

我了解她的"情"以后，就先在英语课堂上慢慢启发她，一有机会就让她起来读英语单词，练习单词发音。经过一段时间的特殊训练，她慢慢地也敢在英语课堂上发言了。也许她不是读得最好的一位学生，但她是令我最欣慰的一位学生。有一次我居然发现她自己一个人在走廊里小声地读英语课文。在学校英语朗诵课文比赛中，她居然也拿着书有模有样地读了起来，我看着她笑了，其他班的老师看着也笑了。

开学一个月以后，我找她单独辅导谈话，我问她："你认识自己的教室了吗？""嗯！"她点点头。"你的教室在几楼？是几班啊？"我接着问。"在四楼，是六（1）班。"她腼腆地说。"你每天自己会来教室吗？"我欣喜地问。"会了。""还需要其他同学来领你进教室吗？"她坚决地摇摇头。我伸出了小手指："我们来拉钩，以后每天都要自己一个人准时来到班级坐在自己的座位上，好吗？""好！"

她也伸出了小手指，我们两个一起承诺着拉勾。"还有一个要求就是吃饭时要自己一个人去打饭，遇到困难要学会自己解决，如果实在不会解决再找同学帮忙好吗？明天起，你可以试试吗？"她犹豫地点了点头。我顺势摸着她的头，亲切地说："老师相信你会做好的，请你也相信自己，为自己鼓掌，好吗？"她这次毫不犹豫地点了点头。

后来，她真的做到了她所答应我的每件事，做到了我们两个的所有约定。在这一年里，她学会了自己走到教室，学会了中午自己打饭洗碗，学会了与老师相处，学会了与同学沟通，也学会了基本的英语对话和一些简单的英文单词。也许这些对于其他学生来说根本不算什么，但对于她来说是一个质的飞跃，因为她自己学会了跨出人生的第一步——独立与生活！

确实，只要我们教师做个有心人，适时引导，让每一位学生找到适合自己的成长的土壤，那么他们定会绽放出最美的鲜花，活出精彩的自我。

加油，懂得为自己鼓掌！

走进孩子内心，让爱渗透心灵

宋 怡

"爱在左，责任在右，走在生命之路的两旁，随时撒种，随时开花，将这一径长途点缀得花香弥漫，使穿枝拂叶的莘莘学子，踏着荆棘，不觉得痛苦，有泪可流，却觉得幸福。"每每读起冰心这首诗，心底里就涌动起一股香香甜甜的暖流。教师用爱播撒着希望的种子，用自己的一泓清泉，浇灌着芬芳弥漫的鲜花，那是一幅多么浪漫的画面呀。选择了教师这个职业，我们就踏上了心灵之旅的列车，每天我们把爱与责任放在自己的左右心房，伴着孩子们一颗颗稚嫩的心灵怦然而动。每个人可以选择自己的职业，自己的生活，却无法选择学生，世界上没有两片完全相同的树叶，可每一片树叶都有属于自己的美。我们应该呵护和爱护孩子们那幼小的心灵，让他们沐浴着爱的阳光茁壮成长。

之前，我担任班主任那个班有 43 位学生，每个孩子都有自己独特的一面。刚接手这个班级的时候，我们班的双胞胎兄弟便引起了我的注意。他们长得特别可爱，成绩中等，弟弟成绩比哥哥略好些。在学校里能与班上其他孩子打成一片，但是却不能与老师们"打成一片"。

还记得我第一次叫弟弟回答问题时，他的声音是很轻很轻的，轻到大家屏住呼吸才能听到。我让他声音再大一些，以便大家都能听到，他却低着头一言不发，我生气极了，刚要发火，突然想到陶行知先生说过："你的教鞭下有瓦特，你的冷眼里有牛顿"。对于这样的情况，我是第一次遇到，既惊讶又担心。后来从孩子父母及班主任口中得知，他们从幼儿园开始就是这样的。因此，这也让班上某同学给他们作了一首诗："课上胆小如鼠，课后胆大如虎。"

作为教师，我希望自己教的学生能够大胆地表达自己的想法。每个孩子都有自己的性格特点，有的孩子活泼开朗，有的孩子内敛胆小。双胞胎"课上不出声"这一现象，也让我为他们感到焦虑。从家长反馈来看，出了校门，他们都能和亲朋好友正常沟通交流，不能在老师在场的情况下大胆发言，只是缺乏自信罢了。于是，在五岁的时候，父母给他们报了街舞，他们也能坚持到现在，这也是增长孩子信心的一种方式。

在父母看来，他们是缺乏自信。不可否认，自信对于一个人来讲非常重要，当一个人没有自信的时，他的很多行为都会表现出来。比如，有的孩子不愿意和周围的人说话、交流，觉得尽量少说话可以减少甚至避免挨说的概率；有些孩子攀比心较重，当自己的生活环境没有其他人优越时，逐渐会产生羡慕的心态，导致自卑；有的孩子对家长过于言听计从，低估了自我价值，把良好的行为作为自我保护手段，对环境和生活中发生的事物怀有恐惧，缺乏进取独立的能力，自信心比较弱。于是，我决定通过一些方式来改变这种现象。

首先，加强与家长的沟通。引导他们平时多与孩子交流，面对成绩，不要动不动就责备或者动用武力，孩子考得不好自然不高兴、会紧张，家长如果还责备或者责打的话，孩子哪里承受得了？所以遇到孩子成绩有问题家长首先要学会冷静。孩子不仅在进步的时候需要大人的鼓励，在遇到困难或者考试不理想的情况下同样需要家长的鼓励，这是很重要的。和孩子一起找找考试题目出错的原因，一起来订正错误，让孩子记住，争取以后不再犯，这比打孩子、责备孩子要有效得多，所以家长平时要多与孩子交流，在学习的过程中，多鼓励孩子。自信心是夸出来的，家长不要吝啬自己的语言，尽量不要打孩子。

其次，通过班里与他们玩得好的玩伴进行谈话。了解他们在与朋友相处过程中的表现，尽可能拉近我与双胞胎的距离。也许有人认为与孩子拉近距离未必是件好事，这样会让老师没有威严感，可是我认为只有走进孩子的内心，真正了解他们的想法，才是教育孩子的首要准则。在与这些双胞胎"铁友"谈话过程中，我发现了他们不敢在老师面前大声说话的根本原因是在幼儿园的时候，有一次被某位老师喊起来回答问题，先是弟弟回答，弟弟说完以后，哥哥再回答，结果两个人的回答一模一样，其他孩子笑了。也许，在他们看来，两个人长得一样不奇怪，可同样的问题，俩人回答的答案一样，这会让他们觉得很难为情，觉得自己得不到他人的认可。

再者，我利用他们爱跳街舞的特点，鼓励他们积极参加活动，不断提高他们的自信心。在今年的六一活动中，他们在学校门口展示了自己自信的一面。在六一正式表演之前，多次让他们在班级、办公室进行彩排。同时，课堂上也抓住机会，让他们多回答问题，即使声音很小，也让其他孩子耐心听完。有时候其他孩子因为他们声音小而笑他们的时候，我会引导孩子正确认识：作为集体的一分子，我们应该尊重每个人，让爱渗透每个人的内心。他们的字迹不工整，因此，我会利用副课时间，让他们坐在教室里练字。"读好书，写好字"是小学生的首要任务。练完以后，我会在全班面前展示写得好的那一位，在鼓励他们的同时，增强他们之间的竞争力，并且，每次单元检测成绩出来时，我会比较他们的分数，对成绩偏好有进步的那位进行适当奖励，对于退步的那一位进行"惩罚"：大声朗读课文。课后，我会利用一些琐碎时间，让他们成为我的小助手：帮忙搬作业本、叫其他学生到办公室……

这些办法让他们不爱在老师面前大声说话的现象有较大改观。起初，他们并不愿意在我面前说话，当我进行一些"威逼"时，他们会出一点点声音来，有时甚至把要说的话写在纸上。当他们写在纸上时，我会告诉他们："人与人之间是要用言语来交流的，我们在人格上都是平等的，作为老师的我，让你听到了我的声音，你们是不是也不应吝啬呢？"久而久之，他们的声音逐渐响亮了，成绩开始提高了。渐渐地，他们的心房向我打开，愿意表达自己的想法了。

"路漫漫其修远兮，吾将上下而求索"，在教育之路中，我们会遇到不同的孩子，每个孩子的心灵是纯净的，有的孩子会主动呈现他纯净的一面，有的孩子需要你开启爱的龙头，他才愿意展示他的纯净。爱每一个孩子，用爱去唤醒他们的优点，用爱去融化他们的缺点。也许我不能成为冰心笔下那个随时播种便能开花的人，但我们可以用爱去抚慰每一个孩子的心灵，让爱的芬芳遍布每个孩子的周围……

以爱心呵护学生成长

孙喜蓉

我是一名平凡的小学英语教师，站在三尺讲台上，转眼间已过去二十多个春秋。从教以来，我没有什么轰轰烈烈的壮举，更没有值得炫耀的高光时刻，有的只是在平淡的教学生涯赋予我宝贵的教育教学经验。

今年的六（一）班是我从三年级英语学科起始就接手的班级，三年前学生步入英语课堂，每个孩子充满了新鲜感，充满了好奇心。每上完一节课，看着好学的孩子们，我总是不忍心踏着下课铃声立即离开教室，孩子们像小鸟一样叽叽喳喳重复着上课学到的新单词新句子，课后的作业也能积极地按时完成，但是随着年级的增高，学习内容和难度的增加，这种由"新鲜感"带来的学习兴趣逐年下降，到了六年级渐渐地不可避免地出现了"消极怠工"的同学。

小王同学就是其中情况最严重的一个。他个子不高，长得眉清目秀，只要用心，单词课文都能背出来，有一定的理解阅读能力，但专心程度不够，这一习惯导致他课堂上接受知识的速度比一般同学慢，作业速度很慢而且正确率不高。低年级在老师"死盯"的情况下，考个七八十分不是问题，但是到了六年级，所学知识的难度增大，对学习要求更高，再加上上课不好好听，课后作业一个字也不想写。长此以往，成绩直线下降，一次比一次差，开始出现不及格，连日常的默写都成了大难题。

为此，我可想尽了办法，效果却不佳，特别是随着期末的临近，他更是变本加厉，成绩一再下滑，气得我直跺脚。怎么办？我时常给家长发短信、打电话，他仍旧没有什么改变，还是那样，每次测试都不能按时交卷，书写习惯更是越来越差，难道我就这样放弃吗？我认定的事情我是不会轻易放弃的。就这样，这个难题一直困扰这我，成了我的一块心病。我越是着急，就越容易犯爱唠叨的毛病，这样，他不但没有在我的说教下改正错误，而且愈演愈烈，简直让人要崩溃了。

安静下来，我思考这一切：问题究竟出在哪里？一是他学习基础差，解题速度慢，如果和别人完成同样分量的作业，却要比别人花更多的时间，你说他能不烦吗？为了完成超负荷的作业（这个超负荷是变相产生的，例如我布置孩子们把错题再做一遍，因为他错得多，自然就做得多，花费的时间就长），他有时课余时间都不能出去玩，他还是孩子呀，看着别的孩子玩得那么开心，他的心里能好过吗？看来要解决这个问题的本质，就要彻底减轻他的课业负担。于是我开始着手减少他的作业，除了一些必须完成的练习和作业，其他的默写、错题订正的抄写他减半甚至由抄改为读背，一些超出他能力范围的难题先放在一边，把一些基础的单词句型语法练扎实。自从减少作业后，他表现得异常兴奋。计划实施的第一天就表现得异常乖巧，很快地完成了当天的课堂作业，并在我的启发下完成部分昨天没有完成的作业，他的这个转变让我很兴奋，我在班上表扬了他，又专门给他的家长发了短信称赞他，真希望他能这么一直好下去。

自从我给他减少作业量后，他学习的主动性提高了，完成作业的速度也明显提高，他开始变得有自信了。但是作业减少了，速度还是欠缺，经常要在课后服务结束，其他同学回家后还要陪他做半个到一个小时。我意识到以他练习的速度，到正式考试的时候会来不及完成所有的试题。作业的速度一定要提高。我多次找他谈话，告诉他："我们平时的作业速度必须加快，平时单元测试时间就是严格按照期末的测试时间来进行的，如果你依旧按照目前的速度去做，肯定不能按时完成考卷，这样成绩很难提高。"我还分析练习题和试卷的题型给他听，教他一些提高答题速度的技巧，并且告诉他按我的方法，一定能考 70—80

分。听了我一番话，他表示愿意改掉做题不专心的坏习惯，但是这些坏习惯太"顽固"了，很多时候他做不到。于是我有一次找他详谈：

我："这次单元练习我希望你加油，按时完成所有题目，能做到吗？"

小王："可以。"他不假思索地回答。

但是以往太多次类似的回答，我深知他转身就会忘得一干二净。

"如果你不能按时完成试卷，怎么"惩罚"你呢？"我仍旧对他怀着一丝希望。

"罚抄卷子一遍。"如此强硬的惩罚，看来他也想逼一逼自己了。

"如果罚抄的作业都不愿意做呢？"

"那就罚抄两遍。"他好像很有信心，但我心中没底呀。

"你自己对自己提出的要求，老师愿意再相信你一次，但是我们先签一份协议，就叫《按时完成作业完成考试协议书》，你同意的话我们在班级宣布一下，表示你改正的决心。如果你做到了，老师表扬奖励，做不到我们请同学们帮助监督，争取早日战胜这个学习上的拦路虎。"

孩子点头同意了。

果真，第二天的单元练习，他按时交了卷，尽管后面的阅读理解可以看出他文章并没有来得及看仔细，五个选择错了四个，但是他能做完并及时交卷又是一次大的进步。我在班上大张旗鼓地表扬了他一次，还希望其他后进的同学向他学习。

此后，他继续努力，在老师同学们的帮助下，开始尝到了学习的甜头，学习成绩尽管没有领先，但能跟上班级的大部队了。我让他搬离了特殊的考试位置，回到了自己的座位上（之前因为他自觉性差，所以每次考试的时候，我都安排他坐在讲桌旁，这样便于督促他完成）。今年的期末考试成绩，他已经由原来的不及格提高了将近二十分，达到七十多分。对于他和家长来说，真是一个大大的惊喜。

我国著名的教育家陶行知先生说过："真的教育是心心相印的活动，唯独从心里发出的，才能达到心的深处。"关爱每个学生是从教者的天职。我愿初心不改，坚守三尺讲台，以自己真诚的爱心、绵延不绝的耐心守护每一朵祖国的花朵，让其健康茁壮地成长。

小小的个子，暖暖的心

谭　敏

在我从教的第二年作为一名语文老师并且当班主任时，曾有一个小不点让我印象深刻。他个子小小的，声音是嘶哑的，与其他小孩子稚嫩的童声并不一样，嘶哑的、粗粗的声音特别像高年级变声期的男孩子。开学第一天，我接到门卫处执勤老师的电话："谭老师，你们班有一个小孩子，来校门口接一下。"我跑过去看到一个抱着妈妈哇哇大哭的男孩子，"我要妈妈，我要妈妈!"不夸张地说，这个男孩子的哭声整个学校都可以听见，一阵安抚过后，我拉着他的小手走进了教室。第二天，我又接到了门卫处叔叔的电话："谭老师，这个在门口哭的小娃娃是不是你们班的? 过来接一下。"第三天亦是如此，这样的情况持续了一个礼拜，可能他妈妈的耐心也被磨平了，到后来放下孩子就走了。而我作为班主任，也不能每天早上放下整个班的孩子专程去校门口接他，于是就关照班里的小朋友看到他就拉好他的手带到教室里面来。

这仅仅是开始，刚开学的时候是不愿意上学，舍不得爸爸妈妈，后来家长因为要上班没有空来接孩子，于是给孩子报了个晚托班，由晚托班的老师的接。到了晚上放学的时候，他总是磨磨蹭蹭不愿意走。

"你怎么了，还不回去?"

"老师，你打个电话给我爸爸。"

"嗯，好。晚托班老师在校门口等你了，背着书包去吧。"这个小家伙把书包都背到办公室来了，也不愿意去晚托班。

"不，你现在就打，你当着我的面打。"

我惊叹于一个低年级小朋友的执拗，要当着他的面打电话给爸爸，而且是马上，这件事情也给我留下了很深的印象。

上课的时候，突然听到一声嚎啕大哭，其他小朋友立马报告："老师，叶同学又哭了。"

"怎么哭了呀?"

"我想爸爸!"

"那爸爸现在也不能来学校，要不你到门外哭，哭好了再进来好吗?"

叶同学于是自己到门外哭了一会儿，然后敲门喊报告。

"你哭好了吗?"

"嗯。"叶同学点点头。

"那回座位上坐好吧。"

这样的情况发生了很多次,每次都是自己到门外哭一会儿,然后再进教室就能安静地上完这节课了。有一天,隔壁班的老师终于忍不住跟我说:"能不能让你们班哭的小朋友到别处去哭,别影响我们班上课"。

后来,我跟叶同学说到我们自己班的后门去哭,正好旁边是个过道,不会影响其他人,他也是照办。后来我还跟搭班的数学老师说我们叶同学虽然爱哭,但也是有原则且听话地哭。

再后来一年级有一个汇报演出,大概是开学一个多月的时候,我们班是汇报的拼音儿歌,家长看完我们的表演后正好开家长会。班里的家长也特别重视,这是孩子们到学校的第一次演出,小朋友也很积极,也特别起劲。正式表演那天,小朋友们都特别棒,声音比排练时要大,动作比排练时到位,连眼神都比平时有精神。演出结束,家长们热烈鼓掌,而我则带着这些孩子从舞台退场回教室。到了教室,大家都叽叽喳喳,好不热闹,第一次表演,第一次在小学开家长会,一会儿还要见爸爸妈妈,同学们都跟小麻雀一样叽叽喳喳。

"老师,叶同学又哭了!"我抬头看去,他正在用手揉着他的眼睛,眼泪跟小瀑布一样往下落。

"怎么又哭了呀?"

"我想爸爸!"

"你马上就能看到爸爸了!"其他小朋友都在安慰他。

这样的事情太多太多了,好像他的眼泪是流不完的,他的声音大概也是由于哭太多而嘶哑的吧。他们升二年级时,我还是继续任教一年级,教一年级的小朋友。刚开学时,一年级的小朋友都还不会扫地,也不能帮教室打扫卫生,所以每天放学时,我把学生送出校门以后就回教室打扫卫生,有一天,叶同学突然跑到我教室大声叫我:"谭老师!"

我拿着扫把惊喜地看着他,嘿,这个小家伙居然知道来看看我。

"谭老师,我来帮您扫地。"说着就拿起了扫把,"现在的小孩子连地都不会扫。"我听着真是忍不住笑出了声——一个那么爱哭的小男孩突然就长大了。

"现在到二年级不爱哭了吧?"

他害羞地笑笑,然后继续跟我汇报班里的谁谁谁上课有小动作被老师批评了,谁谁谁又和其他人打架了。

后来,这个小家伙只要有空就会来教室陪我一起打扫卫生,有一次还带了好几个同学来，其他同学看着我扫地都不动，他就开始批评其他人不帮我扫地，其他同学听到了都不好意思地拿起了扫把。

过去了好几年，现在想想，这一切仿佛发生在昨天，有一种吾家孩子初长成的喜悦，平凡之中带着丝丝的温暖。孩子就跟花一样，慢慢等，他总会开花，总会有他的一片绿荫。

一束温暖的光

唐伊琳

当孩子与教育成为饭桌上必不可少的一个话题时，许多的孩子都在家长的温柔乡里成长，就怕磕着碰着，吃不好穿不暖。就连新闻报道也说："别让你的溺爱毁了孩子！"在大多数孩子享受着家庭给予的无限温暖时，我遇见一个孩子，他的生命里却少了一束能温暖他的光。

第一次相遇，我在班级里一眼就看见了他。因为觉得他长得有点特别，瘦瘦小小的，两只眼睛不是很有神采，有时不知道他在不在看你，因为他的两只眼睛看东西时并不在同一方向。我心想这孩子可能有点特殊，但细细观察下来似乎与其他孩子也没有什么不同，甚至还有许多优点，比如他动作很快，收拾书包是第一名。当他有问题不会时，他会很坦率地说："我不会啊！"这样一份勇气不是每个孩子都有的。回想我小时候，若是老师问了我一个我答不上的问题，我一定会支支吾吾不说话了，但他不一样，他似乎习惯了自己答不上来，也不害怕丢了面子。

有一天早上刚刚到学校，大家都在读书，他和往常一样，蹦蹦跳跳地走进教室，和往常一样坐到自己的位置上。这时，口无遮拦的小王同学恰好经过他的座位，突然大声地说："你的脸怎么像只小花猫啊！"此话一出，一时间一石激起千层浪，不少同学都望了过来，还有同学凑过来看。我也朝那个方向望过去，有些同学眉眼间流露出一丝厌恶，回到了自己的位置上。他的脸上看不出有什么表情，只是淡淡地打了一个哈欠，似乎已经习惯了这一切。我眉头微皱，把他轻声叫了过来，他先是一愣，然后慢慢走了过来。他走近了之后，我看清了他的脸上嘴旁边有一块黑色像酱油似的痕迹。我问他："你知不知道脸上这黑乎乎的是怎么弄的呀？"他尴尬地一笑，然后支支吾吾道："我也不知道哇，可能是吃东西的时候不小心弄的。""噢，这样啊，去洗手间洗干净就好了。"看他尴尬地把头低下了，我便这样回复到。看着他着急地走向远处的背影，我心里却犯了嘀咕，他嘴边的酱油有些似乎是新的痕迹，但有一块小的似乎昨晚放学时便见过。他的衣服和鞋子已经很脏了，但是没有更换。他回家后难道没有家长关注过他吗？或者是家里条件实在是困难？

我带着疑惑询问了之前教这个孩子的老师，她的回答让我了解到这些事情发生的原因：这个孩子在二年级时，她的妈妈因为车祸受伤后不治身亡，为此本就不富裕的家里欠了不少钱。目前爸爸正在努力还清债务，他还有个姐姐，大他两岁，也在我们小学读书，但父亲工作忙碌，让这个孩子缺乏家庭的关爱，姐姐也因年龄太小没有能力帮助照顾弟弟……

他的家庭与成长经历注定了他与别人的不同，但他不是特殊的而是特别的，在他的生命里少了一束温暖的光，我希望通过教育的力量在他的心上播上一点星火，这样他就能自己照亮前方的路了。

当天，我就找到了小王同学和他谈话。"小王，你知不知道他家里有些困难啊？""我大概听说过。"他毫不犹豫地回答道。"那我们是不是应当在平常的时候多帮助他？"我顺势问道。"嗯，但是怎么帮助他呢？"他略带困惑地望着我。"比如今天早上的时候，发现他脸上不干净的时候应该小声提醒他或者给他一张纸巾让他擦擦脸，而不是直接大叫大嚷，让很多人知道。"我缓缓地说。"是的，如果我出了丑，很多人看我，我会很不好意思的。唐老师，我以后会注意的！这次我做得不对，我向他道歉！"小王真诚地说。我摸了摸他的头，说道："不光是你，你也要带着别的同学这样做。"他用力地点了点头。

在后来的日子里，当他来到教室时，我会主动问问他的近况；当他表现好的时候，我毫不吝啬我的夸奖；当他近期状态不好时，我会主动联系他的爸爸，询问他在家的情况；当他家里交不上饭钱的时候，我会悄悄先垫上；当他有一些生活习惯上的问题时，我也会毫不犹豫地指出来……渐渐地我发现了一些变化：当他没有必读书本的时候，班级里会有同学主动送给他；当他没有铅笔橡皮时，班级里会有同学借给他；当他有地方做得不好时，会有同学耐心地指出他的问题；下午吃点心的时候，会有同学与他分享……渐渐地，在老师和同学们的关怀下，他面对不会的问题敢于请教老师和同学了，上课回答问题也更加积极了，再也不是有没有答出来无所谓的样子；做课堂作业也越来越快了。我渐渐看到这个少年的眼眸中已经开始闪出微弱的光芒了。

我们常常感叹教育不是万能的，的确，我没有办法改变他的家庭、他的成长经历，但是当他坐在我的班级里时，他与其他孩子一样，都是我的学生，一群闪闪发光的人。在这里，他总能拥有一束属于自己的温暖的光。

教育成长，师生共系

万　丽

　　教育家苏霍姆林斯基说过："从我手里经过的学生成千上万，奇怪的是，留给我印象最深的并不是无可挑剔的模范生，而是别具特点，与众不同的孩子。"教育行为中的这种反差，我从刚毕业的第一届学生那里就有所经历。

　　调皮捣蛋的小孙是我在进入工作岗位的第一批学生中的一个，那时才是四年级。第一年我不用做班主任，只要认真地教学，多与学生沟通指导，增长磨炼自己的教学能力即可，并不用为了他们的一些行为举止、班级管理等事项而烦恼。这也让我不会严肃地对待他们的各个方面，有时完成教学任务后，我还额外给大家科普有趣的英语知识，共同欣赏精彩的英文电影，大家对于我这个年轻小老师还挺喜欢。小孙那时只是一个"小刺头"，上课偶尔会有点捣乱，但大致过得去。如果他脾气硬起来，我就找班主任老师去"告状"，对待学生我是既想树立自己的威严，又想作为他们的榜样与后盾，所以我一开始就避免和他发生正面冲突。加上适当形式的表扬与鼓励，我感受得出他和其他同学一样，对我的教学和个人接受程度还不错。

　　第二年，我接手这个班成了班主任，一切事务是熟悉却又生疏，但是我知道，我不能和第一年一样与那些日渐长大的大孩子嘻嘻哈哈了，也不能遇到问题就找班主任老师来教育他们了。这时，我想起小时候，自己的历任老师都是工作严谨，对学生严格，认真教学，苦口婆心为学生，大家都很敬畏老师，全班在这种的班级氛围中，努力学习，聆听老师教诲，所以我认为虽然自己性格大大咧咧，喜欢小朋友，但是作为一名老师尤其是一名班主任老师，面对不同以往的学生们，我还是应该要求自己做到"严师出高徒"，以免让自己作为老师威信无存。抱着这一想法，我经常对自己班级的学生进行严格要求，基本上我对他们很少露出笑容了。如果学生出错了，我必然会把学生的行为在全班进行一系列的分析与批评，该表扬的表扬，该批评的严厉批评，希望学生能在我的"循循善诱"中意识错误并进行改正，成为让大家觉得优秀的好学生。虽然这期间小孙同学也时常成为故事主角，但是五年级上半学期一切都很平稳，甚至还一度出现了他成绩稳步提升、上课专心、作业积极的现象，我为之感到惊喜与欣慰。

可是，在暑假后的五年级下学期，小孙突然开始慢慢不听课了，甚至还公然拍打课桌与老师对抗，其他任课老师来找我反映问题时，我觉得也许需要跟他谈谈心了。由于我知道他爸爸妈妈由于职业和生活环境的原因脾气也很冲，他的脾性受到一定家庭因素的影响，我对待他的态度相对来说一直是温婉与严肃结合，会用心掌握好与他对话的话题与语气。在谈话中，他不肯透露自己改变的主要原因，只是保证会认真写作业。可之后他认真几天而后继续任由学习退步。在经历过几次同样的情况后，我意识到，教育不是老师和孩子个人的问题，我需要家庭的配合。就这样，我在任课老师的陪伴下，找到了小孙的爸爸。了解到最近小孙的表现和变化是来源于父母之间的离婚纠葛。他不想父母离婚，所以心情不佳，无心学习，但是作为老师，无法说服他父母，更无力去改变家庭的现状。我只能尽力在学校生活学习中，尽可能多关心小孙。

一学期很快过去了，孩子们进入了毕业班，大家似乎都长大了许多。我密切地关注着小孙的情况，可惜的是，进入六年级后，他们家依然没有改善。对作业对课堂他变得懒散、抗拒、无所谓，就在班里做个"行尸走肉"。他的顽固与颓废让大家都感到一丝失望和无力，虽然我内心很希望他能振作起来，但是经历过多次教育沟通无果后，我其实也没太大把握。一次偶然的班级会议上，小孙透露出他喜欢打游戏，我在心里默默记下。在之后做操回教室途中，我很自然地和队尾的小孙聊了一下，"最近在打什么游戏呢?"小孙一开始很惊讶但是很明显感兴趣，我赶紧抓住这个话题，和他讨论了一下他喜欢的内容。我们走在大部队后面，他和我聊了一路。我借机告诉他，玩游戏好只是一般厉害，设计游戏才是最厉害的。希望他好好学习，这样今后至少还能看得懂游戏语言和说明，以后老师可以和他一起组队。他瞬间有点不好意思起来。那天的学习，我能感受到他的状态很积极。从这以后，他学习略见进步，虽然有些作业还是不写，但也会做一些，尤其英语肯定是做的。难道是因为他把我当成游戏伙伴了吗?

小孙的改变说明了一点：每个学生都是具有"可塑性"的。作为一名班主任，不能选取适合教育的学生，应选取适合学生的教育。春风化雨、润物无声，批评或表扬都要深浅有度，用心寻找突破口，因材施教。也许就是老师不经意的一句话、一个眼神、一个微笑，就能在不经意间与学生建立良好的亲和关系，到达心灵的沟通，获得学生的信任，从而收到意想不到的教育效果。教师应对学生所犯的错误时，要把握好批评的艺术与方法，尽可能发现他们身上的闪光点。苏联著名的教育家马卡连科以前有这样一句话："用放大镜看学生优点，用缩小镜看学生的缺点。"捕捉学生"闪光点"，对"问题生"来说，他们的心灵深处同样蕴藏着被人肯定的心理需要。班主任不能只是被动地等待"问题生"的"闪光点"的出现，而应主动地抓住或创设条件，诱发他们的自尊心和荣誉感，哪怕只是短短的几句话或小小的举措，也可能是"问题生"转化的最佳时机。

在处理班级事情时，对后进生应谨慎对待，不能简单粗暴地呵斥和指责，也不能过早地"盖棺定论"，应以诚相见，循循善诱，想办法和他们交朋友，走进他们内心，消除他们心中的隔阂，让学生对老师敞开心扉，心悦诚服地理解老师的批评和教育，自觉地去转变自己。教师要试着理解他们，表态时"糊涂"些，不在公开场合揭露学生的伤疤，给自己也给同学留下回旋的余地。放下老师的架子，像朋友一样聆听他们的倾诉，倾听他们的心声，这样的师生关系也许会比严肃的师生关系来得更加珍贵和融洽。

走进孩子的"童画"世界

贺文熠

（一）

故事发生在一年级寒假之后的一节美术课上，作业的题目是用画笔记录寒假发生的一件趣事。

二十分钟后，小朋友都勾好了线条。我随机请了一小组学生到讲台上给大家讲述各自画里的小故事，有过年放鞭炮的，有一起吃年夜饭的，有堆雪人、打雪仗的……

"嗯，讲得真好，下一个小朋友。"

这个小男孩，站起来低着头扭动了一下身体。

"老师，他是我们班成绩最差的学生。"

"老师，他昨天刚被班主任叫过家长。"

"他上节课才被语文老师批评过。"

声音此起彼伏。

我做了个安静的手势，对他招了招手，他抿了抿嘴来到台前。屏幕上刚显示出他的画，全班顿时哄堂大笑，只见白色的画纸上寥寥几笔，线条凌乱。

"来，安静，我们先一起来听一听这个小朋友介绍一下他画的是什么内容呢?"

"你愿不愿意给大家讲一讲?"

×小朋友点了点头。

"我这次回老家，坐了火车，所以画了个火车。"

"嗯，还有呢?"

"我还画了我老家的小自行车，不过已经破旧了。"

"嗯，还有呢?"

"还有我最喜欢的红色法拉利遥控小汽车，不过那个遥控手柄已经没有电了……"

"嗯，那这一块你画的是什么呢?"我指了指左下角一堆没看明白的东西。

"这是滑滑梯，我最喜欢滑滑梯了!"孩子滔滔不绝地讲着，慢慢忘记了紧张，脸上露出了笑容。

我再次细细看了看这张白色的画纸，虽然只有寥寥几笔，却有着如此丰富的内容，而且画面中多次出现了汽车，孩子还可以把汽车的名字说出来，说明他在平时生活中对小汽车的热爱。用简单的阶梯式线条描绘了滑梯，丰富的想象使画面富有生机，简单的线条让孩子表达出了内心的世界。我内心不禁对他有些赞叹。

想了想，我灵机一动，拿着他的画，对小朋友们说:"我们一起来做一个小游戏，比比谁的眼力强。你们看，他的画里一共有三种车，你们能看出来他分别画在哪里了吗?"

话音未落，许多小朋友都举起了小手。

"最上面的是火车。"

我转头问×:"他回答的对吗?"

"他答对了。"

"你是怎么知道的呢?"我笑着问。

"因为画里面这个车最长，好长好长。"

"嗯，说得真好。还有吗?"

"中间的是自行车，因为我好像看出来他画了两个圆，应该是自行车的轮子。"

"你答对了。"×小朋友给了一个大拇指。

"右边的那个是法拉利汽车，因为它有四个轮子，而且里面它最帅一点。"

"同意! 我也同意!"

我笑了笑，接着说："所以，你瞧，×小朋友并没有画得不好，相反，他还是个很细心的小朋友，他抓住了不同车子的特点，只是需要你们睁大眼睛去仔细观察，对不对？"

"对！"全班报以热烈的掌声。

从被全班同学的不看好，到读懂肯定这位同学，学生态度的转变来自于老师的合理引导。一年级的孩子们年幼单纯，他们有着极强的从众心理，不假思索地会去学习模仿他人。就像这节课中，可能一个人说×同学不好，产生的后果就是一小片到一大片。作为一名教师要相信，每个孩子的身上都有闪光点，他们都需要肯定和鼓励。在一年级学生的画面中，最难能可贵的就是真实和童真艺术，这是儿童画最吸引人的地方。我们要细心地呵护孩子们的这种本真表现，学会倾听，引导学生用眼睛去发现其他同学身上的闪光点，并且大声地说出来，丰富孩子的画面语言，让孩子们成为绘画的主人，从而形成团结向上的班级氛围。

（二）

记得在一次听课活动中，这位老师讲课的内容是一年级的《雪》。老师语言生动活泼，授课思路清晰有趣，整节课我都非常喜欢。到了小朋友绘画的环节，老师来回走动于小朋友中间，这时候她突然停了下来，指着一位学生的画说："雪人是白色的哦，怎么会有橘黄色的雪人呢，是不是呀？"老师温柔地摸了摸这位小朋友的脑袋。

过了几天，在自己的课上，在批阅绘画作业的过程当中也出现了一个红色的小雪人，我皱了皱眉，颇为奇怪，拿着本子走到他身边，问："你能告诉老师，为什么你的雪人是红色的吗？""因为冬天太冷了，如果雪娃娃穿成红色的就会温暖一些。"他眨巴着眼睛，抬头望着我。我心里不禁一震。"是啊，因为天太冷，所以我要用红色给它些温暖。"多么质朴动人的话语呀！

其实在很多时候，老师的理性思维一不小心地就会施加到孩子纯真的的思维上，而事实上，孩子的绘画作品所表现出的画面中所产生的艺术感会给我们带来与众不同的视觉冲击。在涂色的时候，不按常理的涂色来源于孩子们的本真，与孩子的性格和兴趣有关。无论孩子的任何一种绘画表现形式都值得教师去观察和倾听，而不只是简单地赞扬或否决。不到位的赞扬会让孩子觉得没有积极性，直接的否决容易挫伤孩子的积极性，只有恰到好处的点评和引导能够提高孩子进一步添画和作画的兴趣，激发孩子参与美术绘画活动的积极性，同时也会让孩子感受到老师的温暖，更加愿意向老师吐露自己的想法。因此，在美术活动中，在评价学生的画时，我们不能用成人的眼光去评价孩子的作品，教师应站在孩子的角度去欣赏画画，理解画面内容，学会欣赏，努力去发现孩子的不同和闪光点，去发现被自己忽略的秘密，并以良好的对话模式展开与学生的对话，真正走进孩子的内心世界。

就让孩子们绘出想象画，涂出稚拙美，画出抽象图。在可爱的年纪，用奇妙的感受，天马行空的想象，绘出自己独一无二的画作！

从暴跳如雷的问题男孩到温暖可爱的天使

王 淼

教室的某个角落，他独处一隅，面无表情，他眼神黯淡，感受不到身边的温暖，他冷眼旁观着周围的一切，甚至与整个世界格格不入……这样的孩子几乎是每位教师教育生涯中的常客，他们总是让人头疼不已，却又总是让人心疼万分。事实上，这样的孩子更需要教师的理解与尊重、关注与信任，也更需要教师去挖掘他们内在的积极品质和正能量。

一、初遇"皮卡丘"男孩

"皮卡丘"男孩出生在一个普通的工人家庭，家中生活条件一般，其父身材魁梧，十分严肃，对孩子没有明确的要求，但对孩子犯的错却总是斤斤计较，且方式经常比较简单粗暴；其母为人较温和，但在教育孩子方面常常失去原则，显得有些宠溺。

三年级上学期，我刚接触这个新班级，第一天刚走进教室他便引起了我的注意，因为只有他面无笑容，显然失去了同龄孩童对新鲜人事的好奇与期待。下了课我与原班主任沟通才确认，原来他就是原班主任提及的为数不多的问题学生之一。果然不出原班主任所料，刚接触的第一天中午他便与班中同学闹出了矛盾，因为同学在中午用餐时想向老师告他一状，说他吃饭挑食，浪费粮食，他想阻止，两个人僵持不下便闹了起来。若是其他同学，这样的事也不是什么事儿，调解一下问题就解决了。可谁料，我刚介入，这孩子的情绪反而变得更加激动，甚至十分暴躁，还没等我了解清楚事情的原委他便呼吸急促，脸色发灰，全身颤抖，双脚猛蹬地面，似乎想把整个食堂震塌，然后大喊起来："我没有！我没有！"这样的情景愣是我这个成年人也不禁一震，心中渗出一丝恐惧，更别说在食堂就餐的学生。顿时，整个食堂鸦雀无声，显然都被他这出乎意料的举动吓到了。冷处理？他继续一个人自顾自地宣泄情绪，且看不到要暂停的迹象。好言相劝？他便开始大声地不分青红皂白地捍卫自己的"权益"（他认为的无过）。方法试尽，毫无作用，内心的怒火再也压制不住，只能一把把他拖回办公室，此时的他已经哭得撕心裂肺、歇斯底里。继续冷处理，结果他哭了一节课还在抽泣，无奈之下只能联系家长，因为情绪不稳定根本无法解决问题。父亲到校后，他终于变回了一只温顺的花猫，一句废话也没有，情绪也稳定了，嘴上也承认了自己的不是，问题很快解决了。本想这事终于完结了，也该消停一阵了，谁想第二天早晨"皮卡丘"真成了皮卡丘，脸肿得和皮卡丘差不多，只是颜色不太一样，不是黄的而是青紫色的，整个半边脸全是青紫色的。显然，昨天回去挨揍了，而且揍得不轻，我不由得感叹"皮卡丘"爸爸下手真的太重了。见此惨状，我心疼地抚摸了下孩子的头，怜爱地看了他几眼，当着全班同学的面，我什么也没说，什么也没问。至此，事情才真正告一段落，接下来的大半个学期他也都表现得还算如人意。

三年级下半学期至四年级上半学期，因为某些原因我没有继续教该班，然而这一年间关于他的消息却从未间断，情况越来越严重了，以前只跟同学闹矛盾，现在居然常和老师顶嘴闹矛盾，隔三岔五就要因为课间某件小事、课上老师不经意的一句话甚至一个眼神当堂发脾气，严重的时候甚至影响老师正常上课，我真替他感到着急，却又无能为力。直到四年级下半学期，我又有机会重回了这个班集体，第一件事我就想着该如何转变这个孩子，因为转变一个问题学生有时候比培养一个优秀学生来得更迫切，我坚信只要找到合适的教育契机，转变他是有很大希望的。

二、暴跳如雷的背后原因

我先做了功课，阅读了大量材料，明确了这孩子的问题属于暴躁的心理问题："暴躁是指在一定场合受到不利于己的刺激就暴跳如雷的人格表现缺陷"。据了解，处于生长发育期的青少年，特别是11岁左右青春期的开始年龄，孩子经常容易表现出缺乏耐性、脾气暴躁，甚至对父母、亲友或老师有侵犯性的言行，这是该年龄段孩子的一种正常生理现象。

当然，除此之外，的确有部分神经质青少年比同龄人显得更暴躁易怒，他们受不得一点刺激，不服家长和老师的批评，他们经常大发雷霆、唇枪舌剑甚至拳脚相加予以还击，"皮卡丘"男孩就是这样的典型个例。

但不能否认的是，孩子的暴躁绝对离不开不当家庭教育的影响。他爸爸的简单粗暴，妈妈的心慈溺爱才是造就孩子性格缺陷最主要的原因。在家是如此，在校园中便表现得与周围格格不入，怪异的表现长期得不到同学、老师的理解，心中难免产生挫折感，这种挫折感想发泄却又无处宣泄，长此以往心中便压抑着许多情绪，因此稍受刺激便借机发泄自己心中的情绪，谁都惹不起他。

孩子生来是张白纸，暴躁如雷的背后有太多因素，针对这些原因，我想，我能为"皮卡丘"男孩做的首先是做出必要的让步，试着理解和尊重他，而不是批评与敌对，其次是要帮助他找到控制自己情绪的方法。

三、逆转蜕变的契机

设想好了一切的可能性，就待一个合适的教育契机了。

这天的午餐很丰盛，除了正常的饭菜外还多了一小瓶 AD 钙奶，这是四年来孩子们第一次在午餐时获得如此"美味"，每个孩子都喝得眉开眼笑。本是好事，可却因这瓶"特殊的牛奶"惹出了许多是非。

这天下午第一节是我的语文课。上课了，一切如旧，只是天气炎热，孩子们多了一丝困意。突然，"皮卡丘"男孩前排的小浩站起身来走向垃圾桶，"哐"的一下扔了个垃圾，听这声音显然是带着气扔的，于是我便停下课询问了起来："什么事？怎么不打招呼突然站起来扔垃圾影响大家上课？""老师，我不是要影响大家，只是实在是太生气了，他一直在后面玩他的 AD 钙奶瓶，时不时还要喊我两声，然后敲敲瓶子给我看。"小浩气愤地指了指"皮卡丘"男孩。"我没有！我没有！他冤枉我！"多熟悉的话语啊，还没等我继续往下了解事实，"皮卡丘"男孩就再次大叫了起来。他紧皱眉头，双手紧紧握拳，就差爆出臂膀上的青筋了，嘴里不停地发出"呼呼呼"的喘气声，双脚猛蹬着地面。看这架势像是要打架了吧，但以前可从来没有因为情绪暴躁而与同学大打出手，只是发发脾气而已，再说了，我正在上课，想必不会吧。正当我还在揣摩时，只听得"咚咚咚"三拳狠狠地落在了小浩身上，再也顾不上妄自揣测的我快速冲上去制止，只是仍然没来得及阻止他接下来的两拳。我怒气冲天，正想开始对"皮卡丘"男孩猛加批评时，他一下子大声哭起来。我想，采用以前的方法肯定是没用的，如今得先稳住局面再慢慢解决问题。于是，我做出了让步，我走向他，语气平和地告诉他我先要送小浩去医务室做下检查，然后再来了解情况，他似理非理地继续嚎啕大哭。"我知道这其中肯有些误会，我理解你愤怒时的举动，你只是想发泄，你先去办公室好吗？想哭就哭，发泄一下也没问题。"他低着头，皱着眉，继续双脚蹬地"咚咚咚"地走进了我的办公室。

　　这节课没法继续了，只能找来其他老师帮忙上自习，然后先送小浩去医务室了。一路上，我先向小浩表示了感谢，感谢他的坚强与容忍，因为他没有还手，也丝毫没有哭泣，否则后果将更加不堪设想。这时，小浩也哭了："老师，真的是他影响了我听课我才这样的，他一直在玩那个瓶子，后来一不小心瓶子掉了，滚到了我的脚下，我就直接扔了省得他再来打扰我们。"显然，小浩没有说谎，确实是"皮卡丘"男孩的问题。

　　陪小浩检查完我们回到了教室，我想为了保护"皮卡丘"男孩的自尊，为了使同学不再把他当"怪胎"看待，他的问题不再适合在全班同学面前处理了。我走回了办公室，本来抽泣的他看到我又再次大哭了起来，而且整个人蹲下去抱住了双腿歇斯底里地哭，仿佛想把曾经受到的所有愤怒、委屈都发泄出来。我蹲下来碰了碰他的头："我没有骂你也不骂你，我知道你需要发泄，你想哭就哭吧，这样舒服些，等哭完我们再说。"说完这句话很久我们才进入了第二次交谈。"你是不是觉得小浩误解了你，所以才愤怒了？"依然低着的头微微点了点。"我知道得不到别人的理解时会很伤心很急躁，一急躁情绪便容易失控，老师急躁的时候也会控制不住自己的情绪，比如曾经我对你这样的表现也表示抓狂，也大怒过，这种情绪有时是很难控制的，更何况你还是个孩子，我理解你。"得到理解的他又一次抽泣起来，然后抬起头看着我点了点头。这么好的机会我当然不会错过，于是我接着开导他："老师知道你也想和同学们友好相处的，可是他们总是会误解你，所以你心里很委屈，其中他们也是有错的，老师一定会帮你去和同学们说清楚的。那现在我们静下心来想一想，反思一下，到底自己为什么总会被别人误解呢？就比如今天的事。"我把他轻轻拉起，让他坐在了我的旁边。他思考了一会儿："我知道他扔我瓶子是想让我好好听课，可是他直接扔了，一点也不尊重我！而且……而且他还在你面前揭发我，我以为我们是好朋友，可他根本没当我是朋友！妈妈从没给我买过这款酸奶，所以那个瓶子我挺喜欢的，就一直拿在了手里。"声音越说越小。"老师听出来其实你已经认识到自己的问题了，如果你能勇敢地说出自己的问题，那接下来要解决问题就更容易了。"犹豫了好一会儿，他接着说道："我，我遇到事情总是特别急躁，我总想和他们争辩一番来证明自己没有错，结果他们都不相信我，几次下来我就懒得和他们解释了，反正没人信我，今天一生气还打了小浩，是我不对。""那平时你和同学们之间的交流也是这样吗？""平时……我和同学交流得不多，我只和宋小溪玩。""嗯，老师觉得你很有勇气，能真实地说出自己的情况，而且你的表达能力其实还很不错哦，老师听得非常明白。你的问题就是你自己说的那两个，一是缺少和同学、和老师的交流，二是控制情绪的能力还需要提高，方法还需要学习。那我们这样吧，既然已经认识到问题所在了，我们一起来想办法解决它。老师拿出一本本子，我们把我们商量出来的解决办法记录下来，以后老师陪着你一起按写下来的方法做，你觉得怎么样?"他很乐意地点了头。于是我们在笔记本上一起写下了："1. 每周我要多交一个朋友，周五和王老师分享我的新朋友; 2. 坚决不出手打人，下次遇到争执、误解等我要先深呼吸3下，然后默念5遍'不要生气'再解决问题，如果做不到下课我就主动去跟王老师说明，然后找同学道歉说不该发火; 3. 我要试着和爸爸写一封信，说说自己的心里话。"

整个教育引导的过程中，我不再站在孩子的对立面，试图让他听从我的命令，而是努力和他站在统一战线，设身处地地尊重与理解他的感受。这样的交流让他很快就接受了我并且愿意吐露真言，心里的防线突破后，接下来解决问题就事半功倍了。为了能真正转化他，我采取了"关键对话"的方法，不仅要用对话方式走进他的心，还要把解决问题的方法一起写下来，这才是关键，然后帮助他对照方法一起执行，如果在改正的过程中出现问题就再进行调整写下来。

当然，到这里还没结束，因为我还需要在班级里给他找个台阶下。于是带着他一起回到教室，向同学们如实说明了今天的情况，并告诉他们其实"皮卡丘"男孩很勇敢，因为他今天不仅要当众向小浩道歉，而且还要告诉他们他的心中所想心中所愿，希望同学们都能和他成为好朋友。

四、温暖阳光的再现

转化问题学生是不易的，过程充满艰辛，所以虽然经历这次事件后，"皮卡丘"似乎找到了一些归属感，与老师、同学间的交流也多了起来，但还是经常会闹些小矛盾，只不过他渐渐地不再那么暴躁，即使有时候有些暴躁，只要稍作提示也会很快稳定情绪。

四年级下半学期，美术老师给孩子们上了一节有趣的超轻黏土课，下课了，我刚走进教室，"皮卡丘"男孩就冲到了我的身边，双手小心翼翼地在我眼前打开，一个皮卡丘造型的黏土作品出现在了我的面前。皮卡丘只有一节手指那么大，但个头的小巧却丝毫没有影响它那逼真生动的形象，耳朵、眼睛、鼻子、尾巴一应俱全，连身上的花纹也没有被忽略。我不禁对这个孩子刮目相看，给他投去了赞许的眼神并大声地夸奖了他心灵手巧，还问他要了这个皮卡丘留作纪念，于是他便成了我的"皮卡丘"男孩。

从此，超轻黏土似乎成了他生命中的神奇黏土，给他带来了自信，因为孩子们都称他为"超轻黏土大师";给他带来了快乐,因为他在捏土过程中享受着成功的喜悦;更给他带来了走近同学的机会,因为同学们都围着他问他要手工作品。他被需要、被重视、被接受,脸上频频出现了灿烂的笑容,性格也逐渐阳光了许多,这充满阳光的笑温暖着我们全班师生的心。

夜空中,不是每颗星星都是耀眼的,总有那么几颗黯淡无光,但谁又敢说这几颗星星永远不会闪耀光芒呢?每颗星星都有可能成为夜空中最亮的那一颗,曾经有性格缺陷的孩子也能成长为温暖阳光的天使。

用"心"筑"心桥"

王志芳

老师是辛勤的园丁,辛勤培育,让花朵们苗壮地成长;老师也是灵魂的工程师,让未来的栋梁之材都有个美丽的心灵。

一个班级班风、学风的好坏,不是由前几名的几位同学决定的,很大程度上取决于后进生,后进生的工作做好了,班级工作的整体水平就搞上去了。对老师来说,后进生的管理工作却是很棘手的问题。有时出力不讨好,还挨累、受气。一方面,老师要有耐心,另一方面,要使后进生信任老师。对于后进生,既不能放任自流,又不能一棍子打入"冷宫"。最好的办法是放下架子,和颜悦色,经常与他们谈心,了解他们的需要,诚心与他们交朋友,达到心理上的沟通。有的时候不妨因材施教,找准突破口,对他们的要求可以由低到高,循序渐进。如果把握住了时机,先用情感去感化他们,再用道理去说服他们,后进生是能转化好的。他们一旦转化好了,就能变为班级的宝贵财富,因为他们大多数都很聪明、感情丰富、重义气,只是由于他们贪玩,放松了学习,致使成绩变差,经常遭老师、家长的白眼,以致于产生了"破罐子破摔"的想法,形成了学习与纪律上的恶性循环。

记得刚接手一个六年级的班级时,不要说是了解每个学生的个性了,就是学生的名字都花了一段时间才能对号入座,所以我一直不断地提醒自己,遇事要冷静,尤其是接手一个新的班级,要树立在学生心目中的良好形象,使他们对语文感兴趣,开头很重要,俗话说良好的开端是成功的一半。在一次语文课上,我像往常一样上着课,可当我提出一个问题请徐同学起来回答问题时,意想不到的事情发生了,他居然站起来恶狠狠地大声说"我不知道",当时的我一下子懵了，徐同学的口气告诉我他不是真的不知道，而是在赌气。全班同学都在看着我怎么处理这件突发事件，这时我可以大声地斥问他，可是这个学生本身就带着很不满的情绪，这样一来会使我和他的关系僵化，这是我不愿看到的。我想他肯定是有什么事或是受了什么委屈，等课后再好好和他谈谈，所以我在课上只是说："我不知道发生了什么事，希望课后能和你谈谈，如果老师做得有什么不到的地方，你也可以指出来。"经我这么一说，我看徐同学的火气小了不少。课后我把他叫到办公室，问清楚了原因。原来在早晨的自修课上，同桌先跟他说话，他回应了几句，结果被值日班长记到了名字，刚刚上课前被班主任叫去批评了一番，但是他觉得他就是悄悄地讲了几句话，不至于记名字，再说不是他先讲的，他认为是值日班长在故意针对他。加上他平时上课不专心，作业拖拉，课间总是喜欢在走廊上吵闹，所以他觉得再怎么努力也都是白费的，有点自暴自弃。在与他的交流中，我适时地肯定他想要向上的一面，但同时也指出了他的不足，说得他心服口服。

通过这件事情，不但没有使我们的关系僵化，反而使我们的关系更近了一步，在以后的相处中，也很融洽。我想能有这么好的结果，多亏我当时的处理方式得当。

记得还有一次，我从班级中一位女孩的日记中发现女孩对徐同学有好感，认为他心地善良，有侠义之心，会关心别人……事后，我找了个机会跟徐同学聊了一番，告诉他，在我们班级中，有一位优秀的女孩时刻关注着他，认为他心地善良，乐于助人，并不像他外表所表现出来的那样不求上进，专搞恶作剧。他听了我的话，眼神中闪过一丝羞涩与诧异，诧异背后隐藏着喜悦。我又跟他说："这个女孩真有眼光，跟老师想到一块儿去了。但是，你现在在学校的外在表现会让很多人误解你，而且，如果你一直这样不专心学习，终究会一无所成，到时候不是会让所有的人看扁你吗？包括这个看好你的女孩。再说了，要想真正吸引别人，那还是需要真才实学的呀！"他很信服我说的话，诚恳地点点头。我想他虽然没有在我面前立下豪言壮语，但是他肯定会有所行动的。

事后，我的确看到他一点一滴的进步，虽然很艰难，时而停步等待，时而蹒跚向前，但是我真的看到他在努力。我相信，他会离成功越来越近。

用"心"去搭建"心桥"的教育，意味着我们的教育不能把这些千差万别的孩子揉成面团，送进"流水线"，打造成形状、大小、颜色乃至味道都相同的"汉堡包"。面对基础不一、参差不齐、性格各异的学生，师生之间更需要的是心灵的沟通，加强学生与学生之间以及学生与老师之间的沟通，增进了解，才能真正架起师生之间美丽的"心桥"。

最美的自信之花

吴金艳

伟大的哲学家、文学家爱默生说过："自信是成功的第一秘诀。"在平时，我便经常开展丰富多彩的活动，营造"我能行"的自我表现氛围，树立学生的自信心。不过，还是有漏网之鱼，他们会觉得别人表现得很好，自己不行。

"冬季体育节又开始了，这次我们三年级是跳绳比赛，有没有想报名的？"班长站在讲台前，向大家通报报名的消息。"我，我，我……"几个有实力的男孩子抢先报名，报名工作很快结束了。

班长把报名情况向我汇报，报名人数有点多，怎么办？我一向本着绝不打击孩子们的积极性原则，想着那就让实力说话吧。

趁着体锻课，我带领着同学们来到操场上。出发前，我向他们说明了这次活动课的任务——选拔参赛选手。报名的几个同学早就跃跃欲试了，随着哨声吹响，几个选手便跳跃起来。比赛刚结束，就有几个不服输的同学说，×××跳得不行，我都比他厉害。我心里暗暗高兴：就是喜欢你们这较劲的样子。我便顺势说："有绳子的同学，觉得自己可以的，都能来挑战。"话音刚落，几个孩子就冲了过来。

"开始。""1，2，3……""停！""陆同学，你跳得很稳定呀，表现很不错呢！"我发现站在最边上，这个平时内向文静、学习有些落后的女生，在跳绳时充满了自信。突然被我点到名，让她一惊，顺而改为腼腆地一笑。"×××你和陆同学再来对决一下。"虽然×××跳绳速度很快，但非常不稳定，经常断，两人的成绩差不多，我觉得陆同学可以参加这次比赛。"啊？我参加比赛？老师，我不行的，我会紧张，我不想参加比赛。"这个总是在躲在班级后面的同学，突然被我提出来，首先就是否定自己。我该怎么做呢？趁着这次机会，怎么才能让这个女孩自信起来？

"陆同学，我和你聊聊呗。你刚才跳绳的时候，表现特别好，跳得很稳定呀。"陆同学腼腆一笑，虽然很高兴我对她的肯定，但还是愁容满面，不是很相信自己。我接着说："这样吧，老师相信你可以的，你这几天每天在家里先练习着，不要给自己有压力，到时候再选拔一次。"其实我已经认定了这次比赛的人选。"你行的，你行的。"旁边的同学也鼓励她。

小学生自信心的树立非常被动，怎样让她转被动为主动呢？为了不给陆同学很大的压力，在平时的学习生活中，我总是找着优点就表扬她，让她自己赏识自己，知道自己也有优点，有值得别人学习的地方。另外，我每天都会问问她回去有没有练习跳绳，没想到她坚持得很好。我果然没有看错她，到了最后选拔的日子，她的表现让大家心服口服，并且在最后的比赛中，她获得了第二名的好成绩。

我在班会上没有点名地表扬道："我们班的同学在慢慢成长，每个人都有自己的闪光点，值得大家学习。我觉得，坚持不懈的品质比成绩更重要。这次跳绳比赛，选手们都付出了努力，并且为班级争得了荣誉，让我们把掌声送给他们。"大家其实都知道我在重点表扬陆同学，纷纷朝她竖起了大拇指，陆同学羞红了脸，只是这一次，眼神不再闪烁。

有了这次的表现，陆同学自信了很多，课上她也敢举手发言了，说话声音也响亮了不少，我为她的变化感到高兴。新学期到了，一年一度的运动会来了，这次陆同学主动报名了女子短跑项目，看着她在运动场上奋力奔跑的样子，我迅速拿起了手机，给她拍下这动人一刻。

第二天，我在晨会课上讲述了陆同学这一年的变化，并说道："大家都有目共睹，现在的陆同学进步多大，我可以看到她身上的自信之花开得特别漂亮。其实我们每个人身上都具有独特的花朵，自己并非事事不如他人，不必怀疑自己，让自信和勇气成为你的朋友。老师希望用我的实际行动，教会你们自信，自强，自立……"

面对学生，我愿意成为学生心理的建筑工程师，使学生们在各自的生命旅程中永远充满自信，不怕挫折，朝着自己的未来奋力前进。

批评有时不需要语言

吴丽芳

我从教 30 多年的教育故事真的是特别丰富多彩，而我感触最多的还是现在这帮孩子，不能说特别了解，但是每个孩子的性格以及习惯我都非常熟悉了，对待他们就像我的孩子一样，看着他们渐渐地长大长高、懂事，我也万分开心。

在这 44 个孩子当中，最令我头痛烦恼的就属大名鼎鼎的王同学了。曾有人说过调皮的孩子往往是聪明的孩子，这句话用在他身上真的很贴切。他在班级里是一个很聪明很灵活的孩子，上课很爱动脑筋，举手也很积极，但是他的过分调皮影响了班级里的正常运转，造成了老师和同学们的困扰，就不对了。现在他的调皮随年龄而变是件很自然的事，假如他明知故犯，可能有两种情况，第一种情况比较使父母亲困扰，他的反抗心，以及在父母亲背后的恶作剧，如果做出与年龄不相符合、极幼稚的恶作剧，就是智能不足的表现。第二种情况是父母亲管教不严所产生的。可是据分析来看他可能属于第一种情况。

尽管孩子年幼，但他们的自尊心很强，尤其是调皮的男孩，我们更要坚持一分为二的观点看待他，尽量找出其闪光点以鼓励他们进步。前天，我请他来当值日生，培养他的一份责任感并且让他在小朋友的心中树立一个良好的形象，来进行自我管理和管理他人。第一天，效果还是挺不错的，上课坐得很端正而且听得也很认真，一节课下来我表扬了他，他似乎信心大增，可是在上了一半的时候他又控制不住自己，于是我用手摸了他的头。这时他也意识到自己的不对，马上改正了。在吃午餐前请他为同学们分调羹，餐后请他帮我擦桌子，他都干得很出色。一个上午他都很好，中午的时候也破天荒地完成了作业，一整天的表现都很不错，他得到了老师的表扬和鼓励，显得很高兴。

针对这件事，我总结如下：抓住孩子的闪光点，及时地鼓励表扬孩子，以点带面，让孩子对自己产生自信（因为调皮的孩子一般都会被人批评得多，会有一种破罐子破摔的心理）并且信任老师，喜欢老师。当孩子喜欢一个老师的时候，他的话会更容易被孩子接受。

然而对于调皮孩子的教育一刻不能松懈，因为他们具有一定的反复性，仅仅上面所提的方法是远远不够的，我还必须在实践中总结出更多更好的教育策略，教育好调皮孩子。

其实，每一个孩子都是可爱的，虽然他们有的可能学习成绩有些差强人意，但可能他是运动会上的冠军，或者是劳动中的能手，或者是他主动送生病的同学回家，谁能说他不是个好孩子呢？

有一次，中午休息时，王同学不小心推了走在前面的小女孩一下，而小女孩却顺势把教室的水桶打翻了，顿时，水流成河。他目瞪口呆，站在那儿成木头人。我发现了，马上拿了拖把拖了起来。我一边拖地，一边叫其他孩子用抹布来擦。很快，地上的水弄干了，我松了口气，看了王同学一眼，笑了笑，轻声说："去把拖把洗了。"他低着头拿了拖把走了。

我常常想，老师应对学生多些宽容和理解一些，芸芸众生，各有所长，各有所短，但是谁能说一个平凡的人就会比谁低人一等呢？有人说过这样的一句话："老师不经意的一句话，可能会创造一个奇迹；老师不经意的一个眼神，也许会扼杀一个人才。"老师习以为常的行为，对学生终身的发展也许产生不可估量的影响，孩子的心灵是纯洁而秀丽的，如水晶；孩子的心灵是脆弱而易碎，如玻璃。我们做老师既要欣赏着他们水晶般的心灵，更要保护着他们玻璃一样易碎的自尊。

此刻回想起来，实在觉得自己做得对了，批评有时不需要语言。我慢慢学习着宽容，学习着理解。只要我们多一点真心，多一点平等，多一点赏识，孩子们是能感受到的。在以后的日子里我会努力地去尊重和理解学生，也努力用自身的行动去影响他们。在我们的工作中，在我们的生活中，我们不要随便破坏他人的快乐，也不要轻易舍弃自己的快乐，每一天把快乐分享给每个人，那么，站在别人面前的将会是最秀丽的你。

等待花儿的美丽绽放

吴伟芳

丈夫兴致勃勃地从朋友家的花圃里移来一株杏花，他每天精心地照料它。我们翘首盼望杏花的开放，可是，直到五月末仍未见花儿开放。我失望地对丈夫说："肯定是你的朋友骗你了，给了你一株不会开花的杏花。"可丈夫却说花儿移居别处，一定伤了元气，所以才没开花。他依然精心地呵护着杏花，时常给它修枝剪叶、松土施肥，到了第二年，杏花还是没有开放。看着这株顽固不开花的杏花，我大失所望，不止一次劝丈夫把它扔了，可是，丈夫总是说："等等，再等等，我相信它肯定会开的。"没想到丈夫的执着等待终于迎来了杏花美丽绽放的那一天。那天傍晚，我和丈夫像往常一样走进阳光房，我惊喜地发现：杏花开了！那几朵粉红色的花骨朵藏在绿叶间，真是美丽极了！丈夫也开心地笑了！是呀！植物的生长有其自然规律，只要我们精心呵护，耐心等待，总会迎来它美丽绽放的那一天。

我不禁想到：孩子的成长不也有其自身的规律吗？每一个孩子要摆脱幼稚，告别无知，走向成熟，也需要一个过程。我们教师也要学会耐心等待，在等待中播撒爱的阳光，浇灌爱的养料，寄托满怀的希冀，倾注满怀的期望，相信总有一天，那一棵棵小树苗定会茁壮成长，我们必定会迎来满树繁花的美丽绽放。

我又不禁想到我们班的那些孩子，有调皮捣蛋的，有沉默寡言的，有基础特差的，有懒惰成性的，简直让你恨铁不成钢。面对他们，我默默地对自己说：

"别急，耐心等待！"

刚开学时，我发现王鹏同学上课总开小差，作业也不能认真完成，字迹非常潦草。我经过调查得知：原来这孩子家中兄弟姐妹三个，父亲工作很忙，无暇看管，而母亲家务繁重，再加上没有文化，对孩子的教育放任自流，因此，孩子顽劣成性，缺乏良好的学习习惯，成绩极差。为了转化他，以前的任课老师也是绞尽脑汁、百般教育，可是，他不但没有丝毫进步，反而变本加厉，作业天天不做。看来，又是一个问题学生。面对这样的他，我知道我不能操之过急，我要相信他，要像等待花儿开放那样耐心等待他的进步。从此，我把更多的爱倾注到他的身上，努力发现他身上稍纵即逝的闪光点，给他以足够的信心。每天，我到校第一件事就是问问他昨天的作业有没有完成，没完成的教教他；每天上课我把更多的目光投向他，鼓励他大胆地回答问题；课后我帮他补课，陪他背课文……我知道，我不能操之过急，我必须耐心等待，只要我坚持不懈，总有一天，他会取得进步。果不其然，在期末考试中，他终于一改不及格的惯例，考了82分，我真为他高兴，但更令我感到高兴的是看到了他学习态度的转变，每天的回家作业他总能认真完成，字也写得端正多了。王鹏，我终于等到了你这朵小花的美丽绽放。

这不正是对"等待"的最好诠释吗？"等待"是一种尊重，尊重学生的个体差异；"等待"是一种信任，相信每个学生都渴望取得成功；"等待"更是一种唤醒，唤醒孩子"心中的巨人"。没有教师充满爱的"等待"，那些孩子可能会更加自卑，可能会自暴自弃，可能会永远合上含苞欲放的花瓣。让我们一起充满爱地等待每一朵花儿的美丽绽放。

给点阳光就灿烂

吴文洁

鼓励，既是肯定，亦是动力；孩子，你是花朵，我是阳光。

常常把学生比做朝气蓬勃的花朵，阳光和雨露能使他们茁壮成长。教师当然就充当了这样的角色，适时给些阳光，花朵会更加灿烂。

今年带的班级比较特殊，所有的学生都是外来务工人员的子女，家长忙于为生计奔波，根本无暇理会孩子的学习状况，所以导致班级大部分学生家庭作业不能按时完成或完成质量很差。根据这一实际情况，我每次布置的家作都控制在 5 分钟以内。一次在批改作业的时候，我发现班里一个平时并不起眼的男孩子在完成了我布置的默写作业之外，他在后面还特意把默错的单词每个写了 5 行。我很惊喜他能那么认真地对待我布置的作业，于是在课堂上，我当着全班同学的面表扬了这位同学，并把他的作业本展示给大家欣赏。我看见他不好意思地低下了头，但是嘴角是上扬的。从那次后，这位同学更加认真地对待家庭作业了，成绩也慢慢爬了上来。同时班级里也涌现出其他一些超额完成作业的同学。每次看到这样的作业本，我都会在后面画上一个笑脸以示鼓励。

只要我们用心观察，每个孩子身上都会有闪光点，我们应该放大孩子身上的光芒，让他们变得更加自信。

很多同学都会认为课堂发言是好学生的专利，特别是班级里的学困生，他们总是羞于表达，认为自己不如别人。我们班有这样一位同学，不管是上课还是做作业，整个人永远处于游离状态，是个让老师和同学都头疼的孩子。班级里的孩子给他冠名××蜗牛。每次的课文背诵，他都是全班最后一个，需要我亲自监督背完，但是，让我哭笑不得的是他到了我面前都能流利地背出来。这孩子其实不是不会，而是太内向，再加上他的"臭名远扬"，他也就无所谓最后一名了。在一次课堂上，我让学生用 pencil 造句，很多同学都踊跃发言，把我们平时常用的句型都说了个遍。在接近尾声时，我发现他的手似举非举，我看见他的眼神里充满了期望。我示意他站起来回答，他有些激动"This isn't my pencil."我一下子惊呆了，连一些优秀学生都没想到的否定句，居然从他的嘴里那么流利地说出来。我笑着对他说："你怎么能说出这么精彩的答案，我太佩服你了，同学们为他鼓掌。"他低着头偷偷地笑。在以后的日子里，他上课积极多了，有一次，他跑到我面前很认真地跟我说："我最喜欢英语了。"我的心里顿时涌上了一股暖流，我好欣慰啊！

老师的表扬是一种给予，一种馨香，一种沟通与理解，更是一种激人上进的神奇力量。其实孩子们是那么简单，那么天真，他们需要老师的表扬和鼓励，就像花朵渴求阳光雨露的滋润。

小小少年，能量满满

吴智慧

在我们的身边，总有一些可爱的孩子陪伴着我们，他们个性不同却都拥有着一颗单纯的心。我们一路成长，收获快乐。2019 年的 9 月，是我工作的第三年。这一年，我遇到了一群可爱的孩子，他们"初来乍到"，对学校和老师都处于陌生的状态。当我接手这个班级时，心中也不免担心起来：一年级的学生我应该怎么教呢？怎么教才能让他们听明白呢？应该怎样才能让他们有自我约束能力呢？于是，我不断向同事请教。随着时间的流逝，在与他们相处的过程中，我发现了他们身上很多的闪光点，逐渐减少了焦虑，体会到了教学相长的快乐。在我们班，有个孩子他很能干，因为他，我们班变得正能量满满！他就是我的小班长——顾嘉。

他勤学善思，充满智慧能量。每次在我的语文课上，总是看到他的眼睛目不转睛地看着我。每当我提问的时候，他的小手总是高高举着。记得那次带他们去演播室上公开课《青蛙写诗》，孩子们都很配合我。到了最难的部分时，他的小手依然举着，于是我就邀请他回答问题。他面带笑容，颇有自信地完成了回答，显然，他是个爱思考的孩子。曾经，我问过他的父母："为什么孩子会这么热爱读书、热爱学习？"从父母的口中我得知他从小热爱阅读，在父母阅读时，他也会拿出书在一旁认真地翻阅各种感兴趣的图书，久而久之，他越发热爱学习了。不仅如此，别的任课老师也反映他上课很认真。因此我在鼓励他的同时，也提醒他："胜不骄，败不馁。"学生渴望得到老师的表扬，得到表扬后心里会有成就感。这时，我们也需要鞭策他们不能过于骄傲。

他酷爱运动，浑身充满运动细胞。每次运动会，他总是积极报名，并取得好成绩！让我印象深刻的是 2021 年的 11 月我校举办了足球联赛，他也是其中一员。记得预赛那天，他与参加的学生一起商量对策：谁谁谁是守门员，谁谁谁踢前锋……这让一旁作为"门外汉"的我，听得一愣一愣的。原来，他们比我们想象中还要团结，还要有规划。比赛分为上半场和下半场。上半场他带着四位队员一起上了"战场"，作为观众的我们，按捺不住内心的激动，一直在大喊："三（4）班，加油！"场上的他们踢得很是激烈，上半场，我们比分优先。结束后，他走来，对我说："吴老师，比赛的时候最好不要喊加油。"我有些纳闷，问道："这是为什么呢？""这样队员们会紧张的。"他低着头回答道。我若有所思：哈哈，原来小孩子也会在足球赛中紧张啊！看来，比赛的时候，观众们也要保持安静，这样队员们会发挥得更加好。于是，在下半场开始前，我让学生们不要喊口号，用眼睛看就可以。最终，我班成功进入决赛。通过这个比赛，也让作为班主任的我感受颇深：我们不能小看孩子，有时他们比我们更有想法。

他团结班级，具有集体精神。作为班长，他以身作则，维持班级秩序。记得有次班主任会议结束，正好是下课时间，也即将临近眼保健操时间。我看到了他一本正经地站在男厕所门口，疑惑地问道："你怎么不进去？"他说道："吴老师，某某某不是真的上厕所，他很可能是在逃避眼保健操的！"我不由地笑道："是吗？"他说道："您可以眼保健操的时候看看。"果然，到了眼保健操时间，那个上厕所的小家伙真的如他所说——没有回来。这时，我也关注到眼保健操短短的五分钟时间内，有的学生是认真做的，有的学生却在思想上不重视它，而是利用这短短的"空隙"去玩。于是，我便利用晨会时间，教育孩子要爱眼护眼，并播放一些盲人过马路的视频，以此来扭转这个风气。时间久了，学生们便会认真做眼保健操。

他帮助同学，发扬助人为乐的精神。上个学期，我们经历了市统考。面对双减后的第一次考试，大部分学生都认真对待。面对后进生，我们也不能放弃。某次默写过后，其中一后进生——小沈同学，迟迟没有把默写本交来。这时，他走过来，对我说："吴老师，我来教他吧！"我点点头，于是，他便走到小沈同学，拿起书本，耐心地辅导起了小沈。不时，还听到小顾"老师"对他的碎碎念："快写，不要发呆！""书上有呢，你仔细点看，不要写错了。"半小时过后，小沈同学拿着他的默写本到我面前，显然，这次是订正全对了。这时，我也当着全班学生的面说："作为一个班集体，我们要互帮互助，齐头并进。瞧，小沈同学在顾嘉的帮助下默写订正对了，我们用掌声鼓励鼓励！"从此，班级复习的氛围也越来越浓了，爱溜出去偷偷玩的学生也不浪费时间了。

他不仅帮助同学，也是我的小助手呢！市统考脚步将近，学生的准考证号也发下来了。本来我是打算一个人贴的，这时，顾嘉对我说："老师，我来帮你吧！"我说："你还小，万一贴错可麻烦了。""老师，你放心，我看了一下末尾的两个数字，都是按照顺序来的。""那你试试吧！"于是，我便放手让他试试，我贴第一个，他便紧跟我的脚步，贴第二个，不时地还看一眼末尾的数字仔细核对。在他的帮助下，准考证很快就贴好了！贴好后，我对他说："你真能干！"不得不说，小朋友的潜力我们不能小看呀。

我们相处了三年，在这三年里，我们亦师亦友，我陪他成长，他也陪我成长，教育之路漫漫，我们需要慢慢走。正如熊华生先生在《做一个老练的新班主任》中说的"教育是慢的艺术，坚持自会水到渠成。"

没有爱就没有教育

华晓雯

鲁迅先生有句话是这么说的："教育是植根于爱的。"教育技巧的全部奥秘就在于如何爱护学生。爱是教育的源泉，教师有了爱，才会对自己的教育对象充满信心和爱心，才会有追求卓越和创新的精神。教师不仅要有爱心，而且要把那种爱传达出来，只有让别人感受到，才能与学生产生心灵的碰撞，学生也才能从心底里接受。

爱是人世间最丰富的语言。爱是对他人的给予和奉献，决不是等价交换。作为一名教师，爱是教育的真谛。爱，让单纯而真实的童心懂得了回馈，懂得了回报爱。在教学中，要用欣赏的目光去关注学生，真挚地去爱他们。这样老师和学生之间的关系也会变得很融洽。

在我的班级里，有一个叫小宇的同学，自入学以来，上课无精打采，要么搞小动作，要么乱说话影响别人；下课追逐打闹，喜欢动手动脚，常常带一些违规的物品到学校里来，并在班级里"耍宝"，引得班里的同学哄堂大笑，使得班里的纪律非常涣散；还常常引发同学之间的矛盾，许多同学都指责他、讨厌他，不和他一起玩；各门作业几乎不做，即使做了，也做不完整……几乎每天他都要惹出一些麻烦事。

于是，我找他谈话，希望他能遵守学校的规章制度，以学习为重，按时完成作业，知错就改，争取进步，争取做一个令父母、老师和同学们喜欢的好孩子。我真诚地跟他说他是班上最聪明的孩子之一，也应该是最懂事的孩子，他却总是一副桀骜不驯的样子，每次听了我的说教，他口头上答应得很好，可事后仍一如既往，真是"承认错误，坚决不改"。我的心都快冷了，算了吧，或许他是根"不可雕的朽木"，但又觉得我作为班主任，不能因为一点困难就退缩不前，不能因一个学困生无法转化而影响整个班集体，不然，他真的可能会带坏一群立场不坚定的男生。

为了更有针对性地做工作，我决定先让他认识到自己的错误。于是我多次进行家访，家访中，我了解到他从小是由姥姥带大的，姥姥对他十分溺爱，妈妈的话他一句也听不进去。妈妈说他一句，他能顶妈妈十句。这学期，父母在外打工，根本没有时间管教他，因此在家里他就是个十足的小霸王。通过多次家访后，了解到姥姥和姥爷拿他没有办法，任之放任。他感受到自己在家中的"地位"，所以养成了我行我素的不良习惯。

"没有调查便没有发言权"。调查清楚情况后，我思忖着必须慎重地采取措施，否则会适得其反。我试着接近他，清除隔阂，拉近关系。经过长时间的观察，我发现他劳动积极主动、踏实肯干，为人诚实，所以，我经常叫他到办公室交谈，了解情况，相机鼓励他、激发他："你干活儿那样能干，在学习上只要自觉，你一定行！只要你好好对待他人，同学们一定会喜欢你，愿意和你多相处。"通过几次的接触启发，我与他慢慢能够好好沟通了。后来，我便加强攻势，再次找他谈话："你的学习成绩在班里还算不错的，这说明你很聪明；你篮球打得好，同学们都很羡慕你，但是你现在的表现却令老师很失望，你完全可以把你优秀的一面表现给大家看，做一个老师喜欢、同学敬重的好学生，我希望你能遵守学校和班级的各项规章制度，与大家融合在一起，希望你从做人、做事方面奋力追赶。你现在对班级的生活、学习中的事情都漠不关心，如果我也放弃你，大家都不再理睬你，你会觉得生活有意义吗？你希望出现这种局面吗？"他重重地摇了摇头。"是啊，你很聪明，道理一点便通。我们一起努力，好吗？"他微微一笑，眼睛立刻亮了一下。我心想：看来这个学生还是有希望的！自此，每当他有一丁点进步时，我便适时地鼓励与表扬他，还借助班干部的力量共同帮助他，使他逐渐明白了做人的道理。

通过一年的努力，他上课开始认真起来，作业能按时上交了，与同学的关系也改善了不少。其他任课老师都夸奖他比以前进步了许多……现在他已经能融洽地与同学们生活在集体中，学习情况也已今非昔比。班级内的纪律和学习风气也有了明显的改善。

转化后进生小宇的这个案例虽然已经过去有一段时间了，但我一直记在心里，我认为班主任的爱是学生接受教育的前提。班主任对学生怀有真诚的感情，学生才会"亲其师，信其道"，自觉愉快地接受班主任老师的教诲。对于小宇同学，我放下架子亲近他，敞开心扉，以关爱之心来触动他的心弦。"动之以情，晓之以理"，用师爱去温暖他，用真情去感化他，用道理去说服他，从而促使他主动地改正了错误。

"没有爱就没有教育"，爱是教育事业的基础和开始。学生非常需要班主任的爱，班主任只有真情投入，把爱的甘泉洒向学生的心田，使学生获得心理上的满足，才会使学生真正地对教师崇敬、信任，从而激发学生对班主任的情感与对班级的热爱。也许爱就在那不经意的一句话、一个眼神、一个动作中。愿我们携起手来，捧起爱心，使每一位学生都沐浴在师长的关爱之中。只要我们真诚地用爱心来浇灌身边一棵棵幼小的树苗，相信总有一天他们会长成参天大树，从而也会在感受恩泽的同时，用他们的枝繁叶茂来回赠大地！

以爱灌溉，静待花开

谢玉雪

苏联杰出的教育理论家苏霍姆林斯基在《怎样爱学生》中这样写道："教师不爱学生，无异于歌手没有嗓音，乐师没有听觉，画家没有色彩。"爱是师德的灵魂。作为一名教师，爱学生是教育工作之基，但面对形形色色的学生，将爱平等分给每一位学生，真正爱每一个孩子是很困难的。

今年九月我第一次走上教师岗位，接手了我的第一批孩子。初次与孩子们见面，我就观察到了他，我们班特殊的孩子——小吴，男，七周岁，身材矮小，语言表达不清，要么不说，要么就是表达不出来，说话吞吞吐吐。初次见面观察他的行为举止便能发现他完全坐不住板凳，即使是立正，身体也会控制不住地抖动，典型多动症表现。刚开始进入新环境时，他听老师的话还能勉强安静一会儿，后来便会不受控制，开始在校园里狂奔，老师在后面追喊都没有用。上课摇晃桌椅，嘴里一直哼着听不清的曲调，偶尔还会大喊几句。直到有一天，中午我值班，刚下课两分钟，我还在班级前面坐着批改作业，体委小铁突然跑过来说小吴抓到他的脸了，看到小铁那半边脸满是血痕，我立刻打电话通知双方家长带小朋友去医院检查，另一方面找到双方还有其他目击者了解情况，问问刚下课的两分钟究竟发生了什么？原来是小吴在班级门口跑，看见前方有人就挥舞着自己的手臂挥开所有挡到他的人，结果就抓到了他面前的小铁。事情发生后我立刻对小吴的行为进行教育，孩子当时面无表情，根本不知道自己做错什么事情。问他什么话都不回答，之前每次事情发生总是这样，这一次我通过各种方法，他终于开口了："我，我，我就是和他在玩。"后来班上又发生很多事情，小吴总是和班上其他小朋友发生冲突，有个小女孩大哭着告诉我："他拽着我的帽子把我往地上按！"小女孩的身上都是泥；班上不止一个小朋友说，小吴拽着她的手往反方向拧；还有隔壁班级小朋友也不时来告状……种种事情不断发生，当事人小吴语言表达不清，又很少说话，但通过观察交流我终于明白，他并不是仇恨讨厌其他小朋友，而是想跟其他小朋友一起"玩"，只是他不知道，他认为的"玩"，对其他小朋友来说都具有很大伤害性。才开学两个月，班上小朋友开始离他越来越远，我每天都找他说话，告诉他应该怎么和其他小朋友说话、玩耍。

究其原因，最主要的是他缺少良好的家庭教育，他父母很忙，开学以来从没见过孩子妈妈，而孩子爸爸总是说不知道该怎么教育孩子，孩子一直在老家由奶奶带着，直到一年前才接到身边。每次和孩子奶奶沟通，他奶奶只会说"回家他爸爸打死他"。小孩少言语，这样的家庭环境造成了他爆发性的个性，再者家长没有注重从小培养孩子的行为习惯。后来我和孩子爸爸多次沟通，关心孩子在学习上遇到的困难，针对口语表达不清楚的特点，强化训练口语表达的能力，训练孩子学会力所能及的事自己做的能力，及时与学校联系，相互及时反馈信息。多花点时间陪伴孩子，孩子缺少的是关注，缺少玩伴，不懂得怎样和别人交流，多动、哼歌都是活在自己世界里的表现。接着我慢慢去发现小吴身上的优点：他喜爱画画并且画得很漂亮，写字工整。课下为了促进小吴和其他孩子的交流，我让他来教其他小朋友写字怎么写更漂亮，刚开始他不会表达，我就充当中间人来引导，渐渐地他可以正常的和班上一些孩子交流了。通过表扬鼓励的方式，我发现他上课虽然还会有乱叫的情况，但明显少了许多，并且眼睛开始会看着我说话了，我点名他回答问题，他有时也能答得上来，明显上课注意力集中时间从刚开始的五分钟不到，现在已经可以在十分钟甚至十几分钟。有时孩子的伤害性行为还会发生，但孩子身上的转变，作为班主任的我来说还是看得见的，以肯定的眼神去给孩子鼓励。我时常与任课老师沟通他的情况，给他更多的鼓励、信任、引导，老师们的每一次夸赞都让他更加相信自己，家长对他的关心也更多了，每天回家会陪孩子读生字、课文、课外故事书，他的识字量明显有进步，在小组合作学习生字时他也能在小组内一展身手了。有时候在班上我让值日生打扫卫生，虽然不是他值日，但他也会帮助其他小朋友打扫，在班级里捡到铅笔橡皮还会在班上询问有没有人丢橡皮……他逐渐地可以融入到集体中去了！即使他有时上课仍然会有哼歌、喊叫的情况，但只要我一个眼神看过去，走过去提醒一下，他还是知道控制自己一些。他的进步，老师们都看在眼里！

从这个孩子的教育上我总结出，首先要给孩子创造一个温暖的环境，再有意识地培养孩子的行为习惯、组织性和纪律性，同时还要讲究教育艺术，既不能像对待正常儿童那样严格要求，那样既达不到教育目的还会给孩子造成压力，但也不能过分迁就。对特殊孩子的教育，是一项复杂而艰巨的任务，需要家校合作共同努力。随班就读是对特殊学生进行特殊教育非常有效的一种方式，家长和教师都需要采取赏识教育，培养孩子的优势，扬长避短，对孩子行为习惯、学习能力进行训练，并且多关心孩子，不能放任自流，帮助他们克服障碍。通过扬长避短的鼓励方式，使长处更凸显，同时掩其短处。对于教育者来说，最重要的是真心诚意地去爱他们，爱每一个孩子，尤其是特殊儿童，他们更需要得到我们的关爱，教师的鼓励无疑是他们努力的动力。针对特殊情况设计符合他们特点的教学方法，帮助他们从个人世界回到集体中来，其中的秘诀便是爱——用爱对待每一位学生，然后便是等待，静待花开！

用"爱"润泽心灵

许文娟

"黄同学，你能回答一下刚才老师问的是什么问题?"一位小女孩站起来，满脸通红，一语不发。"请把你手里的东西拿过来!"她把手中的两颗糖果给了我，低着头。经过课下询问，了解到，每天早上都是她奶奶送她去学校，路过小摊贩，她都会被小摊贩上卖的东西吸引，有时候以没吃早餐为由，叫她奶奶帮她买方便面、糖果等小零食，老人家也比较疼爱孙女，每次都答应她的请求，然后带到学校，上课忍不住，想要偷吃，这次还没吃到就被我发现了。其实这已经不是第一次发现她在课堂吃零食了，怎样帮助她，让她改掉这个课上偷吃零食的坏习惯呢?

每个孩子都有着不同的性格、习惯，而形成他们性格的因素又有多方面，有来自家庭的教育方法，有来自社会的影响等方方面面。黄同学，父母工作比较忙，她放学就去补习班，平时基本都是和爷爷奶奶朝夕相处，老人家带孩子，很难做到坚持原则，因为熬不住他们的撒娇，经常会答应他们各种无理的要求。正是由于在这样的环境下生活，才使她养成了这样一个坏毛病。这与她得不到真正的引导有着非常重要的关系。改变这些坏习惯不能急于一时，要慢慢感化她，我们必须坚持不懈去努力，全方位入手，有针对性地对她进行"矫治"。医生治病都讲究对症下药，医治一个孩子的学习习惯也应如此，找到问题"对症下药"。为了改掉她身上的习惯，我从以下几个方面进行。

一、从点滴之处去关心她，爱她，感化她

黄同学其实是一个在老师面前不怎么喜欢表达的孩子，每次是发现问题了才会和她进行沟通。在那次糖果被我没收后，我询问清楚原因后，第二天就给她买了些糖果，并顺势开导她："你想没想过，你在课堂上吃零食这个行为对不对？"她低着声音回答："不对。"我接着问："那你知道为什么不让你们在课堂上吃零食吗""不知道。"她回答道。"因为上课有上课的纪律，学生都需要遵守，上课的时候我们需要全身心地投入。你想想，如果上课的时候，大家一边吃东西，一边上课，那课堂像什么？""像菜市场。""是的，就会乱糟糟，教学很难进行下去。其实，不光学校有纪律，你爸爸妈妈工作的地方也有纪律和规章制度，他们也需要遵守。各种纪律起到一个约束的作用，我们的生活才能有秩序地进行。所以，下次课堂上不能再偷吃零食了哦，以后有什么事情老师会帮助你！"孩子低下了头，从她的眼神中，我看到了希望！

二、抓住点滴进步，大力表扬

现在流行着这样一句话：好孩子是夸出来的。我赞同这句话，尤其是对于班上这种情况的孩子。经过我的关注，她的这个坏习惯有所改善。在每周一次的班会上，我就拿这一个方面为例，表扬她这一段时间的表现。同学们也为了让她进步，从小的事例中表扬她，使她的小小优点得到放大，让自己深知她的进步大家看在眼里，提高了她在老师与学生心中的地位。

三、利用友谊的力量影响她

在班集体中，我和她的几位好朋友交谈，让她们监督她，并用她们自己的行动影响她。黄同学在与她们交往的过程中，也慢慢改掉了上课偷吃零食的坏习惯。

历经两个月，黄同学上课都没有偷吃过零食，不仅如此，有了老师的关怀，她的学习成绩也有了很大的提高，课上听讲也比原来认真了。有了同学的关怀，她与学生之间的关系融洽多了，别人还会主动找她玩。她的变化令我也很吃惊，原来多些关爱竟是如此重要。

"问题学生"是教育中的一种现象，造成"问题学生"的原因有家庭、社会、学校多方面的，当然也有学生个人的原因，而教育"问题学生"需要教师付出真诚无私的爱，只有在孩子的心里播撒爱的种子，才是人类真正的希望。真爱的种子，就是真爱的教育。这种爱可以融化其冰封的心灵，产生向上的希望，也可以治疗心理问题与儿童心理疾患，端正人生坐标，学会与人相处，还孩子以幸福的童年和充满光明的未来。老师们，孩子们的心灵深处希望我们去关心他，爱护他！请给他们多些爱心吧！

特别的爱给特别的你

杨　华

2010 年，我认识了奇。8 月 30 日是一年级新生报到的日子，我的面前都是一张张陌生的脸孔，奇也不例外，当时他并没有给我留下深刻的印象。10 点左右，家长带着孩子陆续离开，奇妈妈带着他来到了我的身旁。

"杨老师，我想先跟你说一下。因为今天我不跟你说，没过多久你肯定得找我谈。奇比较特殊，他的理解能力比其他孩子差好多，至于学习，你肯定指望不上他的。我只希望他能上一个正常的学校。"

听到这儿，我的心里不由咯噔一下，仔细地看着面前这个名叫奇的男孩。他衣着整洁，脸蛋圆圆，五官端正，挺可爱的，只是看起来非常羞涩而已。"那你们有没有就此咨询过专家呢？""他的自理能力如何？会捣乱吗？"……我向奇的妈妈提出了一系列疑问，她向我一一作答。这时我可以确定，这是一个我从来没有接触过的特殊的孩子。此刻，我的内心忐忑不安，那种不祥的感觉十分强烈。

初识：他让我手足无措

8 月 31 日，孩子们跟着家长再次来到学校，因为今天有新生家长会。奇紧紧拉着妈妈的手，不肯跟妈妈分开。我蹲下身子，温柔地看着他："奇，喜欢老师吗？跟老师在一起，妈妈一会儿就回来。"

"没关系，没关系。"这是他的回答，双手却依然不肯放开妈妈的手。前言不搭后语，我完全无法理解。后来经过他妈妈的反复劝说，他总算同意坐在教室里了。

接下来，我对全班学生开展常规教育，然而奇的喃喃自语让我不得不一次次地停下来。"眼泪要流下来了。"他不停地说着这个。

"那就让它流下来吧，小声地哭，没关系。"我耐着性子对他说。

"没关系，没关系。"他又这样回答。

大概 9 点多钟，喇叭里响起了《运动员进行曲》，各班需要熟悉一下进场的路线。我组织学生在走廊整队，奇怎么也不肯出来，我拉他，他就坐在地上。

怎么办呢？我只能找来搭班老师，请她在教室陪着奇。此刻，我感到身心俱疲。

奇确实是个特殊的孩子。以后的日子可怎么办？每次让搭班老师看着？

相处：他让我看到希望

开学第一周，奇的特殊显露无遗：课堂上，他既不读书也不写字，常常旁若无人地大声重复老师的话；有时趁老师不注意，他会走到教室外面去；上体育课时，他独自一人在操场上乱跑，跑热了，就坐在操场上脱裤子、脱袜子；下课时，他从不和一个同学聊天、玩耍，只是自己蹦蹦跳跳……他从来不会按老师的要求去做一件事，除非你走到他跟前，对他重复该要求5、6遍，他才可能会照做，但只要你一转身，他就又回到自己的世界中去了。比如吃午餐，奇的桌上、脚下的饭粒是最多的。你让他捡，他好像听不懂似的，一转身，人就走到其他地方去了，桌上的饭盒、桌布也不知道要收拾好。放学时，其他小朋友都在忙着整理书包，可他一动也不动。好不容易收拾好了，往他的桌斗里一瞧，文具盒、本子什么的都还躺在里面呢！

每次与奇相处，我几乎一直在对他说："奇，你这样做不对。""奇，老师生气了。""奇，不可以！"只要他能安静地坐着上完每堂课，然后我能把他完整地交到家长手中，我就心满意足了。

但是，奇妈妈讲述的一件事改变了我的这个想法：奇虽特殊，但有成长空间。

事情是这样的：奇要求妈妈带他去爬山。于是，母子二人去锡惠公园爬惠山。当他的妈妈气喘吁吁，提议下山时，被奇断然拒绝，他坚持要爬上山顶。理由是：爬上山坡看大佛。他要看大佛！这是汉语拼音语境歌中的一句，他记住了，还化为了实际行动。我和她妈妈一起哈哈大笑。这时我才意识到：奇也在学习，而且能进行简单的学习活动。

与此同时，我又有了不少惊喜发现：奇认识了班内每一个同学；奇能熟练背诵国际象棋的走法；奇特别喜欢唱歌，唱得不错；奇已经认识了很多汉字……

关怀：他渐渐融入集体

我不能放弃他，我想看到他更多的成长！这个愿望那么强烈，不时敲击着我的心。我决定跨出这一步，努力试一试。

首先，我想奇不但需要家人的关怀，他也需要老师和同学的爱。我这样告诉学生，奇是小弟弟，我们要照顾他。排队走路时，有专人拉着他的手；放学时，有专人把他交到他家长手中；走过他身旁，我会抚摸着他的头。他抬头看我，对我笑；对他说话时，我用双手捧起他的脸，让他的眼睛直视我的眼睛，不让他闪躲。有一天中午，我发现奇吃饭没有掉饭粒，我开心地捧起他的脸蛋，和我的脸紧紧贴在一起，告诉他："奇，老师好高兴！老师喜欢你！"那一刻，奇笑得无比灿烂。

其次，我不断向奇传递这样一个信息：你要和大家一样做。小朋友们读书、写字时，我提醒他回头看看，对他说："奇，他们在干什么啊？你要和他们一样。"他似懂非懂地看着，我猜不透他在想什么，但是，从11月中旬开始，他愿意默写了，他也愿意做习题了——虽然还是需要老师陪在他的身边。

另外，我制造机会，让奇能参与到集体活动中。中午扫卫生时，我教他用小毛巾给同学擦桌子；看到地上有纸屑，我问："奇，你会捡起来吗？"他高兴地回答："会！"我还发挥他认字多的优势，让他和同学一起发本子。看着他在教室的走廊里忙碌地穿梭，我的心里真为他高兴。

奇一点一点在学习、在成长。排队、打饭、整理书包这些事，他已经慢慢地适应了。虽然比其他孩子慢一些，可毕竟是能学会的。想到这儿，我的心豁然开朗。大仲马说，人类的一切智慧是包含在这四个字里面的："等待"和"希望"。老师的智慧何尝不是如此呢？

乖巧的"小霸王"

姚婉琳

"姚老师，你们班的小Z同学又在课堂上大喊大叫，时不时地插嘴打断老师上课不说，还总是和周围同学说话，影响其他人听课！"下课铃声刚一响起，任课老师就怒气冲冲地前来告状。安慰了科任老师以后，我陷入了无奈的沉思。小Z同学的情况我又何尝不了解？

小Z是家里的独子，是父母捧着怕掉了的宝贝儿子，是爷爷奶奶含着怕化了的宝贝孙子，家里人对这孩子都特别宠爱，甚至到了溺爱的程度，因此，造就了小Z想动嘴就动嘴，想动手就动手的坏习惯。这不，刚进入小学一年级就已经和同学、家长甚至任课老师之间闹出了许多矛盾，被大家评为班里的"小霸王"。别说在任课老师的课堂上他时常大喊大叫，就连在有校领导听课的班主任的课堂上他都依旧如此。身为他的班主任，我不能就此放任他不管，更不能放弃他，但是我该怎么做才能帮助他逐步建立起纪律意识呢？正当我一筹莫展之际，小 Z 又闯祸了……

在一节体育课上，小 Z 依旧采取动嘴不行就动手的处事方法，动手推倒了别的小朋友，导致那位小朋友的脑袋撞到了地上。所幸力道不大，被推倒的孩子额头有些泛红但没有造成较大的伤害。这一回真的是把我吓出了一身冷汗，也让我对小 Z 真的动了怒。面对我的批评，小 Z 一开始还十分嘴硬，不停喊着"我没错！我就是没错！"看着他挺着脖子故意扭过头死犟的模样，我真的是气不打一处来。当我询问他为什么要和别的小朋友动手时他又突然安静了下来，不管我软硬兼施如何哄骗，他都不肯道出缘由，我也只能暂时作罢。为了防止他课间再和其他小朋友产生矛盾，我和小 Z 约定好每节课间上完厕所喝完水就要到我旁边读书给我听。虽然小 Z 很不情愿，总是磨磨蹭蹭甚至需要我去请他过来，但总算还能遵守约定。慢慢地我发现，小 Z 每次来读书给我听时，总有种"身在曹营心在汉"的既视感，例如他读书的声音会越来越小，有时还会不自觉地停下来。每当这时我抬头观察他，总能发现他的眼睛一眨不眨地盯着外面走廊上愉快玩耍的小朋友们，眼里透露着期待与羡慕。通过观察和思考，慢慢地我想我或许猜到了小 Z 和小朋友们无法愉快相处的原因了。

正因为小 Z 是家长心中独一无二的宝贝，所以他在家时就像是家里的"小霸王"，要什么有什么，只要是他提出的要求家里人都会予以满足。但是，学校毕竟是很多小朋友集体学习生活的地方，每个小朋友都是平等的个体，大家都要遵守相同的行为准则。我猜想小 Z 只是还没有学会如何与他人相处，身为独生子女的他虽然在家里备受宠爱，但是孩子终究是孩子，他们渴望和同龄人一起交流、一起嬉戏，这是家长给不了的体验。所以当小 Z 在学校遇到这么多同龄的小朋友时，他十分渴望和他们成为无话不说、亲密无间的好朋友，可是由于他在家要风得风，要雨得雨的生活体验，他理所当然地认为只要他想，即使是在课堂上他也能无所顾忌地开口甚至走下座位；只要他想，老师就必须优先关注他的需求；只要他想，其他小朋友就必须和他一起玩耍，如果别人不从，那他就会采用他的方式表达他的不满——用武力解决一切。

发现了小 Z 的症结所在也就找到了解决问题的切入点。小 Z 同学的脑子很灵光，所以完成作业速度非常快，当他再一次因为自己已经完成了学习任务而在本该安静的自习课上随意影响他人时，我没有立刻对他做出批评，而是笑着把他叫到我的身边坐下，让他观察别的小朋友正在做些什么。小 Z 开心地回答我："他们还在写作业，而我已经写完了。"我想他是希望得到我对他的表扬，所以我毫不吝啬地对他给予了肯定，当然这并不是我此问的最终目的。接下来，我让小Z继续观察："还有呢？他们除了都在写作业，其他小朋友还有什么相同的地方？"小Z冥思苦想了好一会儿，十分不确定地开口："他们……他们怎么都不说话呀？"我心中窃喜，看来这小子还是有点悟性的嘛！我指了指教室后墙上的时钟，小Z一下子就明白了："现在还没下课呐！"抓住机会我趁热打铁："对啊，上课时我们都要遵守课堂纪律，发言要举手，不能随意破坏课堂纪律，影响其他小朋友学习，老师觉得你今天真厉害，你靠自己的观察发现了这样一个道理，你看其他小朋友也都在羡慕你呢！"听了我的话，小Z乐开了花。原来和他强调过无数遍的课堂纪律他总是左耳进右耳出，但这次是他自己发现了自己和其他小朋友在课堂上的不同表现，所以在之后的学习过程中，尽管有时小Z还是会偶尔控制不住自己，但上课随意插嘴、下位甚至影响他人的情况已经有所好转。也正是因为小Z的这些改变，让其他的小朋友对他的态度缓和了下来。我也有意无意地在他们玩耍时渗入待人接物的正确做法，无形中避免了许多矛盾的产生，小Z也和越来越多的小朋友成为了形影不离的小伙伴。

有一天，我刚上完课准备离开教室，小Z红着脸往我手里塞了一张纸并轻声说了句："姚老师，这是送给你的。"我打开一看，纸上画着一道歪歪斜斜的彩虹，彩虹桥下拼音夹杂着不太规范的汉字写道："姚老师，我喜欢你！"看着那稚嫩的笔触，我想我已经在小Z的心中架起了一座彩虹桥，他开始学会接纳不同的声音，不再是那个唯我独尊、横行霸道的"小霸王"，反而变得越来越乖巧。虽然小Z在成长的道路上还需要作出许多改变，但是他已经勇敢地迈出了第一步，以后是个乖巧的"小霸王"了，一定会人见人爱吧！

一块提前"退休"的橡皮

尤　丹

"尤老师，尤老师……"李同学边哭边喊着向我跑来。我赶紧放下手中的红笔，起身向她快步走去："昕昕，怎么哭得那么委屈？发生什么事了？""我的橡皮……被人弄坏了，我不知道是谁弄的。"说着，她把手心上那可怜的橡皮递到了我的胸前。我仔细一看，发现这块橡皮被切成了很多块，每一块都小得很难用手捏住。一块好好的橡皮，还没有为小主人服务多久，就这样提前过上了"退休"生活！我拿出纸巾帮李同学擦干眼泪，轻轻抚摸着她的头，安慰道：

"不要伤心，老师一定帮你讨回公道！你先用老师的橡皮，那个切碎你橡皮的同学一定会主动向你道歉的。""真的吗?"李同学瞪大了双眼，逐渐停止了抽泣。"真的！相信老师，你先回座位写作业吧。""嗯!"

看着李同学远去的背影，我陷入了沉思：这种事情在低、中年级屡见不鲜，有的是纯粹调皮捣蛋，有的是为了"报复"他人，还有的是受不良习惯影响……如何让涉事学生认识到错误并发自内心地改正? 得循序渐进，采用恰当而有效的教育方法。

一、改变认知，唤醒情感

小学生的脑海中，往往认为可生长、会呼吸的动物、植物等才是有生命的，因而对学习用品、山河大地等无生命的事物比较漠视，甚至产生可以随意破坏它们的想法，这是极其不文明的行为。为了引导学生成为一个心地善良、富有同理心的人，教师可以带领学生玩"假如我是……"的小游戏，帮助他们转变对万物的认知，善待每一样事物。

走进教室，我神秘地对学生们说："今天这节课，我们来玩一个小游戏，叫'假如我是……'，这儿有个抽签筒，里面写着一些事物，它们都不会说话，今天就要大家来帮助它们说说心愿。"接着，学生们踊跃上台抽签，有的说："假如我是大海，我希望鱼儿们在我的肚子里快乐地生活。"有的说："假如我是课桌，我希望小主人不要乱涂乱画。"有的说："假如我是太阳，我希望照亮世界的每一个角落。"还有的说："假如我是一座山，我希望我的身上长满高大的树木。"游戏结束后，我总结道："同学们，今天，大家站在他物的角度，说了很多它们的愿望。有些愿望，你们完全可以帮他们实现，对吗? 不管是有生命的还是无生命的事物，我们都要善待它们，与它们和谐地生活在美丽的地球村里。"

通过这个游戏，学生学会了换位思考，培养了爱心和善心，他们心里已然播撒下真善美的种子，文明之花在心田悄悄绽放。

二、创设情境，引发思考

听故事是小学生最易接受的受教育形式。在生动的情境中，学生们会产生思考，进行自我教育，最后获得启发。听完故事后，可采用同桌交流、小组探讨等形式，训练学生的思辨能力，个别问题学生的错误认知也可在集体教育的过程中得到纠正。

"老师有一个好朋友，它有好多话想跟我们说，你们想不想听?""想。"学生们的回答整齐又响亮，四十一双小眼睛齐刷刷地看向我。我慢慢从口袋拿出那些碎橡皮，托在手上："大家好，我是一块橡皮，是尤老师的好朋友，也是小朋友的好帮手。前天，我还穿着新衣服为小主人服务，可是昨天，我被一个小朋友切成了很多块。每切一刀，我都巨痛无比，真是疼死我了！最主要的是，小主人已经没法用手指捏起我的任何一小块，我再也不能为小主人服务了。小主人见我这样，她也特别伤心！呜呜呜……"场下的学生们皱着眉头，仿佛都体会到了橡皮的痛苦。"多么悲惨的经历啊！听了橡皮的哭诉，该怎么安慰它呢？"一番探讨后，许多双小手纷纷举起。"小橡皮，你忍受了那么大的痛苦，切碎你的同学真是太可恶了。""那个切你的同学听了你的话一定会向你道歉的！""虽然你小得不能帮小主人擦错别字了，但你依旧是我们的好帮手！""我一定会好好保护我的小橡皮，不让它和你一样。"我满意地点点头："听了大家的安慰，小橡皮感觉好多了。"比起简单粗暴的批评，用讲述故事的形式引出问题的教育效果会好很多，针对问题所在，学生们进行了道德的批判与自我的反省，在共情中受到教化。

三、提出策略，化为行动

明白了道理，最终仍要付诸实践，否则会沦为纸上谈兵。很多学生迟迟不行动，往往是因为没有好的办法，这时候就要给点激励，让学生们争相说出爱护橡皮的措施，让明理的学生加深印象，让缺乏策略的学生有所收获。

"为了让悲剧不再重演，以后，我们要怎样爱护自己的橡皮呢？说得最好的前三名同学可以获得奖励哦！"有的说："用完橡皮及时放回文具盒。"有的说："给橡皮做一个保护套。"有的说："不在橡皮上乱涂乱画。"还有的说："不要再乱切橡皮。"……"祝贺李玉、张赫、王鹤亭同学说得最好，下课到老师这里来领奖品。老师手中被切碎的橡皮是我们班级李同学的，希望切碎她橡皮的同学能正视错误，勇于改过！最后，愿同学们好好爱惜每一样学习用品，它们都是我们学习的好帮手！"

两三天后，"尤老师，尤老师……"李同学手拿一块新橡皮，开心地向我走来，"老师说得没错，切我橡皮的同学给我道歉了！看，他给我留了小纸条，还赔了我一块新橡皮。""嗯，虽然不知道他是谁，但他这样做肯定是有心改过，对吗？""嗯，我相信他会改的，我原谅他了。"一缕阳光照在李同学的新橡皮上，我欣慰地凝视着它，内心久久无法平静……

学会赞赏

俞懿纯

从 2016 年的 9 月起，我接手了三年级（7）班，成为了该班的班主任。面对这些活泼可爱的孩子，我希望去创设一个民主、和谐、上进的班集体，让这些孩子在我的班级中懂得热爱学习、热爱生活、热爱班集体，在班集体中能够自信地成长。经过近一个月的接触，我对孩子们的基本情况已有大致的了解，其中我们班有个孩子给我印象特别深。

我们班的杨同学是颇有名气的"捣蛋鬼"：行为差，老是爱去招惹同学，经常有学生满脸委屈地来向我数落他的种种"罪状"；每次老师跟他谈话，他总是将脑袋偏到一边，说话语气也很差，给人一种难以接触、无所谓的感觉，不尊重老师；卫生差，不注重个人卫生，每次见他衣服总是看起来不整洁，没有同学愿意和他同桌；纪律差，上课时常常是心不在焉，左顾右盼，有时还做一些小动作，要么就是拉着同桌一起讲话……

在教育杨同学的过程中，免不了三番五次地请家长。通过和他家长的沟通，我了解到杨同学是由父亲带大，在教育问题上从来只要孩子不打架或者不给他找大麻烦就好，但在孩子的行为习惯和卫生习惯上就没有太在意，久而久之孩子就形成了不良的行为和卫生习惯。

面对这个让人头疼的杨同学，该怎么教育呢？我去请教了经验丰富的老教师。她的一句话点醒了我："要不你试着找找他的优点夸一夸？"正如教育专家所说"好孩子是夸出来的"。我何不试试呢？我决定改变原来的做法，变批评为表扬，抓住他身上的闪光点，及时给予肯定，增强他的自信心。我仔细观察了他的行为特征，他有个特点就是很喜欢揽事给自己做，并且还很喜欢回答问题。每当他回答问题正确时，我就及时地表扬他："杨××同学今天问题回答得很准确，声音响亮，提出表扬。"每当他为班级做事的时候，我就肯定他："杨××同学，谢谢你为咱们班集体做出的贡献。"或许，对班上一些暂时后进，用传统的教育理念几乎找不到优点、长处的孩子，赞赏更能唤醒和激发他心中沉睡的巨人。

在我的表扬和鼓励下，杨同学的课堂纪律有了明显的进步。看到他的这些进步我很欣慰，我趁热打铁与他进行了一次谈话，我告诉他："看到你的进步老师真的很高兴，如果你有什么困难可以对老师说，我愿意帮助你。"他点了点头。在之后的日子里，虽然杨同学还是会犯一些小错误，但是班级里的其他孩子都觉得杨同学的进步很大，大家都开始愿意和他接触，和他交朋友了。

在这过程中，我还发现班里绝大多数孩子都喜欢被表扬、赞赏，一句简单的表扬和赞赏，对老师来说是一件很小事，而对于孩子们却是进步的动力。通过这件事，我明白了真诚的赞赏，可以帮助孩子们树立信心，也为我打开了一道德育的新门。

赞赏是树立孩子自信心的土壤，是推动孩子前进的动力。在教育的这条道路上，让我不断地学习，去掌握赞赏这门艺术。去发现孩子们身上的闪光点，并及时赞赏，让孩子们能够自信、快乐地茁壮成长！

静待花开

俞懿纯

刚接手这个班级，就让我感觉到这个班级的"特别"。班级里两极分化非常明显，而且男女生的差别很大。大部分男生表现出的自由散漫、不思进取着实令我担忧，更有个别"特殊"的孩子常常以制造麻烦为乐趣，这使得班级的班风学风大受影响。要想使班级整体不断进步，得真正走进学生心里了解他们思想动态及家庭背景。

这个故事的主人公是杨同学，接触他的时候他已经是一名五年级的学生了。他是个逆反心理挺严重的孩子，并且随着年龄的增长，他叛逆的表现也是愈发明显。他在上课的时候要么扰乱他人学习，要么搞小动作，要么就是趴在桌子上睡觉；对于老师布置的作业想做就做，不想做就扔一边，交上来的作业也是字迹潦草无法看懂；任课老师教育他，他回答老师，听不听课是我的事，上不上课是你的事；行为习惯也相当差，和同学相处稍微有点不如意，开口就是满嘴脏话，甚至有时还动手打人；破坏教室里的公物基本都是他干的；迟到是经常的事。

对待这样的学生，刚开始我采取的是先教育一番让他写保证，再通过电话告知家长学生在校的行为，几次之后效果也不是很明显。他妈妈电话里会很诚恳地对我说："老师这孩子我们实在是没办法管，希望你多费心。"从跟他父母的沟通中我也了解到孩子之前比较怕爸爸，但爸爸也只是在被学校老师告状之后就把孩子暴揍一顿，但随着孩子身体的发育成长，有时候双方起了冲突，爸爸甚至都拿他没什么办法！结合家长和我沟通时的情况，知道这学生父母根本就管不了。看到他不思进取的样子，我真是失望极了。我心想算了吧，或许他就是那根"不可雕的朽木"。不理他的那几天，他便变本加厉地闹起来了。

针对这样的问题学生，我就这个问题私下里专门和他同龄的孩子交流，问他们最讨厌班主任在管理中哪些言行以及希望班主任在班级管理中怎么做？和孩子们的交流过程中总结出了以下几点：1. 班级里出现矛盾，班主任就认定是后进生的问题，并当着全班同学的面批评他们；2. 遇到点问题开口就是要告知家长要请家长；3. 希望班主任能多和后进生聊聊走进他们的心里去了解他们的想法；4. 希望有点进步得到老师的表扬与肯定。

当我了解到学生在这个年龄段最讨厌的事情和期待得到的东西后，我在和杨同学的相处方式上做出了改变。要纠正杨同学的不良行为，首先要打开他心扉。我就经常在他没犯错误时找他聊天，有时候排队的时候会走在他旁边，有一句没一句地和他说说话，及时了解他的心情和思想状态，有时也会和他聊一聊他家里的情况。了解到他眼中的父母经常吵架，有几次吵得还很凶，每每说到这些他都会轻描淡写地说一句我都习惯了。从我和他的沟通中我感觉这个孩子的聊天方式很成熟，但心底里却很幼稚。他有着自以为是的成熟，在我看来却只是在掩盖他那颗极易受伤的小心灵。和他聊了几次后我反而打心底里心疼这个孩子，父母错误暴力的教育方式，导致这个孩子形成错误的人生观和价值观，因为他和父母生活中沟通很少，导致这个孩子在学校的时候也不是很会和其他人沟通，让他认为暴力能解决所有的问题。杨同学在小学阶段很少被老师真心表扬过，于是他认为自己永远是班级最差的一个，而且在他看来老师心目中的他是很差的，表扬他只是骗他，所以有时也是有意犯错误惹怒老师，这样心里有种快感。

对于这样有叛逆心理的学生，我觉得要从关心他入手来做他的思想工作。比如有时看到天冷衣服穿少了，我会提醒他多穿点衣服，当心着凉了；课间我会经常问他老师讲课是否听得懂，最近作业按时完成了没有，在完成作业方面有没有遇到什么问题等；每次和他私下聊天，首先肯定他是个聪明的孩子，但希望他聪明的头脑用在有用之处并会拿某一件事情来举例说明；我还会告诉他私下里他可以把老师当成是他的朋友，有什么事情可以来和我说，我会替他保密；鼓励他参与班级及学校的各项娱乐活动，稍有点好的言行和成绩及时在班级表扬，这样让他有种荣誉感和自信心，使他处处感到老师在关心他，信赖他。他也逐渐明白了做人的道理，明确了学习的目的，他五年级下学期的表现明显好了不少。不光得到了任课老师的肯定，班级里的孩子也说杨同学的脾气好了不少，目睹他的这些改变，为师很欣慰啊！记得有一次我走进办公室看到办公桌上有一封叠得好好的信，打开一看居然是他写的，看完我别提有多高兴了！通过杨同学的改变，让我更加坚信：只要我用心地去对待每一位学生，他们一定会向着既定的目标前进。

著名教育家苏霍姆林斯基谈到后进生时说："这些孩子不是畸形儿。他们是人类的无限多样化的花园里最脆弱最娇嫩的花朵。"有的如傲放的月季玫瑰，花香四溢，令我们喜爱；有的却如山谷里的野百合，虽然也开了，白的白，黄的黄，但是不起眼不亮丽；还有的需要等待，等待他开花的那一天。对于班主任来说，何尝不也是一种幸福呢？

在孩子心中种下玫瑰

章 静

在选择了成为一名老师之后，我开启了与学生们相处过程，其中的欢乐与苦恼，都让人感慨无穷，以下是我几个印象比较深的学生，现在我想讲讲与他们之间的教育故事。

第一名学生是小叶。他在一、二年级的时候经常会在课上无缘无故大喊大叫，显得十分狂躁。回到家后作业几乎不做，第二天来到学校里都交不上作业。有一次我把他带到办公室里，很认真地问："小叶，你回家怎么不写家庭作业呢？是作业太难不会写，还是不想写呢？"可是这孩子全程都是低着头，一言不发。偶尔会用一种十分绝望无助的眼神看着我，欲言又止。问急了，甚至会转过身去背对着我，让人十分得无可奈何。而且不少同学反映，小叶平时脏话连篇，对着同学们出口成脏，当我真正听到的时候，我才感觉到可怕。可能孩子自身都不知道他说的话到底有多恶毒，但是就是这样恶狠狠的话，从那样一个年幼的孩子嘴里说了出来，我不禁感到十分悲凉，觉得教育十分失败。于是我在第一时间联系了他的家长。跟他们联系过多次，却一直没有什么起色，直到有一天，体育课上，他竟然把沙子揉到了同学的眼睛里，所幸那位同学并没有出什么大事，但是这样的事情是绝对不允许被姑息、被忽视，被粉饰太平的。直到见到了他的家长，我才明白问题有多么严重。那对父母一直声称自己的孩子是完美的，不可能会做出我们所说的那些事情。待到事情被证实了之后，依旧怀疑是不是别的孩子欺负了小叶。家长维护孩子是理所应当的事情，但是已经知道了孩子的错误却不知悔改，这无疑会将孩子引入更大的错误当中去。最后那位家长在知道了孩子的种种劣迹之后，仍表示愿意花钱摆平，但当他发现花钱也摆平不了的时候，竟然把小叶带回了家，打了一顿。这种教育方法无疑是大错特错的。我明白小叶的现状，有家庭教育的绝大部分原因。这些坏习惯的形成绝非一朝一夕，而改掉也并非易事。我首先跟小叶谈了心，循循善诱，多次告诉他欺负别人是不对的，后来又跟家长达成了共识，表示学校和家庭共同努力，一起帮孩子改掉这些坏习惯。功夫不负有心人，到了三年级这孩子就有了显著进步，可以完成作业，并且愿意在课上积极举手。

第二位同学的名字叫做小潘。小潘并不像小叶一样有那么极端的坏习惯，属于大错不犯、小错不断的那种孩子。他平日里最喜欢吃垃圾食品，我看不过眼的时候对他说过，却还屡教不改。这孩子表面上顺从，并不主动挑起事端，但是在课上从来不好好听讲，一味地玩自己手中的铅笔，属于消极抵抗学习型。我曾经问过他为什么要这样做，而这孩子竟然告诉我他觉得学习一点儿意思都没有。而且感觉学习他来说没有什么用。有一次他竟然还觉得自己很有道理地告诉我："我吃零食，嘴巴高兴；我看动画片，眼睛高兴；我上课，一点都不高兴。"我问他，难道学到了新的知识，不会感到开心吗？他说不能吃，不能玩，当然不高兴了。思想十分幼稚。小潘的家长十分配合，但常常否定孩子，这样的教育方式明显有问题，孩子在得不到正面反馈的时候，自然会对自己面对的事情产生抵触心理，长此以往孩子就会缺乏安全感，甚至形成自卑的心理。我先是去找了找学生谈心，让他知道自己变好的重要性，接着是去找家长谈话，告诉他们，想要真正读懂孩子的心，就要就要发掘孩子的闪光点，并不遗余力地夸赞他，让家长鼓励与批评相结合。还让他和班干部做同桌，"近朱者赤，近墨者黑"，孩子到了三年级的时候有了显著进步。那时候我问他："你觉得学习有意思吗？"他扬着头，用坚定而明亮的眼神示意我，他已经明白了学习的快乐和知识的可贵。

第三位同学叫做小胡。这孩子看着哪哪都好，就是记忆力不太行。别人记一遍、两遍的东西，他要记五遍、六遍，还磕磕绊绊的，这样的学习效率自然完不成别人能完成的学习任务，跟不上别人能跟上的学习进度，久而久之就很抗拒学习，但是值得庆幸的是，这孩子品德高尚，热爱劳动。去跟家长谈话的时候，家长也很看得开，告诉我说："老师，您不用管小胡了，孩子不是读书那块料，我们也都看开了。只要这孩子德行不出错，为人有良知，我们就心满意足了。"父母完全放弃学习，但是注重道德教育，但是看着孩子每天在学校，坐在课堂上那副煎熬的样子，任何一个老师都会心生不忍。于是我每天督促他学习基础知识，还会在课后留下他巩固最基本的知识点，让他担任劳动小组长，以免被其他孩子孤立，也借机表扬他的文明和勤劳，随时给家长汇报孩子学习进步之外，让家长重拾信心。到了三年级时他已可以完成基本学习任务，并且有好朋友一起玩耍了。看着阳光下和小伙伴们欢乐的奔跑在操场上的他，我想起了还在一年级时第一次考不及格与他家长沟通时，家长对我说："我们已经放弃他的学习成绩了，您也不要管他了。"可谁又能想到，在一年级时不爱劳动、不爱学习、不爱跟同学沟通交流的一个孩子，在老师和家长联合的引导下，彻底变了一个人，成为一个优秀的、闪闪发光的好孩子。

当我再一次跟他们谈话的时候，我们几个人一起围坐在办公室里，我拿着他们考得不错的成绩单，笑眯眯地问他们，还有什么不懂的吗？他们摇了摇头对我说："老师，我们要靠自己解决问题。"可见这些孩子已经有了巨大的进步和惊人的成长。而和这些孩子的相处使我明白：每一个孩子都像一个发芽的种子，将来是成为挺拔的小白杨，还是歪脖子树，全靠作为园丁的家长和老师栽培与照料。

著名的教育家苏霍姆林斯基曾经讲述了一个四岁小女孩摘玫瑰的故事，他询问过小女孩缘由后深深地感动于她的家长培养出这样的孩子。高山仰止，景行行止，这是所有教育从业者需要看齐的标杆。斯人已去，但是精神永存，在今后的日子里，我将全身心地投入教育事业，在孩子的心中种下永不凋谢的玫瑰。

爱如春雨润满园

赵　妍

在我眼里，每一位孩子都是朵花，就如大自然间沐浴在阳光下的花草一样，只是花期不同而已。有的花很早就开了，并且开得很鲜艳，以其艳丽的外表吸引着众人的目光；有的花默默无闻，只是在悄悄地绽放着自己独有的光彩，让懂的人懂。

在我眼中，每个孩子都是可爱的，虽然孩子们的表现各不相同，但每个人都有着独一无二的个性。作为教师，爱班上的优等生好像已是习惯成自然的事，但我更关心班级落后的学生。在学习中，不让一个孩子掉队，这也是我作为一名教师的责任和义务。帮助在学习上有所欠缺的孩子取得进步，用心加以引导，就一定会有收获。

我清楚记得班级里有个孩子，他上课总是捣乱，上课不认真听讲还不让说，作业更是从未按时完成，并且他也不大合群，不大和班级里的同学沟通交流。时间长了，大家都不太搭理他，也没有人愿意和他做朋友，他便显得越发孤僻起来。

我曾经也问过自己，像这样令人头疼的孩子还能改变吗？我有这个能力去让他感受到老师真切的希望吗？为什么陶行知先生能够用四颗奶糖去转变一个淘气的学生，而在我眼中，这样一个顽劣不堪男孩，就算给他十倍的奶糖都没有用。

但在偶然的一次机会中，我改变了对他的看法，当我得知他是因为平时没有人愿意和他去进行沟通交流，没有人去尝试理解他的感受才越发显得顽劣后，我努力地去尝试踏入他的世界。我对他说："我是你的老师，也是你的朋友，有什么话你都可以对我说，上课有不明白的地方也可以问我，我会再讲解给你听，直到弄懂为止。"这话对他似乎没有什么作用，他看起来很抗拒，没理会我便直接走开了。然而我没有放弃，每天课后我都会耐心地询问他是否听懂了，让他知道有什么不明白的地方，我会耐心地讲解给他听。一开始他总是低着头，不愿说话，慢慢地，我和他熟悉了起来。也许是知道我是真的在关心他，他渐渐地愿意和我亲近了。

在他上课发呆的时候，我用眼神告诉他"不要走神了，把心收回来"；当他书背不出来的时候，我给他一定的启示，一句一句地教他读，让他知道"你一定行的"；当他作业没有按时完成的时候，我给他充足的时间补上，让他明白"这是应该要做到的"。我抓住他平时的点滴进步，不断鼓励他，即使是很小的进步，我也在同学们面前给予表扬和肯定，夸他"是个聪明的孩子"，就这样，他的自信心渐渐树立了起来。

后来，经过观察，我发现他慢慢发生了改变。上课不再像从前一样吵闹，作业也能按时交。虽然有的地方没有写全，但是对他来说是个非常大的转变了。令人兴奋的是，他还会利用下课时间，主动帮同学倒垃圾，这对于其他同学来说不奇怪，他发生在他身上，我感觉到转变的喜悦，我的付出是值得的。

随着时间的推移，我真正明白了一个教师如果不能够做到发自内心地去关爱呵护学生的内心感受，那么是注定管理不好一个班级的。每个孩子都是天使，只不过有的外表聪明漂亮，有的则稍显顽劣而已。那些外表漂亮、成绩好的孩子每一个人都会喜欢，而多去呵护关爱那些看起来普通的、成绩差并且调皮的孩子才是作为老师真正发自内心的爱，所以爱一定要均衡才能去管理好班级。慢慢地，你会发现当你在关爱孩子的同时，也会被孩子的爱所包围着。

作为一名合格的人民教师，路漫漫其修远兮，吾将上下而求索。我将在这个我为之奋斗终身的职业中，用翅膀去拥抱蓝天，似春雨滋润美丽的花朵一样，让每一位孩子的心灵之花悄然绽放，让自己在这个神圣的岗位上实现人生的价值！

"孩子王"的通关之路

赵 妍

从小我就喜欢孩子，喜欢他们的纯真、善良，喜欢他们对这个世界强烈的好奇心，这也是我大学毕业后毅然选择到小学教书的主要原因。在过去几年的班级管理中我一直坚持用孩子的视角来思考问题，坚持孩子的事情先放手让孩子尝试解决，坚持抓住一切机会走近孩子，同事们背后笑称我为"孩子王"。去年秋季刚开学，我这个"孩子王"就迎来了职业生涯最艰难的挑战——接手一个"赫赫有名"的毕业班。此班级男生多，女生少，男生大致可分为两类：一类表面乖巧背地调皮，一类是明面上就皮得让人头疼，第二类中还有6个人是校长办公室的"名人"。女生以班长为首特立独行并很团结。听闻我接手这个班级，周围的同事不约而同地向我投来同情的目光。

所谓"知彼知己，百战百殆"，为了能够更好地管理这个"特殊"班级，我先与之前的班主任及任课老师进行深入沟通，从整体上把握孩子们的情况。此外，在开学第一天，我找来班上几个班干部了解班级的情况。通过从老师及孩子的两个视角，我对班级有了比较全面的认知。班级大部分男生比较调皮，所以之前的班主任对他们管理比较严格，日常有老师的情况下比较乖巧，脱离班主任视线时很多孩子就放飞了自我。基于以上情况，我决定用同理心站在孩子们的角度来一步步走进他们，用"心"达到孩子们能自治。

第一关：反其道而行之

为了走近六（7）班孩子们，开学第一天我便开了一次别开生面的班会，在班会上我邀请孩子们大胆地发言，聊聊他们在学校生活中的喜欢和讨厌的事情。

很多孩子说希望能多一些课间，希望能够正常上术课，希望作业可以少一点……在孩子们畅谈完后，我便与他们立下了新的班规，班规进行双向约束，既约束孩子们同时约束老师：第一条，班级无人不写或者漏写作业，老师便相应减少作业量。第二条，课堂上所有人能够遵守纪律，老师准时下课。第三条，按时完成课内外作业的同学正常上术课。三条班规让六（7）班的孩子们耳目一新，他们感到新奇更感受到了公平，所有的孩子眼睛一亮欣然同意，并对我这个"反其道而行之"的新班主任多了一些信任和好感，这为之后与他们的相处打下了基础。

第二关：擒"贼"先擒"王"

六（7）班最突出的问题是有6个"名人"，这6个人孩子各有"本领"。记得第一次找这几个孩子聊天，连"站直"这一简单的要求都做不到。问题最突出的是一个体型敦厚、脾气暴躁且有暴力倾向的孩子，他是全班孩子的"噩梦"。正所谓擒贼先擒王，我一边管理新的班级，一边研究这个令全班同学惧怕的孩子。经过长时间的接触，我发现他生活在一个溺爱与缺爱的矛盾家庭中，父母对他的教育简单粗暴，犯错误一顿毒打甚至打到住医院，没犯错误就是一味满足，但对他的情感需求并不是很关注，长此以往他就形成了任性、暴力、不会正确表达自己的性格。抓住他这一性格特点，我在与他相处的过程中有限度地偶尔"放纵"他一下，让他感受到我对他的偏爱，从而让我慢慢走进他的心里。此外，我还会关注他平时里与同学或者老师之间的"纠纷"，抛开"有色眼镜"认真聆听他的倾诉，再通过与其他同学了解情况，公平公正地处理事情。特别是在他受委屈的时候，让他感受到老师对他的理解与善意。此外敏锐捕捉他的进步，在班级大肆宣扬，帮助他在集体里塑造正面的形象。慢慢地，他在我的引导之下激发了积极向上的心态，抓住这一发展态势，我趁热打铁安排他与班上几个好生坐在一起，让好同学影响他，同时无形中又割裂了他与另外几个学生的联系。渐渐地这个孩子看我的眼神从最初的充满敌意到充满信任，甚至经常会"故意"蹭到我的身边与我聊几句。当然，冰冻三尺非一日之寒，他的改变不会是一蹴而就的，在后面的相处中也还是会有反复的情况，但随着我与他、与他父母沟通的逐渐深入，他对我的信任也逐渐增加，每一次遇到问题，在他冷静下来后都能够与我认真交谈，我提出的建议他也会予以采纳。在相处了半学期之后，某天清晨，我收到了来自他亲手做的贺卡，上面印象最深的一句：老师，你是这个世界上最了解我的人。

第三关：发现你的美

六（7）班大部分的孩子是比较乖的，特别在课堂上乖得出奇得"安静"，很多时候一个简单的问题都没有人愿意起来回答，甚至是指名站起来的同学宁愿沉默也不愿意回答，更别提学校的组织的活动，每次活动报名的人都屈指可数。在与一些孩子聊天中得知，很多人到了高年级后特别好面子，害怕自己的回答出错而丢面子，害怕自己参加活动没有获奖而被嘲笑。得知这一情况之后，我在平日的与学生的相处中，留心抓住每一位学生的优点夸张地放大，并一定会在全班面前大力表扬，看着被表扬孩子眼中闪现的光芒更加坚定了我这一做法。慢慢地，班级里原本不起眼的女生开始报名绘画比赛，交上来的画让我们眼前一亮；有上课不愿意回答问题的女生，作文经常被当成范本来读，每次写作文越写越用心；有调皮的男生被表扬记忆力超强后每次默写几乎都是满分……孩子们感受到来自老师的关心，对我提出的要求也积极配合，在磨合了两个月之后，7班经常可以得到学校颁发的日常规范流动红旗。

第四关：游戏中成长

六年级的孩子已拥有独立思想，甚至是叛逆的想法，想要约束他们的行为规范仅仅依靠老师的说教是不够的。我一直认为，对于大孩子，管理的目的是为了达到用不着管，与其让老师来压制引起群愤，不如放手让学生之间形成自治。老师来负责制定规则，选拔治理班级的人，处理突发事件。为了能够有效管理，在制定规则时就要尽可能地详细，并且需要制定一套有效的奖罚制度与监督制度，确保公平公正。六（7）班我实行的以小组为单位的管理模式，班长负责管理组长，组长负责管理组员，而每一位组员都安排一定的职位，比如作业管理员、卫生监督员、帮扶组长等，让每一位孩子都参与到管理中，增强他们的责任感与积极性。在这一套管理模式下，学生能够根据学校的要求很好地约束自己的行为，并且能够共同成长。

作为一名合格的人民教师，路漫漫其修远兮，吾将上下而求索。我将在这个我为之奋斗终身的职业中，用翅膀去拥抱蓝天，似春雨滋润美丽的花朵一样，让每一位孩子的心灵之花悄然绽放，让自己在这个神圣的岗位上实现人生的价值！

心灵的引导，心灵的远航

周 丹

一、学生的情况

谢××是我班里的一位男生，长得很秀气，非常腼腆，在人面前不苟言笑，上课从不主动发言，老师提问时总是低着头不作声。他上课无精打采，要么搞小动作，要么就是发呆，提不起一点学习的兴趣；下课后也比较安静，只是偶尔被同学拉出来玩耍一会儿；作业不做或少做，即使做了，也是胡乱写的，只要见空就填，不管对不对，而且书写相当潦草。性格孤僻、沉默寡言；缺乏自信，感觉自己生活在低谷深渊之中；从不向父母和他人交谈心事，也无所追求，自甘落后；认为自己"命中注定"差人一截，生活得毫无希望。

二、案例分析

这孩子的父母都是外来务工人员，个子都不高，平时话也不多，有3个子女，经济负担比较重。由于工作的原因，每天早出晚归，没有时间多关心孩子，谢××总觉得父母不喜欢他，无形中让他和父母孤立了起来，不愿和父母聊心事。通过与其父母的接触，我了解到他的父母也是性格内向的人，这个遗传因素是几乎不可改变的，但可以通过外界环境的影响来改变他，因为环境因素的影响肯定是占绝大部分的，而遗传因素非常小的。

谢××家里有两个姐姐，大姐姐从小眼睛就不好，因此没有上学。另一个姐姐正好与他上同一个年级，这个姐姐各方面都很出色，是老师的好帮手，班里的佼佼者，也是父母的宠儿。每次和姐姐比较总是低她一截，有的方面是远不及姐姐。姐姐的优秀无形中给了他很大的压力，他的自信心下降，开始自卑了起来，如今他更是选择了沉默！

让我很奇怪的是：为什么姐弟悬殊那么大？经过深入了解我才知道：谢××错过了上一年级的机会，直接上的二年级，一入学各方面都不如同学，学习的行为习惯都还没养成，同学笑话他，老师觉得他不行，父母觉得孩子低人一等，各方面的压力让孩子越来越沉默，不愿和同学接近。慢慢地，他的各方面一直处于一个低迷、自闭的状态。

三、辅导策略

（一）及时沟通，让孩子有存在感

记得赞可夫说过："个性的发展，在孤独和隔绝中是不可能的，只有在儿童集体的内容丰富而形成多样的生活中才有可能。"因此，我先要求他父母平时不管有多忙都要多关心他，多与他交谈，多鼓励他，即使是一句"天凉了，多穿点衣服""饭要多吃点哦"……这些在一般人觉得很烦人的话，也要说一说，让孩子知道父母是关心他的。平时要抽空认真聆听孩子的表达，使他渐渐敢于表现自己。另外要他感到老师温和、亲切。因为性格内向的孩子都不愿也不敢跟老师接近，老师就应主动接近他。因此我平常在上课时就不断地用鼓励、赞许的语言表扬他，只要有进步就给予肯定。例如，"瞧！谢××的准备工作做得多整齐"等，提问他时，我总是把耳朵凑上去聆听他的回答。有时我也会耍个小心眼，即使他没回答，我也假装他答了，开心地告诉孩子们他答得真好，只是他声音小了，让孩子们对他刮目相看。

（二）拉近距离，打破心理防线

虽然谢××处事冷漠，但是他同样有着归属于班集体，得到他人信任、关心、尊重、赞赏的需要。这种需要如果得不到满足，便很难处理好和同学、老师的关系，造成心理上的障碍。反言之，如果我们为其创设一个宽松、和谐、温暖、接纳的心理氛围，便会激发他积极的情感因素，增强心理活力，培养较强的自制力和心理适应能力，冲淡苦闷，排除各种干扰，使之愉快地接受帮助和辅导。我比较注意在日常班级管理及课堂教学中渗透关爱，给予支持，让他体验到集体的温暖。例如：我特意安排一个责任心强、学习成绩好、乐于助人、耐心细致的男同学跟他坐，目的是发挥同桌的力量。上课给他几个简单的问题，一抓住机会就表扬他，让他慢慢地建立自信心。只要有时间，我就单独给他辅导，让他感觉到，老师并没有抛弃他。慢慢地，我觉得他进步了不少，平时会主动来问问题，有时还能看见他和同桌讨论一个话题。他不再防着身边的人，会主动攀谈，这是多么令人兴奋的一件事情啊！

（三）树立信心，激起学习动力

记得学校举办了一次科技节的创意绘画比赛，我们班先从班级中挑选，谢××被选上了，这是多好的一次机会啊！开始他自己还不乐意，最后在同学们的一再坚持下，他同意了。虽然表面还是那么害羞，有那么一点不情愿，但是我看到他回过身后，他露出了一丝笑颜，此时，我的心里是真的乐了！这是代表班级比赛，他虽然愿意但是害怕失败，害怕让大家失望，是一个多么好的孩子啊！看到这些，我和画得好的几个小朋友约好，在他作画期间给予适当的指导，最后他获得了个人的三等奖。在得知获奖消息后，我马上到班里对他进行表扬。他第一次在同学们面前开心地笑了！从此，他变了好多，对好多课都有了一定的兴趣，经过他的努力，成绩也进步不少。渐渐地，他变得喜欢主动地参与各项课外活动，积极地与同学们合作去完成任务。

（四）耐心引导，培养其耐挫力

性格比较自卑、逐渐形成自闭的孩子，即使自卑、自闭的情况有所好转，能融入集体，但是在生活中他还是不可避免地碰到这样那样不尽人意的事情，因此，培养他的耐挫力是个必要的过程。每个人都有自己的长处和短处，要学会对自己作公正的全面的评价，让他学会不要死盯着自己的短处，背上一个沉重的包袱，要善于挖掘和发展自己的优势，以补偿自己的不足。如："这次虽然没得到优，但比以前可是大有进步了""我唱歌不行，可画画不错，要努力画，争取参加书画比赛"等。再如在这过程中，有时谢××成绩考差了，我没有批评他，而是给他分析原因，告诉他这次考得差是因为老师出的题目难，并不是你笨，或者说你本来是会做的，只不过是因为你粗心，所以没考好，下次只要你再认真点就一定能考好，这样不断地鼓励他，让他在挫折中仍不失自信，促进心理上的平衡。

四、辅导效果

现在的他不再那么自卑、自闭了，最大的一个变化是能主动与同学、老师交往，脸上多了笑容，上课时你常常可以看见他那灵动的眼神聚精会神地看着老师，提问时常可以听到他精彩的回答，虽然有时还是不标准、不到位，但他敢说了，会说了，学习比以往认真，上课还主动举手回答问题，学习成绩有所提高。这就是他的成功！

五、反　思

自卑是每个人都有的一种情结，每个人都存在不同程度的自卑感，所以自卑是完全正常的。只有当人自卑时，才能真正地明白自己的不足之处，正是它的存在才促使人寻求补偿，它是人格发展的动力。素质教育的本质是塑造"全人"。学生心理健康教育是在塑造"全人"的过程中不可忽视的特殊教育活动。儿童偏常心理的形成具有十分复杂的客观条件，因而，作为辅导者应根据具体情况进行具体分析。学生心理异常的类型有很多种，关键是我们老师一定要对症下药，但要切记无论我们教育哪类学生，都别忘了：教育像是涓涓细流，河中流淌的应是爱心、细心、恒心。

以爱之名，共赴成长之约

周炜婷

塞利格曼提出心理学的目标在于使人获得幸福，强调识别和培育人的天赋，使所有人能过上更好的生活。

每个班里都有这样一群学生，他们处于群体的中间段，他们既不会表现得那么优秀那么突出，也不会行事莽撞到处闯祸，让你印象深刻。我们经常可以发现，教师往往关注更多的要么是班级中最优秀的孩子要么是最垫底的学生，而班级中间段的那一部分学生则很容易被忽视，但是这个群体的可塑性却是不容小觑的。三年级的小欣是我们班一个比较内向的女生，平时话不多，总是安安静静的，上课也不怎么举手发言，在班级里像她这样的孩子的确很难引起关注。

一次，课上在做练习，我走到小欣的旁边时发现她做得很慢，眼看时间已经过去一大半她却不急不慢地在一笔一划地写着。心急如焚的我还是耐住了性子说了一句"小欣，要快点了哦！不然可就要来不及啦！"她惊讶地抬起头看着我，那时的我只是笑着摸摸她的头走开了。据小欣回忆就是那一次她突然觉得我在关注她，我是一个很特别的老师。那一次的练习她还是没来得及做完，不过我却开始关注起了这个写字速度很慢的女生。

一、给予积极关注建立良好的师生关系

每一个孩子都希望获得老师的关注，同时也希望能得到老师的表扬和认可。我们能做到的就是去细致地发现他们自身独特的闪光点，哪怕只有小小的一点，这就是建立良好师生关系的桥梁，是拉近彼此之间距离的那根绳索。

之后的学习中，我发现小欣虽然速度很慢，但是字却写得格外工整、漂亮。于是，一次作业讲解中我特意拿起了她的作业纸做示范，在投影灯光下带着全班学生一起欣赏着她那张整洁干净的卷面。课上我大大表扬了她的优点，同时我也仔细地分析着她做题错误的原因和改进的方法，圈画关键字，把图画在旁

边等。那一刻我看到她听得格外认真细致。

过后，她开始主动和我打招呼，有时候也会带着问题来问问我，我们之间比以前亲近了许多。

二、创设积极情境获得积极的情绪体验

心理学家岩查尔曾说过："任何个体的、部分或元素的意义或性质都不是个体、部分或元素本身自我包含或内在的，因为它们置身于这个整体或情境中，就人的心理过程来说，情境变得非常重要，因为脱离了情境就无法理解任何东西。"

自从我接连几次拿小欣的作业做点评并夸奖她的优点后，我发现她开始变得很积极、主动，不似以前那样一言不发。有一次，像往常一样我刚坐下来准备讲评，她竟主动将她的作业纸递了上来。而这一次，她竟然将我课上讲的所有要求、注意点全都一一做到，标注在题目旁边。她的进步在点滴之间，此时的她学习可能是辛苦的，但我相信也是快乐的。当学习的外部动机能有效地转为内部动机时，对学生学习兴趣的作用将会变得持久有效。渐渐地，小欣不光速度慢慢提高了，也越来越自信了。

三、分享成功经验形成积极的人格特征

每个善于思考的教师都知道，如果一个学生确知别人对他的看法比他的实际情况要差，他的自尊心就会遭受很大的伤害。反之，如果一个儿童领略并感受到教师集体已经发现他的优点并给予赞扬，他就会更加努力，做得更好。成功经验的获得是儿童形成积极人格的关键之一，而将这种成功的经验分享给班级里的每一个儿童将会使这种效果加倍，同时也能影响群体中的每一个人。

小欣的成功转变成为了班级中学习的一个典范，也是学生学习动机、心理变化积极向上的一个有效案例。于是，我趁热打铁，借着家长会的机会让小欣走上讲台分享了自己的学习方法和经验，将自己的亲身感受与所有的同学家长们一起分享。

今年，我收到了小欣的来信，虽然已经不教她好几年了，但是再次打开她的信，看到她工整的字还是能想起她那些堪称模板的作业。信中她开心地分享着她获得的荣誉，字里行间中透露出她对学习的认真与坚持。她在信中回忆着我们刚见面时的场景，她还清晰地记得我对她说过的每一句话。她在信中提到当时的她从没想到老师会如此亲切，也没想到自己会变得那么优秀。正是因为有了我的鼓励和肯定让她意识到了自己的长处，开始变得动力满满，积极进取。

积极心理学强调要关注到每一个人，让每一个人都能关注自身成长，获得积极的情绪体验，拥有乐观向上的心灵。我们作为老师在日常教育教学中就是尽量去关注每一个孩子的心理，体会每一个孩子成长过程中的需求。让每个孩子感受到自己被重视与认可，获得内心的满足感，形成积极向上的心态，这样才有利于挖掘学生正向潜能，养成积极人格。让我们做一个有心人，善于发现，及时肯定，创设情境。让我们以爱之名，陪伴孩子，共赴这场成长之约。

和小蔡的两三事

周小雯

刚接手这个班的时候，之前的班主任就交代我特别要留心小蔡同学，他动作慢，无论什么事，都要让他先做，不然是跟不上其他同学的。开学了，果然，他放学经常跟不上班级队伍，因为他的课桌超级乱，要整理很久，于是全班同学都要在教室门口等他整理好书包出来。好几次，女孩子都看不下去了，动手帮他整理。我也送了他了好几个文件袋，教他如何分类，一个袋子放一门课的书本和作业，可没多久，书包又是一团乱。从此，一个胖乎乎的、总是乱糟糟、自理能力差的男孩形象在我心里生根了。

没过多久，我发现由于他的沉默寡言，动作缓慢，在班里处于弱势地位，几个男孩子经常欺负他。慢慢地，我对小蔡和他家情况的了解越来越深入，才知道他父母做的是辛苦活，在菜市场卖茭白。每天凌晨就要起床，所以，小蔡回家吃完晚饭，父母就要休息了，没人陪他写作业。周末，父母要照顾生意，都在市场上，他只能一个人在家里。我这才发现他沉默寡言的原因——不会表达，于是在班里一再帮他说话，批评那些恃强凌弱的孩子。可能是觉得小蔡有些可怜，我对他的关注越来越多，发现他听课效率虽然一般，却有着别人没有的写作灵气，朗读时抑扬顿挫，很好听，于是我就在课堂上一次次地鼓励他，尽可能地给他展现自己的机会。中午吃饭时，他的胃口比较大，我常常把自己的菜分给他，引得其他同学羡慕不已。

从四年级开始，我发现小蔡的自我意识慢慢觉醒，在学校发脾气的次数越来越多，严重的时候，课也不听，作业也不写，就犟在那里，一动不动。我再三问他为什么要发脾气，他也不说话。一次，小蔡突然从教室出走了。我本以为他上厕所回来得晚，没想到一直等我一节课上完，他也没出现。一下课，我就发动班级孩子在校园里找他。不一会儿，小李气喘吁吁地回来报告："周老师，他在一楼的楼梯口坐着，不过一看到我就走了。"我赶紧下到一楼，一路找过去，发现这孩子正在篮球架下躺着呢！我走到他面前，他看到我一下子坐了起来，一脸尴尬。我按捺住火气，低声问他："怎么了？周老师的课也不上了？"他僵坐着，一动也不动。我一连问了好几遍，小蔡还是默不作声。想到平时对他的照顾，我的怒火噌地冒了上来，很愤怒地质问他："你现在这样，课也不上，还要不要上学？不想上学回去整理书包，我送你回家！"他看了我一眼，不理我，继续坐着。无奈，我只能打电话给他妈妈。他妈妈很快就赶到了，在学校门卫的带领下，来到了操场。一看到妈妈，小蔡的眼泪就下来了。妈妈问他："是不是昨天没带你去打印成长礼的照片，生气了？"小蔡点点头，泪水涟涟。妈妈转过头来向我解释："本来昨天要带他去打印照片，但是我身体不舒服，就睡下了，打算今天再去。"在妈妈的安抚下，小蔡渐渐平静下来后来，回去上课了。我对妈妈说："孩子大了，工作再忙，也要关注他的心理变化。"后来，还发生了几次类似的事情，无一不和家里的事情有关。这时，我才发现，小蔡可能是想借由过分夸张的举动，吸引老师的注意力，从而帮助他和妈妈沟通。唉，这孩子！

问题的原因找到了，该怎么解决呢？这困扰了我好几天。一次在和年级组老师聊到小蔡的情况的时候，她说："既然不愿意说，送他本本子，让他写下来吧！""好方法，我怎么没想到！"第二天，我就准备了一本可爱的小笔记本，把小蔡喊出教室，悄悄地对他："周老师知道有些话你不愿意说出口，可是咱们也要学会表达自己呀，先从把自己的想法写下来开始，好不好？"说完，便把小本子塞进他的手里。小蔡低头看看本子，郑重地点了点头。我拍拍他的肩膀："好了，进去吧。"没过几天，一个课间，我刚进教室，小蔡就把本子递给了我，低着头，不看我。打开一看，他那大大的字，写满了一整面：周末的时候在小区里玩，一个五年级女生打他。他打电话给妈妈，妈妈也不帮他解决，于是就报警了，可最后打他的女生也没受到惩罚。看着这样的文字，我能感受到他当时的无助，大人怎么就不帮他呢？于是，我联系了他妈妈，他妈妈告诉我："回家的时候，孩子都走了，去人家家里又不好说，孩子之间打打闹闹多正常。警察也联系到我了，但是孩子的事，建议找监护人好好聊聊。"听了小蔡妈妈的话，我说："小蔡其实是个内心很敏感的孩子，他的目的无非是想让家长关心他，保护他。但妈妈和警察，他最信任的人，都没有实质性的行为，这让他很失望。所以小蔡妈妈，以后这样的事还是要重视起来。"电话那头，小蔡妈妈沉默了一会，叹了口气说："是关心得太少了。原来以为多给他买玩具，他就会开心，现在，唉……"

渐渐地，小蔡脸上笑容多了起来，发脾气的次数越来越少。这小家伙，笑起来还挺憨厚的，眼睛都笑没了！转眼到了紧张忙碌的期末复习阶段，高强度的学习任务下我还怕他会懈怠，不愿意完成呢。令我意外的是，小蔡不仅做了，速度提升了，做题的准确度也有了提高。一个课间，我把他叫到一边："最近有没有不开心的事情，来和周老师说说。""有是有，不过老师你说过，不要用别人的错误来惩罚自己，我可不是傻子。""哈哈，你很聪明哟！小蔡，你知道周老师爱你吗？"他微微一笑对我说："我知道呀！"我们俩相视一笑，默契地走进了教室。

让爱点亮优点，融化缺点

周艳君

巴特尔指出："爱和信任是一种伟大而神奇的力量。教师载有爱和信任的眼光，哪怕是仅仅投向学生的一瞥，幼小的心灵也会感光显影，映出美丽的图象。"

三年前，我担任一年级9班的班主任，一年级小朋友和我儿子的年龄相仿，所以对待他们，心中一直想象着我儿子进入小学后的样子，看到他们，心中格外的暖。一年级的小朋友，对于进入小学后的新环境，是很好奇的，左看看，右望望的，刚开学的前几天，预备铃响进教室，孩子们对于铃声没有一点儿概念，还是自顾自地聊天、分享趣事。对于这样的情况，我把他们都当做是自己的孩子看待，用平静的语气，语重心长地说："同学们，大家现在已经是一年级的小学生了，要开始规范自己的行为，上课铃响应该要马上进教室坐好，安静地等待老师的到来，不能像现在一样乱成一团。"孩子们听完后，马上安静下来，小手放在桌子上，一双双小眼睛盯着老师看，还似懂非懂地点点头。第一天，在我的晓之以情下，非常顺利地度过了。当然，好习惯至少需要经过21天的坚持努力才能养成，在这过程中，我发现了一个"特别"的孩子——周××。他上课不怎么听讲，喜欢不停地动桌子、椅子或者各种文具用品，自制力差，不爱动脑思考，作业完成情况也不是很理想，下课喜欢在我的旁边不停地转悠、聊天，但是他有一个非常好的优点，能热心帮助同学打扫卫生，非常主动地去扔教室里的垃圾，是个乐于助人的孩子，可除了这一优点外，在上课下课期间，就表现的不是很令人满意了。这么热心肠的孩子，在学习上怎么会这样呢？

可能每个孩子都有不同的性格、习惯，构成周同学这样的性格是有多方面的因素的，有来自家庭的教育方法，也有来自社会的影响等。为了更好地了解周同学，我约了他的爸爸妈妈来学校一起聊聊。通过和他爸爸妈妈的聊天我得知：妈妈是全职太太，不用工作只要专心照顾周××。周××放学后，妈妈也不辅导孩子作业，就拿着手机在旁边玩；遇到孩子不会的题目，妈妈教了一遍还是不会后，就会打骂孩子，孩子就会用哭来解决。爸爸看到这种情况后，就会心疼孩子，跟妈妈吵架，认为妈妈是全职太太，什么也不用操心，却连照顾孩子也不行，教育孩子方面没有耐心。周××自己跟我聊天中说，回家后，爸爸妈妈都是各自拿着手机玩，没人跟他讲话，跟家里的狗狗讲话，狗狗也不会回应他，所以他很孤单，导致了他在学校，不管上课下课，想讲话就讲话，或者影响别人，或者一下课就站在我的旁边跟我聊天分享趣事。

站在一个做妈妈的角度，我真心觉得周××同学是一个很乐于助人的孩子，就是控制不住自己的言行，如果改掉上课不遵守纪律的坏习惯，将是一个非常优秀的孩子。为了改变他这些不良习惯，我决定从以下几个方面来帮助他。

一、抓住点滴进步，大力表扬

我非常赞同一句话：好孩子是夸出来的。因为周同学非常热心地为班级打扫卫生，扔垃圾，抓住这一点，在他看到垃圾满了，就主动去扔垃圾的那个时机，我就在同学面前表扬他，使他小小的优点得到放大，提高了他在同学们心中的地位。

二、利用友谊的力量影响他

我观察到，因为周同学的乐于助人，所以也有几个行为习惯很好的同学愿意亲近他，和他做好朋友。看中这一点，我就让这几个好朋友平时多监督他，并且用自己的好习惯来影响他。这样慢慢地，周同学上课故意发出声音引起老师关注的习惯改掉了，能做到一节课大多数时间认真听讲，渐渐地举手回答问题的次数也多了起来。

三、家校共同配合

因为之前在跟周同学的爸爸妈妈聊天中，我得知孩子经常上课捣乱，下课找我聊天主要是因为回家后父母不跟他交流，孩子觉得很孤单。周同学的爸爸妈妈听到这样的信息也很惭愧，表示在家时会改掉陪伴孩子时玩手机的习惯，抽出时间和孩子交流。一段时间下来，他们也发现他爱讲话的问题，并慢慢地改善。

经过一个多月潜移默化的影响，周同学上课捣乱的坏习惯改掉了，他还因为乐于助人交到了很多好朋友，很多学生愿意跟他玩，他也会很大方地和同学分享自己所看的书籍。有了同学的关怀，老师的表扬，他的改变真的非常大，爸爸妈妈也突然之间觉得孩子长大了很多。原来，老师、父母和同伴的关爱，改变能如此之大。

一年级的孩子，其实就像一张白纸一样，可塑性很强。苏霍姆林斯基说过：要像对待荷叶上的露珠一样小心翼翼地呵护学生幼小的心灵。我们要爱每一个孩子，用爱去唤醒他们的优点，用爱去融化他们的缺点。

让我走近你的心

朱倩

花苞，顾名思义，就是还没有盛开的花朵。班级中，那些成绩又好又乖巧的孩子可不是一朵盛开的鲜花吗？而那些成绩一般，品德上也有所欠缺的孩子，就是一个个可爱的"花苞"了。作为一名班主任，除了日常的教学工作，就是要负责好班级里面的每一位学生，包括他们的学习、品德、卫生习惯等，尤其是要对那些"花苞"格外用心照顾。我认为道德才是一个人的根本，根本不好，即使你有一些学问和本领，也不会成为对社会有用的人。社会的稳定和国家的发展，需要每个人既要讲究"公德"，也要讲究"私德"。我们到学校里来，除了要学习文化知识，更要紧的是要学习做人，学习做"真人"。而在现实的教育工作中，总有那么几个调皮且有个性的孩子给我们的教育工作带来一些麻烦，需要我们对他们进行心灵上的沟通。如果仅仅是靠批评等手段，是达不到我们预期的效果，有时还会雪上加霜。下面，我就以班主任工作中的亲身事例，来谈一谈如何与一些"花苞"们进行沟通和教育。

一、在平时生活中与"大眼哥"的沟通及教育

每次接到新的班级，班里总会有那么一两个孩子，他们很调皮，特别能引起你的注意。比如，有这样一位同学：他有一双忽闪忽闪的大眼睛，不管你对

他是发火还是心平气和地讲道理，那双大眼睛都会笑眯眯地对着你，而且无论你在干什么，他都会关注到你，哪怕是他在读书时，眼睛也会时不时地瞟你几眼，他就是我们班的"大眼哥"：张同学。

他还有一大特色就是特爱管闲事，明明有些事跟他一点儿关系都没有，他还就爱去凑热闹。有时我明明在教育其他学生，他就喜欢在那里插嘴，根本不理会老师的感受，这样就对我的教学产生了影响。从开学到现在已经有3个多月了，我也对他进行过教育或者谈心之类，但是效果并不好。无意之中，在同学们的阅读课中，我看到了陶行知先生的"生活即教育"教育理念。"生活即教育"是陶行知生活教育理论的核心。在陶行知先生看来，教育和生活是同一过程，教育含于生活之中，教育必须和生活结合才能发生作用，他主张把教育与生活完全熔于一炉。"生活即教育"的核心内容是"过什么生活便是受什么教育"。陶行知先生还认为，人们在社会上生活不同，因而所受的教育也不同，"过好的生活，便是受好的教育；过坏的生活，便是受坏的教育；过有目的的生活，便是受有目的的教育。其实我们的生活也是一种教育。"于是，我就联想到这位同学身上，是否也可以运用这一理念来进行教育呢？于是我便当着全班同学的面，宣布他为班主任助理。我这一消息刚说出来，底下同学们全炸开了锅，都在讨论着，眼睛也不时地朝张同学看去。此时的张同学，面带羞涩，当然眼睛还是会时不时看我两眼，但这眼神里分明透露着喜悦之情。

第二天，张同学就走马上任了。当然之前我已经告诉他一些助理所要做的事情，其实就是一些力所能及的小事：帮老师拿个电脑、拿个书啥的。而且我还发现他自己在班级中的卫生岗位做得不是很到位，但是很喜欢帮老师做事，这正是如他所愿呢！而且有时趁他帮我做事的时候，我还会时不时地教育他一下，效果还真是不错。懂得适时地教育孩子，效果比平时空说大道理管用得多。有一次，我正在班里上品德与生活课，同学们正在激烈地讨论自己在班级中应尽的义务。讨论完之后，我就要求学生结合自己来谈谈，当一位同学正在发言时，张同学便在旁边轻声地说："说倒会说的，平时也没见你这么积极啊！"这句话正巧被我听见，当时我也没有理会，继续上课。等下了课，我依旧喊我的助理帮我送书去办公室，在路上，我就又趁机教育了他："张同学，我发现你最近对待本职工作比以前认真了呢！"这时，他就不好意思地笑了。听到表扬，我想每个人都是开心的，但是我又接着说："但是呢，你在为人处事方面还欠缺了一点，比如说你今天上课的表现。男子汉就应该心胸开阔一点，眼光放长远一点，不要执着于小事，不要斤斤计较，少说，多做，这样别人才会信服你，你说呢？"

张同学听后，面带羞涩，大眼睛又看看我，点了点头。这时，我已经感觉到，他已经把我的话听进去了。每次，他有做得好的地方，我就当着全班同学的面表扬他，而他做错了事的时候呢，我就趁他帮我做事的时候进行教育，这样一来，我的教育效果大大地提高了，而他也比以前懂事了。少说大道理，抓住时机，适时点拨，收到的效果事半功倍的。

二、及时抓住机会：与"事儿哥"的沟通及教育

在我还没有接手这个班时，我就已经知道他了，他叫王××。看他吧，挺老实，挺乖巧的孩子，可是每次总会因为打架的事情而被班主任拉进办公室进行教育。后来我接手了这个班，那我对他肯定得"另眼相看"了。开学一段时间，倒是还好，没有给我惹啥大的麻烦。平时呢，我也能够经常和他谈谈心，聊聊家常什么的。这孩子倒也是很乐意跟我分享一些家中的事情，但我心里对他始终没有改变看法，还是认为他是个"事儿哥"，总归还是会有事情出来的。直到有一次吃饭时发生的事情，令我对他刮目相看。有一次，我打饭回到班里的座位上，看到我的椅子上有一滩水渍，于是我就问一下其他同学有没有带餐巾纸，准备擦一下。正好王同学坐我旁边，他二话不说，就用自己的衣袖帮我擦掉了椅子上的水渍，然后继续吃他的饭。这时的我，真的是被他感动了！原来一个在教室里老是要起哄打架的孩子，还有这么善良的一面。进教室后，我就大大地表扬了他一番，尤其突出了自己的感受：很感动。此时的他，也是埋着头，脸也红红的。从此以后，他很少犯错误了，每天都是认认真真的。在生活中一个大大的表扬，就可以给孩子在前进的道路上一个大大的动力，注重细节，用心感悟，每个孩子都是我们心中的太阳。

其实，在日常的教育工作中，只要我们能运用到好的教育理念，就能给我们的教育工作起到良好的辅助作用。通过一个教育理念教育好了一个学生，也能证明这个教育理念是正确的，具有可实施性。今后，我要把陶行知先生的"生活教育"理念继续实施下去，为我的教育工作添光加彩！

尊重孩子，是引导孩子转化的开始

卓婉君

不要小看小学低年级的孩子，他们同样需要尊重。

上个学期，我中途接下了二年级（1）班的数学课。

　　上第一堂课时，他非常"突出"，给我留下了深刻印象。事情的开始非常简单——我边讲课指导学生解题边矫正学生的写字姿势，说："写字姿势端正是个好习惯。"不料他随口说："写字姿势端正不是个好习惯，要歪歪扭扭地坐着。"这着实令我吃了一惊，而同学们似乎习惯了他这样，一阵笑声过后什么事也没了。他——李某某，一个二年级的小男孩，坐在第一排的"小个子"，看不出有多大"搅事能量"的学生！

　　好奇的我趁着下课翻了他的作业，发现他将近一个星期的作业没有做，前面即使做了也是写得"龙飞凤舞"，错误的地方也不改。几天下来，我并不觉得他是个笨孩子，因为他每次在"歪曲"我的话时，总能说出很多有条理的话来，并且用词丰富，词汇量大大超乎我的想象，不像是一个二年级的孩子。

　　我找他的班主任进一步了解情况，问道："李某某是不是很爱看书？"班主任很诧异地反问："你怎么知道？"我说："因为他很会说话啊，而且也蛮有条理，用词很多。"班主任跟我介绍了他的具体情况，原来他是个患多动症的孩子，正在服药期间，但是言语行为还是无法像其他孩子一样。

　　知道了李某某是因身体原因而发生的奇怪言语行为，我颇为难过，恻隐之心人皆有之，我也是个年轻妈妈，妈妈对孩子的情感是最真挚的。我相信李某某的妈妈对他也是抱有很大期望的，我觉得他是棵可以哺育的好苗苗，于是我便开始对他进行关注、观察，不时地和他说说话、聊聊天，了解他的内心世界。

　　有一次我催他做作业，他反问我："为什么要做作业？"我以问作答："你明明很聪明，为什么不肯做呢？"他也以问作答："你怎么知道我很聪明？"我真诚地说："因为我看你爱看书，你说的话用到了很多不错的词语。"听了这话，他不吭声了，微微笑了，居然肯做作业了，而且主动把之前欠下的作业都补完交给我了。他的这一转变，让我感触很深，也许是这个孩子平时被"盯"被"贬"得太多了，几乎没人看得起他、尊重他，在没有得到尊重的环境下影响下，他也就自暴自弃了。

　　以后的一段时间里，我不"盯"他作业了，只当他是班里的普通一员对待，对于他的"特殊"言语行为我也是"睁一只眼闭一只眼"，假装不知，也许他觉得自己跟大家一样了，也许他觉得老师对自己没有"另眼看待"，也许他觉得自己好好地学习做作业没问题……

　　他喜欢跟我聊天，虽然都是些很奇怪的内容，有时会盯着我聊很多很多话，不停地说不停地说，我总是不厌其烦地回应他。在我眼里，他是个有趣的孩子，我很乐意听。我发现他喜欢科学探索、生物奥秘之类的书，于是我在办公室里准备几本，等他做完作业借给他。我们约定好，每天放学前要还给我。有一次他看到兴头上，舍不得还，我说："你明天可以继续来借。"没想到他居然立马就答应了，要知道在平时他一定会耍赖。

有一次李某某的奶奶来接他，跟我说："小区里的孩子都喊他傻子、神经病。"听了这话，我心里一疼！他有什么错呢？我一定要帮他树立自尊自信！

很快，机会来了。上课的时候李某某后面的女生举手告状，说李某某骂她脏话，于是我趁着大家做作业的时候走到他身边问清缘由。当他把事情的经过说完后，我说："那你觉得骂人对吗？"李某某说："骂人是很对的，因为别人都骂我，所以我也要骂他们。"这让我想到了他奶奶跟我说过的话，心想：这个孩子正遭受着多么大的歧视啊！我问他："别人骂你时，你心里难过吗？"他说："难过。"于是我告诉他："其实你在骂别人的时候，他们心里也是和你一样的难过。"他想了想说："那好吧，我不骂人了。"说真的，现在的孩子们，真的有几个能像李某某那样受了委屈还能听得进忠告的呢？我真的越来越喜欢这个小男孩了！

有一次我问他："你最喜欢谁？"他说："我最喜欢奶奶！"我问："为什么？"他说："因为奶奶会给我买东西。"我说："你就因为奶奶会给你买东西啊？你爸爸妈妈不也给你买东西吗？"他说："其实也不是，因为奶奶会在我做错事的时候跟我讲道理，忠言逆耳啊！"我笑了，虽然用词不当，但我觉得这个孩子真的不简单！

一个学期很快过去了。李某某作业质量提高了不少，成绩不错并且稳定。最让我开心的是，他总会时不时地来跟我分享"他和小胖鱼的故事"，这似乎成为了我俩的小秘密。

现在李某某升入三年级了，他今后要走的路还很长。我想，从他一段时间来的转化过程中来看，他进步很大，最重要的因素是他觉得有人尊重自己了，尤其是和老师"交上了好朋友"。

作为一位教师，应该要给学生更多的尊重和自信。尊重孩子，是引导孩子转化的开始。

如果说没有爱就没有教育的话，那么离开了尊重同样也谈不上教育。因为每一位孩子都渴望得到他人的尊重，尤其是教师的尊重。因为在教师和学生的眼里，"学困生"只是由于各种原因在学习上暂时存在困难，成绩眼下还不够理想，但是通过老师的帮助和他们自身不懈努力，他们也有可能成为优秀的学生。看来，从"差生"到"后进生"，再到"学困生"，不只是一个称谓的简单变化，从中我们更多地看到了人们对教育内涵深层次的理解和对学生处于教育主体地位的普遍认同。同时，我们也为孩子们得到越来越多的尊重感到由衷的高兴，为教育工作者拥有一颗博大的爱心而萌发出深深的敬意！

尊重孩子，还要善待学生的错误。"师者，所以传道授业解惑也"。教师不但要传授给学生文化知识，还应该教给他们做人的道理。当青少年学生在人生道路上有了"惑"，有了认识及行为上的偏差时，正确引导他们走出迷惘是教师的责任和义务，犯错误是正常的。如果教师对待学生像对待自己的孩子一样，他们就会懂得：面对孩子的错误，讽刺、训斥、责骂等只能使学生产生反感，形成逆反心理，或是自暴自弃甚至产生其他不良后果。而那种发自内心，溢于言表的慈母般博大无私的爱才是最有感召力的，才能最终帮助学生认识并改正错误。

纠错是一门艺术，需要耐心。学生犯了错误，既不能听之任之，也不能一棍子打死，应当理智耐心地注意方法，分析处理。纠错的方法有很多，如当面指正、个别谈话、冷冻法、暗示法、感化法等。也许这些方法不能立即奏效，但不能急于一蹴而就。不管哪种方法，都应注意以鼓励为主，通过教育，把孩子引向健康成长的方向。错误是一笔财富。人总是在不断地改正自己错误的过程中逐渐走向成熟，走向自我完善。青少年学生由于对客观世界的认识有限而导致行为偏差在所难免，问题是我们如何对待它。医生治病需要对症下药，找到病因，是治好病的前提。学生犯了错误，正是把"症状"暴露了出来，教师循此才能找到学生犯错误的"症结"所在，因此，对于学生的错误应当珍视。只要教师有耐心不厌其烦地帮助他们不断地改正在成长道路上所犯的一个个错误，并逐渐地使他们的错误减少到最低的时候，教育的目的就达到了。

给一棵树成长的时间

郑 晔

每个孩子都是种子，只是花期不同。有的花一开始就灿烂绽放，有的花需要漫长等待。不要看别的花盛开了，你的花无动静就着急。有可能你的种子永远不会开花，因为它是一棵参天大树。我常常想：或许，小宇就是那一棵参天大树。

带完毕业班之后，学校安排我带四年级，报到那天刚走进教室，就看到讲台旁边坐着一个男孩子，由于个子太高，坐的时候弓着背，瘦瘦的，戴着一副黑框眼镜，看起来挺斯文的样子。我问同班老师他为什么会被安排坐在特殊的位置，老师回答道："他呀，脾气可大了，你可得注意他。"听完这句话，我的内心有些疑惑，这孩子看起来不像是脾气暴躁的人啊，不过有时候也不能看第一印象，我决定要对他多加观察。

刚开学的两周过得风平浪静，我发现小宇上课表现十分活跃，我每提出一个问题，都会看到他高高举起的手，虽然有时候不一定能回答到点子上，但是课堂表现还是非常积极的。不仅如此，他的书写也很工整，翻开作业本可以看到他清秀的字迹。

但是好景不长，有一天课间，班里学生急匆匆地跑过来跟我说："老师，小宇和小哲吵起来啦！"我还没走进教室，就听到不远处传来激烈的争执声。踏进教室门的时候，就看到小宇和小哲两个人正你来我往地争吵，一句说得比一句难听，他们俩都面红耳赤，怒发冲冠，把周围的同学吓得不轻。为了避免事态严重化，我把他们俩叫到了办公室。经过谈话，我了解到他们因为一件事情意见不合就吵了起来，小哲一句"你不配待在我们班"激怒了小宇，激化了矛盾，让小宇的脾气爆发，对着他口不择言，最终导致两个人吵得不可开交。了解事情的来龙去脉后，我对他们的行为进行了教育，在教育过程中，小宇同学一开始表现得非常激动，甚至听不进我说的话，后来他说："他说我不配待在我们班，他凭什么这么说我？"说完就大哭了起来。我想可能是这句话刺伤了他，于是我对他的心情表示理解，站在他的立场对他进行劝说，他渐渐平复了心情，也主动承认自己骂人的行为是不对的，最终这场争吵以两人互相致歉落下帷幕。

后来的一个星期，越来越多学生向我告状："小宇上课老是影响我""小宇下课的时候勒着同学的脖子""小宇打扫卫生的时候和值日组长吵起来了"……这时，我终于意识到开学时同班老师说的话不无道理，小宇确实是个难搞的学生。于是我跟他母亲通电话反映情况，希望家长配合教育。如此又过了几周，他不仅没有收敛，还变本加厉——同学提醒他课上不能做小动作，他骂同学多管闲事；体育课上同学们不愿意与他一组活动，他就故意将球踢向同学。就这样，班里同学都不敢提醒他，也不敢随意与他说话了，生怕一不小心就惹怒了他。同桌也不愿意与他坐一起，因为觉得他像一颗"定时炸弹"。

到底是什么原因导致他这样暴躁易怒呢？我觉得需要了解背后的原因。经过和他母亲的多次沟通接触了解到，他们家是低保家庭，父亲由于生病无法工作，家中就靠母亲上班维系生计。由于父母的文化水平不高，孩子的学习主要寄托于课后辅导班，很少亲自关注。他的父亲是个简单粗暴的人，只要听到儿子在学校犯错了，不由分说就是一顿毒打，孩子在家受到父亲棍棒的压迫会隐藏自己的脾气，表现得很听话，到了学校就解放天性，肆无忌惮。长此以往，孩子脾气变得越来越暴躁，甚至有时候还会有暴力倾向。了解了他的家庭情况后，我想：如何有效地对这样的孩子进行教育引导，需要再多观察多花功夫。

我开始细心观察小宇，发现他不发脾气的时候是一个非常开朗活泼的孩子，喜欢参与班务工作，经常会主动向老师汇报班级的情况，交代的班级工作他也总是很认真地完成，课堂上表现得积极踊跃。可是只要因为一点小事惹怒了他，他就像变了一个人，表现出怒目圆睁、生人勿近的样子。其实他是一个脆弱敏感的孩子，长期处在父亲的高压之下，情绪变得起伏不定，在他的内心深处非常渴望得到理解和认同，因为我发现他是个容易感到满足的人，比如老师的一次表扬，可以让他开心很久；和同学的一次愉快的交往，他会反复回味。

于是，我抓住他热心肠的特点，将中午分发餐盒的任务分配给他，他非常开心地接受了这个任务。每天中午，他都提前来到食堂，将饭盒一份一份放在同学们的座位上，还在同学不小心将汤汁洒在地上时主动帮他擦拭干净。班队课上，我对全班同学说："每天中午小宇同学都帮大家把饭盒摆好，为大家多争取了吃饭的时间，虽然他有时候不会控制自己的脾气，但是我们要看到他好的一面，他乐于助人的好品质还是值得表扬的。"说完，我看到小宇眼睛里闪着光，害羞地低下了头。就这样，我不放过每一次可以表扬他的机会：一次认真尽责的值日，一次书写工整的作业，一次热心肠的帮助，都会得到我对他的表扬。当然他也有犯错误发脾气的时候，这时候我不会严厉批评他，而是先处理情绪再处理事情，先给他时间平复情绪，再用心平气和的心态分析事情，让他自己意识到处理问题的方式存在错误，进而主动承认错误。用宽容的心态去对待他，让学生自己反思自己的行为，效果比起简单的说教、批评要有效得多。另外，我还通过家访、电话联系、到校面谈等多种方式，积极和家长进行沟通，孩子在学校好的表现会及时告知并进行表扬，同时也建议家庭多给孩子温暖，共同做好转化工作。

现在的小宇发脾气的频率有所降低，积极参与班级事务，作业字迹工整清秀，虽然一个人的性格难以彻底改变，但是只要我们给予尊重，多加关爱，再硬的坚冰也有融化的一天。

巴特尔指出："爱和信任是一种伟大而神奇的力量。教师载有爱和信任的眼光，哪怕是仅仅投向学生的一瞥，幼小的心灵也会感光显影，映出美丽的图像。"每个孩子都是独一无二的，花期有长短，老师需要有足够的耐心等待花开；如果花儿不开，也不能放弃，需要给予更多的时间等待小树长成参天大树。

让规矩意识在孩子心中"扎根"

金怡婷

　　不知不觉，我在江溪小学工作已经两年了，在这两年里我经历了从开始的毫无头绪和杂乱无章到后来的渐渐适应这样一点点的进步的过程。在这个过程中我深深地感受到了学习和思考的重要性，学习如何管理班级的理论知识、学习身边优秀的榜样，并且思考如何把"拿来"的东西转化为自己的东西。在这个过程中我和学生一起经历着、感受着、成长着。

　　"金老师，刘某某又在体育课上违反纪律了！""金老师，缪某某又在厕所打闹了！""金老师，周某某在课间奔跑！""金老师、金老师……"每次踏进教室，作为班主任的我，总能听到孩子们各种各样的告状声，本着对孩子们负责任的态度，一开始，我总会事无巨细，一件事一件事地倾听、思考，帮助孩子们分析、处理，我以为凭借自己的耐心、爱心可以感化每一位学生，只要我坚持下去，总有一天会"守得云开见月明"！

　　日子一天一天过去，可孩子们的成长却并未如我所预料的那样一天比一天懂事，每天萦绕在我耳边的仍然是那些此起彼伏的告状声。渐渐地，我开始反思，是否是自己的管理方式出了问题，每天事无巨细地管理，时时管，事事管，可能只能平息当时当刻所发生的事情，并不能在孩子们的内心建立起一个比较长久的规矩意识。如何在孩子们的内心建立起规矩意识，从担任班主任的第二个月开始，我便不停地思索、试验。

　　"金老师，今天我上体育课被老师表扬了，可以得到小红花吗？""金老师，我已经有十朵小红花了！"……没错，从第二个月开始，我便建立了"送你一朵小红花"的奖励制度，无论是课堂还是课间，只要表现突出或者有明显进步的同学都能得到一朵小红花，满了十朵就能得到一张小奖状以及相应的小奖品。接下来的一段时间，在"小红花"的激励下，孩子们个个士气十足，班级氛围蒸蒸日上，即使是之前一直调皮捣蛋的小男孩，也仿佛脱胎换骨，变得有模有样起来。

　　然而，好景不长，孩子们昂扬的斗志只是持续了一段时间，积极的、向上的、高涨的激情一点一滴随着时间被渐渐磨灭。不知从何时起，我发现，有些孩子渐渐对小红花的奖励失去了原本的兴趣，甚至有些孩子会说"奖励有什么了不起，我想买多少有多少!"几个调皮的孩子又开始蠢蠢欲动起来。事实证明，单纯的奖励制度并不能从根本上解决纪律的问题，反而会有一些负面的效果，看来，要想真正让规矩意识在孩子们的内心扎根，还是道阻且长。

"路漫漫其修远兮，吾将上下而求索"，作为一位刚步入岗位的新手班主任，我不断地向办公室里有经验的老师们请教，无论是班级管理问题，还是其他各方面的问题，他们都热情、耐心地为我答疑解惑。对于如何给孩子们建立起规矩意识这个问题，我也曾多次请教各位老师们，在他们的指教中，我发现我缺乏了一点，那便是惩罚措施。

以前，我一直认为，低年级的孩子们都还小，犯了错误没关系，只要言语上批评一下就可以了，而他们做对了或者进步了，我就会大力地表扬与奖励。这样的做法初衷是美好的，却让孩子们产生了一种"奖励得来的很容易"或者是"犯了错误不需要付出什么代价"的错误观念。好在发现问题，为时不晚，在这种错误观念刚刚萌芽之时，我一定要从源头上解决，班级制度的改革迫在眉睫。

为此，一节共同制定班规的班队课展开了。

师："小朋友们，没有规矩，不成方圆，没有纪律，也就没有安全。你们觉得我们在学校里应该遵守哪些规矩和纪律呢?"

生1："上课坐姿端正，积极举手发言。"

生2："排队快、静、齐。"

生3："文明用餐。"

……

师："同学们说得真好呀，这些都是你们应该遵守的规矩和纪律，那么，哪些事情是你们一定不能做的呢?"

生1："上课插嘴。"

生2："下课追逐打闹。"

生3："排队讲话、不好好走路。"

……

师："同学们真厉害，应该做的和不应该做的都说得头头是道。之前啊，大家在表现好的时候，都能得到小红花的奖励，那么做了不应该做的事，是不是要接受相应的惩罚呢?"

生："是!"

师："你们觉得应该接受哪些惩罚呢?"

生1："扣小红花。"

生2："抄课文。"

生3："写检讨书。"

……

一节别开生面的班队课，孩子们各抒己见，畅所欲言，最终讨论出了一份比较全面的、具体的班级制度，包括了奖励制度与惩罚制度，所有的奖励措施以及惩罚措施都是由孩子们自己思考并制定的，也将由他们自己捍卫与守护。

不知不觉，两年过去了。现在，我的这帮孩子们仍然是各个任课老师口中最"活"的一帮孩子，不过，现在他们的"活"已经不再是原来的调皮捣蛋，而是头脑的灵活与思维的活跃。诚然，这帮孩子活泼的性格无法改变，但是规矩意识已然在他们的内心深处悄然扎根，正和他们的身心一起茁壮成长！

第二章　走近家长，与孩子同成长

面对活泼泼的生命，总觉责任在肩。当赢得了家长的信任，获得他们的支持；当教会家长育儿妙招，分享给他们教育理念……总庆幸：真好，我是老师！

做一个让家长喜爱的班主任

卓婉君

班主任因其特殊的使命、特殊的地位、特殊的身份，越来越为人们所关注。随着家长们的学历不断提高，班主任面临着各种有着不同教育理念的家庭。如何做一个让家长们喜爱的班主任，是我近几年工作的探究方向，结合自身经验，我总结了以下几点。

一、巧妙地"说"服家长。

有很多话，不一定非得锋芒毕露。迂回曲折，也是前进的一种好方法。

（一）旁敲侧击的帮助

王同学自从三年级开始总是上课打瞌睡，但结合她以前认真踏实的品性，我认为她一定是有原因的。经过谈话了解，原来她妈妈生了四胎妹妹，可是父母每天都要忙于进货卖货，到家就倒头大睡，于是照顾小婴儿的重担就压在了她和大姐的身上。每天晚上她和大姐轮流喂奶粉、哄睡觉，放学后又立马要赶去菜场帮父母卖菜。当她说到："妹妹每隔 2 个小时就要喝一次奶，喝完还哭闹不肯睡，我怎么都哄不着"时，我红了眼眶，心想着：一定得帮帮这个孩子！

于是我给住在王同学家附近的几位家长打了电话，说明了王同学家里的境况，希望家长们能够尽量多去她家的菜摊买菜支持一下生意，让她能够早些回家。没想到家长们都表示赞同，还有位好心的婆婆说："我以后经常烧点菜给她当晚饭，小姑娘太不容易了！也就多口饭而已。"接着我再给她父母打了电话，一开始我装模作样地批评她上课总是睡觉，作业错误率高。家长看我这么一说，赶紧表态是因为最近晚上总是让她照顾小妹妹导致了缺觉，后面一定会注意她的个人休息。

就这样，一周过后，王同学不但上课不打瞌睡了，还能放学后在学校公共图书角看半小时课外书呢。

（二）以退为进的迂回

如果学生在学校里打架受了伤，班主任跟家长联络时家长往往满腔怒气，还会互相推脱责任。此时，如果据理力争，往往会火上浇油，于事无补。有效的方法是避其锐气，以退为进。

练习合唱时，王同学和李同学打了起来，等到老师发现时，两人已经哭得稀里哗啦的。经过现场调查，王同学因反复拍打李同学后背，导致李同学很生气还手了，于是两个同学打了起来。对两位同学进行了教育之后，我跟双方家长也进行了联系。

不曾想到了晚上，王同学妈妈说孩子一直头晕就去医院做脑CT，发现是脑震荡要住院，电话里王妈妈哭得上气不接下气。我安抚王妈妈说："我明白你的心情，孩子好好地来学校，回家却突然脑震荡了，如果是我女儿这样了，我也要哭的，但是我们大人还是要控制好自己的情绪，不然孩子看到你哭成这样子，会以为得了重病，会被吓到的。"王妈妈听了这话，很快就停止了哭泣，并表示自己会在孩子面前坚强的，我也立马并表示会跟进这件事情。接着，我与李同学的家长联系，说清了来龙去脉。一开始李同学妈妈认为自己孩子也是被人惹了才发火打人的，我说："这件事情确实是王同学开了不好的头，但李同学确实不能打人家的头呀，而且他这个学期经常会发火，控制不了情绪，一发火就会打别人的头，我也跟你提了好几次了，这得改啊。你看，这次把人家打到脑震荡住院了吧。"过了一会儿，李妈妈也承认了自己孩子的不是，带着水果到医院去探望了王同学，最终双方和解了。

二、把家长变成自己的教育同事

我们得让家长明白，教育孩子不是我们一个人的事情，大家都有责任。家长接受我们的观点后，就会积极参与到我们的教育工作中来，这样，我们与家长就成了真正意义上的教育同事了。

　　我不会放过"培训"家长的任何一次机会。只要是关于教育学生的，不管是不是自己的学生，我都会觉得义不容辞，我觉得自己有义务提高家长的认识。

　　基于第一次混乱的场面，我早早地安排好了第二针儿童接种新冠疫苗的行程。我提前一天在班级群内发布三遍要求（重要的事说三遍）：

　　1. 务必带好育苗通二维码。

　　2. 非监护人陪同的学生，要携带家长委托书。

　　3. 提前10分钟到达现场，有序排队，不追逐吵闹。

　　4. 本班同学一起进入接种中心，不迟到。

　　5. 留观室内一大一小有序地排排坐。

　　6. 保持留观室的安静整洁，孩子带一本课外书看。

　　7. 不在留观室内吵闹、奔跑、吃零食、喝饮料，注意个人防疫。

　　8. 留观30分钟后交表离开。

　　果然，第二天所有同学和家长们都准时到了，并有序排队接种。相比第一次接种的现场，吃零食、到处跑的现象没了，这次家长们都会在孩子想要闹腾时及时教育，并要求他们安静地看课外书。

　　教育不仅仅是在学校教室里，在生活中的每一个细节中也无不存在教育的机会。一旦家长意识到自己也是教育者后，他们对孩子的教育方法就会发生很多改变。

　　何同学妈妈有着强烈的望子成龙的愿望，每个学期末就开始囤下学期的练习册和练习卷，并且焦虑地问我假期里如何刷题或者报什么课外班。对于她的教育理念，我真诚地建议说：99%的题目对于同学来说都是理解的，所以应该把时间放在阅读上。比起不停地上课外班，更应当培养孩子的自学能力，让他自己形成一套属于自己的学习体系和习惯。

　　何同学的妈妈照着我的建议执行后，何同学不但不叛逆了，还能够积极主动地自学，在自学中既锻炼了能力，也获得了学习的自信，整个学期的成绩都非常稳定且突出。充足的阅读也为他将来的学习打下了坚实的基础。

　　何妈妈对于孩子的改变非常高兴和欣慰，也经常会建议其他家长碰到问题多咨询老师，不要一成不变地教育孩子。

　　不要期望所有的家长都会是杰出的教育工作者，但是，我们应该努力让他们成为我们最忠实的教育合作伙伴，因为，我们的教育对象是同一个孩子。

三、呵护头胎孩子的心灵

　　国家大力推进二胎三胎政策，班里也就出现了很多二胎三胎家庭，屡屡出现的"争宠""脏乱""哭闹"现象让我意识到：一定要呵护好头胎孩子的心灵。

张同学妈妈一大早就给我打电话请假，问及请假原因时，她气急败坏地说："这个小孩子越大越不懂事了！妹妹那么小，离不了妈妈，她却还非要我送她上学。家里实在没人送她啊！"这个原因的背后透着多少妈妈的心酸，何尝不也是多少头胎孩子的心酸呢？

同意了张同学的请假之后，最终她下午还是来上学了，到了放学时间我把她留了下来。我走到她身侧坐下，说："你知道我为什么留你下来吗？"她倔强地坐着，一句话都不说。我又说："每天看着妈妈抱着妹妹，却冲你发脾气，心里很苦吧？"她哇地一下哭了出来，于是一股脑儿地把妈妈生了妹妹不再宠爱她的一桩桩一件件都倾吐了出来。我默默地听着，等她哭停了，我问："知道你妈妈为什么早上恼羞成怒地骂你打你，说你不懂事吗？因为她也觉得很委屈，她爱你想送你上学，同时也爱妹妹但怕她留家里遇到危险。她分身乏术，这时候，她觉得全家竟然没有一个人能够帮她的，感到很无助呢！"张同学听完又大哭起来。我继续说："其实妈妈是全心全意爱自己孩子的，但她只有一个身体，照顾了这个就顾不着那个。怎么办呢？其实是有双赢的办法的，就是你帮妈妈做家务、照顾妹妹，她就有空陪伴你了。"

张同学回家后，她妈妈发消息来问我："老师，你跟她说了什么？她回来给我煮面吃，哄妹妹。"我不答反问："她早上耍脾气是以为你不爱她了，你是不是太久没有好好陪伴她了？"张妈妈立马数落起来："都这么大了，也不懂事，我这不是没空陪她吗！"我说："其实老大挺可怜的。你想想，老大10岁时，父母希望她懂事不要总想着父母陪，但妹妹10岁时，就因为是妹妹，所以父母理所应当地会陪。你说老大是不是特别可怜？"听完我这些话，张妈妈沉默了，不一会儿她给我回消息说："老师，我现在带着她在楼下打羽毛球，她很开心。以后我每天都会跟爸爸分配好时间，争取两个孩子每天都能陪伴到。"

从此以后，我经常会在张妈妈的朋友圈里夸赞张同学多能干，点赞他们一家人出去郊游、做游戏的视频。

班主任工作让我见识了形形色色的家长、各种各样的家庭，在与家长们的沟通交流中，我们班主任应当摆正姿态，不能总想着教育家长、教育孩子，更应该是教学相长的心态。最后用一位家长的话结尾："我们只要本着一颗好心，就一定能够收获别人的真心喜爱。"共勉！

用真诚等候信任，以契机收获合力

许贝莉

记得五年前，也就是 2017 年的 9 月，刚送走一届毕业生的我迎来了自己新一批的学生。那是四十五个天真可爱的一年级小朋友。其中，有一个男孩子叫宸宸，他那总拖着鼻涕并到处乱擦的小模样，那爱挥舞着脏兮兮的小手奔向我怀抱的场景至今仍历历在目。也就是在那年九月底的入学仪式上，我认识了宸宸的父母。宸宸的妈妈看着比较随和，不拘小节；而他爸爸留给我唯一的印象是极胖，不高的个子却足有两百斤以上。

入学之后，宸宸的问题日益暴露出来：上课注意力弱，邋遢，极为黏人。为了让孩子能够尽早地适应小学生活，在学习习惯、行为习惯和自理能力等方面，我会及时和家长作一定的反馈，以求家校的合作。一开始，一切都似乎都在朝着良好的方向发展，宸宸的爸爸作为家校联系的代表也能积极地配合老师，在家敦促孩子。可是，不久后的某一天，我发现宸宸的爸爸默默地退出了班级群。之后，和我主动联系的人变成了宸宸妈。我也因此对这个妈妈有了进一步的了解。且不说孩子夏天的 T 恤三四天不换，上面沾满了各类新旧污渍这件事儿，当我告知家长不要让孩子总把玩具带来学校时，她只会口头上说下次会注意；当我反馈孩子在校默写质量较低，回家需要再花时间复习时，她总说以为孩子都会了，就没过问他的学习；当我说到孩子现阶段还存在的一些习惯方面的问题，她总会感到疑惑，质疑老师为什么孩子在家都挺好的，一到学校就那么多问题……在沟通不顺畅的情况下，我通过孩子自己和侧面了解到，宸宸父母已经离异，孩子虽跟着妈妈，但是属于被"放养"的类型。为了不让宸宸过于掉队，我除了平时多关心这个孩子外，也会时不时地在班级里进行学习习惯、自理能力等大比拼，并在班级 QQ 群中表扬表现突出的孩子们。这一招还是比较奏效的，宸宸妈渐渐意识到孩子的问题，会多抽时间陪伴和教育孩子，和老师沟通时的语气也比之前客气许多。

不过，这个妈妈教育孩子的方式并不是太恰当，倾向于要么不管，要么"严管"，且这个妈妈很在乎"证据"，假如宸宸犯错后选择不承认和装傻，妈妈在各种盘问、恐吓后，最后会选择相信孩子；而宸宸一旦承认，换来的就是一顿毒打和各种"限制令"。最典型的一件事就是宸宸老是搞丢自己的文具，妈妈气愤不已，几乎没收了他所有的文具，只给他文具盒里放一支笔、一块橡皮和一把尺子。宸宸不愿意用那支笔，就偷同学的笔过来用。当这种事情被同学发现并揭发时，他选择装傻，说这是地上捡到的，不知是谁的，就拿来用用。这种事发生多次，可妈妈最终都选择相信孩子。这种教育方式使得孩子在妈妈面前不敢承认错误，哪怕事实都摆在眼前了，也是装傻充愣、绝不认错。同时，也使得孩子的问题越来越严重。尤其是到了三年级开始，无论是学习方面，还是品行方面，宸宸妈完全搞不定孩子了。每学期宸宸会陆续扔掉语文、数学、英语的大小练习册（一般扔2~3本），宁愿过两天重买了拼命补，也不愿意及时去写；每学期，他会多次偷拿同学的文具，被发现后就打"无辜"牌，让妈妈相信他不是有意的。记不清有多少次，宸宸妈对我说："老师，他总是丢三落四，估计就是不小心把练习册弄丢了，我给他去买了盯着他补起来。"而不是去关注他的学习态度和心理状态；或者是说"老师，我和他讲过不要捡地上的笔，他就是记不住。我再跟他强调一下。你要相信他，他又不缺这些东西，不会想偷别人东西的。"每当这时，我只好无奈摇头。我所能做的，是在班级 QQ 群中，时常推送一些家庭教育的方法，以及在日常教育中和孩子们强调品德和习惯的重要性。我也始终没有放弃关怀、引导宸宸。只不过，这种事情光靠学校一方在努力，效果并不是太好，宸宸几乎每一两个月就要重复出现这类问题。

真正让我发现有教育转机的是儿童节义卖活动上。那天晚上回到家后，陆续有三个孩子通过微信告诉我丢钱了，总计一百二十元。因为错过了在校的最佳找钱时机，所以即便我怀疑是宸宸做的（义卖当天我听说他回过教室，也在操场的义卖销售摊位里面逗留过一段时间），也确实从教室门口的监控中看到他下午回教室后又数次探出头看门外的非正常举动，但由于没有找到钱这个重要物证，事情一时不好处理。思之再三，我想出了一个既能破案又能让宸宸妈真正意识到问题严重性的办法。

我选择先不提这个事情，以免打草惊蛇，同时，以宸宸花钱大手大脚，不懂得体谅父母赚钱辛劳，想帮助他改掉坏毛病为由，让宸宸的同桌、晚托班的同学悄悄留心一下他近期有没有多文具或者是吃的零食。果然，在沉寂了一周以后，宸宸可能是觉得这件事过去了，果然露出了"狐狸尾巴"。他在短短两周内，大肆挥霍着不义之财，不仅文具盒里多了十多支笔（这些笔都不是一天带来的，他谨慎地每天带少量不同的笔），还在天天放学后，在路边摊买各种吃的喝的，甚至到处请同学吃。初步估计，他这段时间消费了约八九十元人民币。同时，据晚托班同学说，宸宸这阵子在晚托班偷过同学的激光笔，也偷吃过晚托机构放在冰箱里的冰激凌。这两件事都被抓了个正着，但由于宸宸妈来接孩子通常很晚，所以两个当事人一直没碰到她。她目前还不知情。

我看时机基本上成熟了，就电话联系宸宸妈，问孩子近期的零花钱开支情况。宸宸妈显然没有发现孩子的任何异常，又如往常一般为他解释，说可能是宸宸放学后饿了，拿了储蓄罐里的钱买吃的了。见我强调她孩子储蓄罐中的钱和他实际用掉的严重不符，宸宸妈沉默了好一会，说晚上回家后会去了解一下情况，一定会搞清楚钱的来路。

这次沟通，我并没有拿出我搜集到的各类证据，比如说监控拍到宸宸的那几次诡异的探头动作，手机拍到的他文具盒里出现过的形形色色的新文具，以及一些零零碎碎的人证，为的就是让妈妈在经历这件事后，能有所触动，并最终能真正配合学校老师"挽救"自己的孩子。

果然不出所料，宸宸在这种情况下是不会承认的。他即便是被妈妈逼问了，打了一顿也没讲实话，只是泪眼婆娑地一口咬定用的是储蓄罐里的钱，还说自己并没有乱买东西，不信的话可以翻他的书包。宸宸妈见问不出名堂，又确实没发现书包里和家里有可疑的东西，最后竟再一次选择相信儿子不可能去偷钱，并严肃地质疑我错怪了他家孩子，说这个事情涉及到那么多钱，事关重大。她表示老师不该因为孩子成绩差而用有色眼镜看人。

这个时候，我一边安抚家长的情绪，表示理解家长爱孩子的心情，一边表明自己一心为孩子好，渴望和家长共同帮助孩子的立场，并告知家长我这里有不少铁证，我没有第一时间拿出来，就是希望孩子能在妈妈的教育下知错就改。但现在的情况是，家庭教育的方式可能需要做出一定的改变，才有利于孩子的成长。家长听后，又是许久的沉默。我紧接着说，孩子在家长面前和在老师面前、同学面前的表现是不一样的，她也可以去晚托班了解一下孩子的表现，据我所知，有个同学的笔就是他拿的。宸宸妈妈一听，立刻同意了。

后来，我了解到，当天晚上宸宸妈早早地去了晚托机构，问了那个同学激光笔的事情，那边的一个晚托老师也借此机会告诉了她宸宸在厕所偷吃冰激凌之事。有了这两件事做助攻，宸宸妈第二天打电话给我时，态度发生了很大的转变。听着她的哭诉，我表示了同情和理解，也表示会在保护孩子自尊心的前提下，配合家长使孩子"迷途知返"。

于是，我把宸宸喊了过来。在长达一个多小时耐心的询问和教育下，宸宸最终承认了自己做的事情。原来，他把偷来的钱放在了家门口一处废置的小屋旁，这也是宸宸妈怎么找也找不到钱的原因。

经过了这件事，宸宸妈总算和我建立了良好的家校合作关系。从她的语言和行动中，我深深地感受到了家长的信任与配合。我知道要改变宸宸，首先就要改变他家的家庭教育模式。于是，我又给家长推荐了几个无锡市心理健康、家庭教育方面的热线电话，也向她推荐了《男孩为何难养》《男孩的成长99%靠妈妈》等几本教育方面的书籍。家长欣然接受，偶尔还会在班级群里分享她从书中看到的一些深有感触的句子。

教育家陶行知先生曾经说过："小学教育的功效，一部分要靠着学校与家庭的联络。把学校与家庭构成一体，彼此可以来往，教师不再孤立，学校也不再和社会隔膜，真正地通出教育的电流，碰出教育的火花，发出教育的力量。"我深以为然。我也坚信，只要一如既往地真诚关爱孩子，总有一天，家长能感受到，从而真正地加入自己的"阵营"，实现教育的合力。

家校同心，只为亲爱的你们

蒋雯婷

"父母是孩子的第一任老师，也是孩子做人的楷模，父母的形象、做人原则、思想都在潜移默化地影响着孩子。"这句话很多人都耳熟能详。作为教师，在多年的工作过程中可以发现优秀的学生背后往往有着优秀的家长。这个优秀不一定指学历高、工作好，而是指能和学校一起目标一致地共同教育学生。但同样的，有些家长的教育理念受一些文章或自己成长经历的影响，觉得自己的教育方法比学校、比老师好，更适合自己的孩子，当学校教育朝一个方向，而家庭教育朝另一个完全相反的方向，且父母对孩子的影响更大，那学校对孩子的教育结果几乎无效的。接下来要讲的就是这样的一个故事。

先说一说这个五年级的男孩余某，他是一个喜欢发呆的学生，上课经常走神，注意力集中时间比较短。因为上课不怎么听，导致很多作业不会做。回家作业常常需要家长陪着他做，否则会因为长时间发呆、拖拉而完成不了。但家长不可能天天陪写，当作业拖到十点完成不了，他的母亲就让他睡觉了，因为要保证孩子的睡眠时间。当学生发现这一点后，就经常以"我不会做""我背不出来"等理由拖拉到十点，这样就不用做作业了。当班主任和他的母亲沟通过后，发现学生母亲对他的成绩要求不高，孩子开心最重要；而父亲虽然对孩子要求高，但因为经常出差、下班回家晚等原因导致很多时候只能把孩子的学习交给自由职业的母亲。我和其他任课老师在孩子回家后提供作业上的帮助，但只有父亲是比较配合的。当母亲发现因为作业让孩子变得情绪不佳后，就会让步，好几次和我说"因为数学和语文作业做得太晚，英语就先不做了。""因为课文背不出来，所以孩子心情不好，明天课文背不出不要批评他。"我只能在学校有限的时间里，利用课余时间让他完成回家作业，但学生因为"拖延症"课堂作业都要做很久，有些回家作业很难当天补出来，英语成绩直线往下走。延时班开始之后，因为学生不想上，向他母亲保证在家认真完成作业，所以他的母亲就答应不上延时班。然而学生并没有做到他的保证，班主任和她沟通说希望能上延时班，这样作业就能在学校完成，也减轻了家长的负担，但家长以学生意愿为主，作业完不成也没关系，导致学生成绩跌到谷底。

我决定由三科老师和家长面对面再一次展开沟通。当学生的母亲来到学校后，先由我和她坐下谈一谈。在之前的沟通中我已经发现家长对老师似乎有敌对情绪，所以我先不说孩子的英语学习情况，用聊天的方式询问家长工作是否忙碌，压力大不大等。当我发现家长放松下来之后，就切入主题，问："您觉得学习重要吗？"她给了我肯定的回答。我继续问："那您对孩子现在的英语学习情况了解吗？""知道，应该不太好。"然后她向我叙述了她的教育观念。我说了我的一些想法："之前我们沟通过很多次了，我发现您的教育理念更像国外的'快乐教育'。那经过了这几个月的'快乐教育'，他哪方面有了成长吗？"家长勉强承认了没有进步。我继续说："我以前也遇到过这样想法的家长，学生原本很聪明，但当大家都在努力学习，而他止步不前时，聪明是没有努力重要的，他落到了最后，当家长后悔莫及问老师该怎么办时，已经太晚了，那时他连父母的话都不听了。事实证明国外的快乐教育理念不适用于中国。越到高年级，他会越跟不上大家，那到时候他作业完全不会做，上课基本听不懂，那他该怎么办呢？哪怕老师不批评他，他就会开心了吗？"家长想了一会儿，说："我小时候英语学得不好，老师批评我，我不开心，更不想学了。我现在的工作不比老师差啊！"虽然家长没有明说，但我明白了她对老师的敌对情绪和对孩子的教育大部分来源她小时候的经历。

我换了个角度说："每个人都是不同的，您现在的工作不需要英语，但也是通过努力学习其他技能而得到的吧？那现在的孩子有朝哪个方向努力吗？学习从来就不是轻松的事情，余同学怕背书、怕写作业'辛苦'，那就什么都不做？那什么夸奖也得不到吧，那他就更不快乐了。学生大部分的时间都在学习，体育、美术、劳技、音乐，有哪种学习是不辛苦的呢？我的英语作业不多的，如果上课认真听，班里学生平均15分钟就能完成，小学阶段的英语学习是很轻松的了，和初中和高中相比，根本谈不上'辛苦'两个字！"家长一听只要15分钟就能做完，觉得不可思议，她的孩子要半个小时以上才能完成。我又说："他辛苦的原因更多来自他上课发呆不听讲，因为家长觉得学习不重要，他在学习上也就不用心了。""我没有觉得学习不重要啊！""但您的行动在告诉他，不是吗？您告诉他这个作业是可以不做的，那个课文是可以不背的。英语不背不默是完全不行的。现在他语数英都在退步！到了初中，他完全不学了，又进入了叛逆期，那个年纪的男孩子会做些什么呢？他周围又是怎样的一些'志同道合'的'朋友'呢？"通过我描述的情境，家长也想到了叛逆期男孩可能会发生的不好的情况，她可以不重视学习成绩，但孩子"学坏"是完全不能接受的。她急切地问我："那现在还来得及吗？"到这里为止，我已经打破了她"快乐学习""怕孩子学习辛苦不开心"的想法。在接下来的时间里，我把英语学习的要诀简单讲述，还告诉家长老师在学校里为她的孩子做了些什么，他是三科老师特别关心和照顾的学生。同时，我还向家长夸赞学生："当他上课认真听时，他作业的正确率就提高了。最近几次回答问题他都答对了，同学们都鼓掌，我夸他有进步，他非常开心。"家长说："是的，他回来和我说了。""孩子是有潜力的，从学习中获得成就感能得到更充实的快乐。老师找家长是希望商讨怎样帮助孩子，但如果家长认为学习不重要，只有老师们还在那里努力，久了就容易灰心了，以后也不会再找家长了。"听到这里，家长表示愿意配合老师，我也不能对家长有太多要求，只需要她做到：1. 配合学校和老师，大家朝一个方向努力。2. 孩子英语因为落下太多，所以平时每天都要默写或者背诵。量不多，贵在坚持。

在这次谈话之后，感觉家长打开了心扉，不再对老师有敌对心态。她让学生参加了延时班，经常QQ或电话询问学生在校学习情况。我及时反馈，让她感受到家长重视学习后孩子的进步。家校同步后，孩子学习有了明显的进步，上课发呆的时候少了，上课积极举手回答问题，各科老师都夸他，让他有了成就感，学习就更有劲儿了。

家庭教育是人成长的根部和根本，它是"培根教育"，是"心的教育"。而当家庭教育和学校教育方向一致时，会收到"1+1>2"的效果。教师用心靠近学生、关心学生、爱护学生，同时也要理解家长，想办法拉近与家长的距离，家校共同努力的教育才是更好的教育。

有些爱，总会穿越心灵

王家星

班主任这项工作取得成功的一个重要环节就是和学生家长建立协调、融洽、相互信任、相互配合的人际关系。这种关系处理得当就会减轻许多工作压力，顺利地开展班级各项工作。有了家长的支持和帮助，许多事情也会事半功倍。要使家庭教育和学校教育保持一致性，关键在于班主任与家长的联系，能够形成学校、家庭教育的统一战线。而要建立统一战线，班主任应格外注意与家长沟通的内容、形式及其艺术。

尊重学生家长是处理好班主任与学生家长关系的首要条件，尊重学生家长的人格，特别是要尊重所谓"后进生"和"不听话"学生家长。即使在因为学生犯错误要求学生家长到校的情况下，我也注意以下几点：第一，主动联系家长，告知他们孩子在学校的表现情况，因为二年级的学生还小，家长肯定十分关心，也存在部分不适应小学生活的学生，所以一定要及时和家长反馈，一起想办法解决存在的问题。第二，当犯了错误的学生家长来校沟通，我也会注意说话方式，不会把学生说得很糟糕，在指出学生问题的同时，让家长不觉得我把他的孩子批评得一文不值。另外，现在的学生家长很多都有很高的认识水平和管理孩子的水平，如能经常征求并尊重学生家长的意见，会让家长觉得我们比较民主、诚实可信，这样有利于班主任和家长的联系沟通。

在我执教二（3）班的时候，就出现了这样一位家长。她的孩子在学校处于什么作业都不做的状态，布置回家的预习复习作业，每次没做的名单里都有他。每次我问他为什么不回家预习，他总是眨巴两只眼睛，一脸无辜地看着我，告诉我他忘记了这项作业。我多次询问，你妈妈没有检查你的作业吗？他都回答我，我妈妈没有空管我。在这种情况下，我开始电话联系这个学生的妈妈，可惜的是，她的电话很少能够打通，打通以后，这位妈妈也总是急匆匆地对我说："不好意思王老师，店里有事，你QQ和我说吧。"可是，在我QQ对她发了长篇大论后，消息却石沉大海，杳无音讯。于是我开始观察起这个学生来，发现了很多以前注意不到的细节，比如每天放学，总是这个学生最晚呆在雨棚里，我也曾经询问过他，他总是告诉我，妈妈要晚一点，然后一个人孤零零地站在雨棚中。又比如吃饭的时候问他为什么不带好桌垫，他也是一脸难过地告诉我，妈妈没有给他洗桌垫。语文默写他错了很多的时候，我问他在家里没有复习过吗，他也只是回答我，妈妈没有帮他默写。在这种情况下，我决定打电话叫这位家长出来面谈。

终于在连打了几个电话的情况下，这位妈妈终于和我确定了时间，在见到这位妈妈后，我第一印象是，这是一位很时尚的妈妈。她画着精致的妆容，做着好看的指甲，和我寒暄几句以后开始专注地盯着手机。我明白了孩子发展成这个样子，与父母的教育一定有很大的关系，在与这位妈妈的交谈中，我发现她在教育自己的孩子时，随意性很大，对自己的行为、教育毫无意识，当她的儿子出现问题时，她束手无策，不知道怎么教育。在交谈中，我也和她讲了，孩子在学校表现比较差，学习不积极，上课经常发呆，作业拖拉。这位妈妈听了以后眉头紧锁，对我说："老师，他这么不认真，我回去就揍他。"我听了这话，对她进行安抚，肯定了孩子体育优秀、热爱劳动等优点，因为前面对他的批评，这一次看似简单的过程，其实都如一把利刃，一点点把这些父母心中的自豪和信任割舍，到了最后他们也觉得自己的孩子是无药可救了。所以，这时作为老师，我就必须表明自己的态度，将孩子的优点在他的父母前挖掘出来，告诉家长，孩子在进步，哪里进步了，让父母清楚地感受到他的孩子在老师眼中是有希望的，让这些父母心中的希望再次复燃。在交谈中，当这位妈妈听到了我对他儿子的分析和肯定后，她露出了第一次微笑，凝重的表情一下子缓和了很多，我知道这时家长的希望已经点燃。她不解地问我："王老师，为什么他是这种表现？"这时我就向她提出自己的疑问，身为妈妈，在家有没有督促他学习，有没有照顾好他的生活起居。她有些羞愧地放下了手机，告诉我她一直忙着工作，忽视了孩子的教育，对孩子有些纵容，导致孩子在家想做什么就做什么，不想学习就不学习。这时我对这位家长的情况表示理解，告诉她身为父母是比较辛苦，但是对于孩子还是需要上心。不论是学习还是日常生活，都应该关注好自己的孩子。我提出让她注意孩子在家的表现，一有进步，马上表扬，重新树立家长对孩子的信心，重新树立孩子对家长的信心。

我经常这样扪心自问：做一名优秀的教师，最重要的究竟是什么？是优美的语言，广博的知识，还是丰富的经验？终于，我发现，这些都是一名优秀教师不可或缺的优秀品质，但更重要的是有爱心，是穿越心灵的无私的真爱。师爱，发自内心深处的真爱，关爱使学生感到舒畅、亲切，一句恰如其分的赞扬和关心远远胜过冷冰冰的指责，这就是亲和力的作用。教育是育人的伟业，用真心触动他们的心弦，也同样收获他们真诚的爱。真心，它是熊熊的火炬，能点燃学生的梦想；它是指路的明灯，能照亮学生前进的路程。"捧着一颗心来，不带半根草去"，这心，就是为师者赤诚的真心，如春风化雨，点点滴滴滋润学子心田。师德，决不是简单的说教，而是一种无私精神的体现，一种不息的师魂！

巧沟通，让孩子变得更好

吴智慧

作为一名教师，我们的身边总是围绕着一群可爱的孩子。这些孩子个性不同，身上都有着别样的特点，在他们的背后，亦有无数的家长。作为一名班主任，面对不同的家长，也需要不同的策略。

一、"护短"型家长，引导其正视问题

小小的班级也是一个微型"社会"，与家长沟通交流是一门艺术。我今年所带的班级是从一年级带上来的，接触的家长大多数都是 80 后。一开始接受班级的时候，家长给我的感觉是对孩子的一切都很上心，包括一些在我看来细枝末节的小事，因此，有时候会觉得他们小题大做。

我们班有个女生小刘（化名）因喜欢和同桌讲话，被我频繁更换位置，以此提醒教育孩子改正讲话的毛病。后来，我发现小刘近视，于是口头提醒孩子回去向父母反映近视问题。家长觉得孩子总是更换同桌，数次要求调换位置，坐到靠前一点的位置。到了期末复习阶段，孩子做笔记跟不上其他学生的速度，被我批评，孩子觉得委屈，就回去和家长反映。家长得知此事，便觉得自己的孩子受到了很大的委屈，于是在与我交流时，语言带有火气。

在与小刘妈妈沟通时，我如实反映孩子的在校表现，家长认为我之前没有与她反映过。我跟她强调"以后不要因为孩子的片面之词就妄下推断。老师是集体教育，关于近视换位置的事情肯定是要全班反复讲的，不然家长们都会来要求换位置，所以有机会就要让孩子们知道近视需要看医生。至于孩子为什么会回去责怪你，这就是她心态问题了，一般孩子回去只会要求家长带她看医生，很听老师话的。"小刘妈妈看了我的回复，主动向我道歉，并且好好教育了一下自己的孩子。

渐渐地，小刘在课堂上爱举手发言了，也积极参加学校组织的活动。其实，如果站在家长角度，我们也能理解家长的心情，所以，在与家长交流时，应该

注意言语措辞，既要反映真实问题，又要让家长正视孩子的问题。

二、"严厉"型家长，引导其有收有放

当然，班里也有一些对孩子严格要求的家长。严格的家长会对孩子提出"高要求""高标准"。这样的家长无疑是对孩子的要求是极其高的，但是孩子的成长也是遵循一定的生长规律的，过度提高要求也可能会导致"揠苗助长"的后果。

在我们班里，有个男生小王（化名），他的家长对他有很高的要求，每天都会让他做课外练习，他的书包里也总是放着许许多多的课外练习。一下课，其他学生游戏玩耍的时候，他总是埋头苦干、奋笔疾书。老师布置的作业，他都能不折不扣地完成，每次的作业，既有速度，又有质量。

可每次的课堂检测中，他的成绩总是起伏不定，让家长很是担忧。某次检测了一张较基础的练习，他的成绩低于了九十分，意料之中，他的妈妈立即打电话，与我联系沟通。她的一句话就是："吴老师，我把他揍了，气得都没做饭。"我当即安抚她的情绪，让她不要着急，先让她的情绪平静下来。因为在她看来，她觉得孩子的成绩不应该是这样的。接着，我再询问她："是不是安排的作业太多？导致孩子在检测的时候心理过度紧张。"说完之后，她沉默不语，说道："您说的有道理，我也要反思一下自己。不仅给他报了很多兴趣班，每天也给他安排得满满当当。"紧接着，我说道："对孩子提高要求是好的，但是孩子不是机器，就像我们成人一样，累了也会出去透透气什么的，况且是小孩子呢？他这次发挥不好，不要一味地批评他。你可以试着和他一起分析原因，有针对性地采取措施。"她听了我的劝说，答应会按照这样的方式做，并减少孩子每天的课外练习量。

不久以后，小王在学校多了笑容，课间与其他孩子也会开心游戏玩耍。久而久之，孩子的成绩也在逐步上升，比较稳定。孩子学得开心，家长的焦虑也在逐渐减少。所以，我们在面对"严厉"型家长时，我们要引导家长学会有收有放，这样孩子才能学有所得，厌学的情绪也不会产生。

三、"冲动"型家长，引导其保持理智情绪

班里也有一些冲动的家长，遇到孩子受到委屈的时候，他会不由分说地找班主任老师理论。

班里有位小朱同学，他的成绩不够优秀，但是他身上也有优点。每天早上他总是拿着扫帚，为班级打扫卫生，为大家带来了更加干净整洁的环境，但是

一下课，他总会迅速地跑出教室，与其他孩子打打闹闹。面对课堂作业，他总是磨磨蹭蹭，不能及时交不上来。由于接手这个班级的时候，是一年级，低年级的孩子喜欢看动画片，于是他"自发"地和其他几个不爱写作业的孩子组成了一个团体——"四大金刚"。

上学期，他的爸爸突然与我联系，质问我"四大金刚"是什么意思，他儿子是"四大金刚"首领又是什么意思，态度极其恶劣。这让我十分纳闷，但我收起自己生气愤懑的情绪，回复他说："我会了解情况的。"第二天，我当着全班学生的面，问了小朱，一开始他支支吾吾，不肯说，后来我说："犯错不要紧，最可贵的是承认错误。"在我的安抚下，他说出来了真实情况，原来是他自己给自己取的。为了让家长清楚这些情况，我让他手写了情况以及自己的反思，并且用手机拍了下来。紧接着，我当着全班孩子的面，说了绰号并不是代表是一件不好的事情，比如她长得很白，别人会叫她"小白"，但是在班级随意取绰号，会让班级形成这样的风气，这样一来，班风也会变得很差。孩子们听了以后，频频点头。

等到放学后，我再与他的爸爸进行联系，说明了孩子是自发给自己取绰号的这一事实，并且孩子手写了一下这个情况以及反思，家长表示很是诧异，不相信孩子会这样。我和家长说道："孩子在成长，难免会出现一些撒谎的行为，但也是正常的。孩子说的话，家长们需要理智看待，保持清晰的头脑。而且孩子在班级里也承认了错误，希望家长回去能正视他的错误，引导孩子树立正确的人生观、价值观。"家长在我的引导下，表示会对孩子进行思想教育。

后来，小朱发生了改变，下课了也不会立马跑出教室，"四大金刚"的绰号也没有了。同时，班里取绰号的现象也没有了。

班主任工作是一项比较繁琐的工作，但在与家长沟通的过程中，我们也会得到成长与锻炼。在这个过程中，我们能够感受到家长和老师的初衷都是一样的——让孩子变得更好，但是家长们都是形形色色的，我们在沟通时，需要用不同的策略，让家长信任老师，让家长配合学校。这样一来，我相信，孩子们会成长得更阳光！

摆脱"手游"的魔爪

尤　丹

当下，随着生活水平的提高和网络多媒体的蓬勃发展，孩子沉迷手机游戏屡见不鲜，这也是令许多家长都十分头疼的问题。那些孩子沉浸在虚拟世界中，对现实世界的一切漠不关心，久而久之，就会影响他们的学业，令他们玩物丧志，缺乏上进心。

"老师，这学期，我家洋洋每天一回家就玩手机游戏，周末更夸张，一整天都抱着手机。如果没收他的手机，他就生闷气，什么也不干。这该怎么办呀?"这是我们班洋洋妈妈发来的一条求助短信。洋洋今年刚上六年级，性格内向，平时沉默寡言，各科成绩一般。收到求助，我立刻拨打了洋洋妈妈的电话了解情况。经过初步沟通，我感受到了洋洋妈妈的焦虑与担忧，特别理解她忐忑不安的心情。

为了形成家校之间的密切配合，加强对洋洋的教育，帮助他摆脱"手游"的魔爪，我给洋洋妈妈"出谋划策"，进行了有针对性的教育指导。

一、调控情绪，明确成因

面对沉迷游戏的孩子，家长经常情绪失控，或怒不可遏，或悲观低落，在这样的情况下，他们无法客观地评估孩子的现状，也给予不了孩子有效的帮助。因此，我向洋洋妈妈指出沉迷游戏在现如今十分普遍，她首先需要调整心态，接纳现实，不让洋洋对她产生抵触心理，不和洋洋有进一步冲突，这样才有希望从"游戏"这个魔鬼手中解救洋洋。

新奇好玩的游戏富有极强的吸引力，但每个沉迷其间的孩子却拥有着不同的快乐。有的痴迷于梦幻迷离的画面无法自拔;有的追寻着新奇好玩的游戏设计欲罢不能;有的沉浸在游戏胜利的欣喜中飘飘欲仙;还有的想逃避现实的烦恼与压力自我消沉……我告诉洋洋妈妈，想要转变孩子，不妨和洋洋一起玩一下游戏，一方面让他感觉妈妈也喜欢这个游戏，放下戒备之心;另一方面也可借此了解游戏机制。有了与孩子的情感基础以及对游戏规则的掌握，洋洋妈妈就能和洋洋坐下心平气和地谈心，弄清游戏对孩子的吸引之处，相信洋洋也会乐意向妈妈敞开心扉。

一周后，洋洋妈妈给我打来了一通电话："尤老师，我按着您的说法做了，洋洋告诉我上了六年级后，他感觉学业压力一下子增大很多，成绩一般的他在学习上挫败感严重，只有游戏的屡屡胜利让他能获得成就感。"得知洋洋沉迷玩手机游戏的原因，这在转变洋洋的过程中是一个好的开端，我便和洋洋妈妈进行下一步商讨。

二、协商约定，使用有度

在帮助沉迷游戏的孩子"上岸"时，不可突然间切断他与游戏的联系，家长和孩子可以就手机的使用共同制定一份约定。定约定时要本着商量的原则，在合理的基础上尊重孩子的意愿，和孩子共同决议，这样一来，约定才能对孩子产生有效的约束力。既然手机游戏能给洋洋带来成就感，我建议洋洋妈妈不妨善加利用，把适度玩游戏作为激励他进步的奖励。洋洋妈妈就手机使用的问题，和洋洋互相协商，制定出以下约定：1. 非周末每天回家高质量完成学校的作业后可玩游戏 15 分钟；2. 周五、周六每天玩游戏时间不得超过 1 小时；3. 受到各种形式的表扬（包括 QQ、微信、电话、奖状等）当天可额外奖励 15 分钟游戏时间。

手机的使用要有度，主要表现在时间和功能两个方面。第一，家长要加强对孩子的监管，逐步减少孩子玩游戏的时间，比如洋洋的那份约定可以作如下灵活变动：两天的游戏时间合并到一天进行，先实现一天隔一天进行游戏，持续两周后，接着尝试三天的游戏时间合并到一天进行，让洋洋从适应一天不打游戏逐渐过渡到适应几天不打游戏的状态。这一过程中，孩子必然会产生心理波动，此时，家长万不可责怪打骂，应予以理解，并安慰他"玩游戏的总时间并没有减少"，他定能配合地坚持下去。第二，在没有游戏玩的日子里，家长可以给手机下载学习类 App，如，新概念英语、微信读书、科普中国等，引导孩子意识到手机除了娱乐功能，也是学习的好帮手，不该只局限于它的娱乐性。

一个月后，洋洋妈妈欣喜地告诉我洋洋可以坚持四天不打游戏了，最近迷上了"科普中国"这个 App，每天睡前都要打开阅读数篇。一切进展得十分顺利，但若要维持好这样的势态直至孩子化为行动自觉还需努力，我又给洋洋妈妈支了一招。

三、以身作则，榜样示范

小学生的观察和模仿能力极强，不少问题学生的家长或多或少会有一些不好的示范，如一回家就躺在沙发刷手机、孩子做作业时在一旁打牌等。家长在教育孩子的时候，孩子会抓住家长的这些"把柄"予以反击。这样，往往就会换来一顿挨揍，僵化亲子关系，教育也毫无成效，并陷入一个封闭式的恶性循环。要挽救沉迷游戏的孩子，特别需要家长做好表率。

我让洋洋妈妈在家里召集大人开个会，反思"错误示范"，及时纠正，并培养有益兴趣，给洋洋树立良好的典范。不久，洋洋爸爸一回家不再一直刷手机，而是帮助洋洋妈妈干干家务；洋洋的爷爷和奶奶不再约人打牌，加入了老年健身俱乐部；洋洋的妈妈也不再一直追连续剧了，买了几本书静心品读起来。这样一个健康、向上的家庭氛围，给洋洋莫大的心灵影响与思想熏陶，使他增强了戒除游戏的信念。

四、挖掘长处，培养兴趣

像洋洋这样在学习上有畏难情绪、难以获得成就感的孩子，内心既缺乏安全感，又敏感自卑，同时也渴望获得外界认可。评价孩子的标准不能仅从智育衡量，而应"五育并举"，综合考察孩子各方面的能力。每个孩子都是独一无二的存在，只要稍加用心，定能找出孩子的闪光点，那么，请大声地赞美他吧！我对洋洋妈妈说："节假日，要带洋洋多出去走走，尽可能多参加外界举办的活动，努力挖掘他的长处。一旦发现长处，要真诚地表扬他，让他在现实世界体验到成功感、自豪感，找到自己在现实世界的价值。"

兴趣是最好的老师。唯有在现实中培养孩子的兴趣，把对游戏的迷恋、热情转移到新的兴趣之上，沉迷游戏的孩子才能慢慢把注意力转移到生活中来。洋洋妈妈告诉我，一次，她带洋洋参加市少年宫举办的足球射门趣味赛，洋洋连连进球，取得了第一名，不仅获得了一尊水晶奖杯，还获得了一个新足球。自那以后，他每天吃好晚饭都去广场上练习踢球，现已报名少年宫的少儿足球训练班，球技稳步提升。同时，他还参加了学校的足球队，作为队长，他和他的队友们在刚刚结束的第四届无锡市青少年足球比赛中过五关斩六将，获得男子乙组第一名。他凭借出色的表现还被评为全场"十佳足球队员"。现在的洋洋和之前判若两人，球场上的他尽展风采，享受着阵阵欢呼，享受着进球的喜悦，整个人也逐渐自信、开朗起来。洋洋妈妈说洋洋不再沉迷游戏，一有空就会约上小伙伴一起踢足球。看到洋洋的转变，我长舒一口气，抬头望向东方，黑暗中一颗耀眼的足球之星正在冉冉升起……

孩子在成长的过程中难免会犯错，他们在一次又一次地纠错中逐渐懂事、成熟……家庭教育在人的一生中起着举足轻重的作用，当家长遇到教育难题束手无策时，教师作为教育工作者，一定要竭尽所能地为其提供帮助与指导。尊重家长是前提，友善沟通是桥梁，努力引导家长转变传统的家庭教育观念，遵循科学的教育规律，对孩子多份耐心、理解与信心，不断完善自我，与孩子共成长！

不止想当"柯南"

丁娜乃

周五晚间 9：00 多，QQ 栏里小晨爸爸的头像不断闪动，心中一惊：这个点！什么事？

点开，手机屏幕上赫然显示：丁老师，小晨的手机被人故意扔到厕所去了！

我追问：厕所？藏进了厕所？

小晨爸爸：不是，是被扔进了厕所便池！

我，瞬间头大：手机现在在哪？

小晨爸爸：被冲到下水道了。

我强压心中的怒意、不安，尽力"专业"地回答：好的，我知道了。周一，等调查过，我会给您答复。

怒意不可自抑是因为我三令五申不要同学们带手机到学校，可总有人不听，好了吧，现在出事了吧！不安则源自于"故意""扔手机"等字眼背后藏着的问题。

小晨爸爸的想法跟我也是一致的：丁老师，我们不是损失了手机才来找您的，手机没了事小事。如果真的有同学故意做这样的事，咱们大人需要介入引导。

虽然有了小晨爸爸给的"定心丸"，我仍然不安至极，焦躁地等待周一的到来。

周一，一进校，我就找小晨了解情况。小晨说周五老师们都开会去了，只剩下她在内的五位值日生在班级值日。手机本藏在书包中，因小涛询问时间才拿了出来，看完时间就又塞回了书包。

好家伙！"涉事"人员也许不少！我立刻找到小涛问：你什么时候问小晨时间的？答：3：45，当时我完成了值日任务！我在心中默默安慰自己，好歹确定了手机还在的时间，遂追问：看完时间，你确定看到小晨把手机塞回书包了？答：嗯，是的。再追问：你接下来做了什么？小涛说：我、小然和小悦觉得时间不早了，便收拾好劳动工具一起走了。再找来小然和小悦，三人陈述一致。那么问题来了：这时班级里只剩了小晨和小璐两人，手机是3：45以后不见的，手机是3：45以后进厕所的人带进去的，是小晨自己不小心将手机掉进了便池怕被责怪而佯称手机是被同学扔进便池的呢，还是小璐带进厕所的呢？

于是，我前往后勤服务部调取监控，发现：3：45到4：05未有人进出过厕所。4：06，小璐蹦蹦跳跳地进入了厕所，两分钟后出来。4：10，小晨和小璐一起冲进厕所。4：12，小晨和小璐出厕所。4：15，小晨和小璐带着保安师傅进了厕所。

我又前往门卫室询问了保安师傅，师傅说是俩小丫头找他帮忙捞手机，可惜正好冲水，手机被冲入了下水道。我心里的迷雾似乎已被慢慢拨开：唉，小璐……

虽然证明小璐进了厕所，可是不能证明她扔了手机呀。于是，我平静地找来小璐了解情况，小璐说：小晨手机不见了呀，我帮着她一起找遍了教室，甚至连书包柜都找遍了。我还帮着她一起在花坛里找，可惜也没有找到。后来，我提议她去厕所找，才发现手机在便池，就去找保安师傅帮忙了。

好一个滴水不漏的故事！我叹了口气，意味深长地说：我已经去看过监控了，知道了一些事，但是我不想从我嘴里说出来。

好一个镇定自若的小璐！她带着哭腔说：真的不是我，我只是帮着她一起找手机！

我皱着眉头说：可是，我见到有一个人在4：06拿着手机进了厕所。

好一个不慌不乱的小璐！小璐边抹眼泪边抽泣着说：我是拿着自己的手机进厕所给妈妈打电话。我追问：为什么要进厕所打？她答：因为老师们都说不让带手机。好吧，是老师们让你不安了，理由似乎成立！我平静地让她回了教室。

我拨通小璐妈妈电话，询问周五小璐是否打电话给她。小璐妈妈也是个"糊涂蛋"，答曰：好像打了好像没打。我接着追问：通话记录呢？答曰：删了。我心中不免叹气：看来这注定是个一波三折的故事！我不能对她说她家丫头扔了别人手机，因为是不是小璐无法确定；就算是小璐，是不是"扔"也无法确定。所以，我只好向她解释有一些事情需要证明，请帮忙拉通话记录给我。在无限尴尬的气氛中，小璐妈妈疑惑不解地答应了。

接下来，通话记录证明小璐并未打过电话，那么，至少证明了小璐并未对我实话实说。此时，心中的谜团其实已经解开了，但是，因为没有直接的证据，我仍然不可以断然下定论。

　　我又找来小璐，平静地对她说：谁都是一边犯错一边长大的，就算丁老师也时常犯错，难能可贵的是认识错误改正错误，就善莫大焉。我知道当我们碰到了一些无法解决的事情，第一反应就是逃避，就是否认，这些都好正常的。听着听着，小璐"哇"的一声哭了出来，说：丁老师，是我！不过，我不是故意的，只是想拿小晨手机给妈妈打个电话……

　　"案件"告破，小璐妈妈表示愿意全额赔偿；小晨爸爸表示孩子不是故意的就好，不用赔了。

　　此时此刻，你也许会说我是冷静的"柯南"，顺利解决了一桩"悬案"。可是，我不止想当"柯南"，因为，我还看到了这件事情背后藏着的其他问题：老师、家长本该是孩子最值得信赖的长辈，缘何得不到他们的信任？

　　我把小璐妈妈单独留下，于是有了如下对话：

　　"孩子不是故意的且已经知道错了，您回家就不要多加责怪了。"

　　"老师，谢谢您。我们会再跟她聊聊关于不能说谎的事。"

　　"嗯，其实，除了告诉孩子该怎么做之外，也该反思大人们做了什么：为什么孩子在发生了不可解决的事情之后没有第一时间寻求你们的帮助？平时，你们是否给了她足够的安全感？现在，新闻里时常报道的孩子发生了不可解决的事情之后离家出走有之，被人拐带有之……也许，我说得有点严重了，但是如何获得孩子的信任这个问题需要我们一起思考。"

　　小璐妈妈陷入了深思。

　　赢得孩子的信任，任重而道远，愿你我都愿意努力。共勉！

对话家长

章　静

　　我曾在跟家长谈话的时候多次说过这样的话，因为我发现一些学生出现问题的原因是很相似的，而父母身上的一些特征，或者对待孩子的方式，导致了孩子在学习或者与同学相处时出现了这样那样的问题，所以我告诉家长们，想要让孩子保持良好的学习成绩，首先要保证自己不断学习，不断成长："作为父母，首先就要学会克制自己的情绪，远离焦虑，让焦虑远离孩子，不要让负面情绪控制，更不要把负面情绪传递给孩子，因为在家庭中，父母是占主导方的，你的一言一行，一举一动，都会给孩子带来极大的影响。如果是一名情绪控制良好、收放自如的家长，那么他的孩子在平和而充满了安全感的环境中成长，那么他的内心就会变得温柔而坚定，并充满力量与勇气，而一名情绪十分不稳定，一遇到事情就大呼小叫，一遇到困难就哭天抢地的家长，自己就呈现出一种软弱无力、过不好自己的人生的样子，久而久之，孩子就会变得十分没有安全感，并且内心会很空，找不到人生的方向，更不敢为自己的人生去拼搏，因为追求安全感才是他一生都要追求的东西，孩子自然而然地就变成了一个平庸的人。"

　　为什么有很多在学校里学习成绩很好的孩子长大了参加工作后会变得很平庸，那是因为他的内心缺少安全感，已经失去了最为宝贵的勇气，所以作为父母，要不断学习，摒弃自己原有的错误的教育观念，同时叩问自己，自己的教育观念是自己不断地摸索，自己认同的，还是从自己的父母那里不分好坏、不问优劣、自然而然地继承的。我们很多人，都会从自己的父母身上学习为人处世的经验，而且更为可怕的是，我们往往不会去分辨好还是不好，只是不自觉地一股脑地接受。等到自己遇到相同的场景的时候，就会做出与自己的父母完全一致的反映来。这是一个极大的错误，不加辨别拿来就用的经验未必是好的经验，真正的真理，往往是经过了许多人的亲身体会，并且得到了很好的效果，才能被拿来加以应用。而成为别人的父母并教育好孩子，本就是一个很大的人生课题，我们又怎么能用自己模糊得来的经验去盲目地对待孩子呢？作为孩子的家长，应该始终把孩子的身心健康作为头等大事，在我看来，只有孩子能够健康地学习、生活，才能成长为一个真正健全、优秀的人才。"九层之台，起于垒土；合抱之木，生于毫末"，一个孩子就好比是一棵小树苗，只有从小就给足阳光水分和赖以生存的营养物质，小树苗才有可能成为参天大树，而家长对孩子的关心和培养，就是孩子最重要的养分。

　　情感发展和情绪调节是家长的大功课。首先要明确一点，那就是家长的情绪和行为是会影响孩子的性格和心理的。如果一个家庭的家长整天唉声叹气，或者是争吵不断，那么孩子就会养成自卑的性格，心理也会比较懦弱，给孩子的童年留下巨大的阴影。有人说，有的人一生都被童年治愈，而有的人一生都用来治愈童年，这就是原生家庭的影响。因此，家长应该在平时就十分注重在孩子面前的言行，无论是遇到了什么烦心事，都尽量不要在孩子面前表现出来，因为在他的眼里，你就是他的大部分的世界，你的烦恼就会变成他的忧虑甚至恐惧。家长在孩子面前态度平和，从容不迫，孩子就会变得勇敢乐观。

　　有位家长曾跟我说过，自己家的孩子做事情总是太过追求完美，一件事情，一定要来来回回地确认好几遍，然后不停地问他们自己能不能行，小小的年纪有着不属于他的焦虑，严谨认真本来是好事，但是太过于担忧就是不自信的表现了。所以那段时间我告诉家长要经常赞美他，夸奖他，鼓励他，告诉他他就是最棒的，不用有任何的担心。久而久之，那孩子果然就变得不再畏首畏尾，做事同样认真，却明显不再有焦虑了。有一次，他参加了一个征文比赛，那次他出乎意料地没有拽着我们不停地询问，而是十分淡定地告诉他的家长："我觉得这次我能得奖，如果不能，一定是大家都很优秀，那我下次会继续努力。"这番沉稳平和、态度端正的话着实让我惊讶，原来这孩子在不知不觉中已经成长了这么多，也让家长欣慰了不少。

我们常说外向的孩子往往能够更容易交到朋友，也更容易交到更多的朋友，所以我们首先要培养孩子拥有一颗愿意与人交流的、比较外向的心灵。这当然少不了平时的耳濡目染，但是有一些交往是需要注意的地方，我们必须给孩子说出来，我们不能只要求孩子做一个外向的、交际能力强的孩子，却从来不告诉他们到底该怎么做，许多家长也许自己的交际能力不错，但是自己的孩子却并不像自己一样，而是有些内向，让家长为此有些忧心。有一次，一位家长跟我反映说："孩子躲在自己的屋子里闷闷不乐的，一问才知道是因为他跟最好的朋友闹矛盾了。我去询问他也不告诉我原因，让我们做家长的十分困惑。"最后，我建议家长耐下心来，在询问之下，孩子才道出了真正的原因，而我也根据这个年龄的小朋友的心理，给孩子提出建议，在家长和老师的循循善诱之下，孩子果然跟自己的好朋友重归于好。其实孩子的世界既简单又复杂，需要家长耐心地观察与陪伴，只有这样，才能保证孩子成长的每一步都不出现差错。

通过跟家长的对话，我对于学生的了解更加全面，也更加理解并共情孩子的心理，提出合理的建议，在接下来的日子里，我将会加深与家长的沟通，在培养孩子的道路上共同进步。

第三章 贴近同伴，伴孩子齐奋进

面对活泼泼的生命，总觉责任在肩。与同伴辩教学设计，聊学生趣事，谈教育困惑，总能收获共鸣、得到帮助……总庆幸：真好，我是老师!

第十办公室的那些事

尤 丹

在江溪小学这片承载着红色基因的沃土上，有一个平凡而快乐的小家——第十办公室。温柔娴静、学识丰富的胡卫萍；积极乐观、心灵手巧的何海燕；古灵精怪、干练十足的杨希凡；精致脱俗、能歌善舞的王韫波；还有热情开朗、能说会道的我是其中的五位成员。在这个小小的办公室中，时常演绎着欢乐且温暖的故事。

如果用一种颜色形容我们十办，我头脑中立刻显现出一片金黄。这片金黄时而似太阳的光芒，温暖明亮；时而似丰收的稻谷，沉淀饱满；时而似萧萧的落叶，伟大无私……请跟我一起走进我们的日常生活。

场景一：合力教育暖人心

一个阳光明媚的午后，我们办公室的老师齐刷刷地写着教育心得，值日的学生在认真地大扫除，其他学生则三五成群地在走廊里悠闲地晒着太阳。"何老师，肖洋洋拿着小刀在教室里挥来挥去，还划伤了张恒的手。"班长急匆匆地来到办公室报告。刚开学没几天，何老师班级的肖洋洋就淘气起来。何老师立刻放下笔，快步走去教室查看张恒的伤势，好在伤口不深，便请校医为他消毒、包扎。

何老师带着肖洋洋走进办公室，我们立刻询问张恒的伤势，何老师的一句"伤口不深，已经包扎好了"如定心丸让我们揪着的心安定了下来。

"你说，为什么要拿着小刀挥来挥去？"何老师严厉地问肖洋洋。

肖洋洋低着头，脸涨得通红，半天憋不出一个字来。

王老师走到肖洋洋身旁，抚摸着他的头，说道："洋洋，这件事你承不承认做错了？"肖洋洋点点头。"你只有说出你为什么这样做，我们才能帮助你改正错误。"

杨老师掏出一本精美的小本子："如果不想说，你可以写出来。"

胡老师把肖洋洋带到位子上，并给了他一支笔。

过了一会，肖洋洋开始动笔写了。我走过去给他一包饼干，笑着说道："你肯写，说明你愿意正视错误了。这包饼干奖励你勇于改过。以后有什么话可以大胆地说出来，老师会帮助你的。"

原来，肖洋洋之所以挥舞小刀是为了模仿语文课本中的"动态的亮相"，即"打败对手后，不去追对手，而在原地耍兵器，越耍越能显示出英雄气概"，而张恒的手是肖洋洋"耍兵器"时不小心划到的。

"你刚才在教室里的模仿行为是多么危险，还伤到了张恒，以后该怎么做呢？"何老师的声音明显温和了许多。

"我会向张恒道歉，以后我再也不做这样危险的事了。"肖洋洋紧握着的拳头显示出悔改的信念。

何老师欣慰地拍拍肖洋洋的肩膀："知错能改还是好孩子。"

"你是不是对京剧感兴趣？我是戏剧专业毕业的，有时间可以和我交流。"杨老师笑着说。

"好，谢谢老师！"

十办的老师教育有方，恩威并施，每个人用自己特有的方式关爱着学生。点滴关怀、句句教诲，如雨露甘霖滋润学生幼小的心田。给学生指点迷津，为学生助力成长，这不正如普照万物的太阳温暖人心吗？

场景二：鼎力相助尽才智

"向前！向前！向前！我们的队伍向太阳，脚踏着祖国的大地，背负着民族的希望，我们是一支不可战胜的力量……"嘹亮的军歌声响彻江小校园，下午就要举行六年级少年军校的会操评比了，九支队伍在教官的悉心教导下紧张训练着。办公室里，我托着下巴，思索着我们班如何才能在军训会操中脱颖而出。

"看你皱着眉头，在想什么呢？"杨老师端着一杯热腾腾的茶朝我走来。"我想给我们班的军训会操设计一些创意进去。""我觉得你们班的学生很有音乐细胞，让他们唱首简短的军歌吧。"我和杨老师聊天时，手疾眼快的王老师已经选好了歌曲《我是一个兵》，这首歌歌词简短易记，旋律耳熟能详，真是再适合不过了！王老师说："让教官增加原地踏步的展示环节，学生可以边踏步边唱歌。""可是，离会操评比没几个小时了，来不及排练了吧？"刚刚才有眉目的我心情一落千丈。"交给我了，我午休时去帮孩子们排练。""我也可以帮着排练，伴奏都下好了。"看到杨老师和王老师那么热情地帮忙，我顿时信心十足，内心充满了感激。由"踏步唱军歌"这个创意，我的脑海中又蹦出另一个点子——在停止间转法展示环节中，加入吟诵《少年中国说》的选段。

午间，在杨老师和王老师的辛勤付出下，学生们很快学会了《我是一个兵》，经过数次练习，都能整齐地边踏步边唱歌了。我选取了《少年中国说》中最为经典的段落，由领诵再到齐诵，非常自然地穿插在了停止间转法的展示中，学生的接受能力很强，练习效果也非常好。正式会操评比时，我们班凭借扎实的基本功以及别具一格的会操展示一鸣惊人，令各位评委耳目一新、赞叹不已，最终获得了全场特等奖。

十办的老师积极热情，创意满满。正是因为我们十办老师才思敏捷、团结奋进，我们班的创意军训会操才能在短短的半小时午休时间排练成功并取得喜人的成绩。这份成功的喜悦集我们共同的智慧，难道不像丰收的稻谷沉淀饱满吗？

场景三：加班加点显无私

下周三，杨老师要参加新吴区小学音乐优质课评比，同是音乐老师的王老师和她一起"磨课"。这首歌该怎样引出，用什么乐器伴奏；那首歌设计哪些歌唱形式，歌曲的创作主旨是什么……二人绞尽脑汁，写了满满几大张纸。

胡老师、何老师和我都是语文老师，看到杨老师和王老师那么辛苦，真是心急如焚。我们三人走过去，何老师轻轻地问："有什么需要帮忙的吗？我画画还不错，可以帮忙做一些道具。"杨老师感激地点点头。我开始在网上帮杨老师搜集制作课件的素材，胡老师则帮杨老师在提升歌曲内涵理解上出谋划策。夜幕降临，十办的日光灯格外夺目，杨老师、王老师和胡老师依旧热烈地探讨着，何老师娴熟地做着板书道具，我则飞快地在网上搜索资料。临近晚上十点，十办的灯光终于熄灭了，此时距离下班时间已过去五个多小时，这才发现，我们晚饭还没吃……一周后，杨老师在优质课评比中获得了一等奖，拿到奖状，她深情地说："这份荣誉属于我们十办，谢谢大家！"

十办的老师任劳任怨，干劲十足。不仅是优质课评比，在成长仪式、爱心义卖、轮胎种植等活动中，我们都互帮互助，共克难关。"落红不是无情物，化作春泥更护花。"我们好似萧萧的落叶，伟大而无私，执着地爱着学生，爱着教育事业。

我们十办可以倾尽所能地勤奋工作，可以温情脉脉地相互关怀，也可以不求回报地互相帮助……行走在教育之路上，我们共同筑梦，积极圆梦，同舟共济，携手并进。江溪小学是一个姹紫嫣红的大家庭，十办的这抹金黄只是其中的一部分，融入大家庭才能组成一道亮丽的风景线。追梦的路上，有你，有我，有十办，有江小……

三人行必有我师

章 静

在教学比赛拿到人生中第一张区级一等奖证书的时候，我欣喜于长久的努力终于有了回报，我的成功，离不开同事们的鼎力相助，这份荣誉里凝结的，是众多教师的汗水与辛劳。回想我刚入职的时候，作为新教师，我的教学经验不算充足，许多地方还尚有欠缺，是办公室的众多老师们多次的指点与帮助，才让我一步步的熟悉了所有的教学环节，一点点完善了教学思路，并不断提高教学水平。下面我想就几个片段来表达我对于同事，前辈老师们的感激之情。

常言道，"师傅领进门，修行在个人"。带领我进入课堂的师傅就是卓老师，卓老师不仅每周都会来听我讲课，还会在课后及时的指出我课上的不足，给予我许多切实而有用的指导方法，教会我正确的授课技巧，非但如此，在刚开始批改学生作业的时候，我常常会因为效率不高而花费很长的时间去完成批改作业的任务，有时候课后午间都在埋头苦干，卓老师见我全心投入却收效甚微，便将自己多年来批改作业的心得与技巧毫无保留的教给了我。卓老师的工作态度细致严谨，批改出的作业规范又高效，使我批改的效率大大提高。"仙人指路，拨云见雾"，经验丰富的卓老师的经验，使我少走了很多的弯路。那一段时间，我俩的对话，常常是："你这里有一些问题，要改过来。""嗯，好的。""嗯，这次很好，但要注意最后那一点……""哦，对对对，就是这样。"正是由于这样细致，这样专业的领路人，才让我走好了教学环节的第一步，为我今后的教育事业打下了坚实的基础，在这里，我要衷心的对卓老师说一句："感恩有你！"

办公室的王老师是一名三十余年教龄的老教师，王老师会时常走到我身边，看我工作，教会我一些高效率的工作方式，给我推荐了很多数学教学的书籍，系统化的学习使我构建了自己的教学体系，让我能够非常顺利且思路清晰的展开我的教学工作，这一点对我来说尤为重要。而且王老师比我们年长许多，对待我们一群年轻的老师就像对待自己的孩子一样。王老师既像一位严父又像一位慈母，对我慈爱有加又严格要求，平时生活中对我嘘寒问暖，常常关心我，替我想到我想不到的事情，而在工作中，又对我要求严格，寄予厚望，在双重的鼓励下，我迅速地融入了环境，并适应了老师的角色，我的教学水平飞速提高，取得了明显的进步。年级组其他老师常常和我说数学教师的成长之路，鼓励我多尝试，多挑战自己，让我信心倍增，少走了很多弯路。

一段时间后，我们迎来了教师讲课竞赛，在磨课阶段我就遇上了难题，因为从准备到比赛满打满算只有四天的时间，作为一个初出茅庐的新手教师，这个时间对于我可以说是相当紧迫，那几天我夜夜失眠，天天着急上火，生怕自己犯下什么差错，精神高度紧张，整个人紧绷极了。但是越到了关键时刻越要沉着冷静，才能把事情做好，我当局者迷，但是还好旁观者清。经验丰富的数学教导钱老师和学科组长周老师每天雷打不动地来听我讲节课，帮我细心打磨课堂上的所有细节，课堂导入用什么材料，问题的提出，课堂的节奏，以及与学生的互动，老师整体的讲课思路等，不一而足。时间就在不断的讨论与修改中静静流逝，到了真正参赛时，有比赛经验的蔡老师亲自陪我去参赛场地考察，从调试课件，到接触学生，和学生聊天，面面俱到，让人安全感十足。帮我做好比赛前的准备之后，蔡老师对着我说："现在万事俱备，你只要如平时一样，拿出自己的真才实学，用最好的方式将知识传递进孩子们的脑子里，种下向未知探索的好奇心，就足以征服现场的评委。"蔡老师的一番话深深地鼓舞了我，我回想起这些天以来跟同事们经历的点点滴滴，回忆起我们的每一份努力，往事一幕幕重现，我的内心也随着这些回忆渐渐地充盈起无限的勇气。再抬头，我已信心十足地走上了讲台。比赛当天，我发现刘老师也在台下默默地听我讲课，而且同样默默地对我进行支持。刘老师用了许多的时间帮我准备好了每个小朋友的教具，在所有人的帮助下，我最终拿到了人生第一张区级一等奖证书。

除了事业上的关照与指点，前辈老师们还会在生活中时刻关心新老师的心理和身体状况，嘘寒问暖，见我遇到什么困难都会主动上前询问并对我伸出援手，帮我渡过了许多难关。有一次赛课时，由于很多天的准备，我实在是太过于疲惫，就忍不住趴在桌子上睡了过去。他们见状给我泡了一杯热茶，跟我短暂的谈了一会儿，并在这期间不断地鼓舞我，提出了许多行之有效的方式和建议，使我获益良多。同样，他们也会在鞭策我，让我看到自己与真正经验丰富地优秀教师的差距，有些时候，他们会对我说："你是新手老师，有一些错误和疏漏都是在所难免的，但是'新人'这个身份并不是你的保护符，总有一天你会成为独当一面的教师，到了那时候，并不会有许多像我们这样的老师来为你保驾护航，你就要表现出一名优秀的老师该表现出的素质。而你适应的过程越短，速度越快，越会叫我们心悦诚服的认可你的才华与能力。"这番话令我心潮起伏又踌躇满志，我既感念同事们的热情与包容，又欣喜于他们对我的期待，于是我越发的努力向着优秀前进，而在向他们看齐的过程中，我也在快速成长。

成为老师的这段日子里并非是一帆风顺，但由于有了这样一群热心、包容、教学经验丰富、能力优秀的同事们，我的教学生涯变得充满了温情、欢乐，与感恩，在这里，我想对所有关心帮助我的同事们说一声："感恩有你！"

那人，那室，那情

邱丽霞

这是一个给人带来温暖、快乐的办公室，同室六人，二男四女，汇集了"老中青"三代，这里有：热情幽默的炳哥，勤快能干的小孙，小家碧玉的小邱，大大咧咧的大邱，一丝不苟的阿红，青春可人的苏卉。六人组成了一个和谐温馨的小家——江溪小学第五办公室。在这个小家里，天天充满着欢声笑语，时时演绎着温情有爱的一幕幕……

老王，虽然已奔五而去，但仍帅气不减，极具邻家大哥哥气质，大家亲切称呼其为"炳哥"。他是大家眼中的绝世好男人，顾家又能干，幽默又热情，为人极具魅力，常常能轻松调节氛围，谈笑间拉近彼此的距离，使办公室同事从陌生变得熟悉，让办公室变得其乐融融。

炳哥爱生活，一杯咖啡，一壶清茶，是他办公桌上的必备。工作虽然忙碌，但他乐观幽默，在和大家谈笑风生间，早已把工作安排得井井有条、处理得游刃有余。炳哥爱助人，若谁生活上、工作中遇到困难，他都会不遗余力地帮助大家，或如兄长般贴心交谈，或如挚友般鼎力相助，让大家有了如家人般的依靠。

　　小孙，新晋爸爸一枚，为人豁达大度，做事认真负责。遇到问题，他都会大方分享自己的经验和建议，尽自己最大的可能提供给别人帮助。你若请他帮忙，唤一声"天炜"，不论事情大小，他都会立马丢下手头的活，配合你把事办完，从无怨言。"我来！""我去！""没问题！"每次他的寥寥数语，却如一股股暖心的清泉，给大家带去几分温情、舒适。

　　除去精神上的慰藉，他还时常提供舌尖上的投喂：香气扑鼻的小笼包、热气腾腾的肉包子……终于，在他隔三差五地不懈努力下，办公室的女同胞们都有了不同程度重量上的提升！

　　"我们数学批完了，比你们英语组快哦！"

　　"哼！下次让你们半天，再比！"

　　"批完喽，你们数学做得怎么样？"

　　"放心，肯定超过你们！"

　　这是办公室经常发生的一幕，数学、英语两个组，日常各个方面斗嘴互怼，比批改速度、比备课效率、比作业字迹，比一切工作上可比的！

　　当然互怼之外更多的是互助。

　　"今天下午我要出去听课，中午自修帮我看一下吧？"

　　"没问题！"

　　"哎呀忘了，我们班的黑板报标题还没打呢！"

　　"正好我也要去打，顺便帮你打了吧，不谢！"

　　"哎哟，你看你这埋汰的，垃圾给我，我帮你去扔！"

　　"日报了，日报了，大家别忘了日报！"

　　虽都是不足挂齿的小事，但却能给日常忙碌的内心带来一份慰藉。

　　当然，"吵吵闹闹""叽叽喳喳"之外总有片刻的"岁月静好"。

　　安静之中，你仿佛能听到时间在流淌，你能听见键盘敲击的声音，鼠标点动的声音，笔在纸上刷刷划动的声音。

　　安静之中，大家或低头奋笔疾书，或凝视屏幕，或静静思考，或翻阅教参。

　　这寂静的声音，这不同的姿态，流露出对工作的负责，流露出对职业的敬意。

　　这就是我们六人合力共筑的五办——一个温暖的小巢。在这里，我们开怀大笑，酣畅淋漓；我们兢兢业业，一丝不苟；我们竭尽全力，相互关怀……犹如这冬日里伴着温情的阳光，我们渴望，我们珍惜，我们分享！

那年，那日，那些人

颜 丹

"百年江小，励志树人。"这是江溪小学的办学宗旨，"教天地人事，育生命自觉。"这是江小人牢记的理念，而深深吸引我的，不仅仅是那悠久的百年历史，更是那代代传承的秋白精神。"我是江南第一燕，为衔春色上云梢"这句朗朗上口的秋白诗，更是牢牢记在了每一位江小学子的心中，努力做到自觉、向上、执着、创新，人人争当"六好江南燕"。

清晨，当你伴随着阵阵花香走入江小的大门，你会看到充满韵味的文化走廊、图书馆、秋白亭……慢下你的脚步，细细欣赏，你会流连忘返。而让你意犹未尽的除了这所美丽的百年老校，更是在这里成长的江小人，是他们为这座老校增添了一份不一样的韵味。而我，也很幸运地成为了这里的一份子，在这里生根、发芽、成长。回首往昔，从懵懂到清晰，从依赖到独立，在这跌跌跄跄的成长之路上，我感受到的是来自江小人的许许多多的爱，而今，我也为我是一名江小人而自豪，一路想来，感动我的或许是那一个个难忘的瞬间：是孩子们时而的欢声笑语，时而的淘气打闹；是和小伙伴们为了上好一节课熬夜奋斗的漫漫长夜……一幕幕往昔在脑海中不断回放，正是这群可爱的人，给百年江小增添了无限的乐趣。静静地，思绪飘回那年、那日、那些人……

在记忆的长河中，最先出场也最想感谢的是领导和前辈们，是学校提供成长平台，是领导给予磨砺的机会。进校几年来，大大小小的展示课、基本功比赛、团体活动以及论文评比，是青年教师快速成长最有效的方法。开始是彷徨的，过程是痛苦的，但结果是喜悦的。虽不尽如人意，但是在历练中，收获满满。一张张奖状，一份份证书，印证了我们的成长。专业水平的提高和基本素养的提升，都为今后更扎实地教学提供保障，尤其是当班主任的苦乐时光，更是为综合能力的发展，添砖砌瓦。陪伴我的，还有无私奉献的前辈们，是师父在我懵懂时耐心帮助我，在细节处严格要求我。他们给予我的不仅仅是专业知识，更是课本以外的宝贵财富。有细致严谨的吴老师，让我懂得一节课的好坏，细节很重要。小到一句话，一个衔接语，都要反复推敲，仔细斟酌，网上资源丰富，但更需亲力亲为。经过自己认真钻研，反复打磨的课堂，即使不是最完美的，也一定是最动人的；有自主灵活的卓老师，从不主宰课堂，也不机械讲授。师退生进，放和扶之间的处理，是需要我一直钻研的大学问，始终坚信数学课最需要培养的是有思想的头脑；还有扎实细腻的郑老师，经验丰富，常常一针见血，教会我作为一名教师，最不该忘记的就是扎实上好每一节课，不放弃任何一名学生。在她眼里，只要肯下功夫，就一定会有所收获，所谓的学困生，只是学习慢一些，如果你用心跟踪鼓励，这些孩子会在你看不到的地方，不断进步……在这里，还有很多像这样，给过我无私帮助的良师们，是他们用宝贵的经验，帮助我拔除了成长路上的荆棘，让我的教育之路愈加平坦。

记忆中，还有一群人，他们也用满腔的热情温暖我，让我在江小的生活，不再孤单。那就是和我一起并肩作战，出谋划策的办公室同事们。不论是在教学上、班级管理上，还是在日常生活中，正因为有了这帮可爱的同事，我才有勇气和智慧解决遇到的一个个困难。他们或许表面严厉，实则真心为你考虑。他们是知心的密友，是打气加油的伙伴。我想，正是有了你们这群可爱的人，才让这漫漫教学之路，变得充实而幸福。

最后还有一群最可爱的人，在我的生命中闪闪发光，那就是江小的孩子们。他们天真活泼，一个个人小鬼大，有尽职尽责的课代表；有自信满满的小老师；有越挫越勇的"小糊涂"……与其说我教给他们知识，不如说我陪伴他们成长，在一张张熟悉的脸庞背后，承载了太多太多，是没办法用语言表达的，或许是那一次次紧张学习后，互相谈笑的温暖瞬间；又或许是那一抹抹攻克难题后展露的笑颜……这些都深深地吸引着我，也带给我更多的思考。

"日出而作，日落而息"是江小每一位老师平淡生活的写照，甚至天未亮已走进校园，夜很黑才缓缓走出这承载梦想的教室。一个个忙碌的身影，一张张疲倦的脸庞，都只为江小的孩子们能越来越好，江小的明天能越来越灿烂！我们只是一个平凡的、小小的老师，做着最简单朴实的事情，从早到晚，周而复始，苦并快乐，快乐是这群活泼可爱的孩子们给的，是这群朝夕相伴的战友们给的……我想：未来的几十年，或许还有更高的山要爬，还有更宽的海要渡，但我们不会害怕，那些曾经陪伴过，或正在身边的良师益友们，善良可爱的孩子们，都将会成为这充满荆棘之路上的一朵朵鲜花，一滴滴甘泉，一份份慰藉。即使坎坷，也会勇往直前，因为在我们的心中会有一盏灯一直亮着，那就是充满书香气息的百年江小和一群可爱、热情的江小人。

我身边的那些人和事

邱洁琳

光阴似箭，一转眼已踏上工作岗位近十三年，十多年前的我还是个对教育事业充满着幻想与激情的小丫头，如今，已是一位有着十多年教龄的老教师。没有惊天动地，也没有别人所羡慕的舒适与安逸，只有普普通通、平平常常，平常得近乎琐碎一切，这就是多年职业生涯的写照，但也是在这样平凡琐碎的生活中，在江溪小学里，有着一群积极向上、无私奉献的"灵魂工程师"，让我爱上了这份职业。

先说说他吧，虽然已奔五而去，但仍帅气不减。在教学中，数年如一日，勤勤恳恳地工作，孜孜不倦地育人，做事踏踏实实，对人和蔼可亲，极具邻家大哥哥气质，大家都亲切地称呼他为"炳哥"，幽默、热情、顾家、负责任在他身上体现地淋漓尽致。他为人极具魅力，常常能轻松调节氛围，谈笑间拉近彼此的距离，使同事之间从陌生变得熟悉，让办公室变得其乐融融。他每天早上总是七点到校，组织打扫办公室的卫生。为自己泡上一杯清茶，是他每天必做的事情。他总是有序有效地指导学生进行学习，课堂教学水平高效扎实，得到家长和学校的一致认可。在工作上，他总是安排得井井有条，处理得游刃有余。无论是谁在工作中遇到困难，他都会不遗余力地帮助大家，或如兄长般交流谈心，或如挚友般鼎力相助。"今天下午我要出去听课，中午自修帮我看一下吧？""没问题！"虽都是不足挂齿的小事，但总能给你的内心带来一份慰藉。在五年级的联合班队活动"破日伴月，筑梦苍穹"中，在他的积极领导下，队活动举办得非常成功，得到了领导的赞赏，也成功教育引导队员们要从小培养爱祖国、爱科学、爱探索的精神，以兴邦为己任，不负时代韶华。你以为"炳哥"的能力就此而已吗？不，他还总能在谈笑风生间轻松处理家校矛盾、解决一些家长的疑虑与问题，为学校的家校共育做出了巨大的贡献。然而他从不喊累，站在大家面前的时候总是精神抖擞、充满力量，我在他的身上看到了积极向上的精神，他的一系列事情让我感到敬佩，并积极主动地配合他工作上的安排，以此为榜样。

再来说说和我仅一岁之差的她吧，平时分管宣传通讯工作，不计报酬，不讲得失，学校的报道和公众号大多都是由她负责推送的。她担任学校通讯员已有五年，一直坚持用心观察生活，用笔尖书写美好，用报道记录江溪小学的每一件事情，努力让大家感同身受，发现学校生活的五彩斑斓。在她和领导的带领下，信息审核实行"三审"制度，确保每一篇活动报道的及时、准确和夺人眼球。我校的宣传工作总能紧凑有序地进行，保证大家能及时看到关于我校教育规划发展、亮点成效、校园特色、先进人物等资讯。她做事认真负责，遇到问题，都会大方分享自己的经验和建议，尽可能地提供给别人最大的帮助。在教学上，她总是矜矜业业、勤勤恳恳。虽然现已不是班主任，但教室的卫生工作她也会尽心尽力，甚至亲力亲为。她总能耐心地辅导学生，常常能听到教室里传来一片欢声笑语，同学们和家长们都很喜欢她。她所教班级总能名列前茅，这与她平常所付出的心血是息息相关的，听过她上课的师生都会说："段老师的课堂教学真精彩！"她经常早到晚归，学校对于她的概念如同自己的家，她的许多工作都是在晚上、周末甚至节假日进行的，还经常把工作带回家中，工作到深夜。在四年级的成长仪式"乘秋白之风破浪，扬自觉之帆远航"上，也离不开她的精心组织与付出，在年级组老师的极力配合和领导的大力支持下，给我们创造了最好的环境，让孩子们能够在无锡市新吴区少年宫金色大厅举行隆重的十岁成长仪式。通过让学生亲手设计梦想帆船，跨过成长台阶，共过成长大门，共签成长护照，同留成长身影，留下了最美好的成长印记，成功引导学生理解父母的养育之恩、师长的教诲之恩、朋友的帮助之恩，获得感恩奋进的精神力量。在生活上，她用自己乐观的的态度、积极向上的精神去感染大家，是一位充满活力的"小姐姐"。她用朴实、勤劳、爱心和聪明才智赢得了领导和同事的赞赏。

　　一支粉笔，两袖清风，三尺讲台，四季耕耘，几度芳华。教书育人是一个漫长而艰辛的过程，在这个平凡的岗位上，每位老师都有着自己的迷惘和挣扎，有着自己的喜悦与收获。我没有慷慨激昂的豪言壮语，也没有轰轰烈烈的壮举，但我们将继续在自己的岗位上，分分秒秒地珍惜宝贵的时间，真真切切地爱着所有的学生，踏踏实实地做着该做的工作，这，就是我们的平凡人生路。一个好老师的生命应当是这样渡过的："当他回首往事时，不因碌碌无为而悔恨，也不因误人子弟而羞愧。这样，在临死的时候，他就能骄傲地说，我把整个的生命和全部的精力献给了孩子。"教研之路，任重而道远。有一种坚守叫做老师。时代在变，不变的是为人师表的爱与责任，是永远年轻的教育理想，是不能忘却的教育初心。让我们牢记教育使命，不忘初心，将思想力量凝聚到教育教学的各项工作中，一路前行！

走过四季，一起遇见最美的风景

郑 晔

吴建亚，无锡市新吴区江溪小学书记、校长，无锡市名教师，江苏省特级教师，全国科研型教师，江苏省"333高层次人才培养工程"培养对象，江苏省青少年科技教育先进个人，"江苏省乡村骨干教师培育站"导师，无锡市优秀教育工作者，无锡市优秀青少年科技教育校长，"无锡市教育名家培养工程"导师。

春播——春风化雨，润物无声

2020年7月，吴建亚来到江溪小学担任党支部书记、校长。新学期开始，她在学校门口值勤，孩子们见到她总是会热情地打招呼："校长好！"而她也总是用温暖的笑容给予回应。

看着孩子们天真无邪的脸庞，她不禁思索：江溪小学是一所历史悠久的学校，如何让孩子们在这所充满红色底蕴的学校里获得真正的成长呢？带着这样的问题，她召开了多次会议，进行了多次讨论，梳理办学经验，提炼秋白精神，重建价值体系，用文化来影响和引领学校发展，并将自觉价值内涵融入党建文化品牌、校园文化建设、学校课程开发、学生品格提升、教师队伍建设等方面，形成学校自觉文化。吴校长的到来，就像一阵春风，给学校的发展开辟新的局面，带来新的面貌。

夏种——求变求新，砥砺奋进

作为党支部书记，吴校长一直在探索如何开展更具特色更有意义的党建工作。她带头扛起第一责任，积极开展意识形态专题研究，将党的建设与学校中心工作和文化传承相融合，推进"一校一品"党建文化品牌——"江南燕"红色基因传承行动，锤炼江溪小学教师"自知自行自成长，觉己觉人觉世界"的"自觉气质"。2021年5月，省委党史学习教育第二巡回指导组组长刘广忠率队开展下沉督导，实地检查江溪小学党史学习教育开展情况，对学校的党建工作给予充分肯定，勉励学校不断培养传承红色基因的新时代好少年。

学校继党建文化品牌被评为首批无锡市"一校一品"党建文化品牌之后，携手书记项目助力课程开发有新突破，开启全学科思政教育探索之路。近日，在吴校长的带领下，学校还成立了"秋白·红叶"宣讲团，将充分发挥学校党建品牌辐射示范引领作用，继续讲好红色故事，传承红色基因。吴校长亲自讲的《共产党人瞿秋白》被评为"讲百年党史 传红色基因——百位党组织书记同上优质思政课"活动精品课程，在"无锡教育思政E课堂"进行直播。贺文熠老师获新吴区教育系统微党课大赛特等奖、新吴区微党课大赛最佳风采奖。

作为校长，她敏锐地关注到：随着时代的发展，学校教育正在被重新定义。面向未来，要想办好教育，首先要打造时时可学、处处能学的无边界教育新生态。因此，吴校长与学校行政探讨如何改造校园环境，如何让学校环境更好地适应学生发展，从初步设想到设计最终成型，背后凝聚了吴校长无数的汗水和付出，饱含了吴校长对江溪小学这所百年老校的深厚情感。2021年6月，改造工程开启，暑假里，吴校长作为校园环境改造的总设计师，带着行政团队、施工团队泡在学校工地上，将自觉文化融入设计方案，严格把控工程质量，几乎没有休息过一天。

新学期，校园里变了模样：秋白广场述说着秋白的故事，秋白文化长廊记载着师生的自觉点滴，师生一走进校园就浸润在浓郁的秋白文化氛围中。江溪小学的育人主阵地不仅在教室，还通过不同的物形场域延伸至校园的每一寸空间，这些改变在有限的空间里释放出无限的教育可能，这些改变让吴校长欣喜万分，她仿佛看到了孩子们在校园里拔节生长，收获属于自己的美好童年。

说到孩子，吴校长的眼里总是闪烁着光芒。她爱和孩子们在一起，她喜欢看到孩子们在校园里快乐幸福的模样，她也一直在寻找最适合孩子的课程模式，因为她深刻地认识到：学校发展越深入、育人特色越鲜明的必要前提，就是学校课程的建设越来越多元化和个性化。因此学校在高标准落实国家、地方课程的基础上，对"秋白精神"做了更具时代特点的校本诠释和立体解读，将"自觉"与师生的生命成长联系起来，构建着眼儿童完整生命成长的特色课程体系——"江南第一燕：儿童生命自觉课程"，引导学生成长为一个理想自觉、道德自觉、学习自觉、生活自觉、社会自觉的人。看到孩子们在自觉课程中收获满满，她的内心也充满了喜悦与满足。

一个学校想要获得长足的发展，必须要锻造一支素质过硬的师资队伍。在吴校长看来，要提升教师团队的能力，最重要的是激发每一名教师的教学活力。于是她积极寻找问题症结、思考破题策略，以省级课题《瞿秋白精神引领下的教师文化发展研究》为依托，成立"秋白式教师成长学院"，引导教师以秋白为榜样，在实践中努力成为具有秋白精神特质的"秋白式"教师，在"秋白式教师成长学院"的引领下，教师团队关系更加融洽，仿佛相亲相爱的一家人，更能为了学生的发展、为了学校的荣誉齐心协力同奋斗。

秋收——硕果累累，功不唐捐

办学路上，她用一路奔忙，丈量着对教育的忠诚；她用一路滋养，实现着心中的教育理想。在她的带领下，学校取得了许多可喜的成绩：学校获评全国"家校共育"示范学校，江苏省中小学生品格提升项目获评省级精品项目；江苏省优秀红领巾小社团；江苏省文明校园；"秋白式"好教师团队成功入选无锡市"四有"好教师团队建设培育单位……近两年来，学校迎来了教师专业成长的新突破，学校新增正高级教师1名、副高级教师1名；无锡市带头人1名、无锡市能手3名……多位教师在各级赛课中荣获一等奖。这些成绩的取得，离不开吴校长的高屋建瓴，离不开她的专业引领。

冬藏——积蓄力量，展望未来

对于课堂教学改革，作为特级教师的吴校长，心中早有了答案。她心目中理想的教育，应该关注师生自觉生长的意识、行为、习惯，激发师生在课堂中学与教双主体的生命自觉，构建自觉学习、自觉发展、自觉作为、自觉担当的自为课堂。

学校以"自觉自为，乐学乐创"为培育核心，着力于"自为课堂"的教学实践探索。每个学期，学科组开展"同生教研"，学校组织校内公开课，上课老师需要不断改进自己的教学，听课老师也需要在观摩的同时有所思考，促进教师专业水平的提升。

在学校，吴校长总会拿着一支笔，一本听课本，来到教室坐上整整一节课。听到精彩处，她会露出欣慰的笑容；遇到疑惑处，她也会紧锁眉头。课后，她会与上课老师交流自己的听课意见，给出最中肯的改进建议。

秋学期开始后，赛课活动热火朝天进行着。几乎每个学科的赛课，吴校长都参与其中，磨课过程她从不缺席，从上课内容、语调、手势、表情都给予参赛老师全方位的指导，帮助教研组一起打造优质课。语文老师刘真基本功比赛结束后，第一时间送给校长自己亲手制作的饼干，表达对校长的感谢；科学老师邵玉颖比赛结束后，将深深的谢意转化成一个大大的拥抱送给吴校长；数学老师俞懿纯至今都没有忘记上场比赛前，吴校长用温柔的话语鼓励她不要紧张……这些温暖的瞬间都传递出吴校长对青年教师成长的关注，对课堂教学改革的用心。

未来，江溪小学将以"自为课堂"为载体，在"五育并举，全面育人"上下功夫，在"课堂创新，特色育人"上下功夫，在"知行合一，实践育人"上下功夫，在"多方配合，协同育人"上下功夫，推进教学与教育方式的变革，建设高质量教育体系，提升育人质量。

吴校长领衔的"吴建亚名师工作室"目前有来自新吴区 10 所学校的 26 名成员，形成了"课堂要发现学生并协助学生适性发展，让学生诗意地栖居在数学课堂上"的教学理念和主张，努力追求"基于儿童视野，关注个性需求，提供平等协助，实现适性发展"的数学课堂。

说到名师工作室对教师成长的帮助，顾燕老师感受颇深："得益于工作室提供的机会，我的课堂教学能力得到了很大提升，比如去苏州送教、区级展示活动，每次吴校长都会陪伴我们共同磨课，从教学理念的呈现到教学环节的设计，从每一个肢体动作到每一句语言表达，吴校长耐心地手把手地指导我们，精益求精做到最好，细致入微力求完美。"

作为一名新教师，唐伊琳时常感念吴校长对于青年教师成长的关心："她时常询问我们'最近的情况如何？'如果遇上烦心事，我们也会同她交流，此时她便化身为我们成长路上的引路人，指引我们前进的方向。"名师工作室一直在助力教师专业发展之路上辛勤耕耘，争取让更多教师发展得更快更好。

未来，工作室将继续积极开展教研活动，加强课堂教学研究，提升教师专业水平，切实提高学生的数学核心素养。

吴校长常说："作为一名教育工作者，要不断增强责任意识、专业意识、质量意识，积极修炼学识魅力、人格魅力、教育魅力，切实肩负起传播文明、启迪智慧、塑造灵魂的神圣职责；作为一名教育工作者，更要知责于心，担责于身，履责于行，坚持教书和育人相统一，坚持言传和身教相统一，坚持潜心修炼和关注社会相统一，以德立身、以德施教、以德育德，用高尚的人格浸润学生，努力办好人民满意的教育。"

当三月的风拂过"溪"畔

丁娜乃

当三月的春风拂过溪畔，勃发的生机送来了无限美好。江溪的美好，美在师者亮闪闪的心里，好在孩童亮晶晶的眼里，美好呈现在大伙笑盈盈的面庞上。

追梦新时代，奋斗最美丽。最美女神们，谢谢你们，在日常的教学中，在突发的任务里，以校为家的奉献和以家为校的付出。感谢你们，祝福你们！

我们记录她们，作为教育工作者，作为优秀的现代女性，奉献、担当、自律、坚韧；我们记录她们，作为教育工作者，作为优秀的现代女性，希望她们身上的精神继续闪光！

业务精湛，追求一流的弄潮者

她们，是"'江南燕'红色基因的新时代传承行动"的项目组的中心成员：吴建亚、张海英、杨铭芳、朱玉芳、丁娜乃和洪春燕。

自品格提升工程项目组建以来，她们始终在"四个一流"上狠下功夫，争取达到一流的思想素质、一流的精神面貌、一流的工作作风，力争一流的工作成绩。两年来，她们以思导行，以行促思，不断深化对项目价值的认识理解，不断调整项目建设的实践范式，努力尝试做有特色、有深度的项目。她们不光在项目组内掀起了爱事业、比工作；爱集体、比奉献；爱荣誉、比成绩的热潮，还把这种热爱教育、争创一流的工作热情带给身边的每一个人。在她们的带领下，全校老师积极进取，形成了浓厚的争先创优氛围，凝聚力、向心力不断增强，有力推动了各项工作的开展，全校形成了积极进取的风貌。

在项目组的不断努力下，"'江南燕'红色基因的新时代传承行动"收获颇丰：2018年8月区级立项，同年12月市级立项，2020年6月市级结项，并获评第二批无锡市中小学生品格提升工程优秀项目。同时，在"'江南燕'红色基因的新时代传承行动"品格提升工程建设引领下，学校各项工作硕果累累。

乐于奉献，披荆斩棘的实干者

她们，是妈妈，是女儿，是妻子，但当面对学校孩子们的时候，她们只有一个名字，那就是老师。听，她育人有情的故事多么令人动容；看，她们在课后，甚至是放学后为孩子们辅导的身影多美……

她叫杨铭芳。她的故事我曾经讲过，但值得一讲再讲。

支教期间，杨老师发现了这样一群孩子：他们有的失去双亲，有的父母因病丧失了劳动能力，有的来自单亲家庭，有的与爷爷奶奶相依为命，然而他们渴望知识、自强不息。杨老师决定资助这些需要帮助的孩子们。她不仅在经济上给予帮助，还十分关心他们的生活，经常利用空余时间给他们送去学习用品和生活用品，鼓励他们认真读书，坚强生活。杨老师至善至美、大爱无私的举动，让孩子们发自肺腑的称她为"老师妈妈"。

她们，虽然没有像杨老师一样这么特别的故事，但她们在平凡的岗位上踏踏实实做好每一件事。她们用温情关爱学生、鼓励学生；她们用专业教导学生、引领学生。在学习中，在生活里，面对孩子，她们总是最用心。她们，都叫江溪最美女教师。

努力创新，毫不懈怠的奋进者

她们，用笔，用镜头，用脑记录着江溪校园的日升和雨坠、过往和未来。她们说由衷庆幸加入了这个"线上宅"聚集地。如果不是有了"小编"的身份，不会如此用心地观察学校，不会如此专注地亲近一草一木，不会如此细微地留意身边师生。越留心，越深爱。她们说一直记得工作范围拓展到公众号时的喜悦（现在我们有 6000+的小粉啦），一直记得每一次推文时的忐忑与激动，一直记得优秀作品被转载时的自喜，一直记得每一个认可与激励……

如果，叫她们最美江溪"女编辑"，可否？

感谢你，江溪，让她们和我都变成自己喜欢的样子！以后的每一天，在这里拥抱美好！

不忘初心，不辱使命

丁娜乃

教育科研是一条布满荆棘的创新之路，无固有模式可模仿，亦无特定经验可沿袭。它需要站在一定的理论高度把握方向，在理论指导

下进行实践，在实践操作中发现理论。两者相辅相成，方可有机促进
课题研究向前发展。

——题记

回首过往，杭老师如是说：

流金岁月，
从无一帆风顺。
梦中那片雪花，
在未知的季节，
优雅地绽放。
再回首，
初心不改！

1998 年 7 月，杭江西老师被任命为教科室主任，踏上了教育科研新征程。
走马上任的第一天，她就暗暗下定决心：不负众望，自觉前行。

为提高自身理论水平，她多渠道、多角度学习。教育名家的理论著作最是
艰涩，但她如蚂蚁啃骨头般一句一句推敲，一段一段钻研。遇到难以理解的内
容，更是诚心请教专家。

教育教学报刊、名家教育博客最是与时俱进，她从中获得灵感，从而站在
教育教学的前沿，保持教育教学观念的鲜活。

作为教科室主任，须具备一种能力，即将课题理论转化为可操作的实践模
式的能力。在学校承担的省教育科研"十五""十一五""十二五"规划课题的
申报方案中，她总会不断地进行假设、修改，把教科研与实际工作紧密地结合
在一起，使其具备一定的理论高度，更具实际可操作性。

省教育科研"十二五"规划重点资助课题《瞿秋白精神引领下的校园文化
建设研究》申报之初，她与课题组核心成员不断进行头脑风暴：学校的教育对
象是天真烂漫的小学生，瞿秋白先生离他们的生活太远，许是难以理解。如何
让瞿秋白精神被天真可爱的小学生认可接受呢？课题研究的切入点应该是什么？
当大家将目光聚焦于先生留下的诗句："我是江南第一燕，为衔春色上云梢"
时，既赞叹先生追求光明的高远理想，又欣喜这亦是孩子们可慕可学之志。先
生"江南第一燕"精神的引领，让江溪小学校园文化建设找到了令人激动的
"切入点"。争当"六好江南燕"成为孩子们继承和发扬秋白精神内涵的有效途

径和良好平台。

作为教科室主任，她还须具备另一种能力，即将课题实践经验提炼上升。江溪小学的省教育科研"十二五"规划重点资助课题在她的带领下不仅顺利结题，更被评为无锡市第三届精品课题一等奖。她撰写的多篇论文刊登于《北京教育》《江苏第二师范学院学报》《无锡教育》等报刊上，多篇论文荣获全国、省、市一、二等奖。

展望未来，杭老师如是说：

> 撑一叶扁舟，
> 在水波上行走。
> 低吟爱与自由，
> 慰半生酸甜。
> 未来，
> 仍愿作雪，
> 捧着冰心一片，
> 执着寻梦！

教育科研之路任重而道远。吾辈皆应如杭江西老师般仰望星空，朝夕不倦，奔向未来！

用奉献呵护家庭，以师爱孕育桃李

徐纯佳

> 她是一位美丽军嫂，
> 11 个春秋默默付出；
> 她是一名人民教师，
> 13 年岁月诲人不倦。
> 这是军属的承诺，
> 亦是师爱的坚守！
> 让我们一起为最美军属点赞！

相遇·她成了军嫂

2010年夏天，一个偶然的机会，邱丽霞和丈夫相遇在一个阳光灿烂的午后。她还清晰地记得初次见面时那个一身军装、一脸正气的小伙子，也正是这身军装和这份正气，一下子打动了她的心。有朋友开玩笑似地劝她："你工作稳定，家境也不错，找个军人的话，一年到头也见不了几次面，身上的担子可没人分担啊！你是不是再考虑考虑呢？"她却摇了摇头，微笑着回答："我愿意！"2012年，在众多亲朋好友们的见证和祝福下，他们共同迈进了婚姻的殿堂，许下了相伴一生的承诺："孝敬父母、教育子女、互信互勉、相濡以沫、钟爱一生。"她深深地明白，他是一名军人，肩负着"保卫祖国，保卫人民"的重大任务。"自古军旅多艰险，从来为武少安闲。"军人从来就与安乐和舒适无缘，而总是与"苦、累、险、忧"相伴，他的阵地在机场，他的职责是为战鹰保驾护航，聚少离多必然成为常态。

送行·新婚一周后

新婚第七天，丈夫就因为工作需要返回部队了。和大多数军人家庭一样，婚后他们就面临着两地分居的生活。虽然心中有万般不舍，她却依然微笑着告诉丈夫："去吧，工作要紧，家里有我，一切放心！"那段时间，只要碰到丈夫休息，恰逢又是周末，邱丽霞就到部队去看望他。尽管那里地处偏僻，路途遥远，她也毫不在乎。每次前往部队，她就担负起了后勤大队长职责，给丈夫单位的战士们精心准备各种各样的水果点心。她总想着这些战士们来自全国各地，因为部队严格的纪律，一年也回不了一次家，他们更需要关心，所以她常常帮他们做一些力所能及的小事，大家也都十分喜欢她，每次她一出现，战士们总是"嫂子""嫂子"叫个不停。战士们叫得开心，邱丽霞答应得也开心，她深知这声嫂子不仅是战士们的热情，更饱含战士们的敬意，当一名军嫂就应该有一名军嫂的担当。

孕期·在独自奔波

怀第一个孩子的时候，没有丈夫和家人的陪伴，她只能孤独一人面对身体的各种不适，拖着笨重的身体买菜、做饭、洗衣服……即使到了最困难的时候，她也没跟丈夫打一个电话，她满怀着对小生命的憧憬，把所有事情都准备妥当，直到被送入产房分娩。怀第二个孩子的时候，去医院做产检，别人身边都有丈夫的陪伴，而她却是一手牵着大女儿，一手拿着检查材料，在医院开始了漫长等待。时间长了，连帮她检查的产科医生都看不下去，打趣道："别的家庭都是一群人围着一个大肚子转，你这个大肚子倒好，挺着个肚子还要整天围着你女儿转。"虽然每次听后她都乐呵呵地应对，但心里却五味杂陈不是个滋味，在这样一个特殊的阶段，她多么希望丈夫能够多回来陪陪她，哪怕仅仅匆匆看上一眼、说上两句话也好啊！每到夜深人静的时候，她常常会不自觉地泪流满面，但只要接到丈夫的电话，她依然笑呵呵地对电话那头的丈夫说："你放心吧，我好着呢！我们家的小棉袄可懂事了，有她陪着，一点都不孤单！"

变故·在多事之秋

2016 年，公公被诊断为肺纤维化，面对这种不可逆的疾病，唯一的希望就是肺移植，但昂贵的医药费以及较低的手术成功率让公公犹豫不决。她深知公公的担忧，安慰公公说："钱的事别担心，不管怎样，只要有一线希望，咱们就一定要试一试！"为了方便照顾，她把公公接到无锡人民医院，给他预约最权威的专家会诊，帮他办理好所有的手续。每天，她就医院、学校来回往返，一到周末，她就接上女儿一起去医院探望。

后来，她自己的父母也先后身体抱恙，她忙前忙后联系医院，安排父母分别进行手术；小儿子上幼儿园无人接送，她物色联系好人选，安排人帮忙照顾；她忙里忙外，每天却还要面临许多要处理的工作……面对生活的重压，她没有被压垮，更没有退缩。人前她总是一副笑脸盈盈的面孔，从不抱怨生活中的困难。在单位，同事们时常会忘了这是一个独自照顾家庭的女人。

荣誉·应有她一半

人们都说女人如春风，春风化雨，润物无声；男人是大树，顶天立地，遮风挡雨。而她是春风也是大树，撑起家里的一整片天。有了这样一位贤内助，丈夫安心地把精力放到部队，放到机场，放到维护战鹰上……繁忙时有她柔声的问候，困难时有她贴心的安慰，于是，他全身心投入工作中，出色地完成了部队各项任务，并在部队荣立三等功。当丈夫把那熠熠生辉的军功章带到她的面前，轻轻放到她的掌心时，他郑重地敬了个军礼，沉声说道："这是我的军功章，更是你的军功章！你的辛苦，你的付出，我懂！"质朴的言语是那样动人，手中的军功章是那样温暖，她喜极而泣。她明白：甜蜜不是爱情的标尺，艰难才能映照爱情的珍贵，那是自己无悔的付出得到了最好的回报，那种滋味是快乐，是感动，是欣慰。

梦想·在三尺讲台

除了军嫂，她还有另一重身份——人民教师。站在三尺讲台前，让粉笔在指尖滑动，播撒知识的种子，这是她一直追寻的梦想。不知不觉，她已在教育一线辛勤耕耘了十三个年头。

为了让孩子们更好地理解课堂学习内容，多少个日夜，她独自留在空无一人的教室内，揣摩着第二天课上的每一个环节，每一句话语；为了使每一个孩子都不落下，多少个课间，她耐心细致地给学生们释疑解难，不放过每一个单词、每一处错点；为了让学生取得更快更好地发展，在认真教学的同时，她积极反思，广泛阅读，努力提升自己的理论修养。

她富有活力和创新，多次获得市、区基本功比赛一等奖，先后荣获"无锡市新吴区教学新秀""区突出贡献奖""江溪街道优秀教育工作者""学校秋白教师"等荣誉称号。她潜心教研，多篇论文在市级以上论文评比中获奖，两篇论文在国家级、省级刊物发表。她满怀师爱，所带的班级多次被评为"瞿秋白英雄中队"，她本人也先后多次校年度考核为"优秀"，并获得"区优秀班主任""校优秀辅导员""校优秀班主任"等荣誉称号。

为人妻，她默默支持丈夫，无怨无悔；为人师，她悉心教书育人，诲人不倦。她用奉献呵护家庭，以师爱孕育桃李，她用实际行动诠释了何为家国情怀！

亦师亦友，一路同行

冯梦娟

2019 年的夏天，机缘巧合之下，我来到了位于伯渎河畔的江溪小学。刚踏入江小的校园，心里不免有些紧张，但是当我走进校园，迎接我的是一张张真诚的笑脸，一声声热情的招呼，好像我并不是一位新教师，而是他们熟悉的朋友。那一刻，我知道我是幸运的，来到了一个良好友善的地方，使人倍感亲切。

江溪小学既是一座有着丰富历史文化底蕴的学校，也是一个温馨、和谐的大家庭，因为在这里有一群富有活力，充满朝气，认真负责的老师们。每当我走进学校，就犹如走进温暖的家，有家人的力量给你支撑。经过一段时间的接触，我听到、看到、感受到了我可爱的同事们每个人身上诸多的闪光点，值得我去好好学习。加入江小大家庭两年多以来，我受到了来自身边很多同事的关心和鼓励。初为班主任时，我非常容易紧张，也很忐忑，害怕自己的青涩和懵懂会应付不来一年级的小朋友们。同办公室的小吴老师和小章老师一步步教我，如何跟孩子沟通、怎样走进孩子心里、怎么培养孩子的学习习惯，甚至细致到孩子尿裤子怎么办、孩子打闹应该怎么解决等。当我为了准备家长会而紧张时，她们主动分享自己的经验和方法，在大家的帮助下，我慢慢适应了班主任角色，对待班级里的一些突发状况也能灵活应对。

教学方面，我受到了很多老师的影响。在众多老师中，我曾经的指导老师——丁老师，她就好像我前进路上的明灯，一直在引领我向前走。刚工作时，我无从下手，面对教案和课件，除了死记硬背，真的是毫无头绪。刚结为青蓝师徒，我也不太好意思去请教，丁老师就主动让我去听她的课。她的课就像她本人一样，形式简洁大方，但内容丰富而有层次。上完课后，她也会和我讲讲部分需要特别注意的地方。从那以后，当我不知道如何将学生情况和教学内容整合时，我就去听她的课，观察她上课的语音语调、评价用语，以及对教材的把握，然后我进行搬课，就这样，我在不断学习的过程中慢慢成长。另外，她还利用休息时间，指出我的问题，并提出解决的方法，非常有针对性，对我的教学起到了点拨作用。记得有一天中午，我刚陪餐结束，丁老师就过来了。她说："我翻了翻你们班的语文练习，基础题做得还是不错的，说明你平时抓得紧是有效果的。但是你们的薄弱项在习作。"我当时有些吃惊，她那么忙，竟然还会关注到我的教学情况。随后，她看着我的板书例文，给我指出了关键问题所在：你给学生的太多了。丁老师告诉我，习作需要花心思，更要花时间。要发散学生的思维，帮助他们理清思路，不要固化他们的想法。我认真听着她的分析，一时竟出了神，秋日的阳光洒在她身上，那么温暖，那么舒服。

丁老师除了是我教学上的师傅，还是我的心灵导师。她教学时认真负责，私下里也非常关心我们。明明手头有忙不完的工作，但是当我出现问题时她总会及时出现。上学期，我成了被听课的"幸运儿"。一大早，我在教室里就得到了几位老师的关心，"加油，好好上！""这堂课准备好了吧？看好你哟！"我这才真正意识到这堂课的重要性，心瞬间就提到了嗓子眼。"嘭嘭嘭"心跳的声音那么清晰，我有些手足无措。经过几次深呼吸，我努力让自己平静下来，这时，丁老师笑眯眯地走了过来，她身边站着一位更年长一些的老师，我想：这应该就是今天的听课老师了。不知为何，看到丁老师的时候，我那颗悬着的心总算平稳了下来。她就是有这种让人心安的力量，严肃时不失温度，温暖时直入人心。

　　世上有很多东西，给予他人时，往往是越分越少，而唯有一样东西却是越分越多，那就是爱。我觉得丁老师是有爱的人。对待学生，她是一丝不苟的师长之爱；对待同事，她是不求回报的无私大爱；对待朋友，她是真心相对的赤诚之爱。这些润物无声的爱，点点滴滴都融入了我们的心田。

　　丁老师热爱自己的工作，关心自己的学生，她对生活同样充满着热情。她的小花园里种满了各式各样的花草，对于花草她也任其发展着，所以花园里生机一片。她也常常邀请我们去她家聚餐，各色美食让大家的心情得到了放松，在那里，我们自由交谈，身心都得到了放松。

　　前行的路上，我遇到了很多老师，既是同事，又是师傅，也是同行人，有了大家的帮助，我才会不断成长。我们置身于新时代的文化浪潮中，我也会继续充实自己，完善自己！

第四篇 04

| 溪畔·追寻——溪畔初心终如一 |

这所年逾百年的校园，
有一批眼里有光的老师，
他们善思善行自觉成长，
他们都在奔向同一个目标——"秋白式"好教师。
假如你愿意听，
我想请你听听他们的故事。

第一章 看见儿童，出发！

面对活泼泼的生命，总觉责任在肩。当将散落在课堂上的案例中不断梳理与反思，把一个个故事变成对课程、对教学的独特思考……总庆幸：真好，我是老师！

让聪明的孩子更智慧

吴建亚

你见过头脑聪明却不会学习的孩子吗？虽然数量不多，但在教学中，他们作为一个群体而存在，他们是一群特殊的"学困生"。他们的发展因为不影响班级优秀率而往往被忽视，其实，他们需要被关注，也需要获得更好的发展。我班就有个聪明但不会学习的学生典型，今天带你一起来认识他。

"哎呀！小龙，你怎么还在看课外书？快做作业呀！要不咱们组又要最后一名了！"教室里又传来小怡着急的催促声，而小龙却似乎根本没有听到这么大的声音，眼睛仍是专注地盯着他手里的那本《灌篮高手》。直到小怡生气地没收了那本书，他才慢慢抬起头来，不好意思地将目光移到桌上翻开的作业本上，慢条斯理地继续做刚才没有做完的作业……

小龙是我们班的一位学生，今年12岁，他很聪明，在四年级的时候拿过数学竞赛全校第一，但他有很多缺点。一是懒惰：课上基本不举手发言；计算从不打草稿，包括小数除法，为此他还付出了沉重的代价——在一次计算能力测试中，因为不愿意打草稿，他只完成了三分之一的试题，于是那次考试他成了全年级最后一名。二是消极：当他找不到问题的答案时，从不积极求索；课堂上他总是蜷着身体猫在课桌上，看上去没有一点积极学习的迹象，像只懒猫。三是不愿意与同学合作，每当别人在与同桌合作完成一项学习任务时，他总是坐在那儿独自思索，他的同桌对此很不满意……

为了让他积极地投入到数学学习中来，我曾想过好多办法：抓住一切机会表扬他；小心翼翼地呵护他对数学的热情——他说他最喜欢数学；采取小组竞争制，想借助小组集体的力量促使他及时完成作业等，可是效果却微乎其微，他依然是漫不经心地学习着他最喜爱的课程——数学。

他这样的学习状态令我担忧，甚至痛心。如何让他积极地、高效地参与到每一项教学活动中来，让他更自觉地用数学的眼光观察现实世界、用数学的思维思考现实世界、用数学的语言表达现实世界，在数学学习中获得更好的发展？让我困惑和苦恼。

这个学期初，我对小龙的学习状态进行了更细致的分析。应该说，他的思维水平不错，只是没有全身心地投入到学习中来，他的学习主动性不够——需要靠外界的督促才能完成学习任务，而他却认为自己已经尽力了，他对自己的学习动机、学习态度没有客观的评价。

心理学指出：学习者作为活动的主体而表现出来的主体性，既包括主体精神又包括主体能量，它所包括的内容是人在自觉活动中不可缺少的"能动性、创造性和自主性"。主体能量是任何心理活动、心理发展都需要的心理能量。在人的实践活动中，主体的心理能量存在于主体内部，它在主体与客体之间的相互作用产生心理不平衡时表现出来，这时心理能量在主体活动中起到维持积极性的作用。因此，为了使学习活动有效的进行，有必要使主体的内部心理处于不平衡状态，这种不平衡状态不仅是在认知上的，更多的是非认知上的，如兴趣、动机、精神状态等，从而使心理能量得到充分激发，以维持主体在活动中的积极性。小龙在学习过程中近乎"旁观者"的角色，不利于产生心理内部的不平衡，他的心理能量就不可能被激发出来发挥作用，所以设法激发并且维持他内部心理的不平衡，是激发他心理能量，调动他学习积极性的根本措施。

现代心理学的研究还表明了学习活动不仅是对所学材料的识别、加工、理解，而且包括对认知过程的自我监控和调节，甚至包括对学习兴趣、态度、动机水平、注意程度、情绪状态等非智力因素的调控，从而使它们协调一致地、有效地推动学习活动。而小龙在他的认知活动出现偏差时，他不能及时地通过反省，寻找问题的症结并及时地纠正——致使他在计算能力测试中一败涂地；课堂上他不主动参与各项活动——不发言，不合作，轻易放弃各种探索的机会，种种表现都表明他对自己的认知过程包括动机水平等非智力因素的调控能力很差，可以说他不会学习，所以，提高小龙的自我监控能力，使他学会学习，是发展他数学学习能力的关键措施。

教育学告诉我们培养元认知能力既有利于激发学生的学习兴趣，发挥学生的主体作用，促使学生的学习向更自觉的状态转变；又有利于优化学生的思维品质，提高学生数学学习的能力，使学生学会学习。这就为我对小龙的个性化教学指出了一个新的努力方向，即通过对他元认知能力的培养，使他的数学活动向着自觉和高效的状态转变。基于小龙的现实需要，在这个学期里，我进行了如下尝试。

一、暴露思维过程，教给他自我监控的方法

对思维过程的暴露，是一种元认知活动，让学生经历这种元认知活动，可以使学生学会自我监控的方法。因此，在教学中我充分暴露数学的思维过程，让小龙经历这种元认知活动。

我用暴露自己尝试探索的思维过程，给小龙做示范。在教学中不仅展示解法，展示思路，还展现解题思路的寻找过程，展示在思路碰壁和方法不灵时怎么办，展示如何在有限次失败后找到正确的方法，把失败和成功的过程都暴露给学生，使学生看到思维的方向、方式、方法和策略的转变。这些真实的思维经历可以使小龙清楚地看到：一个成功的问题解决中一定自始自终有着解决者清醒的自我意识，以及通过自我批评做出的及时修正，因而从中可以理解并学到解题中自我监控的方法。

教师示范的同时，也带着学生亲身经历显露自己的思维过程，当然更多的是小龙的思维过程，同时注意引导他进行自我监控。如：

场景一：

我："直径是 3 厘米的半圆的周长是多少？"

小龙："半圆的周长就是圆周长的一半，所以这个问题的答案就是

$3.14×3÷2＝4.71$ 厘米。"

（面对他的错误，我没有马上给予评价，而是引导他进行自我监控和调节。）

我："半圆的周长就是圆周长的一半吗？"

（看他想不明白，我就对他进行提示。）

我："要不要画一张草图？"

（小龙在纸上画出了半个圆，但仍然双眉紧锁。我还是没有公布答案，而是再次提示小龙。）

我："回到定义去，想一想什么是一个图形的周长？"

小龙想了一下开心地说："我知道了，半圆的周长是圆周长的一半加上外面那条直径的长度，所以答案应该是 $3.14×3÷2+3＝7.71$ 厘米。"

在这个场景里，当小龙出现错误时，我通过适当的质问和启发，让小龙认识到了他错误的根源是对图形周长的概念认识不清，通过让他画图、回忆定义帮他走出了困境，他也参与并体验了自我调控的全过程。

场景二：

我："小成在做一道加法题时，由于粗心将个位上的 5 看作 9，把十位上的 8 看作 3，结果所得的和是 125。正确答案是多少？"

生 1："我用以前学过的'将错就错'的策略来解决：将错误结果 125 减去错误加数 39 得到一个原来的正确加数 86，再将这个正确加数 86 加上另一个正确加数 85，就得到正确结果 171。"

众生鼓掌……

（当大家沉浸在问题得到解决的喜悦中时，我注意到小龙疑惑的表情和他的自言自语。）

小龙自言自语："我的方法照理也可以的，怎么结果不对呢？"

（这是一个显露小龙思维的机会，我得抓住。）

我对小龙说："小龙，说说你的想法。"

（此时的他显然有着强烈的交流欲望，站起来一口气说出了他的想法。）

小龙："我是这样想的，把 85 看成了 39，就少算了 46，所以只要把错误结果加上 46 就是正确结果了，可是我算出来是 161。"

（他说完就疑惑地看着我，我知道他希望我帮他，而我想让他自己完成调控的过程。）

我对大家说："刚才小龙把他的解题思路表达得很清楚，你们同意他的想法吗？"

（在包括小龙在内的所有学生的论证下，大家认同了小龙的思路，显然这个环节给了小龙肯定和信心。）

我接着说："其实小龙自己已经确定他的思路是正确的了，只是不知道计算结果为什么和我们的不一样。那么该检查什么呢？"

（我边说边转向小龙，小龙立刻领悟，马上认真地检查了他的每一步计算。）

一会儿小龙说："我知道了，是我在计算 125 加 46 时没有进位，算错了。"

（这时困惑解除了，他也因此又多了一次自我监控的体验。）

在这个场景里，当小龙提出与大家不同的独特想法时，我尊重他的思维选择，并尽量沿着他的思维轨道，引导他对自己的思维展开调控。

一次次元认知活动激发并维持了小龙内部心理的不平衡，激发了他的心理能量，调动了他的学习积极性，他的主体意识正逐渐被唤醒。解题中的自我控制和调节的方法也在一次次训练中被理解并得以积累，小龙的学习能力在实践中得到了提高，他比以前会学习了。

二、主辅双管齐下，培养自我监控的习惯

教给了小龙自我监控的方法，还要帮他养成自我监控的习惯。我从以下两方面帮助小龙养成自我监控的习惯：一是遵从元认知能力培养的规律，从向他提供一些自我监控的提示语做起，结合 G·波利亚数学学习元认知提示语与他本人的风格提炼出他的提示语。如："尽可能画一张图""回到定义去""引入适当的符号""找出所有的关系""检查每一步计算"等。帮助他在解决问题时能警觉地不时向自己提出一些监控自己思考活动的问题，养成自我监控的习惯。

另一方面加强游戏、体育等其他活动中元认知的训练，并促使小龙的元认知能力向文化知识的学习迁移。他喜欢打乒乓，我就在与他打乒乓时，经常将自己对每一个击球动作的监控过程说出来，引导他关注监控过程。课后与他一起玩"算二十四点"的游戏，一起玩"赛车突围"的游戏，这些游戏都能很好地训练他在游戏中进行元认知活动。通过游戏、体育活动等自我监控的训练，这种习惯和能力很好地迁移到了小龙的数学学习中来，课堂上慢慢地可以看到他专注解题的情形了。

三、加强相互交流，提高自我监控的水平

数学活动中的交流与人的自我意识紧密相连，是提高元认知水平的有效途径。要使学生真正地成为学习的主体，就应当让学生有更多的机会去交流各自的思维活动，这不仅可以促进彼此的相互了解，而且自己和他人的表述也必然会促进主体的自我意识和自我反省。

同桌交流是课堂上频率最高的交流，我从抓同桌交流的效率做起。与以前相比，我对培养他的交流习惯和技能给予了必要的指导。基于学生的年龄特点，我为小龙安排了与他能力相当的同桌，同时分别跟他们说："你比同桌更聪明一些，你的同桌需要你的帮助，所以每次交流时你要将你的收获讲解给同桌听，如果他不服气，就拿你还不明白的地方用问题的形式考对方。"这样的安排大大地激发了孩子交流的欲望，因为他们的交流被赋予了帮助别人的责任，所以孩子们都特别认真地对待每一次交流。每当看到小龙与同桌交流时认真的神情，我就情不自禁要感谢善意的欺骗带来的神奇的力量。同时这种交流方法，可以使小龙理清自己的思路，判断自己理解的正确性，从而能够锻炼他的自我监控、反馈和调节的能力。

经过一个学期的努力后，小龙消极、懒惰、孤立的学习状态基本消除了，能够及时完成作业了，能够积极地参与课堂讨论了，甚至能与同学就某个问题进行争论了——虽然不是每节课都如此；能够与同桌专心地进行合作探讨了——虽然有时他会调皮地捉弄同桌，但是这样的结果已经给了我很大的鼓励，他的成绩基本稳定在前段，我认为我已经完成了关于元认知能力培养在小龙身上的本土化建构的大部分工程！

正在喜悦的时候，问题不期而至了：在一次期末练习测试中，小龙得了99分，又是全班第一名，这已经是他在期末练习测试中第二次得第一了。课间我高兴地走到小龙身边，正准备表扬他这几次取得的好成绩。他看见我走过去，眼睛看着试卷伤心地对我说："十元奖金又泡汤了！""十元奖金？"我迷糊了。他主动向我解释："我奶奶跟我说好的，考满一百分奖励十元钱，这次差了一分，十元奖金没有了！"听完他的话，我晕了：小龙的进步是我一个学期苦心经营的结果还是他奶奶物质奖励的结果？使小龙心理能量得到充分激发、维持他的积极性的不平衡状态是源自数学学习需求还是物质需求？一系列的问题出现在我脑中，我感觉很无助！

事后，我找了个时间与小龙进行了长谈，在交流过程中，我知道他奶奶用物质奖励的手段是从期末复习阶段开始的，主要目的是想让他在期末综合测试中取得好成绩。听到这里我终于松了一口气！更棒的是小龙对我说："以前我喜欢数学是因为它学起来简单，现在我喜欢数学是因为它学起来带劲。"——看来，我还是成功了！

这次奖金事件虽然对我的研究没有造成大的伤害，但它还是不自觉地干预了我的教育过程。这次事件向我的研究提出了新的问题：当家长不懂教育时，可能会想出各种不正确的手段激励孩子学习，这些手段肯定会阻碍我的教育进程，那么我该怎么办？除了强化对学生的正面引导外，我还需要做的一件事就是要及时与家长沟通。要让家长了解我对他孩子使用的教育策略，同时尽可能地吸纳家长成为这项教育策略的支持力量。那么如何沟通？如何吸纳呢？我产生了如下想法：

·对智力比较好的小学生进行元认知能力的培养是可行的，孩子会因此而提高学习积极性和学习能力。通过这个个案的研究，我深切地体会到在小学阶段培养这类学生的元认知能力是培优的有效途径！

·暴露思维过程，培养自我监控习惯，加强相互交流是培养元认知能力的有效策略。

·家校联系很重要，学校教育如果能与家庭联合，效率会更高。反之，学校教育有可能会受到阻碍或伤害。在个案研究中，有条件的话还可以进行多方联合教育！

·做个案研究时，要大胆尝试各种方法，也许最终没能找到适合研究对象发展的好方法，但必须努力去找，找了才有成功的可能！

学源于思，思源于疑

顾 燕

明代学者陈献章曾曰：学源于思，思源于疑，小疑则小进，大疑则大进。这说明生疑、发问很重要，尤其是能够在不疑处有疑。作为教师，在进行有效教学时，更要鼓励学生多生疑、多发问，从而增强学生发现和提出问题的能力、分析和解决问题的能力。

记得那是一天的下午，我像往常一样，安静地在办公室备课。这时，一年级的赵同学走进了我的办公室。因为他的心理稍微有点问题，所以当其他同学在教室做作业的时候，他却悄悄出来溜达溜达，对这我早已习以为常了。只听短促而有力的声音"顾老师，顾老师——"，我猛地一抬头，看见他已经在我跟前。我让他坐会儿，别到处乱跑，他也很听话地坐了下来。只见他坐在教师办公室的位子上，开始捣腾起钉子板来。我心想：平时教他做数学题，他比较反感，但是，今天我看他对动手操作的东西还是蛮感兴趣的，心想不妨借助钉子板教他学习数学知识。

我看到他先是用橡皮筋拉成了正方形，然后耷拉着脑袋认真地思考着。于是，我轻轻地问他："你围的是什么图形？"他说："正方形。""那正方形的边长是多少？"只见他犹豫了一会儿，问道："怎么数？"于是，我便引导他数格子，边长是3。突然，他欣喜若狂地对我说："顾老师，我会了！我来给你围个边长是4的正方形吧。"话音刚落，他就迅速围好了。我不禁给他竖起了一个大拇指！他也开心地笑了，笑得像那天的阳光一样灿烂！

接着，我又让他围一个长是3，宽是2的长方形，这也难不倒他。这时，他突然说了一句："顾老师，为什么我们不在课堂上玩这个？"我被他的这句话震惊了，我觉得他很有想法，可以开设一个关于钉子板的课程，让孩子在动手操作的过程中学习新知、巩固新知。

于是，我们俩就一起研究钉子板在课堂上怎么玩？此时的我们就像朋友一样畅所欲言，我问他："课上，让小朋友们拿钉子板玩些什么呢？"他认真地思考后，答道："可以围这学期我们学的大小不同的正方形、长方形、三角形、圆呀。""圆？"他马上纠正道："噢！在钉子板上不能围出一个圆！"听后我会心地点点头，表示赞同。经过我俩的共同探讨后，我们设计了钉子板课程，内容包括：1. 按指定要求围图形；2. 自主创新围图形。

后来，我们的钉子板课程在班级里成功地开展起来。课堂上，小朋友们不仅积极动脑、动手操作，而且勤于思考、善于提问，有效地发展了他们的有序思维和发散思维。

陶行知曾说："发现千千问，起点是一问。"朴素的一句话，却是教育艺术的最高凝练。作为教师，我们必须做到善诱、善导，从而鼓励学生生疑、发问，开启思维的大门，用双手操作，用双眼观察，用智慧解题！

小蚂蚱，欢迎光临三（5）班

丁娜乃

2021 年 9 月的一天，我照例提前来到教室，发现彼时的教室无比热闹，孩子们围得层层叠叠，兴奋地交谈着："小李头上有只蚂蚱。""这只蚂蚱是迷路了吗？""这只蚂蚱是想和我们一起上语文课吗？""哈，小李是个幸运的人，蚂蚱最喜欢他。""不对不对，蚂蚱是先跳到我头上，然后再跳到小李头上的！"……听着孩子们的话，看着他们兴奋的小脸，我当即决定调整教学，把握这天赐习作素材，即刻指导完成习作二《写日记》。果然，由于亲身经历过，孩子们在课后作文中有话可写，字字句句流淌着真情实感。

学生习作1：

9 月 29 日　星期三　雨

上午第一节课刚下课，我正自言自语："我要快马加鞭，早些写完习字册，今日份的任务就可以少一项啦！"突然一个小东西"嗖"地一下蹦跶到了我的课桌上，吓得我赶紧起身后退了一步，大叫："天哪！这什么东西啊！"这小家伙丝毫没被我的惊叫吓到，在我的语文书上转悠了好几圈，仿佛在对我说："嘿，小朋友，陪我玩会儿呗。"我可不敢，只是默默地向后缩了又缩。

小家伙见我不搭理它，便立刻张开翅膀，"嗖"一下子飞到了小李的头上，一动也不动，似乎在说："没人陪我玩的话，我就在这一片黑色草坪上好好睡上一觉吧。"这时候，有的同学静静地看着小家伙，有的同学笑得前仰后合，还有的在说："它应该是把小李的头当做窝了吧。"全班的目光都被它吸引了。

没多久，上课铃响了，小蚂蚱飞到了玻璃窗上，一会儿跳跳舞，一会儿大摇大摆地走几圈，直到第二节课后也没有离开，也许它很喜欢我们，所以才不愿走吧。

学生习作2：

9月29日　星期三　雨

第一课下课，教室里来了一位"不速之客"——蚂蚱。

"啊，啊，啊……"一阵尖叫声划破了教室的安静！我往声音的方向望去，只见小陈缩成一团，身体连连往后仰。于是我跑过去一瞧，哦！原来是一只可爱的小蚂蚱飞到了小陈的桌上，和小陈四目相对，吓得他双眉紧锁，不敢动弹。我刚要上前仔细观察，这只调皮的小蚂蚱又一蹦，跳到了小李的头发上，惊得我瞪大了眼睛。这家伙好像把小李的头发当成了"草丛"，舒舒服服地呆了好久。此时，丁老师也发现了它，用手机拍了下来告诉了小李。原本淡定的小李，一下子慌了起来。教室里也沸腾了，同学们纷纷围了过来，大家你一言我一语，教室传出阵阵欢笑声。我想此时这只小蚂蚱一定特得意吧！它成为了全场的焦点，成了一位大"明星"，只是把小李吓得面容失色。

快上课了，也许它不想"打扰"同学们的学习吧！这家伙再一次"起飞"了，成功降落到窗台上。上课了，我不时回头偷看它，只见它头顶端有两根长长的触角，随着丁老师的讲课灵活地转动，犹如正在接收上课内容的信号。它静静地趴着，认真"听讲"，一动不动。看着它"专注"的样子，我顿时惭愧极了，把头目光收了回来，端正了一下坐姿，认真上课。

当我再一次想去看它的时候，它不见了，我想它也许又去哪个班"上课"了吧！真是一只"爱学习"的蚂蚱！不过，我可有点不喜欢它，因为它的到来，使我多了篇日记，真"可恶"！

孩子们用稚嫩的笔触表达着所见所闻所感，抒写蚂蚱的"神奇"，我瞬间也觉得这蚂蚱"神奇"起来了，不由寻思起能否让"蚂蚱"进入剩余几个单元的习作主题可能性。就这样，一个以"蚂蚱"为线索的微课程在我的脑海中慢慢出现了。我梳理了三个单元关于习作的语文要素，以"蚂蚱"为习作总任务情境，整合八个子任务开展链状推进式的实践活动，设计了班级微课程，并确定了各个对应习作单元的训练重点（见下表）。

"蚂蚱"微课程	对应习作单元	训练重点
三（5）班的蚂蚱朋友	第二单元写日记	结合蚂蚱突然造访，学习写日记，写所见所闻所感
蚂蚱游历	第三单元我来编童话	结合蚂蚱突然造访，发挥想象，编写一个与"蚂蚱"有关的童话
蚂蚱送祝福	第四单元续写故事	结合图片，想象接下来可能会发生什么看，续编故事，适当的时候让蚂蚱出场
以蚂蚱视角介绍学校	第六单元《这儿真美》	结合不同季节观察到的校园，每个小节围绕一个主题，以蚂蚱的视角介绍学校
请蚂蚱当监督员	第七单元《我有一个想法》	结合总有同学爱在老师不在时讲话的现象，发表想法，并请蚂蚱当监督员
和蚂蚱一起"玩"	第八单元《那次，玩得真高兴》	结合秋游时再遇蚂蚱的经历，写出秋游的快乐

续表

"蚂蚱"微课程	对应习作单元	训练重点
蚂蚱的亲密朋友	第一单元《猜猜他是谁》	观察与蚂蚱朋友亲密接触的那几个同学，写出他的外貌等方面

在这一由蚂蚱串起的微课程实施过程中，我借助形象直观的图式支架有效帮助学生将感性经验生活梳理提升至理性认知。如在第六单元习作《这儿真美》教学时，我设计了"江小的四季之美"寻美活动，通过绘制文本结构图（如图1），帮助学生对《这儿真美》习作进行整体把握。接着引导学生选择有代表性的事物，并提炼描写事物特点的关键词，帮助学生定格画面，启发学生用审美的目光发现校园的四季之美，用心体察身边之美。

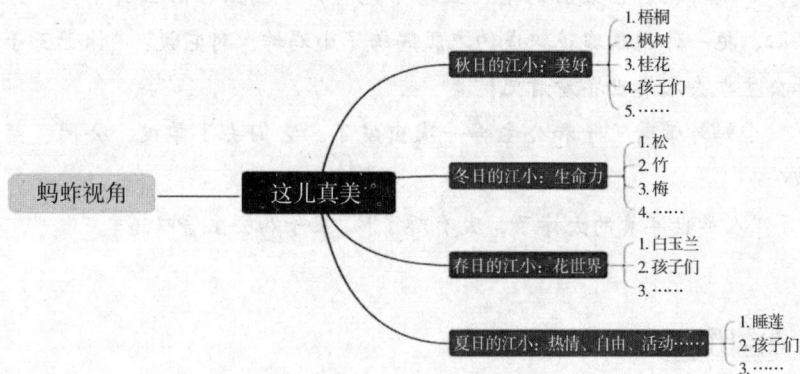

图1 "江小四季"寻美活动

以往，单篇习作教学的功能也许止步于习作任务本身，而在本次微课程实践中，单元习作教学也指向最终成果展示的动力环节。学生在富有挑战的、有趣的实践活动中深度参与、乐写、善写，诞生了不少优秀的学生习作，从而让习作教学变得有意义。现摘录部分习作如下。

学生习作3：

小蚂蚱回国后（习作三）

小蚂蚱在人类世界游历一番后回国了。

　　蚂蚱王国的朋友们听说小蚂蚱回来了，都跑来迎接它。伙伴们里三层外三层地围住小蚂蚱，像记者采访似地问道："你在人类世界都看到了什么？听到了什么？人类世界好玩吗？""我看到的东西可多了，有高楼、操场、饭店还有许多小汽车……其中最让我难忘的是我到江溪小学三（5）班当了一回'听课老师'。我还跳到一位同学头上做了一次旅行呢！"小蚂蚱昂着头、叉着腰，骄傲地说。伙伴们听了，露出了羡慕的表情："真是太有趣了，你还能讲一讲吗？"小蚂蚱一蹦，跳到了演讲台上说："我还去了南长街、动物园、游乐园……"

　　小蚂蚱的奇遇传遍了整个蚂蚱王国，连蚂蚱国的新闻里都报道了这件事。

　　最后，这件事传到了蚂蚱国王的耳朵里，国王命令召小蚂蚱进宫。它对小蚂蚱去人类世界的事大加赞赏，对小蚂蚱的经历十分关注。于是，小蚂蚱把自己经历的事一五一十地告诉了国王。国王听了，十分开心，把一件用玫瑰花织成的衣服赐给了小蚂蚱，对它说："你带王子和公主也去人类世界看看吧！"

　　小蚂蚱带着王子和公主再一次出发了，它们去了学校、公园、超市……

　　"人类世界真的太棒了，太有趣了！"王子和公主赞叹道。

学生习作4：

我们眼中的缤纷世界（习作四）

　　亲爱的小蚂蚱：

　　你好，我非常想念你。你不知道，在你走之后，我教室旁的桂花树开花了！

　　悄悄告诉你，桂花香气袭人！深吸一口气，桂花香犹如无数香气小精灵钻入我的鼻孔，在鼻间跳舞；又像喷着桂花香水的秋姑娘从我身边飘过，留下淡淡的香味。假如你闻到了，一定也会喜欢！

　　对了，桂花不仅好闻，还很好看。花朵呈金黄色，有四片花瓣和两根花蕊。花朵一丛丛、一簇簇地长在树干上，每一团花都像一位明星，被一群群"树叶记者"和"树叶粉丝"团团围住。

又好闻又好看的桂花还很有趣。有一次下课，我的朋友小博跑去摇桂花树。只见他双手握住一根树干，一个弓步，用力摇动树干，桂花纷纷落下，犹如下起了桂花雨。这时，其他小伙伴有点用手去接桂花，有的蹲在地上捡桂花，还有的和小博一起摇桂花树。我站在桂花树下转圈圈，沐浴在桂花雨中。桂花落在我头上、手上、衣服上……舒服极了！如果你来，我猜你会展开双翅，飞到空中，和桂花来个亲密接触，还会飞到桂花下面，背着桂花在空中飞翔……

我非常欢迎你再来三（5）班做客，顺便看看我们的桂花朋友吧！

妍妍

2021 年 11 月 12 日

学生习作5：

这儿真美（第六单元）

这儿是我那些人类朋友的学校——江溪小学，这里是植物们的快乐天地，是朋友们的快乐天地，当然也是我的快乐天地。

秋天的江小，是美好的化身。我在这里亲眼看到了美好的一切。清晨，我蹦跳着来到学校门口，地上落满了金黄色的梧桐叶。我常常躲在草丛，偷偷看着朋友们在上面蹦来蹦去，声音听起来又悦耳又舒服。课间，我和朋友们一起赏枫赏桂。晚上，我偶尔还会枕着书本入眠……

虽然我没法亲眼看见其他季节的江小，但朋友们七嘴八舌地描述给我听啦！

他们说冬天的江小，就是岁寒三友的主场。松柏披上了油亮亮的大衣，准备过冬；竹子依旧坚挺，一如春夏秋，笔直地站在那里；腊梅花在这寒冷的季节里争先恐后地开放。正如小古文《岁寒三友》中所写：其性皆寒，与他树不同。哎呀，它们可比我坚强多啦！

他们说春天的江小，是花的世界。在学校的中央大道一旁，玉兰花开得有早有迟，有的躲在灰绿色的外壳里，像一颗颗刚刚发芽的小竹笋；有的外壳落了一半，如同一位半遮半掩的姑娘；还有的已经完全开放，里面的花蕊好像迷你火龙果。朋友们在玉兰树下驻足观赏，开心极了。

他们还说夏天的江小，是热烈自由的。两座教学楼中间小池塘里的睡莲有的红、有的黄、有的白……睡莲的叶子铺在水上，像给小池塘铺上了一层轻纱。莲花已完全开放，花瓣白赛雪，露出了金黄的花蕊，还散发出阵阵花香。小鱼躲在莲叶下面和我们玩捉迷藏，蜻蜓在池塘上做"飞行表演"，周围的蜻蜓也纷纷被吸引来围观。朋友们则最喜欢看小蝌蚪在莲叶下游来游去，仿佛自己也变成了自由的小蝌蚪。

这儿真美！

学生习作6：

那次，玩得真高兴（习作六）

那次，我和同学们一起去鼋头渚秋游，正在草地上野餐，突现蚂蚱朋友，可把大家惊喜坏了。

不知是谁提议，可以把蚂蚱朋友"逮"住，邀请它们和大家共进午餐。一听，我和同学们像脱缰的野马一样兴奋地冲上山坡，跑进草地。突然，小茗停下脚步，屏住呼吸，张开双手，抿着嘴，猛地向前一扑，她的手中间微微隆起，紧紧地扣在地上，大喊着："快拿袋子来，我逮到蚂蚱了！"可当她打开手心，只见手心捂着一堆草，哪有蚂蚱！不过，小茗仍然斗志昂然，满脸自信地说："小蚂蚱，我一定要亲自邀请到你！"我呢，捡起一根小木棍，用几根草伪装了一下，然后蹲下身子，轻轻地把木棍放到草丛里，慢慢蹭到蚂蚱前面，屏住呼吸，心里默默地祈祷："小蚂蚱，你一定要上来，我带你去见人类朋友。"小蚂蚱好像知道我的心愿，纵身一跃，跳到我的小木棍上，还吃着木棍上伪装的草，可当我想向同学们炫耀时，蚂蚱又一次跳进了茫茫草地。其他同学呢，每个人都想着各自的方法"邀请"蚂蚱，可惜没一个人成功。

那次，我们玩得真高兴！我终于理解为什么萧红终生难忘祖父园子里的那些昆虫了。

最后，祝所有孩子都能正确运用祖国的语言文字，在表达中日益自信，享受习作的"有意思"与"有意义"。

我的四季

谢玉雪

> 冬去春来，四季更迭。转身回望，我的教学也如这四季一般，接受寒风的磨砺，播种希望，不断成长，终于收获。
>
> ——题记

苦闷之冬

"这篇文章有什么特点？请一位同学来谈谈自己的看法。"我一手执书，一手抱臂，对这个问题进行了第三次重复，透过镜片的目光已然带着怒意。可同前几次一样，教室里仍是一片死寂，学生们大多低下了头，就连平时课堂上发言活跃的几个学生也只是面面相觑。

"这个问题有这么难吗？你们就不能动动脑筋去思考思考？上课效率在哪里？"我的忍耐已经到了极限，怒气已经无法压制，斥责的话也随着不断提高的音量脱口而出，我甚至有了摔门而去的冲动。这样的情况出现过不止一次，课堂变成了老师的"独角戏"，到底怎么回事？我的学生怎么什么也答不出？但往常的经验告诉我，把时间浪费在发泄情绪上是没用的，课堂还是要继续下去。

想到这里，我尽量让自己的语气变得温和一些："同学们大胆一些，说出你的想法就可以，哪怕说得不好也没关系，能够站起来发言的同学说明你已经在思考了……"此时的我仿佛是一个可怜的"乞讨者"。

可我语气的转变并没有给这可怕的寂静带来任何转变，教室里还是没有学生抬起头来应和我那几近乞求的目光。

"再给你们几分钟时间，相互讨论一下吧。"我放下课本，走出教室，选择在冬日的寒风中给自己几分钟时间冷静一下。冬日的寒风吹在脸上，我的头脑瞬间清醒了很多，刚才这个问题是照着教案问的，我试着去换位思考我刚刚提出的问题，如果我是学生会怎么答？可我思考许久，发现确实不知从何答起。我为什么不提醒学生可以从语言、修辞手法的运用上着手思考，而是抛出这样一个笼统的问题呢？难怪学生一头雾水。

我突然意识到，自己有多么不成熟，明明是我自己在备课中没有意识到教案中的问题，却把责任推给教室里那群孩子，实在是太不应该了。

把懊恼丢进冷风里，我又重新走回到讲台……

成长之夏

上一次的课堂经历让我明白：课堂不是演戏，学生也不是演员，平时观摩的那些精彩的课堂不是学生有多么好，多么会回答问题，而是老师引导有方，老师的提问是有梯度的，备课时是考虑到学生的学情的。即使课堂上出现了冷场，老师也应当适时地进行调整，指责和埋怨学生是万万不该的，这也是不成熟的表现。

找到了自身的原因，我便不断改进我的课堂教学，备课时尽可能地站在学生的角度，把自己当作学生去思考。除此之外，办公室的老教师告诉我，课堂是老师和学生双向的奔赴，我还要细心地去关注学生，发现学生本人存在的问题。

一次课上，我要求学生"开火车"朗读词语，学生的积极性很高，很多学生都在举手。"我来看看，这么多同学想读词语，那我就挑每位组员都举手的小组来开火车吧！"此话一出，一些平时不爱举手发言的学生也在小组荣誉感的激励下高高地举起了小手。两轮词语读下来，有的小组甚至被叫到了两次，但有一个小组一次都没轮到，原因是组里有一个女生一直不愿举手，即使组里的同学不断地催促她举手，她被说得红着脸低下了头，却始终没有鼓起勇气举起小手。我没有多说什么，继续上课，将她组里同学的注意力从指责她不举手转移到接下来的课堂环节中。课堂上的这个小插曲让我意识到，我似乎从未在课堂上见过她举手。

课后，我问了问其他任课老师，他们也说很少见这个小女孩在课上举手回答问题。可是这个女孩平时很愿意帮助老师和同学，课后也经常见她跟别的同学交流欢笑。

我私下里找她谈心，发现原来她在课堂上是很想回答问题的，可二年级时，她因为有一次答错了一道简单的数学题，被老师批评了，从此之后，老师提问题，胆小的她再也不敢举手了，生怕答错被老师批评，被同学笑话……

望着小女孩眼里泛着的泪花，我拍拍她的肩膀，告诉她，不要因为一次答错就放弃所有回答问题的机会。举手回答问题，答对了是你学习成果的展示，答错了是老师和同学帮你纠错的机会。学习就是一个不断习得、不断纠错的过程……

在以后的课堂上，我惊喜地发现常能见到她那只高高举起的小手。在一次综合性学习活动"轻叩诗歌的大门"中，她创作的小诗，赢得了同学们无数惊羡的目光和热烈的掌声。

此外，为了让活泼好动的学生和性格内向的学生都能在课堂上展现自己，我采用回答问题加盖"答题之星"章兑换学习用品的方式激发他们的积极性，并且注意留心他们的心理状态，适时纠正他们的问题。终于，课堂焕发出了应有的生机。

收获之秋

在新课标的指引下，我深知课堂气氛的活跃对于学生学习知识有多么重要。为此，我想方设法地创设尽可能调动学生积极性的情境，提出尽可能引发他们兴趣的问题。在不断的改进中，我的课堂上，学生们常常表现出极高的热情，有的问有的答，你争我抢，课堂上问答不断，气氛很活跃。

一次，学习《千年梦圆在今朝》一文。在导入新课时，我问道："2003 年 10 月 16 日，中国发生了一件惊天动地的大事，同学们知道吗？"话音未落，学生们立即群情激昂，刹那间教室里树立起一片手臂组成的"树林"。"我说！""我说！"学生们争成一片。"你闭上你的嘴，我先说！"一声大呼，把大家的注意力全吸引过去了。原来一个学生已离了座，站在一个正在高声喊叫的学生面前，用手指着他进行"威胁"呢。这不正是爱在课堂上打瞌睡、做小动作的小周吗？看到他那副一本正经的样子，学生们爆发出一阵哄堂大笑，我也被他逗乐了。

我们的课堂不仅有愉快的笑声，还有感人的眼泪。那一次，学习《父爱之舟》一文，我极力营造课堂上的亲情气氛。在让学生结合生活实际谈自己对父母艰辛的认识时，好几个学生动情的讲述，深深地打动了其他同学和我。离下课还有几分钟，我正想结束这节课的时候，突然，语文课代表小王说："老师，您能不能说说有关您的亲情故事呀？"这个是我在备课时没有想到的，我觉得有点难为情，但是面对一双双期待的眼睛，我稍微考虑了十秒钟，叙述了发生在我跟父母之间的几个亲情故事，也许是我叙述的是真人真事，也许我说得很感人，在我讲述的同时我看到一些感性的学生甚至流出了眼泪。刚讲完，教室里响起一片热烈的掌声，那是我第一次感受到师生互动的好处。

像一篇情文并茂的散文，像一首轻重缓急的乐曲，如沐春风，如浴春雨，我的课堂真的让我感受到了那份沉甸甸的秋之收获。

希望之春

为人师者，只有不断改进自己，不断去关注学生，上好每一堂课，才能称得上是一位合格的老师。现在，我不再犯愁走进教室，相反，那里已成了我和孩子们品味文学、分享情感的乐园。每上一堂好课，对于我来说，都是一次愉快的精神旅行。在江小，我将继续耕耘播种，迎接一个又一个的希望之春。

教育是看见生命的过程

刘雨佳

苏霍姆林斯基说："人的内心有一种根深蒂固的需要——总感觉自己是一个发现者、研究者、探索者。在儿童的精神世界中，这种需要特别强烈。"儿童生来有发现、研究、探索的欲望。看到并承认这种欲望的前提，是看见学生是有生命的个体。学生在学习过程中并非静止的被动的，而是有生命意识的、活泼的动态发展的。生动的课堂能吸引学生积极地还原生命体验的真实过程，将经历、感受、思考的权利交付到学生手中，倾听内心的需要，让他们亲自去发现，去研究，去探索。

要实现理想课堂，教师除了要认真钻研教材外，更重要的是听取学生的心声，正视他们的生命体验和生活经历，在求知欲和兴趣点的坐标里寻找教学的起点。完整的生命体验、真实的生活经历能够"从学生中来，到学生中去"，让学习形成一个不断发展上升的螺旋。弯下腰满腔热情地走近学生，大胆地相信学生，听听他们的心声，看到学生的"资源价值"，享受并充实这些资源，就会获取新鲜的智慧和灵感。

在一次主题为"看图话，写一写"的习作课上，我展示了课本中孩子们在草地上放风筝的插图，引导学生在仔细观察图画后，有顺序地表达。学生大都能达到本次习作的基本要求，看懂画上的人物关系以及抓住动作说清楚人物在做的事情。学生能较好地完成"把看到的写清楚"这一学习目标，于是我试图通过勾连他们的生活经历，打通想象的路径，落实"把想到的写清楚"这一教学目标。

我笑眯眯地问学生："同学们，春天到了，正是放风筝的好时节。大家都放过风筝吧？"

"我放过！我放过！上周我爸爸妈妈带我去公园里放的！"一向活跃的小宇兴奋地抢答道。

"我也是和爸爸妈妈一起放的，我们当时放了一个很大很大的燕子风筝！"小朱边说边比划。

"我爸爸试了好久都没成功，最后还是我把风筝放起来的！"小杨同学一脸骄傲。

"我也放过！"

"……"

就这样你一言我一语的，不少同学都抢着分享自己的放风筝经历。

"唉，我从没放过风筝。"小周的声音很小，不过还是传到了我耳中。

再仔细看看，才发现一个班里，有小一半的孩子都默默地低着头，或是羡慕地听着。原来班里还有这么多的学生没放过风筝，没有切身感受到"儿童散学归来早，忙趁东风放纸鸢"的快乐啊。统编版教材选择了一幅链接学生生活的图画，本身就是为了拉近与学生生活的距离，降低学生观察表达的难度。在备课时，我也预设了此处的教学重点是引导学生会根据图画想象，丰富画面内容，增强表达的生动性，但实际的教学过程是无法完全预设的，教育面对的是丰富多彩的活人，是复杂的生命个体，教育总在有序与无序的整合中发展。

新课程最核心、最本质的变革，就是将人视为人，而不是工具。好的教师在课堂上是能够看见学生的生命的，是能够生发许多人性的闪光点和教育智慧的闪光点的。王崧舟老师能从学生"我是一朵孤独的荷花"中，敏感地捕捉到学生对自己生存状态的隐讳表达，并用善感的"师心"、温暖的点评给了这个孤独的孩子一份温暖的人文关怀。这些教育智慧都是无法事先预计和规划的，都是在生命相遇和问题的碰撞过程中，自然而然地非常灵动地闪现出来的，让人感觉到无比的惊喜。

学会"看图写作"的知识固然重要，但如果没有参与生活这幅真正的大画卷的经历，没有对生活图画的具身感受和体验，那么学生笔下的文字就只是遵从要求的机械输出，绝非基于真实感受的表达需要，那么学生表达的欲望和写作的热情都会因此减弱。

发现并选择教育资源的过程就是一种教育成长的过程。

"这样，同学们，下节语文课我们去操场亲身体会一把放风筝的滋味！"我放下语文书宣布。

教室里顿时欢呼雀跃。

之后的一节语文课，学生们来到操场，放起了他们亲手绘制的风筝。彩色的蝴蝶风筝在蓝天下飘飘摇摇，操场上回荡着孩子们发自内心的欢乐笑声。

回到教室，再上作文课。不少学生能够将作文草稿中的动作描写修改得更细致生动了，有的学生关注了放的技巧，有的学生描写了风筝时而贴地飞行，时而向下栽去，时而乘风飘扬的不同姿态，还有的同学能够在作文中加上自己的心理活动了……一次亲身体验，他们笔下的文字是那样活泼生动又有声有色，看图想象部分的教学水到渠成。给学生实践的机会，关注学生的生命体验和经历的起点，尽可能地为他们创造学习资源，就能发现学生的语文生命力也在教学中拔节生长。

"让我们添个像春天般美丽的结尾。那一个个美丽的风筝，像一串美丽的梦……"

"是我们亲手放起来的，轻轻地飞起，是那么轻盈，那么自由，那么美丽。"

"借着春天的暖风，把它们一个个送上天，送过海去。"

"去和白云握握手，去和鸟儿来场比赛，飞去遥远的喜马拉雅山，飞过一望无际的大海。"

"目送着它们，我心里充满了快乐、骄傲与希望。"

课堂就是独特的生命表现现场，学生每一次深入的思考，每一段创造性的理解，每一句富有见地的回答，都是无法预料的生命波动，正因其无法预料而愈显生动。师生创造的脉搏跳动着，师生互动中的生命活力闪耀着，学习现场也在不断生成着。学生的个人知识、直接经验、生活经历等"儿童文化"的外显，象征着儿童智慧的催放，情感的撞击，视界的敞亮，这些富有生命力的资源比任何设定的所谓知识目标更为可贵。教师要做的，就是敏感地发掘并捕捉其中有价值的因素，施以富有智慧的教学策略，创造能真正激发学生生命成长的学习资源。以生命意识唤醒教学理解，重构教学，课堂便能生长出更具再生力的因素。

教育，就是看见生命并参与生命成长的过程。

美术生活，宅家也快乐

贺文熠

　　面对突如其来的疫情，假期只能宅在家里，但是"宅"不代表静止，我们依然可以亲手"创造"出许多乐趣。那么如何有效开展线上教学，给学生带去快乐，让学生宅而不颓，宅亦有劲道，是我需要探讨和解决的。

　　特殊时期特殊学，改变方法灵活教。战"疫"特殊时期，教学方式从线下转到线上，开展网络教学工作，在抓牢教研、教学常规、教育质量的同时需要更加注重学生的学习能力、学习兴趣和学习方法的培养。充分发挥网络教学优势，克服网络教学困难，积极调动学生学习兴趣。

一、创意课程——结合非常时期，创意课程设计

　　虽然疫情让老师和学生天各一方，但是并不会消磨学生对绘画的热情。相反，应当积极引导家长和孩子向生活学习，把这场全民动员抗击疫情的、没有硝烟的战争当成是一部活的教科书，帮助孩子积极地参与生活，乐观地面对生活，认真地思考生活。我巧妙地利用病毒这一元素开展因时制宜的丰富的课程单元，透过艺术学习让学生更好地了解疫情并且用自己的语言创造出结合当下的丰富的画作。

　　例如我设计这样的单元课程：首先通过有趣的卡通病毒视频让学生简单直观地了解冠状病毒的"前世今生"，更加熟悉这一人气最高的"网红"。然后教授学生用夸张变形的手法，结合自己的想象绘画出不同大小、不同颜色、不同表情、不同动作的病毒形象。接着通过《新冠病毒自白书》让学生生动形象地了解病毒传播的途径，人类又是如何对付病毒、预防病毒。最后布置"病毒日记"作业，请同学们用"日记画"的方式告诉大家病毒长什么样子，病毒是怎么干坏事的，我们又应该怎么预防。

　　画完之后通过云平台，大家云聚会、云分享，展示描述自己病毒日记故事，用画告诉向大家一起齐心协力，战胜病毒。

　　通过这样的系列学习，不仅让学生了解了病毒的危害，同时增强了防疫意识，也锻炼了学生的想象力和表达能力。懂一点责任担当，学一种科学精神，会一些绘画本领，这应该是"停课不停学"的真正含义所在。

二、奇思妙用——利用家中材料，丰富课堂模式

学生在家可以用的材料更多更广，我要充分利用这一点，引领学生认识到身边的各种物品都是美术创作的基材，稍加选择利用就能制作出具有独特艺术效果和美感的艺术品。启发学生发现新材料，使用新方法，引导学生用家里的废旧材料锻炼想象力和创造力，通过废物利用，培养孩子懂得珍惜的美德！

例如在《蚂蚁蚂蚁》一课中，可以巧妙利用家里一些吃剩下的零食碎渣，让学生领悟蚂蚁小身体、大能量，通过实物还原真实感。《美丽的雪花》《青花瓷》的课程中，可以引导学生用家里的纸巾浸染颜料的方式来表现。《春暖花开》一课中，可以用家里妈妈做菜留下的菜根、剩下的玉米、切开的藕片等刷上颜料印在纸张上，来表现春天美丽的花朵。

物品改造、变废为宝的过程充满了意外惊喜，我积极引导学生去发现。例如用家里的蚕豆壳、花生壳、瓜子等拼摆制作出不同的小动物造型，用袜子做袜偶，用纸板做相框等，学生通过对生活中各种不同物品的探索，进行设计、绘制、改造，就像是一个奇妙的探险，体验到了和以往美术学习不一样的乐趣，宅家也能变身发明家！最后，在网络上学生变身小老师，将想法和创造性的技能传授给其他学生，充分展现学生的主体地位。

三、多元评价——家校同频共振，点赞"画家"智慧

因为相隔两地，我无法知道学生真实的学习效果，因此我借助网络的科技，采用云端的途径来培养学生的自觉性，养成好习惯。比如家长群、微信群有一个视频功能，可以邀请三到四组的家庭进行一个绘画云聚会，相互比拼，相互鼓励。利用腾讯课堂、腾讯会议、QQ课堂、钉钉等，借助网络新科技，达成云评价，通过网络科技让学生自觉。还比如，我引导启发学生自己创意点子，制作一些新奇的手工作品，把他们的作品择优、推广、改良，然后分享给大家，激励成功感，然后将这些作品拍成视频，放到班级的群里，做成学生的创意纪念册。我还设计了今天"我是小老师""我们来挑战""小小发明家"等趣味线上主题活动，多个屏幕互动，让学生带动学生，自我发现，自我解惑。

四、总　结

我们的世界是一个充满机遇和挑战的社会，面对新的挑战，我们往往要创造性地解决问题，这也是美术核心素养所倡导的。科技的生长让教育变得越发便捷，我们一定要不忘初心、紧跟时代脉搏，不断丰富自己的知识，提高自己

在复杂问题下发现问题、分析问题、解决问题的能力，让教育在云端"开花"！

无心之举，开出意外之花

孙恬琳

怎么样的课堂是高效的？这是一个从我踏上三尺讲台那一天就一直在思考的问题，随着我不断地成长，对这个问题的思考和得出的结论也在不断地发生变化。

在我刚踏上工作岗位的时候，我一直认为高效的课堂首先应该是安静的，每一个孩子应该是沉静的、专注的，能跟着老师的思路走的，所以当我刚刚开始工作的时候，一直致力于让我的课堂成为我认为的那样的高效课堂，但在工作的过程中我发现，这样的课堂对老师的要求高，对学生的要求更高。我一直记得刚工作的第一年带的是三年级，三年级的孩子要求他们一节课都保持沉静专注的状态其实是不可能做到的，而且班级中的每一个孩子都是不同的个体，每个人每一节课的专注时间都是不一样的，能够长时间保持专注的孩子一定是经过长期训练，需要家长辛苦付出，这时我才意识到我所认为的高效课堂是理想中的课堂，我这样一个刚刚踏上工作岗位的新老师想要让自己的课堂成为这样的课堂需要丰富的工作经验和良好的家校沟通。此时此刻我才真正了解到学校的教育并不只是面对坐在教室里的每一个孩子，还包含了每一个孩子身后的每一个家庭，不同的家庭环境养成了不同的孩子，课堂上我们要尊重每一个孩子的个性，在保证课堂纪律和进程的前提下，允许孩子们个性的发挥和表现，只有这样才能让孩子真正从课堂上学到知识。

为了达成我心中的高效课堂，我也一直在摸索着，和一届又一届的孩子们不断地磨合着。在这个过程中我发现孩子们也在不断地成长，每一届的孩子都不一样，但是我能从这些不一样中感觉到每一届孩子不断地成长，现在的孩子个性比之前更突出明显，所以在课堂上我会更加倾向于鼓励孩子们个性的表达。之所以会发生这样的思想上的转变其实源自于那一节课。

那是一节二年级的数学课，距离下课还有十来分钟的样子，还剩下一个思考题没有讲解。当我把思考题出示在大屏幕上的时候，突然之间，我冒出了这样一个想法：应该让小朋友自己来试试，看看能找出多少种解题的方法？我这样对学生们说道："今天这道思考题，孙老师还没有想出来，小朋友们能帮助孙老师来想想这个题目到底怎么解答吗?"小朋友们一听,老师居然需要我们的帮助,立刻点头如捣蒜,马上翻开各自的自备本演算起来,一个一个可认真了。

过了没多久,张同学说:"老师,我有答案了,算出来,最后一个格子应该填24。"我就问她:"你是怎么算的?"她自信地把她的计算过程说了出来,其他小朋友听后表示完全正确,这时教室里另外一个小朋友袁同学举手说:"老师,我的算法和她不一样,但是结果也是24。"然后他也自信地说出自己的计算方法,听完之后,我发现的确是可以这样算的。紧接着吴同学也举手了,他说:"老师,还有一种方法呢!我是这样算的……"越来越多的方法被班上的小朋友们找了出来,这时下课铃响了,我们这才意犹未尽地结束了对于这个题目的讨论。

细细想来,本来我把这个题目抛给学生的目的是,让他们多思考一些时间,却没想到小朋友们完全不需要老师的帮助,他们利用自己的演算和思考居然可以找到这么多种解决问题的方法,看来平时是我作为老师太忽略小朋友自己本身的能量了。想到这里我不由得想起了之前在书中看到过的叶澜教授的一句话:"把课堂还给学生,让课堂充满生命气息。"这时我才真正理解这句话。

一个高效的课堂,它首先应该是以学生为主的,课堂的主体是学生,课堂是围绕学生展开的。在过去我总以为课堂是以老师为主的,是老师创设了各种各样的情境,引导学生不断地学习,现在看来这样的构建也许在某些时候确实有效,但不一定适合每一个孩子,这就需要我们老师转变思想,把课堂还给学生,让学生成为课堂的主导者。我们一直在强调主观能动性,在我有限的教学生涯中,不止一次地发现学习这件事情真的是充分体现了孩子们的主观能动性,全科学习都好的孩子一定是主观能动性强、自我要求高的,这样的孩子在课堂上表现出来的状态就是高效的,不论他是否喜欢这样的课堂,他都会全身心地投入。单科学习好的孩子会出现两种状态,一种是这一科他天赋好,随便学学就很不错,另一种是他喜欢这一科的老师,所以课堂上听课效率就好。作为老师我们不能期望每一个孩子都像全科优秀的孩子那样每一节课都能做到高效听课,也不能寄希望于孩子天赋,我们能做到的是不断改进我们的课堂,让孩子喜欢课堂,喜欢老师,喜欢这门课。

常言道"亲其师,信其道",构建一个高效的课堂,需要的是老师和学生的相互配合,所以良好的师生关系在当前教育形式下是构建高效课堂的前提,课堂的主体是学生,作为老师怎样才能引导学生主动学习新的知识,主动地参与学习活动,说到底就是要让学生亲近老师,亲近课堂。在我看来,良好的师生关系应该是平等的、宽容的、相互尊重的,在课堂上让孩子感受到老师和他们是平等的关系。有的时候稍稍地示弱，会让孩子更有成就感，对于孩子们在课堂上的小错误，我们应该有宽容心，尽量避免一味地"镇压"，这样的方法有时候反而会起到相反的效果。

如何构建高效课堂这个问题也许会成为我教学生涯中一直思考的一个问题。随着时代的发展，孩子的进步，我们的课堂也应该成为孩子们成长的实验场，随着孩子的进步我们也要不断提高我们的课堂，致力于让每一节课堂都成为高效课堂。

第二章 听见自己，出发！

面对活泼泼的生命，总觉责任在肩。漫漫教育征途上，哪怕常有困惑，时有烦恼，少有闲暇，但看到孩子们的笑脸与成长，总庆幸：真好，我是老师！

千里之行，始于足下

翟慧敏

作为一名青年语文教师，在过去四年多的教学工作中，若用一个词语作为我的标签，也许"差不多教师"最为贴切。该怎样取下这一标签？我曾在每个夜晚这样思索，但回首过去，在每一次磨课过程中这一标签早已掉落。因为磨课过程中每一次从头再来，每一次思考、修改、讨论，度过的每一秒都成就了崭新的自己，就如同去年一次赛课选拔一样。

满怀信心，报名参赛

学期初的区语文赛课选拔，自从定了教学五年级古诗《示儿》和《题临安邸》，我就开始通读文本、看课标、看教参，对文本进行感悟分析，结合单元主题和语文要素，定下本课的重难点。由于古诗教学有其特殊性，我开始分析、思考课堂教学顺序，也在网上大量搜集各个名家的视频，思考如何更好地突破重难点。后来，我提炼出了本课我认为的一个创新之处——紧扣关键词"见、不见；忘、不忘"，结合古诗历史背景与诗歌内容传达出的爱国之情，感悟同一时代不同作者、不同切入点所传达的感情。能想到这样一个教学环节，我信心大增，对这堂课的教学胸有成竹。

实战演练，发现问题

不久，迎来了第一次试上，结果我的这节原以为"令人惊艳"的古诗课只上了二十分钟便结束了。学生们配合默契，也很快回答出了我的问题。毕竟古诗的爱国之情一目了然，学生们非常简单就感悟到了，这也令我措手不及。课后语文组听我的设计理念和意图，都觉得我的设计理念和意图挺好，但是没有把理念凸显出来，学生自读、感悟、探究都太少，这也是我当初没有考虑到的问题。

发现问题之后，语文组成员纷纷为我出谋划策。我先向校内上过古诗课的郑老师取经，了解到了古诗整体教学需要注意的教学板块，并拿到了她上课的教案进行参考。接着我的师父陆老师给我提出了三个需要改进的地方：一是教师在引导学生说出感受的时候，要加强语言的评价，用评价引导学法；二是要注重文体意识，考虑学段要求，尊重文本特征去教，可以迁移其他的爱国古诗群；三是注重高年级学生的提取信息能力、概括能力，并给孩子设计学习单。听完语文组老师们的综合建议，王教导还带着我到办公室帮我反复修改、补充教学设计，特别是在教师语言的规范化上进行了详细的修改。

经历了试讲之后，我才发现自己有很多问题：学生不能很好提取信息的时候，教师不能及时给予指导；时间的把控不是很好；放手交给学生自体感悟的时候不能做到收放自如；在归纳总结的时候，不能简洁点题等。

修改教案，精益求精

虽然试讲不成功，但是语文组的老师们一直在背后默默地支持我、帮助我。大家纷纷帮我搜集资料，把搜集的资料运用到我的教学设计中去。由于古诗教学一般都有常用的设计模式，所以结合大家给予的资料，我不断将自己的教学设计往标准化修改。课堂上，教师要讲的每一句话，更是一句一句地斟酌。陆老师在教学的最后一个环节再次帮我梳理重点难点，把课堂要传达的爱国情感真正从文字传达到心灵深处。

再次试讲的时候，虽然时间已满 40 分钟，但整堂课显得又有些平淡。随后，陆老师又给了我如下建议：1. 开头的导入能不能再直接一些？2. 时代背景资料如何自然加入课堂？3. 古诗整体教学是否可以再拓展一首？第三次试讲的时候，教学思路清晰了很多，课堂也变得流畅不少，但是在细节上还需要反复推敲和琢磨，磨课组的老师经常在下班后留下来帮我一遍一遍地琢磨和推敲语言，从她们的身上我学会了在课堂上多生成几个预设，这样才能更好把握课堂的节奏，应对各种未知状况的时候才能够游刃有余。

看到这些领导、老师们无私地帮助我，促进青年教师的成长，我深刻地理解了什么叫做情谊，什么叫做教育。

比赛听课，取长补短

虽然最终我没有选拔成功，但是我并没有气馁。当我来到区赛课现场听课时，我发现有一位参赛选手的选题与我一样，并且大致思路也是古诗整体化教学。我激动不已，因为我有了值得借鉴的课例，可以直接与我自己的教学设计进行对比，看出长处与短处。听课回校后，王教导还喊我去办公室谈一谈对这一节课的思考感悟，原来领导也依旧在关注我磨课后续的发展。

一点一滴的修改都凝聚着许多人的智慧和心血，一份教案从笔端写出，再到在教室里成功完成40分钟教学，这其间要付出的努力验证了一句古训——千里之行，始于足下。

感谢江溪小学语文组，每一位语文老师都有着无私奉献的精神，对于一份教学设计畅所欲言，批评与肯定都是如此坦诚，也让我们这些青年教师能永远在真实当中前行成长。

"才"与"能"

唐伊琳

我是一位新手数学老师，也是一位新手班主任。当了班主任后，我常常会想我们班的这些孩子们以后会干点什么呢？带着好奇我收集了孩子们的梦想。有的孩子毫不犹豫地告诉我，我想当歌星，想当生物学家、警察……也有的孩子犹豫了很久没有给我答案。他们皆可成才吗？人人皆可成才吗？

"你的成绩就是没有×××好，自己找找差距。"在中国，孩子们免不了会与"别人家"的孩子比较，我曾对此感到困惑。于是在学期的最后一节课后服务，我给孩子布置了完全相同的任务，就是自己看错题，有问题的来问我。为了鼓励他们问问题，我还添了一句，唐老师特别喜欢问问题的同学。

因问我问题的同学太多，排的队伍太长，后来班级中就自发组成了学习小组，会的同学给不会的同学讲题，但是通过观察发现，一些孩子的积极性并没有被调动起来。意想不到的是有一个平时不爱说话、上课经常走神的孩子被这热闹的气氛带动了起来，个别平时成绩还行的同学反而没有很好地参与进来。

所以，我们并不能从单一的角度看待孩子们。当你不以课堂表现、作业表现、练习表现为标准后，你会渐渐发现，偷偷在写小纸条的孩子，创作了一首极具才华的诗篇；班级里常常调皮捣蛋的孩子拥有着善良的灵魂；常常打断你课堂教学的孩子在努力思考，迫不及待地告诉你他的想法。我班级里的这些孩子并非个个都是天才，但成才的目标也并非高不可攀。中国古人曾说过："三百六十行，行行出状元。"这是人人皆可成才的形象表述。在中华民族的伟大复兴路上少不了各式各样的人才，怎样才能让写诗的孩子不成为网络段子手而成为人才，尽展其能呢？

我想，要实现人人皆可成才、人人尽展其能这一伟大目标离不开国家层面的政策引领与社会层面的高度认同。

就国家层面而言，2011年胡锦涛总书记就曾提出"要牢固树立人人皆可成才"的观念。2014习近平总书记在批示中指出要"开创人人皆可成才、人人尽展其能的生动局面"，充分体现了党和国家对于人才培养的重视。

就社会层面而言，考研的人数年年攀升，非全日制教育与在职培训正在成为每个人职业生涯的一部分，终身教育的理念正在深入人心，每个人都期待着成为更好的自己。

国家与社会为人才培养创造出了极佳时机与良好环境，当然它的落实也离不开每一个为此付出艰苦努力的教育者。

从学校层面来说，学校品牌的创建，校本课程的开发极大地丰富了学生生活、学习，为成才提供了多种可能性。以江溪小学《江南第一燕：儿童生命自觉》课程为例，课程以尊重生命为基点，设置健美身心俱乐部、秋白精神体验园、传统文化研习所、快乐创意工程院、立美文艺百花苑五个系列课程，涵盖了自强身心课程、品德课程、传统文化课程、创新课程、文学艺术课程五大领域。

从教师层面来说，老话说得好，"要给孩子一杯水，自己得有一桶水。"要使班级里的孩子人人成才，首先自身的教育功底要足够扎实，教育视野要足够开阔，教育实践要足够丰富。优秀的老师才能教出优秀的学生。老师的优秀从课堂来体现，一节丰富精彩的课堂从哪里来？这就需要我们积极地参与观摩学习活动，积极地投身课堂实践，积极地进行课堂研讨，一遍又一遍地设计—推翻—再设计。

2020 年，是我真正意义上踏上三尺讲台的第一个年头。我的职业生涯刚刚启程，我应当不断思考成为教师的意义、责任与担当。在未来的时间里，我将向前辈们学习，带着对教育的热爱与期待，发现孩子们的"才"，展现孩子们的"能"，期待尽展其能的他们能让中国在世界的舞台上大放异彩。

磨炼，蜕变，成长

吴智慧

时光飞逝，光阴如梭。不知不觉，我在江溪小学已度过了五年的美好时光。在这五年里，我从刚开始入岗时的手足无措，到如今的淡定从容，这段成长历程中，我们会面对学生，面对公开课，也会面对家长。无数的"面对"，教会了我成长。令我印象最深刻的是 2020 年 1 月，我执教了《青蛙写诗》。

一、一节好课，需得经受磨炼

作为一名青年教师，上公开课是常有的事。2020 年 1 月，怀着内心的志忑，我第一次接触了一年级的学生，并带着他们参加了"公开课展演"。根据学生的年龄特点，我选了一篇生动有趣、图文并茂的课文《青蛙写诗》来进行上课。由于教学低年级经验有限，在备课之初，对于将教材挖掘到多深才适当，我曾感到困惑。

经过反复琢磨，我决定着重从儿童体验和文本延伸方面入手，让学生在我的引导下通过青蛙写诗进行仿写，感受诗歌的韵律美，初步体会其特点，从读诗歌到仿写诗歌，利用文本，由浅入深，激发学生的模仿能力、表达能力，增加课堂上师生、生生的互动，提升学生的语文综合能力。

为了上好这节课，我先后请教了学校的骨干教师以及同年级教师，经过他们的精心指导，我修改了十次，最终才确定下来教案。

（一）从失败中汲取经验

怀揣着紧张不安的心情，我走上了第一次试讲的"舞台"。预料之中，我没有完成预定的教学任务。主要原因是文本解读不够透彻，时间设计不太合理，整堂课没有侧重点。读句子时，学生的主动性没有激发出来，同时我发现一年级学生认知程度比我预设的要低，他们对句子的敏感度不够高，词汇储备量也不够多，导致超时拖堂，学生朗读的形式也不够多，所以整节课下来学生学得不够扎实。

结合评课领导和听课老师们的意见，我重新把整堂课回顾了一遍，反复读课文，并且认真修改教学流程——增加课堂亮点，即增加小蝌蚪（逗号）变位置的环节，让学生感受逗号的短暂停顿作用。听范读、男生读、女生读、男女生齐读，让整个课堂显得不那么死板。

（二）在进步中收获喜悦

功夫不负有心人。在第二、第三次试讲时，之前的问题已经不复存在，拖堂的问题也没有了。但是，新的问题又出现了：首先，老师的引导不到位。比如，学生朗读过后，我的评价语过于简单敷衍。其次，板书不够突出。

秉承"宝剑锋从磨砺出，梅花香自苦寒来"的信念，我鼓足了勇气，听了指导教师的意见。我又再次修改教案，将亮点放在了文本延伸方面。第一次文本延伸，改变标点符号的位置，意在帮助学生在掌握标点符号用法、读法的基础上举一反三，灵活运用，遇到不同的文本能根据不同标点正确停顿。第二次文本延伸意在帮助学生记住不同标点的样子和作用。通过教师"翻译"青蛙的语言，出示儿歌"逗号，逗号，像蝌蚪；句号，句号，像水泡……"加深理解，巩固提升。另外补充感叹号、问号等其他标点符号，拓宽学生知识面，激起学生更强烈的学习欲望。第三次文本延伸意在训练学生口头创编能力。请学生仿照"呱呱，呱呱，呱呱呱"的句式，展开想象，对青蛙的诗进行个性化解读和二次创作，启迪学生的思维，在自主探究和创新中内化课文的美感。

最终站在了学校的演播室，紧张氛围中，我竟然成功了，教学任务完成得相当顺利。细思后，才发现这一切都应归功于"磨课"，一路"磨"来一路歌，"磨课"磨出了我的潜能，是它，让我不知不觉地成长。

二、及时总结，在蜕变中突破

几个星期的"磨课"已经结束，虽然每次试上结束都需要花时间修改教案和课件，但是回想自己这么多天"夜不能寐"的日子，心里感慨颇多。

（一）在磨课中突破自我

"磨课"不仅给我提供了一个深入交流的平台、充分展示自我的机会，也激发了我的求知欲。起初，为了几页课件我就整整花了四个小时，从选图到图片先后顺序的动画设计，再到音频的选择下载，最后是色彩搭配与对话框间横竖摆放问题，看似简单的操作，可对于我来说真的有点难度。但是，开始了就有种较上劲儿的感觉，只想迎难而上，把它们琢磨个透。

接着，到了"磨课"过程。大到教学设计、教学理念的改变，小到对每句话、每个动作的斟酌。一课一变，一课一进步，因此，我非常感谢组内老师的支持与帮助。在感谢之余也多了几分感慨：一堂好课的诞生除了上课教师的付出之外，离不开诸多老师献计献策、查漏补缺。如果学生能够扎扎实实地学，兴趣盎然地学，课堂就会精彩。学生笑了，老师也乐了。

（二）在授课中学会放手

课堂上，教师只是起引导作用，需还给学生读、说的权利。作为对统编版教材解读还不够深的教师，很多时候我们顾虑重重：放手让学生思考，总觉得思考得不到位；放手让学生讨论，总担心讨论的话题有失偏颇，学生不会讲或不敢讲，白白浪费了时间，完成不了教学任务……于是，教师上课抓紧时间不停地讲，学生成了听课的机器。实际上，有时适当放手让学生主动参与、积极探究、大胆发言，会收到意想不到的效果。

例如，在本课最后讲到夏季"瞧，书上这两张图，青蛙正站在荷叶上放声歌唱呢！你想当它的翻译官吗?"时，我启发学生的想象力，学生的话匣子一下子打开了，说出的新词层出不穷。接着让学生说池塘里其他事物的时候，学生个个跃跃欲试，着实让我惊喜不已。

另外，低年级教学，教师对于课文解读要尽量少讲，引导学生进行多种形式的读，让学生在读中感、读中悟，大胆放手。这样，教师能发现学生存在某些读的问题，从而增进教师的教学水中。例如在赛课中，我发现学生一到齐读就会出现唱读现象，于是就尽量安排指名读和小组读，效果迥然不同。

（三）在授课后加强反思

教师除了备课文，还要"备学生"。九次试讲分别在不同的班级进行，上课的学生有多有少，学生综合素质有别，课堂教学效果也就截然不同。因此，我发现一堂课的教学设计并不适合所有的课堂，在不同的教学环境下应呈现随机应变的教学效果。

例如，本课的九次试讲，最初的"磨课"是在其他班进行的，所能产生的预设在课堂上并没有出现，分析其原因，可能是教学环境的变化，学生素质的差别等导致课堂教学效果不同……我这才深深地意识到"备学生"的重要意义——应该在教学设计上挖掘得更深一些，对学生的预设更多一些，从而设计出一堂有利于因材施教的课。

作为一名青年教师，上好一节课，需要经过不断的磨炼，这样我们才能蜕变，在教育生涯中获得成长。

积跬步，向千里

冯梦娟

荀子《劝学》中说："不积跬步，无以至千里；不积小流，无以成江海。"我始终将其奉为圭臬。

2019 年的夏天，我在人潮中起起伏伏，奋力前行，最终在人生的岔路口，选择了无锡。在这里，我如愿以偿成为了一名小学教师。作为一名新手教师，同时也是新手班主任的我，在工作的两年多时间里遇到了许多问题，彷徨时甚至想过逃离，最终在家人的鼓励和同事的帮助下，我坚持了下来并一步步成长。我认为有三件事很重要：自省、改进、提升。

自省，也就是发现问题。作为新手教师、新手班主任，我最初遇到的问题就是身份的转变带来的焦虑。2019 年的暑假是漫长的，又是短暂的。当我还沉浸在成为老师的喜悦中时，就接到了担任一年级语文老师及班主任的消息。这个消息冲散了我的喜悦，随之而来就是紧张和忐忑。从坐着听的学生，到站着讲的教师，再到既能坐着也能站着，还能蹲下的班主任，面临的不仅仅是角色的转变，更是能力的挑战。从管理自己到管理学生，褪去校园的青涩，就要担起教育的重任，这其中的心理准备时间只有不到一个月。我意识到了自己的困境：一切未知。用"寝食难安"形容我当时的状态毫不为过，我急切地想获得帮助，而我的老师告诉我：作为老师，你要随机应变。开学前的新生家长会上，我故作成熟，背熟了稿子，自我感觉已扮得十分老练，但初出校园的我哪里逃得过家长们的火眼金睛呢？不少家长觉得我年龄小，对我的工作能力表现出明显的怀疑和一定的担忧。的确，刚开学我就遇到了不少挑战，一个班 44 个孩子，怎么能在最短时间内记住他们呢？还有小朋友哭闹着不肯进学校、上课尿裤子、在学校里迷路……我每天都处在崩溃的边缘，突然发现以前学习的理论知识在现实情况面前是那么苍白无力。慢慢地，我认识到问题的关键——经验不足。

发现了问题，就得解决问题。作为教育新人，经验肯定是不足的，既然经验不足就要时间来凑。班主任经验为 0 时，准备工作就要做到自身的 100%。教师工作不就是一个不断遇到问题，然后不断解决问题，从而不断成长的过程吗？

　　我深知，良好的家校关系是保证班主任工作有效进行的重要条件，而孩子的成长又是我们共同的目标。首先从家长入手，我学会了换位思考。许多家长都是新手爸妈，和我这个新手班主任一样，不懂和困惑的地方很多，孩子出现的一丁点儿小问题就会让我们立马紧张起来。于是，我经常主动跟家长们反馈孩子在学校的情况，对于他们提出的问题也一一解答，为建立彼此信任的家校关系奠定基础。同时，我利用休息时间了解孩子们的情况，比如性格特点、身体状况、喜好、特长等。了解学生的基本情况之后，我在平时会多找那些内向、不爱说话的孩子聊天，鼓励有特长的学生多为班级的布置出力，对反应比较慢的孩子多点耐心……家长们感受到我对孩子的关心，同时也将孩子们的进步看在眼里，逐渐肯定了我的工作能力。

　　其次，从学生入手，我学会蹲下来看世界。孩子们初入校园，从幼儿园以玩乐放松为主的环境，忽然投入到一个陌生的以学习为主的环境，心理肯定需要一个适应期。孩子是很容易对大人产生信赖的，因为他们会凭借感觉去依赖人。我就轻声细语地和他们交谈，蹲下来以孩子的视角和他们玩闹；带他们认识我们的校园，这样就不会在校园里迷路；课间休息时，我和他们一起玩小游戏"猜猜他是谁"。在轻松愉悦的游戏中，我记住了孩子们的名字，孩子们也互相认识和熟悉起来，这样他们就有了好朋友，也就不再发生在校门口哭闹不肯进校园的事情，因为他们对学校生活有了期待。

　　最后，在班级布置和班风营造方面，我也下了不少功夫。"工欲善其事，必先利其器"，教室是学生的第二个家，想让班级卫生合格，就得先营造出整洁、美观的环境。干净的环境谁也不忍心破坏，相反，混乱的环境会让人不由自主地变成垃圾的制造者。平时清洁工作要细致，不放过任何一个死角：抽屉、桌角、墙边、黑板底下的凹槽以及门后的卫生角。偶尔也注意一下屋顶的墙角，一不小心蜘蛛就安了家。学生是灵动的，教室也要"动"起来。绿色盆栽是最简单有效的点缀，同时植物的养护也能培养学生的责任心，在植物成长过程中还可以拓展一些课外知识，培养学生的观察能力。此外，教室的必备常用物品，如黑板擦、白色粉笔、彩色粉笔、拖把、扫帚……不仅要准备好，还要固定摆放位置，做到整齐美观。白墙略显单调，可以放几幅儿童涂鸦或者书法作品，最好让每一面墙都会"说话"，营造良好的班级文化氛围。比如我们班以"宇宙探秘"为主题，可以渗透星际宇宙的相关知识，也可以定制专属孩子们的纪念徽章。组织活动时，鼓励学生积极参加，一方面可以唤起学生们的热情，另一方面可以锻炼学生的表达能力、动手能力，真正实现全面发展，成长为时代新人。

学生在不断成长，作为教师的我们，也必须提升自我能力。除了专业能力之外，我们还需要培养一些业余爱好，比如，我喜欢书法，就会经常观看一些视频，写写字，既能陶冶心情，又能在繁忙的工作之余充实自己的生活，还能和孩子们"一较高下"，成为他们心中的榜样！

经验是需要学习和累积的，我永远会继续努力向前，奔向远方。

朝花溪拾

杨庆国

我与江溪已有五年的缘分，倘若朝花夕拾，是忆起两件值得一提的故事，而我就算绞尽脑汁搜刮出两件，也不值得一提，但细一想，虽是些点点滴滴，也十分有趣。每天就是忙着上课与下课，就像日出日落，孩子们在学校的表现也是一样，有进步也有退步，所以与学生接触，总少不了批评与表扬。就是这样的场景每天重复上演，日复一日，年复一年，不知不觉，已这样复制了五年。

也许是"师德"二字赋予了为人师表的灵魂，随着年龄的增长，我会一步步上下求索，不断反思，体会其中的真谛。

不得不承认这样一个事实：教育工作是辛苦的，我们每天都进行着大量的平凡、琐碎的工作，日复一日、年复一年。那么，是什么构成了无数教师兢兢业业、勤于奉献、淡泊名利、默默耕耘的内在动力呢？是什么使教师甘于寂寞、勤勤恳恳充当人梯呢？我想那一定是教师对教育事业的满腔热爱，是这种爱岗敬业的精神让他们义无反顾地投身于教育事业，于细微处显精神，于小事中下功夫，在简单却又伟大的教育工作中体验人生价值实现的满足。

假如说教师职业只有清苦，假如说教师只能做精神贵族，享受清贫的光荣，那么所谓师德就会低下得可怜，我们对"爱岗敬业"这一师德规范的诠释和论证也就变成了欺骗性的劝说或伪君子式的清高表白。如果我们走上三尺讲台只是出于功利性的"谋取稻粮"，或者是出于不得已而为之的无奈，那么很难想象工作中会保持乐观向上的生活态度和拥有充实、富足的生活体验。在这种情况下，敷衍塞责、得过且过，就会成为面对矛盾冲突的价值选择。

除了师德，我们不得不提的还有师爱。苏联著名教育家马卡连柯说过："没有爱便没有教育。"冰心老师也说过："有了爱，便有了一切，有了爱，才有教育的先机。"师爱是学生树立良好品质的奠基石。面对一张张童稚的面孔，一双双求知的眼睛，难道只要教会他们知识就足够了吗？错了，五育并举德育为首，更重要的是应该培养他们良好的品质。现在的孩子大多为独生子女，他们得到了家庭太多的关爱和照顾，却很少去关心别人，这就需要老师在他们幼小的心灵中撒下爱的种子。刚工作时，尽管对自己严格要求，但说实在话，也是表面上怕做不到，受领导批评而"尽职尽责"，没有从内心里去接受这个工作和我的学生，更没有用心去感悟我的事业。可是当我有了孩子以后，逐渐把每一个学生装进了心里。也许是把自己放在家长的位置上了，将心比心，换位思考，我期待孩子的老师能够尽职尽责，这也是每一位家长所关心的。从那时起，我的思想发生了质的变化，想着我的孩子，来对待我的学生。每当要生气时，我想起了我的孩子；每当看着学生们吵闹惹人烦时，我想到了我的孩子在我面前撒娇调皮的样子，这时少了些歇斯底里，多了些柔声细语。

对于教学工作，我也是一丝不苟的。在教学中，我注重因材施教，根据不同的学生以不同的教育教学方式，引导他们积极思考，进行创造性思维活动，锻炼学生自己动手、动口、动脑，培养学生发现问题、分析问题、解决问题的能力。同时，还精心设计教学方案，不断改进教法，充分利用现代化的教学手段，对学生采取多鼓励的方法，以增强学生的成功感和自信心，力求做到"寓教于乐"，使学生都喜欢上我的课。当学生回答正确时，我给予及时的表扬和鼓励，建立他的自信心；练习当中发现问题时，我又单独进行辅导。我也经常利用课余的时间指导学生，因为我相信哪怕多教一点点也好，哪怕将来他用不上，但如果我不教会他这些，那么他每天就是干坐在教室里，慢慢地变得不自信，与同学们渐渐疏远。

从教五载，长路漫漫，教师的师德与自身的专业修养是作为一个优秀教师的根本，但我想，仅仅拥有这些还不够，还需要一份发自内心的爱，才能换来桃李满天下。

对话"自我"，感受成长

许贝莉

都说班主任是世界上最小的"主任"，可要想当好班主任，胜任这份工作，却并不轻松。若没有十八般武艺，那面对繁杂的班级事务、学生管理、家校沟通也未必能做到游刃有余，甚至免不了被弄得焦头烂额。对于我而言，班主任工作既是一种兴趣，又是一种磨砺。说是兴趣，那是因为我热爱这份工作，乐意和孩子相处，分享点滴的快乐，见证成长的"拔节"声；说是磨砺，那是因为在追求"更好"的路途上，这份工作让我不断地学习，感受自身成长的欣喜。

记得刚参加工作的那些年，在大多数情况下，我都是在带高年级。因为我面对的都是已经适应小学生活的大孩子们，所以在班级管理中，会把更多的精力花在青春期孩子的心理调适上、早恋问题上，花在教孩子调整学习方法、合理安排学习时间、正视考试压力上，花在特殊家庭学生的定期辅导和激励上……一晃数载，我已然适应了与大孩子们亦师亦友地和谐相处，共创优良的班集体。

然而，在教学生涯的第十一年，一切发生了改变。又一次带完毕业班的我竟然被安排教一年级的"小不点"，还要做他们的班主任。这种"大循环"的教育模式意味着我将见证这群孩子接下来六年的成长，想来就很期待。从没有低年级任教经历的我，为了能尽早适应一年级的班级管理模式，还特地提前去买了一本薛瑞萍的专著《心平气和的一年级》来充实和提升自己。

就这样，我充满期待地踏入了金色的九月，遇见了这辈子教育生涯中第一批最小的儿童。瞧，教室里坐着的，就是四十五个刚从幼儿园毕业的孩子。一个个小小的身躯上散发着蓬勃的活力，一个个小小的脸蛋上洋溢着纯真的笑容，一双双明亮的眸子里闪耀着好奇的"星星"。课堂上，他们用稚嫩的童音回答着我提出的问题；课间，他们银铃般的欢笑声充斥着我的耳膜……遇见他们，有别于以前带高年级时的新奇感受接踵而至，令人欣喜。多么可爱的孩子呀！

可是，凡事都有两面性，随之而来的烦恼也令我有点头痛，比如说，一到放学时，看到一教室的"狼藉"，真是倍感汗颜。纵然我带着孩子们把课桌排过了，可这会儿，桌子依旧是歪的歪，斜的斜；纵然我指导孩子们把地面扫过了，可这会儿地上仍能看到橡皮屑，甚至是中午吃饭掉下来的米粒；纵然我督促孩子们用湿巾或抹布擦过自己的桌椅，可桌面和桌肚依旧不忍直视……于是，在家基本上"十指不沾阳春水"的我，不得不化身"保洁阿姨"，重排课桌，用清洁棉挨个清理桌面桌肚和椅子，最后还要整个儿把教室扫一遍，再拖一遍……一堆活干下来，汗流浃背，感觉整个人都"臭"了，好在教室总算是干净许多。有多年工作经验的老教师跟我说，带一年级，劳动是看家本领，孩子们需要一段时间的锻炼才会学会自己打扫干净呢，现在就当锻炼身体吧！于是，我本着"吃苦当补"的想法，欣然接受，一边每天细致地指导孩子们打扫自己的区域，开展劳动竞赛激励他们，一边放学后撸起袖子"大干一场"。就这样，半个月活干下来，我竟然瘦下来好几斤。一个学期的活干下来，我感觉自己的体质也有所改善，没那么容易生病了，即便不幸传染上流感，不吃药也能撑过去，直至自行痊愈。这是当初始料未及的。更重要的是，随着劳动能力见长，劳动效率提高，不仅在校活干得又快又好，连家里也被我搞得更干净，看着更舒适整洁了。回顾当一年级班主任工作的经历，我内心更多地是感恩这次机会，因为，在孩子们日渐提升自理能力的同时，我也和他们一起成长着，进步着。

除了卫生方面的烦恼，和小朋友相处也是我所不擅长的。我自己的孩子还很小，无法给我提供这方面的经验。所以，当我看到上课时有的孩子突然哇哇大哭要找妈妈，有的孩子总喜欢躺地上或满教室跑，看到有的孩子时不时尿个裤子，看到有的孩子在走廊上一次次地狂奔撒欢、释放着活力……有时感到无比烦躁，甚至焦头烂额。该如何心态平和地与小小孩有效"对话"，是摆在我面前的一个重要课题。于是，我虚心地向同年级有经验的老师请教，向书中的教育专家寻求解决的途径和方法。我尝试着调整心态，放慢脚步，蹲下来和孩子"说话"，语气中多了温软，眼神中多了理解，倾听中多了耐心。渐渐地，我发现，自己的性格也变得不再像以前那样容易焦虑和急躁，在处理事情时变得越来越从容不迫。这些，都是以往未曾体验到的感觉，这样的经历，也是我成长过程中重要的"雨露阳光"，让我在一件件事情的磨砺中不断地提升自我。

总的来说，低年级班主任工作经历所给予我的是一种可贵的成长：一方面，是班主任专业技能的成长，让我能更加了解所教的孩子们，便于因材施教，更自如地管理好班级；另一方面，是自我性格的完善及自理能力的提升，让我的心境日趋平和淡定，做事从容不迫。所以，当我们在工作中遇到难题的时候，遇到困境的时候，不妨换个角度去思考，在做好学生引路人的同时，努力让每一种经历都化作让自己变得更好的养分。这何尝不是一种双赢的局面！

与自己对话的慢过程

邹钰娜

自 2005 年踏上工作岗位至今，已经十七个年头了。回顾这段不长也不短的教学生涯，有憧憬，有理想，有困惑，也产生过畏难情绪，但更多的，是在每一次岗位的转变中，逐步调整自己的心态，快速去适应当下的工作节奏，不断学习，不断提升，不断成为更好的自己。

永远都记得刚工作时那次报到，校领导开玩笑地说："长得这么小样，适合教低年级吧。"当时心里没有太多的想法，觉得不管教哪个年龄段，对我来说都是一个崭新的开始。但最后安排工作时，领导把我放到了五年级，教学语文并担任班主任。第一届学生比我小十岁，也是第一次跟这么多十一、二岁，说大不大、说小也不小的孩子们打交道，身兼双重身份，内心忐忑之余，更多的却是有信心。经验不足就虚心向老教师讨教，能力不足就继续学习，继续提升。课堂上我是一名严格的语文老师，用知识浇灌花朵；班级管理中我是一名逐渐成长的班主任，悉心培养每一条"红领巾"；课后又成了一位知心的大姐姐，孩子们愿意与我分享心事。与孩子们的师生关系中，更多像朋友般融洽。就这样，连续五年的班主任工作使我在与和孩子们的互相鼓励、互相成就中不断进步，也让我褪去了青涩的稚气，成长为一名较为成熟的班主任：2009—2010 学年度我被评为新区优秀教育工作者，所带的六（1）中队先后被评为市"瞿秋白英雄中队"及江苏省"瞿秋白英雄中队"，并获市"优秀班集体"的荣誉称号。同年，中队学生参加了无锡市"红领巾之家"轮值活动；《踏英雄足迹，当四好少年》主题班会在全校展示。

正当班主任工作进入得心应手阶段之际，学校岗位调整，让我褪去班主任一职，担任校语文学科组组长。除此之外，安排原本一直待在高年级的我去了三年级教语文。开学前几天我不免焦虑：语文学科组长要做些什么？能胜任么？五年里一直在五六年级教学，带了三届毕业生，已经习惯了和"大孩子"打交道，突然要去接触三年级的孩子，能适应么？此时，刚工作那会儿"不管教几年级关系都不大"的想法已经悄然远去了，可以说，这是我参加工作以来的第一次转变，我，行吗？我带着这种惴惴不安的心情进入新学期，接受了新任务。到现在都能记得，开学第一天的课堂作业，只是抄写几个词语，对于以往的学生那可能是十分钟就能搞定的作业，结果全班的所有孩子，到放学都没有一个人能完成，硬生生把课堂作业变成了家庭作业带回了家。翻找作业本慢，拿出文具用品慢，写课堂作业慢，读课文慢，甚至连画一个记分格都很慢，一个月下来，"动作慢"这三个字被我印在了他们身上。不适应，极度不适应！那会儿总爱把他们跟以前的学生比，过往那种只需一个指令、一个眼神的默契，跟这群孩子完全"通不上电"。加上学科组长一职也是初接触，很多工作对我来说都很陌生，无法用以往积累的工作经验做参考，很多地方做得不够好，欠缺整体意识。双重压力下，我的焦虑感倍增。

幸好，我领会到了前麻省理工学院的教授萧恩的教育思想："教师要成为成熟的教育工作者，必须不断地进行自我反思。"这句话让我豁然开朗，我及时意识到当下状态的不对，意识到对于孩子们来讲，他们也是在进入新的学习阶段，也要不断去适应；意识到教学工作需要持久的耐心和创造力，应该不断地、适时地调整面对不同教学对象的策略和方法。教师的自我反思是对于自身教育教学知识、意识、观念的审视与重构，于是，我在实践中反思，在反思中改变，适当地放慢自己的脚步，降低对学生的要求，去更好地融合三年级学生的年龄特征、思维方式和学习特点，设身处地地换位思考，从学生的能力特点出发，细心观察、精心呵护、耐心指导，真心帮助；真挚地与学生对话，真诚地去了解每一个学生，挖掘他们身上的闪光点，真实地感受他们的喜怒哀乐，用爱心浇灌学生的心田。渐渐地，孩子们磨炼了，成长了，我的教学工作也步入了正常的轨道，能与学生共成长、同发展。同时，在学科组工作中不断向教学领导和前任组长讨教经验，多看、多学、多思、多干，慢慢地，我也能较为熟练地主持好各项工作了。

回望这个转变与适应的阶段，正是在与自己进行一场"慢对话"，在这场自己与自己的对话中，我提高了教育教学水平，提高了工作能力，为自己铺了一条快速成长的好途径。

回望这个转变与适应的阶段，为今后多次的"转变"提供了信心与经验。带完两个3—6年级小循环后，我又被安排去任教一年级。在去教更小的孩子的时候，顾虑少了些，勇气多了些，自信强了些。一年级新生，处处从零开始，这就更需要老师的细心与耐心。教拼音、教笔画、教生字；练词语、练句子、练语段……学生的点滴进步都会让我欢欣雀跃；看着他们从手指指着读，结结巴巴地读，断词断句地读，到通顺、流利、有感情地诵读，我内心充满了成就感。在孩子们这些质的飞跃中，教师的"转变"与"适应"起到了关键性的作用，在与自己的一次次"慢对话"中，我也在不断地成熟、成长！

回顾往昔，有成功，有遗憾；面对未来，依然有憧憬，有希望。在今后的教学生涯中，也许还会面临更多的"转变"，不焦虑、不丧气，学会适应，学会与自己对话，让这样的"慢过程"不断延续下去，不断地激励我、培养我、塑造我，让我走向更宽广的教学之路！

守望三尺讲台，品味幸福人生

杨彩虹

有一种幸福叫信任，有一种幸福叫付出，有一种幸福是生命发挥最大的潜力……还有一种幸福就是守望在三尺讲台上。

二十多年前懵懂的我踏上了幼教的舞台，爱上这个舞台完全缘于一双小手。记忆中那是一双柔软的小手，它轻轻地握住我冰凉的手。"老师，你的手真冷，我来帮你捂热！"霎时，我的心中如同注入了一股暖流，从此也就爱上了这些有着柔软小手的小天使，爱上了幼教事业，那时的我是无比快乐和幸福的。

可几年后，由于种种原因我无奈地站在了小教的三尺讲台上。开始几年我过得并不轻松，我为工作的转换抱怨着，为学生羞于启齿的成绩失望着，为孩子的倔头倔脑苦恼着，为家长的不配合生气着……似乎一切都变得那么不如意。

转过身，看着周围那些头发花白的老教师们似乎永远不知疲惫的身影，听着他们爽朗的笑声，我不禁回首沉思：

当初我既然能在幼教的舞台上心甘情愿地付出自己所有的爱心，能把那些有着柔软小手的小天使都看成了自己的孩子，像慈母一样关心爱护他们，那么在这样的大爱观念下，还有什么事情做不好呢？那些问题学生也有一双柔软的小手，虽然他们可能不是一位完美的天使，但作为教师，我应该试着用爱去敲开他们心灵的大门。

爱上这些坠落人间的小天使，站在他们的角度思考问题，用发展的眼光"仰视"他们，尊重他们的独特个性和人格，做到严字当头，爱字在心。如果我能用自己的爱心、细心和关心让每一个孩子都健康快乐地成长，那么相信在小教的舞台上也一定能挥洒自如，也能成就自己幸福的人生。于是，我的心慢慢沉淀着、丰富着……

远离浮躁，与书为伴

"一缕阳光、一曲音乐、一杯清茶、一本好书"一直是我理想中唯美的画面，读书是我心中最美的享受。当我枯燥烦闷时，读书能缓解我的情绪；当我迷茫惆怅时，读书能平静我的心，让我看清前路；当我心情愉快时，读书能让我发现身边更多美好的事物，让我更加享受生活；当我进入书的世界，工作一天的疲劳和生活琐事的烦恼便顿消大半，此时，我便拥有了一份绝美的愉悦心情。

作为一个教育者，读书更能丰富我们的教育理论，可以加深自身底蕴，提高自身素养，于是我孜孜不倦地读着，如海绵般如饥似渴地吸收着：

读了《我就是数学》一书，让我认识了睿智、敬业、有才情的华应龙老师，让我明白了要"像农民种地那样教书"。农民种的庄稼长得不好，从来不责怪庄稼，而是反思自己：土是不是松得适宜，肥是不是施得及时，有没有及时浇水和除虫。因为他知道庄稼始终是无辜的。我们应像农民那样，经常追问自己：学生上课为什么不专心，作业为何总是出错。

读刘铁芳教授的《守望教育》会使我有一种豁然开朗的感觉，作者从"走向人对人的理解""道德教育""从尊重日常生活的德性品格开始"等方面阐述了自己对道德教育沉重的忧思和对教育问题复杂性的思考，这实实在在是作者以一个学者的思想在为我们解惑。

李镇西老师的《爱心与教育》能激荡我的心灵，他说："随意或许是一种美丽，而执著却是一片更灿烂的云彩。"

与书为伍，会少一份浮躁，多一份清纯，少一份粗俗，多一份儒雅。那些凝练的文字和独到的教育阐释能给我们深深的启迪，改变我们的生活观和教育观。在我的书架上永远都有一排教育教学专著，那是引领我专业成长的精神食粮；永远都有一排精美的儿童读物，它们让我永远拥有一颗童心，让我更贴近学生的心灵。

师德高尚，潜心教学

校园之中，学生的节奏是紧张的，比学生更紧张的是班主任老师。你看，那些很早就来到学校的班主任老师已经在教室里开始了个别辅导，这是集体辅导的前奏，当第一节课的铃声响起，教室里就会响起老师们抑扬顿挫、饱含激情的讲课声。课间你会看到班主任老师在和学生倾心交流，不时发出一阵阵爽朗的笑声。

青年教师是校园一道亮丽的风景线。他们年轻，他们有活力，他们在教学中着力培养学生能力，发展学生智力，帮助学生及时总结当堂所学知识，课后又及时批改反馈，发现问题随时解决。根据学生的实际情况，他们每天都有不同层次不同类别的一日一练，真正让学生人人有事做，堂堂有收获，把细微处做到了极致。

校园里的老教师们都有了几十年教龄，他们教学经验丰富，在教学上认认真真、一丝不苟。他们给学生辅导功课，是那么耐心细致，那么不厌其烦，把他们几十年的经验悉心传授给学生。他们总是那么平和安静地伏案工作，学生的一份份作业在他们的手下圈点勾画。从这些勾画中，及时发现学生学习上存在的问题，及时有针对性地进行辅导。

"老师窗前有一盆米兰，小小的黄花藏在绿叶间。它不是为了争春才开花，默默地把芳香洒满人心田。老师窗前有一盆米兰，小小的黄花朴素又明朗。它不是为了赞扬才开花，悄悄地用青春把祖国装点。"

曾经以为，高尚的师德是惊天地泣鬼神的，但其实，师德是朴素的，它没有闪闪的金光，朴素得不着痕迹，它像春天的小雨，无声无息地飘落下来，滋润着学生的心；它像一盆米兰，用飘香的生命，浸润着三尺讲台上的幸福人生。

我愿永远守望着三尺讲台，丰富教育人生，在小教的舞台上品味着别样的幸福！

我的成长故事

张楠楠

"嗨，你是谁，你来自哪里，要来做什么？"熟悉的声音响起在心底。

"大家好，我叫张楠楠，毕业于江苏第二师范学院，很高兴成为江溪小学这个大家庭中的一员……"这是 2019 年我第一次在参加江溪小学全体教师大会上的自我介绍。此刻，经历三年锻炼的我，有什么想再次表达的吗？

对于教师这个职业，虽然我在校一直学习，却从未把它当成目标。这就像是我生命中的一部分，不需要刻意去关注，却已然体现出它的存在。

曾经想要更进一步的我努力地去考研，经过一年的苦苦奋斗，我没有成功。伴随着沮丧，我又发奋准备考编，在和小伙伴的一起努力下，我们都成功进入了教师行业。成为教师的我，心是忐忑的。

记得在无锡高等师范学校的时候，教育实践课的一位老师，她让我们班每人用一张纸写下"你想成为什么样的老师"。此时，我想起了这个片段，当时我具体写下了什么我不能全部回忆，"我要做一个准时下课的老师，成为孩子们喜欢的老师。"这是我回忆得出的部分。

在成为教师的第一天起，我便将教育视为我生命的一部分。真正进入这个行业，我才发现我是如此热爱它。当每天清晨，踏着晨光步入校园大门的那刻，身上就肩负起祖国的"重担"，因为我是孩子们的引路石，那时，我真切感受到作为教师的使命和荣誉。我会为了孩子们的成长而骄傲，孩子们发自内心的微笑是我阳光生活的动力。此时，我感谢命运为我做的最好的安排。

我和他们的故事

人的一生中，会遇到许许多多的人。或是路过一下，或是陪伴一时。

我与我的学生们，虽是陪伴一时，却是记忆永久。

片段一　幸会　2019 年 9 月 1 日

"噔噔噔噔……"随着上课的铃声响起，走廊上的孩子们迅速回到教室，怀着忐忑的心情，我走进了四（3）班的教室。面对陌生的新老师，孩子们睁大了眼睛好奇地看着我，似乎在向我提问。

"我是你们这学期的数学张老师，在以后的日子里，我会陪伴你们度过四年级的时光。接下来，让我认识一下你们吧。"随着简短的自我介绍之后，我们开始了学习。

这是我们的初次见面。

片段二　关注　2020 年 3 月 13 日

生活中总有许许多多的事情发生，开心的不开心的，遇事则有情绪。

像任何一个平凡的人一样，我也会有不开心的时候。今天遇到了一些小事情，我的心情有些低落。依照惯例，我来到班级，打开数学课本，"上课！"随着这一声开场白，开始了数学的课堂。讲课结束后，我布置了课堂作业，学生都在安静地做作业，偶尔会有尺子掉落的声音，铅笔碰撞桌子的声音，学生的小声交流，这些都没有引起我的注意，我继续坐在前面批改作业。几位学生很迅速地完成，跑到旁边来等着批改，几个人上来，又几个人下去。批到队伍的最后一位，他没有给我作业本，而是站在我旁边。我疑惑地望向他。

"老师，我想问你个问题，你今天因为什么心情不好？"他歪着头看向我。

"嗯？"我不解地看着他。

"我早上和你打招呼的时候，你回答我的语气很低落。"他向我解释道。

我心里顿时一暖，不开心一扫而光。

其实哪里有那么多不开心啊。这一句简单的慰问，就成为了我心情的转折点，小小的话语，大大的能量。是他的能量，也是孩子们的能量。

也许生活有不如意的时候，他们就像是我冬日里的一缕暖阳，让我在寒冷的空气中，感受到生活的爱意。

片段三 收获 2022 年 1 月 17 日

考完语文英语后，还有一个多小时就要放学了，在这点时间里，孩子们都在认真复习着。由于长时间的说话和不注意休息，我得了急性咽喉炎，最后的复习时期间我很难大声说话，只能带着麦克风努力给学生讲解一些常见的问题。

"回家之后，复习错题，还有不会的发信息给我，我看到立马回复你们。"带着叮嘱，送学生们出了学校。

第二天考完试后，我们便去集体批卷了。回来后，我发现我的桌上多了一盒润喉糖，还有一个留言：张老师，要注意身体呀。我们希望你快点养好嗓子（爱心）。

幸福，不就是这么简单吗？有他们，幸福多了一倍！

我和她们的故事

感恩成长过程中遇到的每一位前辈。

步入工作后，遇到了我的指导老师——吴金艳老师。吴老师手把手地教我如何教学，如何与学生沟通。在我第一次遇到师生矛盾的时候，吴老师及时给予了我建议和应对举措。每周吴老师都会到我的班级里看我的教学情况和学生的情况，并且在每次课后都会给予反馈，让我及时认识到自己的问题，同时给予改进的建议。在吴老师的一步步帮助下，我的教学能力渐渐有了提开，从一开始的职业小白，到现在熟练地展开教学，能关注到大部分学生的学习情况。除了吴老师，学科组的老师也总会在我需要时伸出援助之手。

你幸福吗？我很幸福！

卓婉君

幸福是什么呢？幸福也许是一缕久违的阳光；幸福也许是妹妹手中的一根

棒棒糖；幸福也许是每天放学回到家，能与父母共进香喷喷的晚餐，喝着热乎乎的汤；总而言之，幸福就是暖暖的，甜甜的。

记得有一年开学第一课的主题是——幸福，我回顾自己工作的六年，其中作为班主任三年，点滴画面涌上心头，发现在不知不觉中我一直被幸福包围着，而这份幸福感也许就是教师这份职业所带给我的。

就像——

时常，我们会为了班里某些小朋友的缺点而困扰；

时常，我们会因为某个小朋友的生病而揪心；

时常，我们也会因为班级的一次荣誉而欢呼。

这就是我们，教师这个群体，生动而鲜活，没有轰轰烈烈，但绝不平平庸庸……

而在教师这个群体中，更特殊的、和学生接触最多的就是班主任老师。班主任这个特殊的角色赋予了我对工作很多新的认识和思考，在班级建设时更要找准自己的定位，找到适合班级孩子的方法，因为没有一成不变的教育，没有一模一样的学生。为了能达到叶圣陶先生说的"教是为了不教"，那教的时候就要运用智慧，明确方向，达成目标。

找定位："我们是什么角色？"

1. 我们是"老师"。不能有"我是这个班的老师，所以我只负责管理这个班的学生"这样的想法。

在班级管理中常常会遇到这样那样的教育事件，作为班主任的我们责无旁贷，每个班主任都会尽心倾听和处理。但是在我刚当班主任的时候，我听一位老校长说过这么一个案例：一个课间，某学生随手乱扔了一张纸屑，此时正好有另一班的班主任在旁边，这位班主任看见了整个事情的经过，但是并没有指出并纠正。这位校长看到后，把这个学生喊住，进行了教育，告诉他，这样的行为是不可取的，该生很虚心地接受了批评。这位校长后来找到了这位班主任，问她当时看见了，为什么不立刻指出？这位班主任的理由是：不是自己班里的学生，没有好意思去教育他，怕这个学生的班主任知道了会有想法，觉得自己多管闲事。这位校长听后，非常严肃地告诉她：她把老师与老师之间的关系想复杂了，如果这件事情被这个学生的班主任知道后产生不愉快的情绪，那说明那个班主任的个人素养非常低，作为老师不能以自己的小人之心去度别人的君子之腹。另外，当这个学生随手乱扔垃圾这件事情发生后立刻被制止的时候，这时的教育契机是最好的。如果当时不教育，就等于放弃教育，这是作为一名老师，绝不该犯的错误，扪心自问："我们有没有过放弃教育的时候？"

听完这件事，我脑海里对"老师"定位更清晰了，教育是不分该不该你教的，而是你教的"点"对不对，你选择的时机妙不妙。

2. 我们是"妈妈"。请不要把自己的位置定得高高在上，孩子不需要我们去俯视，更多的是要蹲下来倾听。

在我刚刚接手现在教的这个班时，一群小孩子刚刚从幼儿园升入小学，一张张脸上明显稚气未脱，而他们却要从"游戏"走向"学习"，最开始的这个心理断奶期，对他们来说是一次挑战。作为一年级的班主任，如果孩子们看到的你是高高在上的、训斥人的，那我想他一定不愿意从幼儿园走向小学，你还没有教育，就已经走向失败。从心理学上说，每个孩子对自己的妈妈都有天生的依赖感，所以把自己定位成"妈妈"，可以让孩子在心理上和你拉近关系，放开自己的心灵。对待刚入学的一年级孩子少点训斥、多点鼓励和倾听，忠言不一定非要逆耳。我听到了班里有位母亲和孩子有着这样一段对话——男孩对母亲说："妈妈，我舍不得你，我不想去上课。"母亲说："学校里的老师就是你的妈妈，那是老师妈妈。"家长信任我们，也为我们架设了一座通向我们和孩子之间的桥梁，所以我欣然接受这样的称号，我愿意被孩子们称为"老师妈妈"。

3. 我们是"魔术师"。向孔子学习、因材施教。

在课堂上，我们常常要变着法儿吸引孩子的注意力，有时是一个新鲜的名词，有时是一个引人入胜的情境设置。作为班主任，我们更要想办法去管理班级。刚刚接手现在的班级时，我对小朋友说："我在你们每个人身上装了一个搜索系统，知道你们在家的学习和生活情况。"说的时候，他们露出半信半疑的神态。当天晚上，我正巧在楼上楼看到了班里一个小女孩和爸爸一起在吃面，第二天晨会课时，我对班里的小朋友说："昨天我就搜索到了小徐在楼上楼吃面。"她用惊讶的眼神看着我，并不由自主地问道："你怎么会知道？"我说："就是这样啊，我的搜索系统很强大的。"于是班里的小朋友频频点头，并用敬佩的眼神看着我，我想我的效果达到了。

再说说我们班的小蕊。一年级入学时，她是一个自以为是的小孩。在家，有爷爷奶奶、外公外婆、爸爸妈妈的宠溺，形成了一个以她为中心的包围圈，在校她行为习惯差，也不肯听任课老师的教导，那时的她，让每个老师头疼。我想，不能就这样，不然以后的教育工作更没办法开展，更重要的是我怕她会影响班里其他小朋友，使得班风不正。所以，我决定要彻底管管她。我和她妈妈沟通好，取得了她妈妈的同意。

教育开始。第一步：冷处理。我请她思考，什么原因导致她不肯做作业，结果分析下来是——懒。

第二步：断其后路。我郑重其事地告诉她，学生来到学校就是学习，就是要写作业的，每个人都一样，没有人可以例外。今天的作业做不完就只能留在学校，不可以不做，也不可以带回家做，不管做到多晚，都要做完才能回家，实在太晚了，那就住在学校。鉴于一年级的新生还很幼稚，我带她去数学的教具室参观了一下，告诉她，那是专门留给不听话的小朋友住的房间，没有灯，没有吃的，什么也没有，如果做不完，那最后就只能睡那儿了。果然对她这个又懒又幼稚的孩子来说，吓一吓还是有用的，我从她的表情看出来，她怕了。

第三步：适当鼓励。我告诉她，其实开学这几天，老师通过观察觉得她是一个很聪明的孩子，而且认真听讲，发言也很积极，但是她的聪明却因为懒惰而逊色，老师为她觉得可惜。学校的作业不管她愿不愿意做到最后还是要完成的，那为什么不抓紧白天的时间，快点认真做，那课后还有自己玩耍的时间。她听了觉得颇有道理。

第四步：再次冷处理。请她自己思考，接下去该怎么做。边这么说的同时，我便提醒她，今天的语文作业她还没有完成，意思是告诉她：该拿出来做了。她也没有辜负我的期望，乖乖地拿出来做了。

第五步：取得家长的认同，保持密切的家校联系。鼓励家长，每次都告诉家长孩子的点滴进步，让她有信心配合我一起完成教育孩子的工作，也让她切实地体会到，老师是为了她的孩子好。一切教育只是手段，目的是养成孩子良好的习惯，纠正孩子身上的不足。

经过几年的努力和坚持，小蕊现在在学习上主动多了，虽然上课还是会开小差，做小动作，但是她不影响别人，作业也不拖拉，知道学习任务得自己完成，不会再推卸责任了。作为班主任的我，也颇感欣慰。

回到此文的开始，我觉得自己很幸福，因为孩子们带给我无尽的快乐，也因为班主任的这份工作。在教学的八年时间里我常常感动于平凡的教育小事，这些事让我暖在心头、甜在心间。更因为我找到了自己的定位，明确了工作的方向，越来越多地巧用教育智慧，化解班中事件。

我相信：虽花开无声，但教育必有果。

成长，在不经意间

侯瑶琴

转眼间，已经是我在江溪教书的第六年了。这六年里，有苦有累，也有欢笑和喜悦。六年间，有非常多值得回味的东西。

作为老师，我们总是花很多的时间和精力在学生们身上，期待教出有才能、有素养的学生，让他们都能够学有所获。但是，我们也都是平凡人，也会急躁，甚至抓狂，特别是面对一些调皮捣蛋，上课经常讲话、开小差，且屡教不改，左耳朵进、右耳朵出，知识在脑中匆匆而过，怎么教都还一知半解的学生。我教过的每一届学生里面，多多少少都会有这样的学生存在。我试过约谈家长、放学留堂、严厉批评、亲切鼓励、畅谈理想、巧灌鸡汤、家访、安排优秀学生做同桌帮扶等，花了很多心思，用了很多办法，但似乎收效甚微。

刚开始遇到这样的学生时，我很着急，很担心，怕他学习跟不上，基础打不牢固，所以就特别关注。关注多了，这个学生一旦有什么风吹草动，自己就会急躁，就会失望，让我不禁深深地感叹："真的是太难了！"但是，经过几年的接触和摸索，我改变了自己的方式，面对这类学生，面对这样的境况，我选择放慢自己的节奏，调整好自己的心态，放慢一些，再慢一些，再等一等，耐心等一等，给予足够的爱心、耐心和时间。虽然这些耐心等候，这些用心关注，没有立竿见影的效果，也没有立马令学生脱胎换骨，但是，随着时间的推移，这个孩子定会体会到我带给他的温暖和爱，他会悄悄地成长。一个学期，或者一年，甚至几年后，再回头看看他们，你会发现，原来，他们也在微微闪着光芒，在努力绽放自己，只是，他们比较慢一些，比较迟一些而已。

仍记得刚踏上讲台那一年，班上的一个小女孩下课后总是喜欢抱着我，甜甜地叫我"妈妈"。当时年轻的我，被小孩子叫"妈妈"多少有些不适应，但现在已为人母的我，深深明白了一个孩子叫自己"妈妈"是寄托了多少的喜欢和信赖。

而我现在也开始学会了不仅从老师的角度，还从妈妈的角度去看待我的学生们，学会了给予他们更多的关怀、耐心和欣赏。高尔基说："谁不爱孩子，孩子就不爱他；只有爱孩子的人，才能教育好孩子。"愿每一个学生都能够被温柔相待，愿每一个老师都能够被学生爱称为"妈妈"。

六年的教育生涯中，成长的不仅仅是孩子们，我也在成长。我愿成为那绵绵春雨，润物细无声，静静地等待那花开的美丽。

我也需要适应"小学生活"

陆文珺

工作第一年，接触的是初中的孩子，第二年开始才正式接触小学。"上课很冷静，对话很初中"是我对自己最客观、真实的评价，这个评价也得到了广大同事的认可。

到了江溪小学，校长问我教过一年级没有，我说没有。内心活动是："真是没接触过，应该不会让我接手低年级吧，我这风格也不合适啊。"最后我得到的答复是教二年级。内心惶恐倒是不至于，但是经验缺乏导致的紧张还是有的。

想当年我年轻气盛，也从来不曾想过二年级的孩子与我已经做好的心理建设还有些不同，一双双天真的眼睛望着我的时候，我也的确不知道应该如何向他们清楚且带有震慑力地表达：不要再让老师上课一心二用管你们纪律了，这本事我还不行，上课的时候能不能看着我？

那时候，也真的没有明白，让自己一心二用的不是别人，正是自己。

每学期每个年级要开一堂校级展示课，这是惯例。那回，挑来挑去，我选了篇《梅兰芳学艺》，两个想法：我喜欢听戏，梅兰芳的故事我感兴趣；叙事类的课文应该不用太"声情并茂"，毕竟自己不擅长，本着把事情讲清楚，把语句理解明白的目的就行了。谁曾想，试上连同正式讲，我一共讲了七遍，但也就是这七遍，让我明白了很多事儿。

先来说说怎么明白这"一心二用"的根源是在自己的。开始上《梅兰芳学艺》的时候，老问题，学生整体还是比较涣散的，课堂形式也比较单一。后来年级组里备课就说加入互动环节，让学生上台表演，体会下梅兰芳每天盯着鸽子练眼神儿的艰辛与坚持。其实这个环节实施很简单，就是让学生上前，在大伙儿的面前盯着我不断上下舞动的手，然后说说感受。也就是这么个活动，在加进课堂的第一次我就发现了学生情绪、注意力的变化。上台表演的虽然只有一个人，但眼睛跟着转的却是全班大多数人，上台发言的虽然也只有那一个人，可在位置上揉眼睛，点头表示眼睛酸胀的却是大多数人。就这样，梅兰芳的艰辛与坚持并没有用多少语言，学生也一样能理解。几次试上，这个环节的效果都还不错，最后的呈现也得到了认可。是啊，他们才二年级，让二年级的学生像高年级的学生那样稳稳当当坐一节课还得认真听，这对大多数孩子来说是不可能的，他们的心智还没有成熟到这种程度，所以不是让他们来达到我的要求、标准，而应该是我去适应他们的心理特征，利用多样的教学环节去吸引孩子们的注意力。因为之前的忽视，所以我让自己陷入了整天一心二用，还得不到效果的境地。后来，静下心来琢磨，小学这六年挺特殊的，孩子们从懵懂无知到接近青春期，这其中的心理特征变化、跨度都挺大的，每个阶段又有每个阶段的特征，教学活动的设计也只有符合他们的特征才能收到较好的教学效果。强扭的瓜不甜，扭瓜的时候还挺累，何不让他们顺着自己的藤生长呢？虽然我们为了摸清长势得费些心思，但只要最后的结果是好的，何乐而不为呢？渐渐地，我尝试着在上课时说话有起伏，考虑他们的接受能力改变表达方式，甚至加入些夸张的演示……我意识到，踏上工作岗位的第三年，我才真正适应我的"小学生活"啊！

这七次课，让我明白了，有些改变真的不是"能不能"的问题，而是"想不想"的问题。一篇课文，反复研磨，前后七次，说实话，这是有点超出我最初预期的。经过前几次的调整，教学目标的达成效果还是不错的。

"你说话还那么硬，要把亲和的态度表现出来。"

"我觉得现在说话还可以啊。再……起伏的话我觉得有点儿太幼稚了。"

"你那是自己觉得幼稚，可是学生听着就很有劲头啊！"

"行吧，我试试……"

……

"哎呀，情绪再来点儿。"

"哦……"

老教师的意见和这样类似的对话时不时地会出现在我们讨论的时候。我是一个情感不容易外露的人，当时心里面很抵触，但同时也很明白，这些建议都是对的，是为了学生，也是为了我自己的上课表现。当然了，年级组老师的一番苦心我更是能体会。一番又一番的纠结，一次又一次的调整，一回又一回的自我说服，甚至周末在家都不怎么愿意说话。这过程，对那时候的我来说是有些煎熬的。最后的实践结果证明：我可以，只要我想。不得不说，那次的经验让我得到了一种前所未有的内心充盈感，就真的像是一个后进生好不容易得到了老师的肯定，能高兴好一阵儿。而且这感觉有后劲，因为它能让你知道：干吧，有奔头，前面的结果会让自己高兴的。也就是从那时候起，我的心态平稳了许多，说不上遇事不慌，但最起码在繁琐的工作中我能知道，慌了急了也没用，踏踏实实一件件干就能有好结果。再一次，在心态上我适应了我的"小学生活"。

当然，老教师们的引导对我起了很大的帮助作用。她们对课文的解读、教学设计，对学生的了解，对细节的处理……都是她们多年教学经验的积累，能帮我在磨课阶段解决很多问题，不过，更重要的是她们对待教学的严谨态度。在我眼里的"差不多吧"，在老教师那儿是不行的。"怎么能差不多呢？如果学生这样答，你要怎么办？"几次三番实践下来也的确是如此，教学上没有差不多，只有把每个关键环节都处理到位了，才能真正做到心中有数。

那堂课大概前后经历了半个月吧，时间说长也不算长，但是我打心眼里明白，是那段时间让我明白了我的"小学生活"该怎么过。

且行且思，一路与美好同行

段艳青

帷幕的落下，并不是终点，而是起点！

舞台上，一幕幕，一场场，呈现在观众面前的是演员精彩绝伦的表演，是余音绕梁的听觉盛宴。这一切的背后，是一年、十年，甚至几十年的付出与艰辛。一节好课的背后，是不断否定自我、接纳自我、超越自我的蜕变；是同伴的支持，是整个团队力量的凝结。

汪曾祺先生说："一定要爱着点什么。它让我们变得坚韧、宽容、充盈。"我热爱教育这份事业，愿用爱、用暖，维持我教育生态里美好的四月天，那里有晴也有雨，有微风和煦也有电闪雷鸣，有娇嫩小苗也有参天大树，有鲜花也有嫩草，那里处处有风景，处处体现着蓬勃向上的生命力。

山重水复

那年八月底的一天，微风轻拂，浮云淡薄，我倚坐在沙发上，悠闲地读着手中的书。突然，学校语文群里跳出了一条消息，赫然写着：新吴区第五届"新素养　新课堂"小学语文青年教师优质课比赛开始报名。缓缓放下手中的书，我犹豫再三，终究鼓起勇气报了名。选课、定课、备课、试讲、校内比赛……那时的我心里只有一个念头，上好这节课。

校内比赛结果出来了，有些意外，有些欣喜，有些激动，但随之而来的，就是压力，甚至有些胆怯。很快，王主任组建了一支强大的磨课团队，她们的加入于我而言，就是吃了一粒定心丸，让我迅速冷静下来，总结试上时两堂课出现的问题，结合大家给出的建议，开始争分夺秒，精心设计。很快，第三次试上来了，我在想象补白部分的引导出现了很大的问题，经验的匮乏让我不知如何应变课堂上学生给出的回答，我该怎样引导学生？我的评价是否恰当？这一次试上让我陷入沮丧、无助……我甚至开始自我否定，细心的王主任看出了我的焦虑，没有过多的言语，只是轻轻拍拍我的肩膀，浅浅一笑，却给了我前进的动力，因为我明白，我不是一个人，我有强大的智囊团。

拨雾见日

课后，王主任再次召集大家，张老师、丁老师、邹老师、杨老师针对这一块的教学，逐字逐句帮我预设、推敲。"鹬用脚蹬蚌"这个动作，该怎么引导孩子准确说出"蹬"这个动词，大家费了不少脑筋，邹老师提出通过老师肢体动作启发孩子，张老师预设孩子如提出"推""踢"等动词，又该如何引导。大家你一言我一语，教学的难点就这样被轻松化解。此时此景，像一家人围坐在一起，大家毫无保留地提出自己的想法和建议，发挥集体的智慧，进行创新思维的碰撞。结束讨论时已是晚上七点多钟，看着大家疲惫的身影，我的心里满是愧疚。这一次思维碰撞的过程，让我深切感受到教师上课面对的是一个"变化"的课堂，一个开放的、动态的，具有许多不可预测因素的课堂，课堂上的每一分钟，都考验着教师的反应和应对能力。在"预设"与"生成"之间怎样调整，怎样达到平衡，这方面需要我进行更深入的思考。我也在心底暗暗告诉自己，勤定能补拙，决不能辜负了大家。

接下来，在广益中心小学进行了第四次试上，我自信了很多，课堂应变也更加自如了，可也有很多新的问题涌现出来。王主任和邹老师在安慰我的同时，从板书的设计，过渡语的衔接，回答的预设，课件的制作等方面给出了具体的修改建议。三个多小时的研讨，让我心头温热，眼眶盈泪，感动有时真的能转变成奋战的激情和动力！第五次、第六次试上……有了大家的支持，我不再惧怕，心里坦然了很多。

勤能补拙

自此，我忙得不亦乐乎，每天的生活变得更加充实。白天上课、批改作业、处理班级事务，晚上回到家，我就坐在电脑前一遍又一遍地修改教案和课件，把大家给我的宝贵建议融入进去，内化成自己的语言，然后对着镜子，一遍又一遍地进行无声试讲。虽然每天忙碌到深夜，凌晨四点就得起床梳理上课流程，但我也在一次次的磨课中，从零碎到完善，从迷茫到清晰，从不知所措到有的放矢。

再回首，发现自己已然站在崭新的台阶，那份体验，那份快乐，无以言表。磨课不仅仅只是追求完美的课堂，也是教师专业成长的一种历练，是专业水平提升的一个抓手，更是学校教师团体发展的主打平台。在磨课中，要"磨"出教师把握教材的深度，"磨"出教师合作交流的默契，"磨"出学生主体求知的需求，"磨"出教师创新思维的火花。只有这样，磨课才会在美丽动人的瞬间邂逅一个个精彩的生命！

大功告成

一个故事就像一颗种子，经历着蕴含时的焦灼、破土时的悸动和花开时刻的欣喜。正式比赛那一天，我作为第一位参赛选手站上讲台，以饱满的热情面对台下四十几位学生，师生互动轻松自如，课堂氛围欢乐愉快，学生求知欲望强烈，注意力集中，思维活跃。我圆满地上完了《鹬蚌相争》这一课，心里充溢着感动与感恩。还记得台下一位听课老师好奇地问我："你怎么一点儿也看不出紧张，那么轻松淡定。"我想，这一份镇定自若是源自于十一次修改，七次试上，以及六人团队整整三个星期的打磨。

前路漫漫

磨课对每一个教师来说就像一次破茧成蝶的蜕变，正是有了这样艰辛的历程，才能让我们真正领悟到教育的真谛，真正感受到教育的快乐！山高水远，几多岁月在探索；来日方长，数经磨砺走卓越。好课是磨出来的，人生的美丽也是历练出来的。回首向来萧瑟处，亦有风雨亦有情。人生路长，如此幸运，成了老师，遇见了你们——可爱的同仁，可敬的同事，拥有了这般温暖的回忆。漫漫教学之路，且行且思，一路与你们同行，与美好同行！